Un tout petit mensonge

Francesca Clementis

Un tout petit mensonge

Traduit de l'anglais par Isabelle Vassart

ÉDITIONS FRANCE LOISIRS

Titre original : *Would I lie to you ?*
publié par Judy Piatkus (Publishers) Ltd, Londres.

Édition du Club France Loisirs,
avec l'autorisation des Éditions Belfond.

Éditions France Loisirs,
123, boulevard de Grenelle, Paris.
www.franceloisirs.com

ISBN : 2-7441-9163-9

À mes filleuls :
Geraldine Revill, Chester Campbell,
Simon Bernie et Michael Elford,
avec toute mon affection.

Affectueusement aussi
à Stephanie Bernie et à Matthew Elford.

Mes remerciements les plus chaleureux
à l'Arts Council d'Angleterre,
pour son soutien généreux
qui m'a beaucoup aidée.

1

Lauren inspira profondément et but une grande gorgée de son vin blanc glacé. Elle détestait les soirées, surtout celles de Stella, et qu'elle soit sa meilleure amie n'y changeait rien. Mais cette soirée comportait au moins un avantage : elle devrait tellement se concentrer pour ne pas se couvrir de ridicule, comme elle en avait l'habitude en pareille occasion, qu'elle oublierait les deux questions qui la tourmentaient et exigeaient une réponse urgente.

Son premier mensonge sortit avec une facilité déconcertante. Ce n'en était pas vraiment un, il s'agissait plutôt d'une de ces phrases courtoises qu'on lance pour mettre ses hôtes à l'aise. Des mots prononcés avec insouciance et qui n'engagent à rien.

— Super soirée, Stella ! cria Lauren par-dessus la musique.

Le vrai mensonge arriva dix minutes plus tard.

Stella leva son verre en remerciement, renonçant à rivaliser avec les vibrations de la basse. Selon ses critères, la soirée était un triomphe. Elle pendait la crémaillère, et le but de la fête consistait à entasser davantage de personnes que lors de la précédente pendaison de crémaillère. Cette performance impliquait une maison plus grande et prouvait que les propriétaires étaient des personnes influentes, au niveau de vie en progression constante. Stella et son mari ne restaient jamais en place. Les suivre était épuisant. Le seul fait de recevoir tous les deux ans leur changement d'adresse fatiguait Lauren.

— C'est une maison immense ! hurla-t-elle, sachant que c'était exactement ce que son amie voulait entendre.

Stella la remercia en souriant fièrement.

— Trois salons, cinq chambres, trois salles de bains dont une attenante, et un jardin d'hiver. Bien sûr, il y a un maximum de travaux à faire. Mais on l'a eue pour une bouchée de pain.

Lauren observa le décor autour d'elle. On comprenait facilement pourquoi la maison avait été une telle affaire. Les propriétaires précédents s'étaient employés à la rendre invendable. Ils avaient décoré chaque pièce dans un style différent : la salle à manger marocaine conduisait à un salon aborigène par une entrée transformée en apocalypse de cristal, selon les préceptes du Feng Shui.

Lauren avait renoncé à demander à Stella et à Pete pourquoi ils tenaient tant à acheter des maisons de plus en plus vastes alors qu'ils n'avaient pas l'intention d'avoir des enfants. Elle avait compris : les maisons étaient leurs enfants. Enfin… ceux de Stella, en tout cas. Pete n'en parlait jamais, mais il semblait s'accommoder de l'obsession de sa femme.

— Qui sont tous ces gens ? s'enquit-elle en désignant la foule de visages inconnus.

Elle connaissait Stella et Pete depuis la fac, et pensait avoir rencontré la plupart de leurs amis et relations.

Stella eut un vague geste de la main.

— J'ai invité les collègues du boulot et aussi les amis d'amis, tu sais ce que c'est...

Lauren savait. Stella adorait réunir un monde fou. Par-dessus tout, Stella avait besoin d'être aimée. Par tous ceux qui croisaient son chemin. Cette attitude ne diminuait en rien l'amitié qu'elle témoignait à Lauren, amitié profonde et généreuse. Mais elle devait aussi être rassurée par un carnet d'adresses bien rempli et de nombreuses invitations. Elle jugeait la réussite de chaque année à l'augmentation du nombre de cartes de Noël reçues. Il lui suffisait de rencontrer une personne bien disposée à son égard pour qu'elle l'inscrive dans la base de données de son ordinateur. Pete suivait avec sa placidité habituelle. Il détestait les conflits, et estimait avoir de la chance : sa seule contribution au bonheur de Stella consistait à ouvrir sa maison à un flot incessant d'inconnus et à jouer le faire-valoir pendant le numéro mondain de son épouse.

Mais cette soirée était différente. On aurait dit que Stella et Pete étaient allés chez Ikea, avaient accosté tous les couples séduisants en jean Gap et les avaient persuadés d'abandonner leurs paquets contenant des cadres de vie entiers en kit pour les attirer dans ce décor d'apocalypse avec un verre de pouilly-fumé.

Tout ça un mercredi soir. (« C'est le nouveau samedi », assurait Stella à la ronde.)

Le look de Stella évoquait un feu d'artifice. Avec les récentes mèches de son carré blond impeccable, son fard à paupières doré, son rouge à lèvres étincelant, sa robe tunique pailletée et ses chaussures vertigineuses assorties, elle scintillait de mille feux. Lauren fut tentée de protéger ses yeux devant cette agression visuelle. Mais elle admirait le talent de Stella pour transformer sa banalité en une présence chatoyante.

Il fallait voir Stella sans maquillage et vêtue d'un survêtement pour se rendre compte de l'énormité de l'exploit. Car Stella était tout à fait quelconque, il n'y avait pas d'autre mot pour la définir. Bien que réguliers, ses traits ne suggéraient ni charme, ni beauté, ni caractère particulier. Heureusement, elle avait identifié et accepté les défauts de son visage très tôt, puis appris à tirer le maximum des qualités qu'elle possédait.

Extravertie et superficielle, Stella se complaisait dans le faste ostentatoire et la représentation. Le contraire de Lauren, qui, introvertie, œuvrait dans le concret. Un regard suffisait pour comprendre qu'elle était astucieuse. Ses yeux pétillaient d'intelligence, et elle avait l'assurance d'une femme habituée à réussir sans avoir à séduire.

Face aux tenues tapageuses de Stella, Lauren affichait une élégance discrète. À mesure que son salaire grimpait en flèche, elle avait développé un goût sûr pour les vêtements coûteux et chics, sans tomber dans l'extravagance.

Femme d'affaires, elle savait se maîtriser et traiter avec les personnes très différentes qu'elle rencontrait dans son milieu professionnel. Mais dans les soirées, elle avait toujours treize ans et se comportait de manière gauche et maladroite, bégayant lamentablement. Une fois dépassé l'obstacle de la première rencontre, tout allait bien. Si jamais elle parvenait à le dépasser…

Lauren ressemblait à l'eau qui dort. Du moins, c'était la première impression qu'elle donnait. Il existait cependant en elle des profondeurs abyssales qu'elle prenait soin de ne pas explorer. Elle n'allait pas tarder à découvrir que cet effort permanent pour étouffer ses émotions l'empêchait de se conduire normalement en société.

Lauren et Stella appréciaient les différences qui les séparaient. Chacune trouvait l'autre amusante, fascinante et totalement incompréhensible. Chacune attendait le jour où l'autre se dévoilerait, où Stella comprendrait pourquoi Lauren prenait la vie tellement au sérieux et où Lauren découvrirait de quoi Stella avait si peur.

Lauren se reposait aussi sur le mariage de Stella et de Pete. Sa longévité et sa stabilité représentaient un refuge, un point d'ancrage. Elle aimait les observer, toujours pareils à eux-mêmes. Ils ne changeaient pas.

— As-tu pris une décision et en as-tu informé ta mère ? demanda Stella au-dessus du vacarme.

Argh ! C'était pour éviter de faire l'un et l'autre que Lauren était venue à cette soirée.

Lauren avait deux semaines pour se décider.

Cinq ans plus tôt, la proposition d'un emploi à New York lui aurait fait boucler ses valises immédiatement. Rien ne la retenait à Londres, pas de famille, pas de compagnon, rien à part une amie qui organisait des soirées effroyables.

Mais la réapparition de sa mère, Maureen, rendait la situation plus délicate. Lauren s'était réconciliée avec elle trois ans auparavant, à la suite d'une longue séparation décidée d'un commun accord. Leur relation avait été difficile après la mort du père de Lauren, survenue alors que celle-ci avait six ans à peine.

Maureen n'avait jamais pardonné à sa fille d'être née au moment où sa carrière de chanteuse allait décoller. Et Lauren ne pouvait pardonner à sa mère de ne pas être morte à la place de son père. C'est ce qu'aurait dit un psy. Si on le leur avait demandé, elles auraient simplement déclaré qu'elles se tapaient sur les nerfs. Elles s'éloignèrent l'une de l'autre quand le travail de Lauren l'amena à beaucoup voyager. Les retours à la maison s'espacèrent, les coups de téléphone se firent plus courts et plus tendus.

Environ à la même époque, sa mère reprit sa carrière. Elle se mit à chanter dans des pubs et des clubs, des airs de comédies musicales et des classiques de Tin Pan Alley des années trente et quarante. Les jeunes trouvaient son style cool et rétro. L'ironie du sort, c'est que Lauren lui avait rendu un sacré service en la forçant à entamer une carrière tardive car Maureen ne possédait pas de réel talent. Si elle avait tenté sa chance dans les années cinquante, le public, habitué à des chanteuses de grande classe comme Ella Fitzgerald et Peggy Lee, l'aurait superbement ignorée. Mais pour le nouveau millénaire, elle était décalée, postmoderne, kitsch et presque une star au sein de son univers limité.

Ayant enfin trouvé un épanouissement professionnel, Maureen ressentit le besoin de combler le vide maternel. Elle décida de rattraper trente ans d'éducation peu brillante en devenant la mère nourricière dont Lauren n'avait jamais rêvé.

De son côté, quand Lauren créa sa propre compagnie et que sa réputation grandit, elle se surprit elle aussi à considérer les vides de sa vie personnelle. De sorte que mère et fille tentèrent de timides approches. Enfin, timides de la part de Lauren. Maureen, elle, modelait son nouveau personnage de mère sur Ethel Merman dans *Gypsy* : une voix tonitruante, de grands gestes, une crinière abondante. Elle était carrément effrayante dans sa détermination à se faire aimer, adorer et pardonner par Lauren.

Que lui arriverait-il si sa fille unique déménageait à l'étranger ? se demandait cette dernière.

Stella attendait sa réponse avec impatience.

— Je n'ai pas encore pris de décision, répondit Lauren.

De toute façon, Stella n'aimait pas entendre parler de situations épineuses. Elle eut un sourire approbateur.

— Du moment que tout est réglé avant ton anniversaire… Le déjeuner chez ta mère tient toujours ? Pete et moi nous en réjouissons.

Lauren acquiesça d'un air abattu. Complice et affectueuse, Stella lui toucha gentiment le bras avant de se précipiter pour accueillir un nouvel arrivant.

Lauren sourit faiblement à une quantité de visages qui lui sourirent faiblement en retour. Un code de politesse standard, au cas où on se serait déjà rencontré. Stella avait disparu dans la cuisine (de style Empire britannique indien avec une légère touche puritaine amish) pour vérifier ses amuse-gueules. Ah ! Ce moment fatal. Le moment où vous êtes la seule personne de la soirée à n'être pas plongée dans une conversation et où vous ne rôdez même pas à la périphérie d'un groupe, riant à des plaisanteries que vous n'avez aucune chance de comprendre. Vous vous retrouvez seule, un verre plein à la main, sans buffet à dévaliser consciencieusement.

Deux options : les toilettes ou le jardin. Comme Lauren s'était déjà rendue aux cabinets, où elle avait été incapable de se soulager sur la lunette composée d'insectes dorés, moulés dans de la résine (siège de toilettes incrusté d'insectes : postmoderne ou moche ? Développer), elle se dirigea vers le jardin.

En ouvrant la porte de derrière, elle se détendit. Pourtant, les jardins, ce n'était pas son truc : on se casse le dos à planter des bulbes et des graines pour obtenir des fleurs ravissantes qui meurent au bout de quinze jours. Ensuite, on recommence tout depuis le début. Merci ! Regarder *La Mélodie du bonheur* ou disposer sur une pizza hawaïenne des morceaux d'ananas en forme de visage hilare lui procurait autant de plaisir esthétique.

En revanche, les jardins sont utiles dans les soirées. Les hôtes sont ravis qu'on s'extasie dessus, il n'y a donc aucun risque de vexer ou d'offenser quiconque, une habitude déplorable chez Lauren.

Mais ce jardin la bluffa. Il n'y avait pas un brin d'herbe, aucune plante ni un seul arbuste. Pas de rose sur le déclin ni de mauvaises herbes exubérantes. Aucun signe non plus de meubles de jardin. Seulement des caillebotis cérusés et des sculptures effrayantes autour d'un plan d'eau composé de dizaines de bocaux de confiture peints en indigo et coulés dans du béton. De quelle sorte de jardin s'agissait-il ? D'un jardin primé. Photographié pour *Maisons et jardins,* qui avait coûté aux propriétaires précédents plus de cinq mille livres.

Après quelques secondes d'acclimatation à ce désert sensoriel, Lauren réalisa qu'elle n'était pas seule. Un autre invité avait cherché le même refuge. Instant décisif : tourner les talons et trouver des plats d'amuse-gueules qu'elle présenterait à la ronde, ou engager la conversation ?

Un rire niais provenant de la cuisine l'aida à se décider. Elle parlerait à cet homme. Était-ce si difficile ?

Il avait l'air sympa. À peu près de son âge. Un visage avenant. Mais cette coupe de cheveux ! Avec ce dégradé pendouillant juste au-dessus des épaules, il ressemblait terriblement à un footballeur des années soixante-dix. Les vêtements complétaient le look. Un jean datant de Mathusalem qui ne lui allait vraiment plus du tout, et le T-shirt noir de rigueur. Il devait être travailleur social ou prof en communication dans une fac flambant neuve. S'il était un ami de Stella, il était forcément diplômé. Ou il connaissait une célébrité. En tout cas, ils devraient pouvoir aborder un sujet ne prêtant pas à controverse.

Qu'il soit un homme ne changeait rien pour Lauren. Elle était capable de faire d'énormes gaffes en présence de femmes. C'étaient les inconnus en général qui la rendaient nerveuse. De plus, avec la perspective d'un départ à l'étranger, elle ne recherchait pas de compagnon.

Lauren ne s'était pas mise en quête d'un petit ami depuis que sa mère l'avait catapultée à nouveau dans son univers. Maureen ne s'était pas contentée de combler les vides créés par son absence, elle s'employait à en inventer de nouveaux. Sa mère lui suçait la vie jusqu'à la moelle. À peine Lauren reniflait-elle que Maureen débarquait avec un mouchoir, un sirop et du hachis Parmentier. Du coup, New York paraissait une oasis d'intimité et de liberté.

Non, elle n'éprouvait pas le besoin de se compliquer l'existence. Ces réflexions ôtèrent la tension qu'elle ressentait habituellement.

Chris Fallon était dans des dispositions voisines : lui non plus ne recherchait pas une histoire d'amour. Il ne se réconciliait pas avec une mère raide folle qui désirait chanter des duos du *Roi et moi* avec lui, et il ne s'apprêtait pas à émigrer – même si, dans un proche avenir, il risquait de perdre son emploi. Il chassa cette pensée de son esprit. Cette soirée atroce n'avait qu'un intérêt : oublier l'épée de Damoclès suspendue au-dessus de sa tête.

Il émergeait à peine d'une liaison passionnée de cinq ans – ils avaient vécu maritalement – dont il était sorti blessé et déstabilisé. Dans les six mois à venir, il n'aspirait qu'à lire plein de livres, regarder des vidéos et manger du poulet korma passé au micro-ondes. Et il voulait le faire seul.

Mais il n'était pas grossier. Aussi, quand la fille s'approcha de lui, il l'accueillit avec un sourire amical. De toute façon, Lauren attirait la sympathie. Peut-être était-ce à cause de ses cheveux ultracourts à la garçonne, que seules les femmes très belles peuvent se permettre ; ou des taches de rousseur qu'aucune crème n'arrivait à dissimuler ; ou de la petite cicatrice au coin de la bouche qui lui donnait un sourire séduisant, un peu en biais. Elle n'avait jamais perdu ce charme de l'enfance qui, quand elle était jeune, incitait les vieilles gens dans la rue à lui fourrer une pièce de six pence dans la main tout en écrasant une larme émue.

— Chris Fallon, dit-il en tendant la main.

Lauren la secoua avec fermeté. En se conduisant comme s'il s'agissait d'une rencontre professionnelle, elle espérait éviter sa maladresse habituelle.

— Lauren Connor.

Réfléchis avant d'ouvrir la bouche. Attends de te retrouver en sécurité et d'avoir franchi les premiers obstacles. J'aimerais bien rester un moment dans le jardin. Je ne veux pas le faire fuir trop vite.

Chris avait ses propres appréhensions. Il avait du mal à déchiffrer les motivations féminines et ne savait pas si Lauren se montrait juste aimable ou si elle espérait que cette conversation les entraîne plus loin. Il ne souhaitait pas qu'elle se fasse des idées, mais il ignorait comment aborder le sujet sans paraître présomptueux ou stupide. Aucun des deux ne désirait commettre d'impair, et ils pataugeaient péniblement.

Après un silence douloureux, Chris décida de se jeter à l'eau. Choisis un sujet inoffensif, se dit-il.

— Comment connaissez-vous Pete et Stella ?

— Nous allions à la même fac, répondit Lauren, ravie qu'on lui pose une question aussi simple. Je les connais depuis dix-huit ans, ajouta-t-elle.

Elle regarda Chris qui tentait de calculer son âge.

— J'ai trente-six ans, déclara-t-elle en riant.

— Oh, je ne…, bafouilla Chris.

Il remarqua alors l'expression amusée de Lauren et haussa les épaules.

— O.K., vous avez gagné. Je me posais en effet la question.

Chris arbora un petit sourire insolent. Lauren commença à se détendre.

La phrase suivante lui échappa. La facilité du contact la rendait euphorique. Elle n'avait pas « géré » une nouvelle rencontre avec autant de brio depuis une éternité. L'ingestion de trois verres de vin en trente minutes par un estomac vide y était sans doute pour quelque chose. C'est l'excuse qu'elle se trouva quand elle disséqua la situation plus tard, en prenant son bain.

— Vous êtes Vierge, n'est-ce pas ? lâcha-t-elle.

Cette question ne lui avait jamais causé de problème. L'astrologie était un sujet de conversation bidon. De plus, Lauren estimait faire preuve d'habileté dans ce domaine. Quand elle se trompait (la plupart du temps), elle mettait son erreur sur le compte d'une désinformation délibérée. Si une personne s'obstine à agir comme un Verseau rêveur alors qu'elle est un Taureau réaliste, c'est tout simplement de la triche.

Elle avait un faible pour les Vierge. Ils avaient tendance à être plus sympathiques, plus gentils, plus sensibles.

Mais elle n'obtint pas le résultat escompté. Le sourire de Chris se transforma en une expression amusée. Il semblait réfléchir, ce qui troubla Lauren puisque sa question n'avait rien d'ambigu.

— Vraiment ? répondit-il de façon équivoque.

Lauren se mit à rire. Pour gagner du temps. À quel moment avait-elle commis une gaffe ? Elle n'en avait aucune idée ; pourtant, elle sentait que sa question innocente ne recevait pas un accueil favorable. Merde ! J'aurais dû aller dans la cuisine retrouver les rieurs tonitruants. J'aurais gloussé et pouffé sans avoir à ouvrir la bouche.

— C'est intéressant, commenta Chris sans se mouiller.

Le rire de Lauren le plongeait dans la perplexité. Même quand il racontait des blagues, les gens s'esclaffaient rarement. De plus, il n'avait pas l'impression d'avoir été drôle.

Son rire avait dégénéré en un faible sourire. Lauren essayait de trouver une chute spirituelle à ce sketch improvisé. Elle émit un de ces sifflements qui n'engagent à rien.

Chris réalisa qu'elle attendait la suite.

— Alors comme ça, vous vous intéressez à l'astrologie ?

« Astrologie », avait-il lâché. D'un ton ! Du moins, c'est ce qu'il lui sembla. Hypersensible aux propos de cet homme, elle supposa de façon erronée qu'il analysait lui aussi chaque mot qu'elle prononçait. Qu'il la jugeait. Sans réfléchir, sa main se posa sur son pendentif du signe des Poissons, offert par sa mère pour ses vingt et un ans. Du coup, elle mentit. Son premier mensonge.

— Pas vraiment !

Elle ne se lança pas dans une longue diatribe sur l'astrologie et son absence de logique, émaillée d'anecdotes humoristiques. Elle n'allait pas s'enfoncer encore plus, mais tenter de se tirer de ce mauvais pas.

« Pas vraiment ! » Une petite phrase de rien du tout, mais avec un point d'exclamation. Elle se consola en pensant qu'un point d'exclamation, même prononcé avec conviction, pouvait indiquer l'ironie plutôt que la mauvaise foi.

Chris lui lança un regard inquisiteur. Elle eut une bouffée de chaleur comme s'il voyait les mots « JE MENS » imprimés sur son front.

— C'est bien le signe des Poissons que vous portez en pendentif ? demanda-t-il.

Lauren avait encore la possibilité de se rattraper. Que lui importait l'opinion de cet homme ? Elle ne le reverrait plus jusqu'à la prochaine pendaison de crémaillère de Stella, dans deux ans.

Mais elle avait perdu son calme et paniquait, réaction habituelle à laquelle elle ne savait comment remédier. Il devait exister une remarque spéciale adaptée à ce type de situation, permettant à une femme d'être d'une vulnérabilité touchante quand elle a commis une petite gaffe. Malheureusement, elle n'avait jamais découvert cette remarque, malgré une lecture exhaustive des magazines féminins de *Biba* à *Marie Claire*.

Impossible de s'enfuir comme Cendrillon. Aussi s'enfonça-t-elle un peu plus. Elle n'avait rien à perdre et ne fit pas dans la dentelle. Envolée la femme d'affaires assurée, capable de négocier un contrat compétitif avec un directeur coriace. Elle n'était plus elle-même mais une adolescente s'efforçant de faire bonne impression. Et la pensée qu'elle échouait, une fois de plus, la rendait hystérique.

— Ceci ? dit-elle en touchant le bijou incriminé avec désinvolture. Ce pendentif n'a rien à voir avec le signe astrologique, c'est simplement un poisson.

Cette affirmation n'aurait produit aucun effet désastreux si Lauren s'était arrêtée là. Mais il lui fallait affermir sa position, et elle continua, dégringolant toujours plus bas dans un puits sans fond.

— Je ne suis pas Poissons, alors pourquoi porterais-je un pendentif de ce signe ?

2

Oui, bien sûr, elle avait proféré une énormité. Une énormité stupide et inutile. Mais ça arrive à tout le monde. Qui n'a pas ressassé une remarque idiote en ayant envie de se gifler ? Si vous savez tenir votre langue, alors n'hésitez pas à juger Lauren sévèrement. Sinon, priez pour que vos propos ne déclenchent pas l'enchaînement de conséquences catastrophiques provoqué par le mensonge de Lauren.

Quelques minutes plus tard, sur le chemin des toilettes, elle attira Stella dans un coin.

— Écoute, je viens de discuter avec ce type, Chris Fallon. S'il te plaît, ne me demande pas pourquoi, mais si vous parlez astrologie, je ne suis pas Poissons, OK ?

Stella la regarda d'un air stupide.

— Qu'est-ce que tu racontes ?

Lauren agita sa main dans les airs.

— Toujours la même histoire. Je me suis mise dans le pétrin jusqu'au cou.

Sans attendre de réponse, elle tourna les talons. Stella essaya de la rappeler mais Lauren était entrée dans les W.C. Insonorisés. (Pete et Stella avaient frissonné en tentant de déterminer pourquoi les précédents propriétaires auraient eu cette exigence.) Aucune autre occasion de parler à Lauren ne se présenta. Ce ne fut donc pas la faute de Stella si elle ne raconta pas à son amie la brève conversation qu'elle avait eue avec Chris un peu plus tôt.

Stella s'occupait des préparatifs de la fête et Chris était dans ses jambes. Elle ne le tolérait que parce qu'elle appréciait énormément son ex-petite amie, Beth. Il était trop négligé à son goût, et imprévisible. Elle détestait ça. Elle préférait les hommes comme son mari : très soignés, réservés, classiques. Pour se débarrasser de Chris, elle l'avait persuadé d'aller contempler le jardin.

— Il est incroyable ! Si impressionnant, désolé et… existentiel.

Chris comprit qu'il ne devait pas s'attendre à voir des pétunias. Il se dirigeait docilement vers la porte de derrière quand Stella ne put s'empêcher de jouer son rôle de parfaite hôtesse.

— Tu y rencontreras certainement Lauren. À mes soirées, elle finit toujours par se retrouver dans le jardin, je ne sais pas pourquoi. Elle déteste la vie au grand air pourtant.

— Qui est Lauren ? questionna Chris, sachant par expérience que Stella classait ses amis par catégories.

Sans réfléchir, Stella décrivit son amie sous forme d'annonce matrimoniale.

— Lauren : consultante en télécommunications – en vérité je n'ai jamais compris ce qu'elle faisait –, très brillante, aime les vieilles comédies musicales, excellente cuisinière, Poissons, préfère les Vierge, un peu bizarre, très sympathique.

Elle ne se soucia pas de connaître la réaction de Chris à cette présentation. De toute façon, Lauren et lui n'avaient rien en commun. Il était cynique et terre à terre, elle était si… un peu maniérée et maladroite, à vrai dire. C'est pourquoi elle n'avait jamais invité Lauren à dîner avec Chris et Beth.

Suite à l'aveu de Lauren, ses paroles désinvoltes trottaient dans sa tête. Devait-elle la mettre au courant ? À quoi bon ? Ils n'allaient pas nouer de relation, surtout maintenant que Chris l'avait prise en flagrant délit de mensonge. Un mensonge ridicule. Lauren se sentirait stupide si elle l'apprenait. N'importe qui réagirait de la sorte. Pourquoi lui faire passer un mauvais quart d'heure ? Non, mieux valait laisser tomber.

Dans la cuisine, Pete remplissait à nouveau deux verres. Il remarqua Stella perdue dans ses pensées. Cela ne lui ressemblait pas. Stella, qui recherchait toujours l'approbation des autres, se risquait rarement à l'introspection. Il s'approcha et passa son bras autour de sa taille. Sa femme n'avait pas souvent besoin de consolation ou de réconfort, et il était ravi de sortir de son rôle de majordome sous-qualifié.

— Qu'est-ce qui ne va pas ? Tout le monde a l'air de beaucoup s'amuser.

Selon lui, Stella ne pouvait s'inquiéter que pour la soirée. Il la connaissait bien mais, cette fois, il avait tort.

Stella s'éclaircit la voix.

— Je réfléchissais à ce que Lauren venait de me dire. Elle risque de bien s'entendre avec Chris.

— Chris ? Quel Chris ?

Pete trouvait difficile de retenir tous les noms que Stella introduisait dans sa vie.

— Chris Fallon, le professeur pour enfants difficiles.

— Oh ! Tu veux parler de l'ex de Beth. Quel est le problème ?

— Ce n'est pas vraiment un problème, répondit-elle en le regardant d'un air gêné.

Son mari détestait qu'elle se mêle de la vie des autres. (Elle appelait ça « s'impliquer », il rétorquait qu'elle était « envahissante ».) Et il détestait son obstination à compliquer les situations simples. Si elle lui expliquait ce qu'il en était, Pete se fâcherait et lui ordonnerait d'informer Lauren sur-le-champ. Il ne comprendrait pas son attitude. Elle-même avait du mal à la comprendre. Elle était un peu ivre et toutes ces décisions à prendre la dépassaient. Mais elle devait inventer une histoire pour Pete. Il savait que quelque chose clochait. Du coup, elle sortit la première idée qui lui vint à l'esprit (mis à part quelques jurons bien sentis).

— J'ai parlé avec Chris et j'ai la nette impression qu'il désire se remettre avec Beth. Il est capable de demander à Lauren de sortir avec lui pour rendre Beth jalouse. Je ne veux pas que Lauren souffre.

Un tissu de mensonges, parfaitement crédible pour son mari.

Stella lui avait infligé tellement d'analyses compliquées à la suite des relations désastreuses de Lauren !

Pendant des années, cette dernière leur avait présenté des hommes qui ne lui convenaient pas. Elle s'évertuait à se conformer à leurs désirs jusqu'à ce qu'ils la quittent pour des femmes qui recherchaient leur propre plaisir.

Ces années d'efforts l'avaient épuisée. Elle avait acheté un studio très cher et tissé un cocon autour d'elle. Une attitude inconsciente pour empêcher quiconque de pénétrer trop avant dans son monde. Elle se terrait dans cet appartement depuis trois ans.

Pete prit une profonde inspiration.

— Je croyais que c'était Chris qui avait cassé. Pourquoi voudrait-il renouer avec Beth ?

Stella le maudit de s'en souvenir. En général, Pete ne retenait pas les détails de la vie amoureuse de leurs amis.

— Manifestement, il a changé d'avis ! répliqua-t-elle d'un ton brusque. Ils sont venus à la soirée ensemble, non ? Beth ne t'en a pas parlé, durant l'heure que tu viens de lui consacrer ? Au fait, de quoi avez-vous discuté pendant tout ce temps ?

Depuis qu'elle avait menti, Stella était sur la défensive. De là, elle passa à l'agressivité. Son agressivité mit à son tour Pete sur la défensive. Et le poussa à mentir.

— Je la laissais pleurer sur mon épaule, si tu veux savoir. Elle ne se remet pas de la rupture avec Chris.

Ces paroles absurdes lui échappèrent. Mais son instinct lui soufflait qu'il valait mieux ne pas avouer à Stella le plaisir qu'il avait pris à la conversation tranquille de Beth. Ils avaient abordé de grands sujets. Parlé de la vie. Des sujets dont Stella et lui ne discutaient jamais parce que Stella détestait ça. Elle ne comprendrait pas. Se ferait des idées. Il ne savait pas trop qu'en penser lui-même. Il se sentait un peu perdu… ailleurs.

Cette maison le mettait mal à l'aise et il ignorait pourquoi. Un film défilait en boucle dans son esprit, sur leur mariage qui avait consisté à acheter des maisons, à rénover des maisons, à vendre des maisons, à parler de maisons… Une activité incessante ne permettant aucun moment de réflexion et trahissant une terrible peur du vide. Ces acquisitions continuelles donnaient un équilibre à sa femme alors que pour Pete elles représentaient une succession de boulets. Beth comprenait.

Stella et lui discutaient de couleurs d'échantillons de tissus et de futons, du prix de l'immobilier et des taux d'emprunt hypothécaire, des relations de leurs amis et de l'indice de la Bourse du *Financial Times.* Surtout rien de personnel. Il était plus facile de prétendre qu'il avait parlé de Chris avec Beth, plus facile et moins dangereux. Et innocent. En conséquence, défendable.

Stella eut l'air surprise. Beth ne lui en avait pas soufflé mot, pourtant elles avaient disséqué cette rupture pendant des semaines. Beth prétendait même être soulagée que ce soit fini. Furieuse que sa prétendue amie se confie à son mari plutôt qu'à elle, Stella eut une illumination. Elle tenait la réponse à son petit dilemme personnel.

— J'ai trouvé ! annonça-t-elle gaiement. Beth veut renouer avec Chris et lui, euh, désire renouer avec elle. Voyons ce que nous pouvons faire pour les aider. Cela écrasera dans l'œuf cette histoire Lauren-Chris avant que Lauren ne s'engage.

Pete s'alarma de la tournure inattendue que prenaient les événements. Il avait voulu clore le sujet sans se mouiller afin de rejoindre Beth pour poursuivre leur conversation. Il ne souhaitait pas que Beth retourne avec Chris. Absolument pas. Et Beth non plus, d'après ce qu'elle affirmait. Mais impossible de l'avouer à Stella.

— Beth m'attend, fut tout ce qu'il trouva à dire.

Et il disparut en direction du salon aztèque avant que Stella n'ait la possibilité d'échafauder son complot.

Pendant que Lauren était aux toilettes, Chris réfléchissait à son mensonge déconcertant. Il la comprenait. Lors de sa première rencontre avec Beth, il avait prétendu aimer les films français pour l'impressionner. Avant même de tomber amoureux d'elle. S'il avait su qu'il emménagerait chez elle trois semaines plus tard, il aurait été plus prudent. Il n'avait pas réalisé qu'il passerait les cinq années suivantes à se coltiner toutes les productions françaises. Et il n'avait jamais trouvé le moment opportun pour confesser son petit bobard.

Il y a des personnes qu'on souhaite impressionner. Mais il ne voyait pas pourquoi Lauren mentait sur son signe astrologique. C'était un mystère. À moins que les Poissons se distinguent des autres signes. Peut-être étaient-ils d'une inconstance notoire ou enclins à la violence. Il s'en informerait demain auprès d'une collègue de l'école.

Curieusement, à la suite de ce débat intérieur, Chris se surprit à éprouver de la sympathie pour Lauren. Elle lui paraissait vulnérable avec son grain de folie gratuit.

Sa ferme résolution d'éviter toute nouvelle histoire d'amour compliquée avait fait long feu, et ce revirement le déroutait.

Même s'il prenait plaisir au célibat, il n'était pas d'une nature égocentrique. La gentillesse de Beth lui manquait, il aimait aller au-devant de ses désirs, se sentir utile. Il lui semblait que Lauren avait besoin qu'on s'occupe d'elle aussi. Il se mit à considérer Lauren comme une personne qu'il pourrait apprendre à connaître. Ce n'était pas une mince entreprise pour Chris. Dans le passé, son impulsivité ne lui avait pas réussi.

À trente-sept ans, il se réjouissait que sa jeunesse soit derrière lui. Il avait survécu à la période obligatoire d'insouciante promiscuité sexuelle qui semble toujours être le nec plus ultra de l'âge adulte pour l'adolescent mâle. Pendant plus de dix ans, il était sorti avec des filles qui dessinaient des petits cœurs en guise de point sur leurs « i » et qui trouvaient les intrigues de *Dallas* stimulantes intellectuellement.

Cette période avait représenté un heureux dérivatif à l'éducation débilitante de ses parents, qui consacraient leur vie à Wagner. Ils étaient bons à enfermer. Ils ne poursuivaient qu'un objectif : imprégner leurs deux enfants de leur passion pour l'opéra. Ils étaient impitoyables. Pour les cinq ans de Chris, ils l'avaient emmené à Bayreuth afin de lui offrir une représentation de *Lohengrin*. En allemand. Alors qu'il avait demandé un vélo.

Quand sa sœur eut cinq ans à son tour, elle eut la chance d'être hospitalisée pour une appendicite aiguë. De sorte qu'il alla à Bayreuth à sa place. Une seconde fois. Il ne se rappelait pas quel opéra il avait vu mais c'était très long, très déprimant, très allemand. Il en avait toujours voulu à sa sœur.

Du coup, il développa le besoin maladif de s'entourer de filles qui n'avaient qu'une seule notion de la civilisation allemande : celle de Teutons avachis sur des serviettes de plage pendant les vacances. Cela dit, il n'était pas sorti indemne de ces relations extravagantes : s'il n'était pas arrivé à pousser ses petites amies à écouter la BBC, elles lui avaient en revanche légué une passion à vie pour les séries déjantées et les sandwichs aux œufs frits.

Finalement, son esprit demanda grâce et son héritage culturel se manifesta. Il ne pardonna jamais vraiment à sa mère de porter de larges jupes froncées et à son père de se montrer en culottes courtes en cuir à bretelles quand il amenait des copains de classe, mais il fut incapable de se libérer de la qualité dont ils l'avaient affligé : le bon goût. Il ne se réconcilia jamais avec l'opéra allemand, mais se surprit à apprécier les femmes intelligentes. Et Beth avait encore bien d'autres atouts.

Chris s'étonnait d'être attiré par Lauren. À la suite d'une relation longue et satisfaisante, on ne s'imagine pas faire rapidement une rencontre intéressante. Pour des raisons inconnues, Lauren semblait représenter un bon potentiel. Mais il attendrait d'y voir plus clair avant de s'engager.

Il était heureux de la façon dont la soirée se déroulait. Il l'avait tant redoutée ! À vrai dire, il n'était venu que pour accompagner Beth, qui n'avait pas trouvé d'autre chevalier servant. Les soirées de Stella jouissaient d'une certaine réputation dans les cercles professionnels du sud de Londres, et des hommes au caractère bien plus trempé que le sien auraient tremblé à la seule idée de devoir subir cette débauche de plaisir obligatoire.

Finalement, Beth s'était installée dans un coin avec Pete et paraissait avoir oublié sa présence. Parfait. De quoi se parlaient-ils ? Connaissant Pete, ce devait être ennuyeux à mourir. Rien que de l'observer, les muscles de Chris se crispèrent. Pete était si renfermé ! On se demandait comment il parvenait à communiquer. Et cette coupe de cheveux ! Il les avait plaqués en arrière, style adopté par les hommes qui se préparaient à les perdre. Beth lui donnait peut-être des conseils de soins capillaires.

Lorsque Stella l'avait expédié dans le jardin, Chris avait pensé en profiter pour se sauver en douce. Il était sur le point de s'éclipser quand Lauren était venue vers lui. Maintenant, il se réjouissait d'être resté.

— J'aimerais qu'il se tire, grommelait Stella, furieuse.

Elle n'était pas dupe du pseudo-intérêt de Chris pour le jardin, connaissant bien son stratagème pour mettre les voiles. Alors, pourquoi s'incrustait-il ? Pour ajouter un autre souci à sa liste déjà longue. Voilà pourquoi !

Elle papillonna de pièce en pièce et embrassa tous les invités connus ou inconnus. Elle essayait de dénicher un exemplaire de *Time out*, mais n'arrivait pas à se rappeler si elle avait jugé bon de le laisser en vue ou de l'enlever car il risquait de révéler son manque de sophistication. Si c'était le cas, le magazine pouvait se trouver n'importe où. Sauf aux cabinets : seules des nouveautés comme *L'Abrégé des plaisanteries du derrière* convenaient dans cet endroit.

Elle le trouva enfin sur une table basse, sortit son téléphone portable de son sac et s'enferma dans les toilettes pour résoudre son problème.

— Est-ce que Stella va bien ? demanda Beth avec inquiétude à Pete.

— Pourquoi ?

Pete ne voulait pas parler de sa femme avec Beth. Il commençait à se sentir différent, libre, prêt à saisir les nombreuses perspectives d'avenir s'ouvrant devant lui. Ce temps passé avec Beth lui avait permis d'envisager la possibilité de faire peau neuve. La mention de Stella lui rappelait cruellement qu'il ne pouvait pas réinventer sa vie à sa guise.

Cette dernière heure avait passé trop vite. Il se remémora les premiers mots de leur conversation. Lequel des deux avait amené leur bavardage impersonnel à se transformer en propos intimes ?

— Salut, Pete !

Beth l'avait fait sursauter. Il se débattait avec la nouvelle chaîne hi-fi que Stella venait d'acheter, il ne trouvait pas le bouton du volume. Ni les autres, d'ailleurs. La boîte noire et chromée ponctuée de sinistres lumières clignotantes demeurait impénétrable.

— Ravie de te voir, Beth !

Il se félicita de se souvenir de son nom, puis l'embrassa sur les deux joues en s'éfforçant de la situer.

— Comment ça va ? ajouta-t-il.

Phrase évasive par excellence, idéale pour entamer une conversation.

Beth réfléchit.

— Chris me manque. Cinq ans de vie commune, c'est long. Et c'était ma première relation sérieuse. Je me sens… presque dépossédée, et pourtant je ne regrette pas son départ.

Pete regarda autour de lui pour s'assurer qu'elle ne s'adressait pas à une autre personne. Une personne qui aimait recueillir les confidences. Il était imbattable sur les films à succès, la représentation proportionnelle en politique et les grands vins. Les conversations intimes le mettaient mal à l'aise. Cette attitude résultait de dix-huit ans de mariage avec Stella, ce n'était pas sa faute.

— Je suis désolé, répondit-il sans conviction.

Beth lui sourit.

— Vous avez de la chance d'être mariés depuis si longtemps.

— Je ne trouve pas.

Les mots lui avaient échappé.

— Pourquoi dis-tu ça ? s'enquit Beth, surprise.

Il était trop tard pour retirer ses paroles. Et il n'en avait pas l'intention. Une porte fermée à double tour depuis une éternité était en train de s'ouvrir. Voilà comment leur discussion avait commencé.

Ils parlaient des livres favoris de leur adolescence (lui : *Traité du zen et de la motocyclette ;* elle : *Les*

Quatre Filles du docteur March, chacun se moquant du choix de l'autre) quand Beth remarqua le comportement étrange de Stella.

— Elle vient juste de se précipiter dans les toilettes avec un magazine et son mobile, dit-elle les yeux fixés sur la porte des cabinets comme si la réponse de l'énigme y apparaîtrait en lettres de néon une fois la chasse d'eau tirée.

Pete se retourna pour regarder lui aussi la porte. Stella ne lisait jamais au petit coin. Elle trouvait ça vulgaire. Pete, lui, ne s'en privait pas. C'était le seul endroit où il était sûr d'avoir la paix. Quant au téléphone…

— Je ne sais pas ce qui se passe, reconnut-il.

Leur aisance s'évanouit. Ils se replièrent sur eux-mêmes pour mettre un terme aux sentiments qui bouillonnaient en eux. Et baisser la pression.

Lauren était de retour dans le jardin. Chris la força à reprendre le sujet qu'elle avait espéré changer en prétextant le besoin d'aller aux toilettes. Il lui donnait ainsi l'occasion de revenir sur sa position et d'avouer, en plaisantant, son mensonge ridicule. Il désirait se montrer gentil, la tirer d'un mauvais pas.

— De quel signe êtes-vous, si vous n'êtes pas Poissons ? demanda-t-il avec un sourire étrange que Lauren n'arriva pas à déchiffrer.

— Vous semblez très intéressé par l'astrologie ! s'exclama-t-elle, irritée.

Chris tressaillit. Lauren le remarqua et soupira intérieurement. Tout allait de mal en pis. Elle devait s'esquiver avant que la situation ne se détériore. Malheureusement, elle n'entendait plus de rires tonitruants dans la cuisine. Où qu'elle aille, elle serait obligée de faire la conversation. Et elle savait par expérience qu'elle pouvait offenser, vexer ou agacer un nombre incalculable de personnes en une seule soirée. Elle décida de limiter les dégâts à Chris, par égard pour Stella. Courage ! Il lui fallait surmonter cette épreuve.

— Désolée. J'ai trop bu. Ne faites pas attention. Comment connaissez-vous Stella et Pete ?

Les battements de son cœur s'apaisèrent et Lauren se maudit de n'avoir pas pensé à reprendre ce genre de discussion anodine plutôt. Chris se détendit, et elle osa penser qu'elle avait réussi pour la première fois à sauver une situation a priori irréparable.

— À vrai dire, je ne les connais pas très bien. Ce sont des amis de mon ex-petite amie, Beth. Elle m'a invité comme soutien moral. Elle trouve ces fêtes un peu épuisantes.

Ce fut au tour de Lauren d'être surprise.

— Vous avez dit « ex-petite amie » ?

Chris sourit.

— Je sais. C'est très moderne ! Non seulement je reste ami avec mon ex, mais je suis heureux de sortir en public avec elle.

— Je trouve ça… admirable. Vraiment.

En vérité, elle trouvait ça étrange. Elle n'était jamais arrivée à éprouver de l'amitié pour ses ex, préférant compartimenter ses relations. Les hommes qui souhaitaient être transférés de la catégorie d'amant à celle d'ami se retrouvaient en général fourrés dans un coin de sa mémoire, où ils se perdaient à jamais.

— Alors, comment Beth connaît-elle Stella ? demanda-t-elle à Chris en essayant de déterminer si son amitié persistante avec Beth était un signe de maturité ou révélait l'absence d'autres amis.

— Beth est cancérologue, elle a soigné Stella.

Lauren réalisa alors qui était Beth. Quelques années auparavant, Stella avait eu peur d'être atteinte d'un cancer. Pendant des semaines, elle avait parlé de cette femme médecin fantastique qui s'était débrouillée pour l'inscrire en tête des listes d'attente à des tests dont les résultats se révélèrent heureusement négatifs. Ensuite, Beth avait cédé à l'assaut répété de ses invitations à dîner. Tout le monde finissait par céder à Stella. Lauren se souvint même de commentaires sur le petit ami de cette femme.

— Vous êtes donc le professeur pour enfants difficiles ! s'exclama-t-elle, fière de son excellente mémoire.

La bouche de Chris se crispa légèrement.

— Je parie que c'est la façon dont Stella me décrit. Elle adore étiqueter ses relations, n'est-ce pas ?

Cette critique envers son amie, quoique justifiée, irrita Lauren.

— Pas vraiment ; elle s'intéresse aux gens, c'est tout.

Chris aima la façon dont elle défendait Stella, même si cette dernière n'en était pas digne. Ce comportement renforçait sa conviction que Lauren était une femme bien. Une qualité importante pour lui.

— Ce ne sont pas des enfants difficiles, ils sont stimulants, déclara Chris avec chaleur.

Lauren décida qu'il s'agissait d'un sujet à controverse et le laissa tomber rapidement. Les convives de la soirée commençaient à affluer dans le jardin.

— Laquelle est Beth ? questionna-t-elle avec intérêt.

Lauren avait repéré deux femmes superbes qui se détachaient du lot.

Chris suivit son regard.

— Elle, dit-il en désignant la plus belle.

Beth était plongée dans une conversation avec Pete. De manière un peu trop intime, songea Lauren avant de conclure que ces excès de familiarité étaient courants en milieu de soirée. Stella s'approchait du couple, l'air furieuse.

— Elle paraît sympathique, observa Lauren avec sincérité.

Chris détourna les yeux de la vision de perfection qu'offrait Beth.

— Elle est sympathique, confirma-t-il.

À cet instant, Lauren prit conscience que Chris la regardait de façon différente. Ce regard lui plut, et elle eut instinctivement envie de répondre à l'intérêt qu'il lui portait.

Mais elle se sentait lasse. Trop de vin, pas assez de nourriture, la définition de l'hospitalité selon Stella. Elle se frotta les tempes.

— Vous allez bien ? s'enquit-il.

— J'ai un peu mal à la tête. J'ai dû passer trop de temps devant l'ordinateur.

— Alors, c'est vous l'amie-ordinateur dont Stella parle tout le temps ! s'exclama Chris.

Lauren en fut indignée. L'« amie-ordinateur » ! Dix-huit ans à réconforter Stella les jours de cafard, à compléter le nombre des invités à ses dîners atroces et à l'accompagner à des expositions hyperennuyeuses de jeunes artistes qu'elle voulait attirer dans sa coterie. Dix-huit ans de ce cirque, et on l'étiquetait comme l'« amie-ordinateur » ! Elle était pourtant sa meilleure amie, non ? Lors des séjours des parents de Stella, elle était invitée comme un membre de la famille. Sa carte de Noël figurait toujours sur le manteau de la cheminée à côté de celles des intimes, et non pas sur le panneau de l'entrée… Lauren décida de ne plus jamais considérer Stella comme sa meilleure amie, puis elle se rappela qu'elle avait quitté la maternelle depuis plus de trente ans.

— Oui, c'est moi, l'amie-ordinateur !

— Que faites-vous exactement ?

Elle le lui raconta avec force détails. Elle résuma le développement des télécommunications sur les vingt dernières années avant d'expliquer son rôle, qui consistait à propulser des compagnies vieillottes dans la technologie du vingt et unième siècle. Chris parut l'écouter avec intérêt. Cela lui donna le courage de rompre le silence qui suivit son petit baratin publicitaire.

— Un ange passe, plaisanta-t-elle. Le moment est venu de vous demander si vous aimez le football, pour vous impressionner par mon côté macho.

Elle fut surprise de flirter de la sorte. Elle ignorait cette facette de son caractère.

Les coins de la bouche de Chris s'abaissèrent en une grimace moqueuse.

— Je déteste le football.

— O.K., répondit Lauren, autant pour moi.

Chris se sentit mesquin.

— Ne vous en faites pas. J'allais vous demander si vous aimiez le théâtre pour vous impressionner par ma culture.

Lauren, qui adorait le théâtre, ne sut trop quelle attitude adopter. Pas question de commettre un nouvel impair ! Finalement, elle n'eut pas l'occasion de répondre. Stella s'approchait d'eux, traînant derrière elle Pete et Beth, qui la suivaient à contrecœur.

— À quoi tu joues ? chuchota Pete à sa femme, furieux.

— Tu verras. J'ai un plan, chuchota Stella en retour.

Tous les cinq formèrent un petit groupe gêné. On présenta Beth à Lauren, puisque Pete, Stella et Chris se connaissaient déjà. Puis Lauren jaugea Beth d'un œil expert.

Beth appartenait à la zone d'âge indéfinissable située entre vingt-cinq et quarante ans, une période où le mode de vie accélère ou ralentit le processus de vieillissement. En vérité, Beth paraissait avoir quinze ans. Vu qu'elle était spécialiste, Lauren calcula qu'elle avait la trentaine.

Elle était superbe. Sans artifice. Naturellement superbe. Son corps mince et légèrement musclé indiquait une alimentation saine – ce n'était pas une obsédée des régimes – et la pratique d'un sport, ses cheveux bruns tombaient droit sur ses épaules en un style intemporel, son pantalon de velours et sa tunique en soie fluide avaient de la classe. Elle donnait l'image d'une femme sûre d'elle qui n'a rien à prouver. Et son joli minois aux yeux bleus reflétait un esprit ouvert, non dénué d'humour et de gentillesse.

En revanche, Lauren fut frappée par la naïveté désarmante de son regard. Beth n'est pas une femme, c'est une enfant, songea-t-elle.

Merde alors ! Comment ne pas tomber amoureux d'elle ? Lauren eut tout de suite envie de la raccompagner à la maison, de lui préparer une tasse de lait chaud et de lui lire une histoire pour l'endormir. Chris avait rompu ! Qu'est-ce qui lui avait pris ? Elle était parfaite.

En moins de dix minutes, Lauren était passée d'un désintérêt évident pour Chris à une légère jalousie envers son ex-petite amie. Que lui arrivait-il ?

Lauren en voulait à Stella d'avoir débarqué avec Beth. Si elle avait attendu dix minutes de plus, elle aurait sans doute noué un lien plus étroit avec Chris.

Stella parut inconsciente du regard accusateur de son amie.

— Alors, Chris, comment ça va ? Nous ne t'avons pas vu depuis une éternité. Où te cachais-tu ? lança-t-elle.

— J'ai été très pris. Je devais régler pas mal de choses, trouver un endroit où vivre…

Il attendit que Beth le tire de ce mauvais pas. Elle avait certainement annoncé leur séparation. Comme si Stella lisait dans ses pensées, elle poursuivit :

— Ah oui, Beth nous a parlé de votre pseudo-séparation. J'espère que tout s'arrangera.

Maintenant, c'était au tour de Lauren d'être déroutée. Apparemment, Stella essayait de rabibocher Chris et Beth. Dans quel but ? Que savait-elle qu'elle-même ignorait ?

— Pete et moi nous demandions si tu étais libre vendredi soir, Chris.

La question de Stella le prit au dépourvu.

— Euh… je crois que oui. Oui, je suis libre.

— Fantastique ! hurla Stella, les faisant tous sursauter. Beth est libre aussi, et je sais combien vous adorez les films français, comme nous. Il y a un festival Jean-Luc Godard au National Film Theatre et ils jouent *Pravda* vendredi. Il y a de la place. J'ai vérifié.

Pete et Beth échangèrent un regard entendu.

— Si nous y allions ensemble, qu'en pensez-vous ? Tous les cinq, ajouta-t-elle rapidement en incluant Lauren.

Lauren fronça les sourcils. Stella avait-elle oublié qu'elle se rendait à Tendale vendredi ? Elle ne pourrait pas être rentrée pour la soirée. Tant qu'elle ignorait ce que Stella tramait avec cette sortie, il lui était impossible de dénouer les intrigues secondaires.

Pete était stupéfié par la proposition de sa femme. Il ne détestait pas les films français. Il les haïssait. De plus, Stella voulait transformer une séparation heureuse en une réconciliation que ni l'un ni l'autre ne recherchaient. Comme c'était en partie sa faute, il intervint rapidement.

— Désolé, chérie, ce n'est pas possible vendredi. Mon père et ma mère sont de passage.

(Il pria intérieurement pour arriver à convaincre ses parents de la nécessité d'une visite impromptue sous un faux prétexte. C'étaient de braves gens, et ils seraient malheureux de participer à un complot visant à tromper leur belle-fille.)

— Vendredi ? Tu ne m'en as pas parlé ! souffla Stella.

Pete haussa les sourcils en souriant faiblement.

— Tu étais sans doute trop occupée à faire des cartons quand je te l'ai annoncé.

Stella le gratifia d'un regard accusateur puis rit.

— Tant pis. Chris et Beth peuvent toujours y aller. Ah ! Et Lauren aussi, bien entendu.

Lauren essayait de comprendre à quoi jouait Stella. Une sortie à trois ? C'était pousser la maturité un peu loin. Elle réfléchissait à sa réponse quand Beth s'éclaircit la voix et fournit une excuse peu convaincante.

— Je ne peux pas y aller non plus. Je suis de garde vendredi. Un de mes patients va être opéré. Je dois me trouver à proximité de l'hôpital.

Une excuse très plausible, inventée de toutes pièces, mais Stella ne s'en rendit pas compte car elle croyait toujours que Beth tenait à renouer avec Chris.

Le visage de Stella se décomposa. Elle s'évertuait à trouver une nouvelle solution quand Lauren prit une décision. Il n'y avait pas de temps à perdre.

— Il ne reste plus que moi alors. Je ne fais rien vendredi. Et j'adore les films français.

Où cela la conduirait-elle ? Elle n'en avait aucune

idée, mais il fallait réagir contre l'indécision qui les paralysait tous.

Stella fut sur le point de dire quelque chose, mais elle se tut. Heureusement pour leur amitié, Lauren ne remarqua pas cette hésitation.

Pendant quelques instants, personne ne parla. Chris réalisa alors que tous les regards étaient braqués sur lui. Comme les autres, il était déconcerté par l'étrange insistance de Stella pour qu'ils passent ensemble une soirée amusante, au cinéma (et Jean-Luc Godard n'avait rien d'amusant, mais alors vraiment rien !)

Maintenant on lui forçait la main pour revoir Lauren. Que dire ? (Des tonnes de choses, et il pensa à une bonne dizaine d'objections dans son bain, plus tard, cette nuit-là. Beaucoup trop tard.)

Et voilà comment Chris se retrouva à organiser un rendez-vous pour voir un film français, qu'il avait détesté les cinq fois où on l'y avait traîné, avec une femme séduisante mais vulnérable, à un moment où il s'était juré de renoncer aux femmes séduisantes et vulnérables dans un avenir immédiat.

Il avait quarante-huit heures pour décider s'il prendrait le risque d'une nouvelle relation, même si ce rendez-vous informel n'engageait à rien.

Lauren avait quarante-huit heures pour trouver le moyen d'aller et de revenir d'une réunion au fin fond de Tendale qui devait durer toute la journée. Et aussi pour découvrir qui pouvait bien être Jean-Luc Godard. Car elle détestait les films français, plus encore que Chris.

3

Lauren regarda par la fenêtre du train avec anxiété. Le panorama qui passait du gris sale au vert chatoyant la laissa indifférente. Elle ne pensait qu'au stress des heures à venir. Comment comprimer une journée de réunion en quatre-vingt-dix minutes pour attraper le train de quatorze heures dix et rentrer à Londres ?

Pourquoi n'en avoir pas parlé à Chris ? Elle aurait pu lui suggérer un autre jour pour voir un film français tout aussi incompréhensible. Et pourquoi avoir menti sur son signe astrologique ? Plus elle repassait la conversation dans sa tête, plus elle doutait de son interprétation de l'intonation de sa voix lorsqu'il avait prononcé le mot « astrologie ». Elle ne s'en trouvait que plus stupide et appréhendait de le revoir.

Si cette rencontre débouchait sur une relation, elle devrait lui cacher que son anniversaire avait lieu dans deux semaines. Sinon, il en déduirait qu'elle était bien Poissons.

D'un autre côté, se dit-elle, je le rendrai certainement cinglé d'ici là. Deux semaines, cela me suffit d'habitude pour faire fuir un homme. Elle décida de commencer par résoudre le problème de la journée avant de s'affoler pour l'avenir. Elle imagina ses adieux larmoyants et son départ définitif pour les États-Unis.

Lauren était consultante en technologie de l'information. En dehors de ses collègues, personne (c'est-à-dire ni ses amis ni la plupart des habitants de la planète) ne savait en quoi consistait son job, mais elle gagnait très bien sa vie. Elle travaillait à son compte, sur des projets à long ou court terme auprès de compagnies plus ou moins importantes. Trent Ourdoor Wear était une petite société, une « chaîne » de cinq magasins vendant des vêtements de sport dans la région des lacs. Ils avaient besoin des compétences de Lauren pour relier les magasins par ordinateur et par un système de téléphone interne. Ce travail qui l'occuperait probablement un mois exigerait qu'elle reste sur place pendant la semaine.

Elle ne raffolait pas des contrats qui la retenaient loin de chez elle. Son absence impliquait de régler une foule de détails domestiques qui prenaient beaucoup de temps : demander aux voisins de surveiller son appartement, faire des tonnes de machines pendant le week-end, payer des factures par téléphone, etc. De plus, cette mission ne s'annonçait pas très rémunératrice. Néanmoins, elle avait accepté de rencontrer le propriétaire de la compagnie, Richard Trent, pour se faire une idée. Et, un vendredi pluvieux de février, une journée à Tendale avait semblé une perspective séduisante.

Elle espérait que le changement de décor l'aiderait à se décider pour New York. Ses futurs employeurs n'exigeaient pas qu'elle déménage tout de suite, mais ils voulaient une réponse ferme d'ici à deux semaines. Juste après son anniversaire.

Quatre-vingt-dix minutes, songea-t-elle. Juste le temps nécessaire pour obtenir les informations du directeur et déterminer si elle voulait ou non passer ses dernières semaines en Angleterre loin de Londres.

Elle continua de contempler le paysage qui devenait de plus en plus beau. Pourquoi me laisse-t-il de marbre ? se demanda-t-elle.

Chris observait la rue de sa fenêtre. Il était sept heures trente du matin et des fourgonnettes s'arrêtaient en double file devant les devantures colorées des magasins. Les chauffeurs déchargeaient des fruits et des légumes qui semblaient tous verts. Sa troisième tasse de thé commençait enfin à le réveiller.

La veille, il avait travaillé jusqu'à vingt-trois heures pour essayer de régler quelques-uns des problèmes qui menaçaient l'école et, par voie de conséquence, sa carrière. Incapable de se détendre, il n'était pas arrivé à s'endormir avant trois heures du matin. Comme Beth me manque ! songea-t-il. Il aurait tant voulu lui confier ses soucis…

Pourquoi n'avait-il pas d'amis ? Il avait des collègues, des compagnons de beuverie et des potes de la fac qui l'appelaient quand ils assistaient à des conférences à Londres. Mais aucun ami.

Il avait lu Nick Hornby et se plaisait à penser qu'il correspondait à ce genre d'homme libéré, en prise avec ses sentiments. Mais il manquait d'amis masculins similaires pour nouer des liens affectifs. À présent, cette situation créait un vide significatif dans son existence.

Il n'avait pas eu besoin d'amis auparavant. La camaraderie des professeurs le soutenait dans sa vie professionnelle, et les femmes l'accompagnaient dans sa vie privée. Il avait séparé ces deux domaines jusqu'à l'arrivée de Beth. Au fur et à mesure que son amour pour elle grandissait, il se reposait de plus en plus sur la jeune femme et négligeait ses autres relations.

Arrête de penser à Beth tout le temps ! Ma meilleure amie était mon amante et elle n'est plus là.

Chris commençait à entrevoir une solution à son problème quand le téléphone sonna. Il décrocha avec anxiété. Qui pouvait bien l'appeler à cette heure ? Lorsqu'il entendit la voix de Stella, il chercha automatiquement Beth des yeux. Ses conversations téléphoniques avec Stella avaient toujours consisté en un ou deux échanges polis avant de passer la communication à sa compagne. Mais cette fois-ci, c'est à lui qu'elle s'adressait. Il n'y avait jamais eu de précédent et ils étaient un peu gênés.

— J'ai essayé de t'appeler hier soir. Tu n'étais pas là, dit Stella d'un ton accusateur.

Abasourdi par son culot, Chris s'excusa.

— Désolé, j'ai travaillé tard.

Stella se radoucit.

— J'avais peur de ne pas te joindre avant que tu sortes avec Lauren ce soir.

— Ah… répondit Chris, impassible.

Stella sentit sa froideur et tenta de l'amadouer.

— Alors comment va le boulot ? demanda-t-elle pour en venir au fait de façon détournée.

— Bien, assura-t-il, persuadé qu'elle ne voudrait pas entendre parler du gamin de douze ans qui avait encore essayé de le poignarder hier, pendant le cours d'anglais.

Cette conversation lui paraissait étrange. Il aurait bien raccroché brutalement, mais il était trop fatigué pour agir de manière aussi physique. Il soupira et, comme il ne se rappelait pas les dernières paroles de Stella, il lança avec désinvolture :

— Et toi, comment ça va ?

Stella croyait toujours que ses amis prenaient cette question au pied de la lettre, elle gratifia donc Chris d'un résumé de trente minutes sur sa journée de la veille. Il zappa les passages sans intérêt et retint les informations qu'elle aurait pu communiquer en trente secondes : elle avait passé une journée épouvantable à sa maison d'édition (comme elle ne mentionna aucun livre, Chris se demanda ce qu'elle y avait fabriqué) ; elle parla de cinq personnes qu'elle avait rencontrées, pensant que Chris les connaissait ; et elle projetait, dans un avenir proche, de décorer au pochoir le sol de la cuisine récemment décapé à la sableuse.

Au fur et à mesure de son monologue, Chris tomba dans une sorte de coma, dont il émergeait pendant les pauses de Stella pour placer des commentaires neutres et appropriés tels que : « J'imagine », « Vraiment ? » et « Je sais ». Stella en arriva enfin à la véritable raison de son appel.

— Ce qui m'amène est un peu délicat.

— De quoi parles-tu ? demanda Chris, qui ne tenait pas vraiment à l'apprendre.

Chris détestait les situations délicates. Il les aimait franches, simples et tranchées. Les incursions en zone d'ombre le stressaient.

— Je sais que tu vois Lauren, ce soir. C'est au sujet du malentendu que tu as avec elle.

« Malentendu ». Un mot bien choisi, songea Chris. Faux, mais plein de tact.

— Oui ? répondit-il avec diplomatie.

— Eh bien… Lauren… C'est tellement idiot !

Chris l'aida.

— Elle a menti au sujet de son anniversaire.

— Ce n'était pas vraiment un mensonge. Elle a juste pensé… Tu lui as donné l'impression que tu ne la respecterais pas si elle admettait qu'elle était… Enfin, tu vois.

Alors, tout est de ma faute, songea-t-il. C'est mieux ainsi. Comment Lauren avait-elle pu se méprendre à ce point sur son compte ? Rien ne lui tenait vraiment à cœur – excepté son travail. Et son dégoût pour Wagner, bien sûr. Ces deux sujets mis à part, il était Monsieur Souple. Il lisait le *Guardian*, nom d'un chien !

Il aimait même la plupart de ses élèves, qui avaient tous été reconnus coupables de crime !

— J'ignore ce qui lui a donné cette impression, dit-il, tendu.

— Je crois que c'est la façon dont tu as prononcé le mot « astrologie », répondit Stella obligeamment.

Chris ne se rappelait plus avoir prononcé ce mot, et encore moins l'intonation particulière qu'il y avait mise. Pour lui, une conversation consistait à donner et à recevoir des informations. Dépenser de l'énergie à utiliser le ton de voix correct ne l'effleurait même pas. Il s'efforçait d'être courtois et de ne pas offenser son interlocuteur, résultat auquel il n'était manifestement pas parvenu, cette fois-ci.

— Elle l'a imaginé, constata-t-il avec un soupir. Nous ne faisions que bavarder. Je n'aurais même pas réagi si elle avait déclaré s'initier à la sorcellerie.

Stella étouffa un gémissement. S'il était aussi indifférent qu'il l'affirmait, alors le mensonge de Lauren et sa panique partagée par Stella ne rimaient à rien. Soudain, il lui parut vital de sauver la situation. C'est le rôle des amies.

— Écoute, Chris, tu vas trouver ça dingue, mais puis-je te demander un énorme service ?

« Non ! » voulut-il répondre sur-le-champ. Il le savait, la faveur sollicitée par Stella le mêlerait à une problématique complexe qui sèmerait la pagaille dans l'univers bien ordonné qu'il construisait autour de lui.

Trois jours auparavant, il s'était juré de ne pas penser à une nouvelle relation pendant au moins un an. Et voilà qu'il se trouvait au seuil d'une histoire d'amour qui exigeait de la médiation, des faveurs et des subterfuges.

— Quelle sorte de faveur ? s'enquit-il avec lassitude.

— Eh bien, comme Lauren a mal interprété tes propos, elle a très peur que tu découvres son mensonge, ce qui bien sûr arrivera si tu sors avec elle puisque son anniversaire a lieu dans deux semaines…

— La faveur ? interrompit Chris, qui ressentait le besoin urgent d'une quatrième tasse de thé.

— Tu pourrais t'arranger pour lui raconter que tu as complètement oublié ce qu'elle a dit, ou que tu ne l'as pas enregistré, un truc de ce genre. Elle ne se souciera plus alors de cet incident. Mais n'en fais pas trop. Glisse-le juste dans la conversation, en abordant le sujet de façon détournée, puis agis de manière un peu maladroite, tu vois ?

— C'est tout ? Tu me prends pour Kenneth Branagh, fit-il remarquer d'un ton pince-sans-rire.

Maintenant qu'elle avait lâché le morceau, Stella ne s'intéressait plus vraiment à la question.

— Donne-lui juste l'impression que tu as une mauvaise mémoire…

— Pourquoi ne pas simplement lui annoncer que je suis au courant ? Ce n'est pas la peine d'en faire tout un plat.

— Impossible ! hurla Stella.

Sous le choc, Chris éloigna le combiné de son oreille. Elle voudra savoir par qui tu l'as appris.

À présent, tout était clair. Stella agissait par instinct de conservation, le plus ancien et le plus fort des instincts humains. Et d'après ce que Beth affirmait, Stella éprouvait le besoin maladif d'être approuvée en permanence.

— Je ne vois pas où est le problème. Il ne s'agit pas de divulguer un secret d'État.

— Je sais, mais elle m'en voudra, répliqua Stella, énervée.

Chris en avait assez.

— Je ne comprends pas que tu en fasses un drame. Il faut que je file, maintenant.

— Alors je te laisse le soin d'arranger ça, d'accord ? À bientôt.

Chris raccrocha. Puis le côté surréaliste de cette conversation le frappa. Le temps qu'un groupe d'adultes gaspillait à s'entretenir de sujets insignifiants ! Mais, de son côté, quand avait-il consacré du temps à une question qui lui importait vraiment ?

Tout était relatif, et il reconnut qu'en dehors de son travail sa vie était assez futile. Il en conclut qu'il était peut-être préférable de passer ses journées à se tracasser pour de petits mensonges plutôt que de s'attarder une seule seconde à réfléchir aux grands mensonges qui déterminent nos destinées.

Cette pensée lui rappela Beth. Il réalisa qu'elle était la seule personne à posséder son nouveau numéro de téléphone. Pourquoi l'avait-elle communiqué à Stella ?

Richard Trent regardait Lauren avec perplexité.

— Vous êtes en train de m'expliquer que vous devez rentrer en coup de vent à Londres pour voir un film français que vous détesterez, avec un homme que vous redoutez de rencontrer, qui pense que vous n'êtes pas Poissons alors que c'est le cas, et que vous ignorez pourquoi vous avez soutenu le contraire ?

Lauren trouva que c'était un bon résumé. Pas forcément bon du point de vue rationnel, mais exact. Assise sur un banc au bord d'un lac gelé, elle ne savait plus très bien où se situait la frontière entre rationnel et irrationnel.

L'atmosphère de cet endroit la détendait, lui permettait de briser les chaînes qui l'empêchaient de se libérer. Et un je-ne-sais quoi chez son nouveau client l'incitait à l'honnêteté plutôt qu'à la dissimulation. Un simple regard avait suffi pour qu'elle le trouve sympathique.

Quand Lauren était entrée dans le magasin, il s'occupait d'un client difficile, et elle en avait profité pour l'observer discrètement. Elle l'avait regardé, fascinée, essayer de satisfaire les fantaisies de cet homme qui désirait un équipement digne d'une exploration dans l'Antarctique alors qu'il projetait de se promener dans le parc communal.

Richard Trent avait entre quarante et cinquante ans. Il était difficile de lui donner un âge. Il avait tous ses cheveux, ne portait pas d'épaisses lunettes à double foyer ; ses dents semblaient vraies et son pantalon avait beau être épouvantable, il n'était pas retenu par une ceinture sous les aisselles. Il était séduisant, conclut-elle en toute objectivité. Puis elle écarta cette pensée.

À vingt ans, elle possédait un sixième sens qui évinçait toute personne au-dessus de la quarantaine.

Mais quand ses trente ans tirèrent à leur fin, l'âge revêtit moins d'importance pour elle. Lauren n'avait plus peur d'avoir quarante, cinquante ou même soixante ans. Elle envisageait un avenir original, où elle prendrait sa retraite de bonne heure et sillonnerait la jungle en bermuda, sandales Scholl et socquettes, en s'entretenant avec les voyageurs de passage qui trouveraient sa sagesse mystique stimulante.

Elle n'avait jamais recherché ni évité le mariage. Elle avait simplement compris que les relations humaines se révélaient impossibles à contrôler. Les mères vous quittent. Les petits amis aussi. En conséquence, elle ne comptait que sur elle pour faire des projets. Sa vie devenait de plus en plus solitaire, à l'exception de sa mère, qui la poursuivait. D'ailleurs, elle s'en moquait. C'était ce détachement qui l'inquiétait un peu.

Elle apprit beaucoup sur Richard Trent en observant les rides au coin de ses yeux, qui se plissaient au fur et à mesure des lubies ridicules de son client.

Lui apprendrait-il à utiliser ses yeux pour communiquer au lieu de dépendre de sa langue traîtresse ?

Si on pouvait faire abstraction de son âge, il était difficile d'ignorer ses vêtements. Il portait une épaisse chemise verte à carreaux et un pantalon noir en velours côtelé qui avait connu des jours meilleurs. Du moins le supposa-t-elle.

Quand la porte se referma enfin derrière le citadin, paré pour affronter des ours polaires en maraude dans le parc communal, Richard Trent se retourna pour l'accueillir en souriant. Elle s'y connaissait en sourires, et celui-ci était particulièrement chaleureux.

— Vous devez être Lauren Connor, dit-il en se dirigeant vers elle pour lui serrer la main.

— Comment l'avez-vous deviné ? demanda-t-elle, surprise, car elle était en avance.

Puis elle se regarda avec ses yeux à lui et vit une femme d'affaires tirée à quatre épingles, complètement déplacée dans ce cadre rude et sportif. Elle eut un rire gêné.

— Ne vous inquiétez pas, dit Richard. C'est ma faute, j'aurais dû m'habiller plus chic. Mais comme la fille qui travaille ici n'est pas encore arrivée, je l'ai remplacée au pied levé et un costume risquerait de faire fuir l'alpiniste moyen.

— Non, c'est moi, répliqua Lauren. J'aurais dû réaliser qu'il ne s'agirait pas d'un lieu de travail habituel et m'habiller en conséquence.

— Ma femme me conseillait d'arrêter de m'excuser tout le temps. Elle était américaine et disait que les Anglais éprouvent l'envie irrésistible de porter les souffrances du monde.

— *Était* américaine ? Elle est morte ?

Lauren s'en voulut immédiatement.

Richard ne parut pas offensé.

— Non. Nous avons divorcé il y a quelques années.

— Ah, tant mieux… Je veux dire, ce n'est pas bien que vous ayez divorcé, mais c'est bien qu'elle ne soit pas morte…

Lauren renonça à tenter de se rattraper. Son savoir-faire en la matière consistait à aggraver les choses.

Richard toucha son bras de façon rassurante en la frôlant pour ranger un étalage de couteaux suisses. À quoi servaient exactement ces pointes supplémentaires au bout vrillé, à part retirer les cailloux des sabots des chevaux ? Elle brûlait de le lui demander mais se retint. Waouh ! J'arrive à me dominer ! J'avance à grands pas vers la maturité.

— À présent, nous sommes tous les deux gênés, déclara Richard d'un ton dégagé. Quel bon début pour notre relation d'affaires !

Il ne paraissait pas du tout mal à l'aise. Lauren l'en apprécia davantage. Elle mit de côté les réserves suscitées par ce travail et commença à se réjouir à l'idée de passer quelques semaines en compagnie de Richard.

Ils restèrent plantés là, un sourire de plus en plus crispé aux lèvres. Heureusement pour les muscles de leur visage, Maria, la gérante du magasin, arriva dans un flot d'excuses et les chassa dans le bureau de Richard, situé dans sa petite maison mitoyenne.

— Vous voulez boire quelque chose ? s'enquit Richard. Thé, café, gâteau à la menthe de Kendal ?... Je plaisantais, ajouta-t-il précipitamment. En vérité, nous sommes civilisés, nous avons même du chocolat HobNobs.

Ils s'assirent sur des chaises délabrées devant une table basse jonchée de magazines sur la nature, que Richard rassembla et empila par terre. Ce n'était pas la façon dont Lauren avait l'habitude de négocier des contrats, mais elle endossa rapidement son personnage professionnel pendant que Richard lui expliquait son organisation commerciale désuète. Faire entrer sa chaîne de magasins dans le vingt et unième siècle serait un sacré défi. Ils n'utilisaient même pas de caisses enregistreuses, et écrivaient les tickets à la main.

L'intérêt croissant pour les sports de plein air avait augmenté les activités de Richard, et il était obligé d'envisager un plan de modernisation total pour répondre à la demande.

— Pourquoi êtes-vous si opposé au changement ? l'interrogea Lauren, consciente de la répugnance de son client envers les nouvelles technologies.

— Je crois que c'est à cause des ordinateurs. Je les déteste. Ils empêchent les gens de se rencontrer. Le téléphone est déjà pas mal dans son genre, mais jusqu'à présent on parvenait à organiser des réunions. Maintenant, vous pouvez tout régler en envoyant des formulaires électroniques, assister à des téléconférences, et même signer des contrats en appuyant sur des boutons. J'aime voir des visages, serrer des mains, échanger des blagues. Ce qui m'inquiète, c'est que, pour finir, les clients n'entreront plus dans les magasins, ils effectueront leurs courses sur le Net.

Lauren se sentit sur la défensive. Car elle adorait les ordinateurs pour les raisons qui poussaient Richard à les haïr. Elle ne supportait pas les réunions : les sourires forcés, la bonhomie de rigueur, le thé insipide dans lequel on ne peut pas tremper ses biscuits. Et elle aimait communiquer par e-mail. Le courrier électronique lui permettait d'écrire des messages, puis d'effacer ses réflexions les plus tordues avant de les envoyer.

À vrai dire, Lauren pensait qu'il aurait été pratique d'avoir rencontré Chris Fallon sur Internet. Ils auraient échangé les informations importantes de façon claire et précise, puis auraient décidé, en connaissance de cause, s'ils souhaitaient aller plus loin.

Et voilà comment, après la signature des contrats, elle en arriva à raconter la soirée de Stella à Richard Trent. Suivie de l'histoire de sa propre vie.

— … et ma mère n'est pas comme les autres mères. Quand j'étais jeune, elle était secrétaire et, durant toute ma scolarité, elle avait l'habitude de me laisser pour le dîner des repas à réhydrater pendant qu'elle allait jouer au bingo. Maintenant, elle chante des chansons de *Gypsy* et de *Oklahoma* dans des pubs du sud de Londres qui la paient dix livres et lui offrent des Bacardi Breezers à volonté. Elle me téléphone deux fois par jour pour compenser les années où elle ne m'appelait que quand elle était ivre, ou lorsqu'elle tombait à la télé sur le passage du *Violon sur le toit* où Topol larmoie au sujet de ses filles. Je parle trop, n'est-ce pas ?

Richard extirpa de la poubelle un sac en papier marron.

— Peut-être qu'en inspirant et en expirant dans ce sac ça vous aidera.

Laura éclata de rire et se décontracta.

— Désolée. Je parle toujours trop et trop vite quand je suis nerveuse. Cela me met souvent dans le pétrin.

— Je suis en train de m'en apercevoir. Alors pourquoi faites-vous ce boulot ? Vous devriez exercer une profession qui ne nécessite pas trop de contacts.

— Vous plaisantez ! L'industrie des télécommunications est une aubaine pour une personne comme moi. Une fois que j'ai cerné les besoins de mon client, je n'ai plus vraiment affaire à lui. Après, mon travail consiste à relier des ordinateurs, à surmonter des problèmes d'équipement, à effectuer des raccordements. J'ai évidemment des contacts avec le personnel durant tout le processus, mais ce sont des rapports bien définis et concrets. Rien de ce que je dis ne peut provoquer de dégâts. C'est un grand soulagement à la fois pour moi et pour mes clients.

— Vous avez une excellente réputation. Les trois détaillants auxquels je me suis adressé vous ont tous recommandée.

— Je suis douée pour résoudre les difficultés concrètes. J'aime les problèmes quand je sais qu'ils ont une solution. Et dans les télécommunications, il y a toujours une solution. Je détesterais travailler dans un de ces boulots où vous manipulez l'opinion publique ou les images. C'est simple : si un problème ne peut pas être exposé numériquement, mon esprit se ferme.

Richard la regarda avec curiosité.

— Puis-je vous poser une question impolie ?

Lauren joignit ses mains d'un air extasié.

— J'en meurs d'envie ! Elle compensera celles que j'ai posées et, du coup, je me sentirai mieux.

— Pour une personne aussi axée sur les détails concrets, le sens pratique et la simplicité, parler de signes astrologiques semble étrange. Vous plaisantiez, n'est-ce pas ?

Bizarrement, quand Richard s'adressait à elle de cette façon, elle ne se sentait pas agressée comme avec Chris.

— Je ne prends pas l'astrologie au sérieux. Mais l'idée qu'une influence extérieure façonne et détermine notre destin me plaît assez. J'aime les régularités statistiques. Pourquoi l'événement de notre naissance ne serait-il pas important ? Parce que ce qui arrive par la suite n'a aucun sens ?

Richard remarqua qu'elle trempait son biscuit de manière si agressive dans son thé que la moitié était tombée dedans et s'y dissolvait de manière peu ragoûtante. Il lui avait donné le siège face à la fenêtre avec une vue magnifique sur les montagnes et elle ne les avait pas regardées une seule fois. Elle avait besoin de son aide autant qu'il avait besoin de la sienne.

— Quand pouvez-vous commencer ?

Lauren regarda sa montre.

— J'aimerais m'y mettre sur-le-champ, mais je dois attraper ce train. J'aurais dû arriver hier soir, passer plus de temps à me familiariser avec les lieux, à vérifier votre comptabilité, etc.

Elle a sérieusement besoin d'aide, pensa Richard. Quel genre de personne vient dans la région des lacs et s'excite à l'idée de vérifier la comptabilité ?

— C'est ce que vous aviez prévu. Qu'est-ce qui vous a fait changer d'avis ?

Lauren devint distante.

— Il fallait que je réfléchisse. J'espérais prendre des décisions avant de venir ici pour y voir plus clair.

Richard n'insista pas. Et Lauren ne lui donna pas plus de détails. Soudain, la journée de la veille lui sembla très loin. Elle s'en souvenait à peine.

Beth, elle, se rappelait précisément sa journée de la veille. Elle était assise sur le sofa, adossée contre le coussin de gauche qui était « son » côté. Elle s'était moquée d'elle pour avoir agi aussi machinalement : il n'y avait plus de côté, elle pouvait s'installer n'importe où. Elle se déplaça vers le centre du canapé mais ça n'allait pas, c'était étrange. Alors, elle retourna de « son » côté.

Elle regarda les changements provoqués par le départ de Chris. Les rayons de la bibliothèque à moitié vides, les formes géométriques claires sur les murs jaune citron où ses affiches de représentations de Shakespeare et ses posters de séries déjantées se côtoyaient autrefois. Elle avait essayé de changer de place les tableaux qui restaient, mais cela avait engendré de nouveaux vides.

Les marques la dérangeaient. Elles étaient comme des cicatrices. Et l'idée de repeindre la pièce lui donnait l'impression de tricher. Elle devrait s'y habituer avant de les effacer.

Des souvenirs sans queue ni tête défilaient dans son esprit. Soudain, elle pensa aux parents de Chris. Il n'avait jamais compris que Beth lui envie son père et sa mère. « Au moins, ils t'ont désiré », lui disait-elle avec mélancolie tandis qu'il grinçait des dents devant les dernières acquisitions de sa mère : de longues tresses blondes en postiche ou des chopes de bière en forme de jeunes filles du Rhin.

Ce point n'admettait pas de discussion. Si les géniteurs de Chris étaient fous, ceux de Beth étaient simplement distraits. Ils avaient été stupéfaits de se retrouver parents à quarante-quatre ans. Ne désirant pas d'enfant, ils ne parvenaient pas à expliquer cette grossesse. Universitaires tous les deux, chacun n'entretenait qu'un lien très vague avec la réalité. Par conséquent, quand Beth arriva, ils ne surent pas comment l'intégrer dans leur vie.

Ils firent pourtant de leur mieux. Ils affichèrent des tableaux pour se rappeler de la nourrir. Ils lui lurent Virgile et Homère, et l'habillèrent comme eux, en version miniature. Ils l'encouragèrent à inviter des amis, que la mère de Beth testait en calcul mental avant de les autoriser à manger. Ils ne revenaient pas. Beth avait tout du phénomène de foire, et seule sa beauté saisissante la sauva des griffes des petits durs de l'école.

Les rares blagues qu'elle connaissait comportaient des chutes en latin incompréhensibles. Pour les adolescents qui désirent par-dessus tout se ressembler, l'originalité de Beth était une abomination. Plus tard, à la faculté de médecine, elle se retrouva cependant au centre de l'attention. L'exception est une qualité très prisée parmi les étudiants, et Beth atteignit son apogée en se contentant de teindre ses cheveux en rouge.

Mais attirer les regards ne l'intéressait pas. Ses études l'accaparaient complètement. Douée pour la médecine, elle pouvait la pratiquer en restant elle-même. Elle brillait dans toutes les disciplines sans fournir d'effort particulier, d'où son ascension rapide au poste de chef de clinique.

Un jour, Chris était arrivé avec un bras cassé aux urgences, où Beth donnait un coup de main quand le service manquait de personnel. Il l'avait rencontrée à un moment où elle ne poursuivait pas d'objectif de carrière particulier. Elle était perdue, n'avait pas les idées claires, et avant de savoir ce qu'elle faisait elle avait emménagé avec lui, sans se poser de questions. Contrairement à Lauren, Beth n'avait lu aucun magazine féminin.

Tout en déroulant l'histoire de sa vie, elle réalisa que son éducation et ses parents revêtaient une importance capitale, car ces derniers lui avaient toujours répété qu'elle était différente et ne pouvait donc pas avoir les mêmes aspirations que les autres femmes.

Elle avait maintenant trente-cinq ans et ses parents soixante-dix-neuf. Ils avaient toujours été vieux et elle avait toujours été une marginale. Jusqu'à ce que Chris l'apprivoise.

Puis il l'avait quittée. Après lui avoir appris à préparer des sandwichs aux œufs frits comme il les aimait, à se moquer de Sid James, à papoter avec des gens qu'elle n'aimait pas, à partager et à faire des compromis, il l'avait quittée. Et cette rupture ne la terrassait pas tant que ça.

C'est pourquoi elle se trouvait dans un état de grande émotivité et de confusion quand Pete lui téléphona.

4

— Pourquoi est-ce à moi de l'appeler ? demanda Pete à Stella pour la troisième fois.

— Pourquoi ne m'écoutes-tu pas ? répliqua Stella, exaspérée de devoir traiter à longueur de journée avec des entrepreneurs caractériels.

Au bureau, ses collègues ne se souciaient plus de ses problèmes de travaux, ou du temps qu'elle passait au téléphone. Et il y avait des limites à l'intérêt qu'ils pouvaient manifester pour un catalogue de parements de cheminée d'Art nouveau.

— J'essaie de tout organiser avant le séjour de ton père et de ta mère, et j'ai besoin du nouveau numéro de téléphone de Chris. Je veux lui parler de Lauren avant qu'ils sortent ensemble demain.

— Mais Beth est ton amie. Je la connais à peine.

Stella le fusilla du regard.

— Tu as le culot de dire ça après la soirée d'hier ? Je ne pouvais pas vous arracher l'un à l'autre !

Heureusement pour Pete, Stella était trop préoccupée par les stores qu'elle avait commandés pour remarquer que son mari était rouge comme une tomate. Par ailleurs, il n'était jamais venu à l'esprit de Stella qu'une autre femme puisse trouver la compagnie de Pete plus que… agréable.

— Je te l'ai déjà expliqué, elle…

— … pleurait sur ton épaule, je sais, l'interrompit Stella. Tu as donc une bonne excuse pour lui téléphoner. Demande-lui comment elle va. Vu ta soudaine relation avec ton côté féminin, ajouta-t-elle d'un ton sarcastique.

— Et comment justifier ton intérêt subit pour Chris alors que tu as toujours montré de façon très claire que tu ne l'aimais pas ? répondit Pete d'un ton brusque.

Il trouvait Stella très agaçante aujourd'hui.

— Pourquoi devrais-je penser à tout ? grommela Stella à voix basse, juste assez fort pour que Pete l'entende.

— Parce que tu *sais* tout, marmonna Pete, pas assez fort pour que Stella l'entende.

Ils avaient tellement bu à la soirée que, le lendemain matin, ils avaient oublié les histoires qu'ils avaient racontées à leurs amis. Mais Stella se rappelait trop bien avoir négligé de révéler à Lauren que son petit mensonge était découvert.

Tandis qu'elle examinait son visage dans la glace de la salle de bains, stupéfiée par les dix années supplémentaires que donne une bonne gueule de bois, elle vécut un rare moment d'introspection. L'éventualité que Lauren se fâche avec elle, pour une peccadille, l'obsédait.

Il faut dire que Stella travaillait dur à ses amitiés. Elles la définissaient. Elles étaient précieuses et nécessitaient d'être nourries. Comme tout organisme vivant, elles pouvaient mourir faute de soins. Cette perspective était impensable. En conséquence, c'était Stella qui provoquait et maintenait les contacts. On ne l'appelait pratiquement jamais, car ses amis savaient qu'elle ne manquerait pas de leur téléphoner. Et cette attitude ne la dérangeait pas.

Stella mettait un point d'honneur à se souvenir des anniversaires et des multiples détails futiles ou importants de la vie de ses amis. Elle n'ignorait rien de leur famille, connaissait les professions de leur belle-famille, les animaux domestiques des pièces rapportées et les préférences alimentaires de leurs voisins. Elle possédait une énorme collection de cartes dans le tiroir de son bureau, prêtes à parer à toute éventualité. Un entretien d'embauche ? Un chat mort ? Une mauvaise grippe ? Stella envoyait un mot immédiatement. Elle avait des cartes musicales pour ses amis amateurs de concerts, d'autres avec des poissons pour ceux qui les aimaient et de magnifiques cartes artistiques pour les nouveaux amis qu'elle désirait impressionner.

Lauren avait raison : Stella la considérait comme sa meilleure amie. La mettre en colère était inimaginable, même si cette peur était disproportionnée.

— Fais-le, Pete. S'il te plaît, dit Stella, qui souhaitait se débarrasser de ce casse-tête afin de se concentrer sur le plancher qu'on lui posait le lendemain dans la salle à manger.

Peut-être était-ce ce que Pete voulait, qu'on prenne la décision pour lui de façon à se sentir complètement innocent quand il appellerait Beth. Même s'il avait eu envie de se la couler douce depuis son réveil.

— Bonjour, Beth, c'est Pete. Pete Lynch, ajouta-t-il inutilement.

— C'est incroyable ! Tu téléphones au moment même où je pensais à toi.

Les paroles de Beth jaillirent spontanément. Elle s'exprimait comme une fille de seize ans qui a le béguin. Ou comme une femme qui n'a jamais lu *Cosmopolitan.* Elle était moins rusée que la plupart de ses consœurs, car elle n'avait vécu qu'une seule relation amoureuse, avec un homme bourré d'illusions.

— Vraiment ? répondit Pete, surpris.

Il n'était pas très doué pour la duplicité, lui non plus, malgré les tours et les stratagèmes concoctés par Stella. Il apprécia cette spontanéité, et prit d'autant plus conscience de la différence qui existait entre Beth et sa femme.

— C'était merveilleux de discuter avec toi, hier soir. Je me sens tellement seule depuis que Chris et moi avons rompu. Il était mon compagnon mais aussi mon meilleur ami, et même si son départ m'a soulagée, sa compagnie me manque beaucoup. En même temps, je suis étonnée de prendre notre séparation aussi bien. J'étais contente également car nous n'aurions pas bavardé aussi longtemps si j'avais été encore avec Chris.

Pete était confondu par son ton chaleureux, mais un peu alarmé par l'accent de désespoir qu'elle ne se souciait pas de dissimuler. Il avait eu l'intention de passer un coup de fil rapide, d'échanger des propos anodins sur la soirée, puis d'arriver à la raison de son appel. Mais il se surprit à répondre à l'invitation implicite de Beth à poursuivre leur intimité. À nouveau, les mots lui échappèrent. Il réalisa alors qu'il avait envie de se confier.

— Tu as de la chance, Beth. J'ai toujours ma compagne et pourtant je me sens seul. Stella a cessé d'être ma meilleure amie depuis longtemps.

— À qui la faute ? demanda Beth.

Pete n'avait jamais vraiment réfléchi à la question.

— J'ai toujours cru que c'était la sienne. Mais, à la réflexion, j'ai arrêté de lui parler depuis de nombreuses années.

— Pourquoi ?

La conversation n'était pas censée se passer ainsi. Elle mettait Pete mal à l'aise. Surtout avec Stella à l'étage du dessus.

— Écoute, si on en parlait un autre jour ? Je ne sais pas pourquoi, cela ne me paraît pas correct.

— Je suis désolée, Pete ! s'exclama Beth, morte de honte. Je n'ai pas réfléchi. Je ne voulais pas que tu critiques ta relation. Vu mon histoire, je suis mal placée pour juger. Et je n'essaie pas de me mettre entre vous ; j'espérais simplement que nous pourrions devenir de vrais amis, pas des faux comme…

Elle s'interrompit, mais Pete sut qu'elle allait mentionner Stella.

Pete se sentait aspiré de plus en plus profondément dans le monde de Beth. Il avait besoin de temps pour y penser. Beth le prenait de court. De plus, Stella était descendue et rôdait autour du téléphone en chuchotant : « Demande vite le numéro, je veux attraper Chris avant qu'il parte au travail. »

Aussi, quand Beth lui proposa de se retrouver pour boire un café ou déjeuner, en tant qu'amis, il accepta rapidement. S'il tergiversait, Stella se poserait des questions. Ce n'était pas sa faute.

Il toussa nerveusement.

— Au fait, Beth, la raison pour laquelle j'appelais, euh… j'aimerais avoir le nouveau numéro de téléphone de Chris.

Beth ne put cacher sa déception. Ou sa curiosité.

— Bien sûr. Tu en as besoin pour quoi ?

Stella gesticulait furieusement à côté de lui. Pete comprit qu'il ne devait pas mentionner son rôle dans cette conspiration.

— Oh, c'est juste que, euh… je désirais lui demander s'il voulait qu'on se voie pour prendre un verre, ou aller à un match de football.

— C'est drôle, j'ai toujours eu l'impression que tu n'aimais pas Chris.

Pete lança un regard furibond à Stella, tandis qu'il s'enfonçait de plus en plus.

— Où vas-tu chercher ça ? Je n'ai jamais vraiment eu l'occasion de faire connaissance avec lui, c'est tout. Hier soir, il a dit qu'il souhaitait me revoir.

Beth trouva ça bizarre, car Chris avait toujours soutenu qu'il ne supportait pas Stella ni Pete. Mais elle lui donna le numéro, que Pete nota, soulagé que ce supplice soit presque terminé.

— Je dois lui parler un peu plus tard, je le préviendrai que tu vas lui téléphoner pour l'inviter, déclara Beth.

Merci beaucoup, Stella ! s'exclama Pete intérieurement. Maintenant, il va falloir passer une soirée avec ce type. Pourquoi ai-je l'impression que ma vie m'échappe de plus en plus ?

— Super ! s'exclama-t-il avec autant de sincérité que possible. En tout cas, Beth, j'ai eu beaucoup de plaisir à reparler avec toi.

— Moi aussi. Pourquoi ne m'appellerais-tu pas samedi ? J'ai l'après-midi de libre, nous pourrions nous voir, dit Beth avec une impatience enfantine. Si cela ne dérange pas Stella, bien sûr, ajouta-t-elle rapidement.

— Euh… oui, ce serait génial, opina Pete en lançant un regard gêné à Stella et en pressant le combiné contre son oreille de façon à ce qu'elle n'entende rien.

À présent, il devait trouver une excuse pour s'échapper samedi après-midi, le jour que Stella choisissait d'habitude pour le traîner dans les marchés à la recherche de superbes meubles qui s'ajouteraient au nombre déjà impressionnant de leurs possessions.

— Qu'est-ce qui serait génial ? chuchota Stella.

Pete secoua la tête pour lui signifier qu'il s'agissait de rien d'important. Il parvint à terminer la conversation sans prononcer d'autre mot compromettant. Quand il se retourna pour faire face à Stella, elle le regarda bizarrement.

— Pourquoi transpires-tu autant ?

Il passa sa main sur son visage moite, d'un air coupable.

— Pourquoi, à ton avis ? Me pousser à mentir comme ça ! Maintenant, il va falloir que je prenne un verre avec un type que je déteste ! À l'avenir, fais-moi le plaisir d'accomplir ton sale boulot toi-même !

Sur ce, il quitta le salon, évitant ainsi d'avoir à raconter à Stella le reste de la conversation. Je deviens bon dans l'art de me dérober, pensa-t-il. Mais il n'en éprouva aucune fierté. Plutôt de la honte.

En se dirigeant vers la pièce appelée risiblement son « bureau » (un bricolage désastreux digne de Mad Max), il s'arrêta pour se contempler dans le miroir en pied de l'entrée.

Comme tout le monde, il attachait une importance excessive à ses petites imperfections. Il détailla sa carrure menue aux fines attaches et aux petits bourrelets de graisse bien dissimulés, qui trahissaient son mépris total pour les régimes ou l'exercice. Cela le rendait méfiant envers les hommes (ou les femmes !) qui faisaient saillir un muscle en levant un verre. Il vit des cheveux d'un châtain ordinaire qui arboraient la même coupe inoffensive depuis ses seize ans. Il n'aurait pas su quoi faire d'autre avec. Son visage ne possédait pas les attributs devant lesquels les femmes se pâmaient au cinéma. Il avait les yeux bleus mais pas perçants comme ceux de Brad Pitt, un menton volontaire mais dénué de fossette, un nez droit mais sa femme trouvait celui de Gérard Depardieu plus mignon. En revanche, il n'avait pas de fausses dents. D'accord, ce détail ne présentait pas beaucoup d'intérêt, sauf pour son dentiste, mais ça le rassurait sur son compte et c'était mieux que rien.

Et il portait des lunettes. Il avait essayé les lentilles de contact, sans succès : il ne les supportait pas. Il savait bien que Michael Caine portait des lunettes et que même Robbie Williams en possédait, avec des verres neutres, mais c'était différent. Tous ceux qui ont besoin de lunettes de vue le savent. Pete en avait toujours été affublé. On l'avait charrié à l'école et les filles l'avaient dédaigné jusqu'à ce qu'il arrive en première ; là, les adolescentes lunatiques de seize ans avaient décidé qu'elles lui donnaient un look superintello.

Donc, en se regardant dans la glace, Pete vit un type à lunettes. C'est ainsi qu'on le désignait, il le savait.

Son anonymat comportait des avantages. Il pouvait commettre un vol à main armée en plein jour sans être inquiété, car les témoins seraient incapables de le décrire avec précision ou d'aider à réaliser un portrait-robot. Il ressemblait à un frère, à un cousin ou au docteur à lunettes lui-même dans *Urgences,* pas à George Clooney, bien sûr, ni à son remplaçant croate, ni au jeune médecin beau et idéaliste.

Surtout, il n'avait pas l'air d'un mari sur le chemin de la trahison. Il ignorait à quoi ressemblaient ces maris-là, mais il était convaincu que les traits de leur visage étaient plus énergiques.

Dans les quarante-huit heures précédant sa rencontre avec Beth, il se persuada qu'il était victime de circonstances indépendantes de sa volonté. Que Stella l'avait poussé à accepter de rencontrer Beth seul.

Pete n'avait aucune idée de ce que l'avenir lui réservait. Et il aimait cette sensation, car il trouvait que les promesses du passé l'avaient cruellement trahi.

— Il y a quelque chose qui cloche chez moi, s'était un jour plaint Pete auprès de Stella, à l'époque où il croyait encore que ça valait la peine de se confier à elle.

— Quoi ? avait répondu Stella en fronçant les sourcils.

Elle détestait les problèmes.

Pete s'était composé un visage parodiant l'angoisse existentielle et le traumatisme.

— J'aime vraiment mes parents. Leur façon de vivre. Je veux être comme eux. Je dois avoir besoin d'un psychiatre.

Stella avait interprété ses propos comme une pique subtile contre ses propres parents, qui n'étaient pas monstrueux certes, mais qu'elle ne désirait vraiment pas imiter.

— Très drôle, Pete, avait-elle commenté, agacée.

Malgré son expression comique, Pete n'avait pas eu l'intention d'être amusant. Il pensait ce qu'il venait de dire. Ses parents avaient élevé cinq enfants sans argent mais avec de l'humour et de l'amour à foison. Ils leur avaient légué de merveilleux souvenirs : les vendredis soir à jouer au Monopoly, la semaine de vacances chaque été dans la caravane à quatre couchettes à Lyme Regis, les thés du dimanche après-midi quand sa mère préparait des sandwichs pour les sept membres de la famille avec un pain de mie et un seul pot de mousse de sardine, les plaisanteries pour initiés.

La vie était belle. Du coup, pas étonnant que les enfants aient tenu à se marier et à perpétuer la tradition. Améliorer la même recette ne pouvait donner que de meilleurs résultats.

Pour les quatre sœurs de Pete, tout avait marché comme sur des roulettes. Leur bonheur grandissait au rythme de leur famille qui s'élargissait. Jusqu'à ce que Pete, le plus jeune des cinq, commette l'erreur de sa vie. Il épousa une fille qui ne lui convenait absolument pas, convaincu que le mariage aurait un effet positif et métamorphosant : Stella allait se transformer en épouse, en mère, en faiseuse de sandwichs et en joueuse de Monopoly.

Mais Stella venait d'une famille différente. Ses parents étaient immatures et les trois enfants ne s'entraidaient pas. Rien de bien dramatique. Son enfance ne lui avait laissé aucun souvenir impérissable, il s'agissait juste d'une période sans intérêt.

Pete omit d'informer Stella de ses espérances. Elle aimait les parents chaleureux de Pete, mais elle ne voulait pas leur ressembler. Leur vie était aux antipodes de ses aspirations.

Pete aurait dû énoncer clairement ses désirs avant d'épouser Stella. Elle-même n'avait pas manqué de le faire concernant les siens. Mais il n'y avait prêté aucune attention en supposant qu'elle changerait. Tout était bien de sa faute.

Il avait classé ses rêves sous la lettre « I », pour « Inaccessibles ». Pourtant, en pensant à sa prochaine rencontre avec Beth, il se surprit à considérer d'un autre œil ses rêves poussiéreux. Et battit en retraite, horrifié.

Je ne suis pas ce genre d'homme, je ne suis pas ce genre d'homme, se dit-il, espérant qu'il suffirait de le répéter pour s'en convaincre.

Richard conduisit Lauren à la gare pour attraper le train de Londres. Ils n'avaient pas eu le temps de déjeuner, mais il avait insisté pour l'emmener en haut de la colline, derrière le magasin, afin d'admirer la vue spectaculaire sur les lacs. De l'une des nombreuses poches de sa vieille veste, il avait sorti du pain frais et du fromage bleu qui sentait fort. Ils avaient partagé une bouteille d'eau, et Lauren avait essuyé les miettes de ses lèvres à l'aide de sa manche.

Ils avaient réglé en quelques minutes le planning de travail et passé le peu de temps qui restait à bavarder. Lauren regretta presque d'avoir à partir si tôt, malgré la perspective du rendez-vous avec Chris. Surtout *à cause* de la perspective du rendez-vous avec Chris. De toute façon, elle reverrait Richard lundi, quand elle commencerait sa mission.

— Oh, j'allais oublier : pouvez-vous me trouver un endroit où loger pendant la semaine ? Une chambre au pub du coin fera l'affaire.

— Vous n'y pensez pas ! s'exclama Richard. Il y a un appartement indépendant, mitoyen à ma maison. Pourquoi ne pas en profiter ? Ce sera plus pratique, je serai en mesure de vous aider si vous avez des questions à me poser.

Elle aurait dû refuser. Sans frontière clairement définie entre les affaires et la vie privée, la situation risquait de se compliquer. Elle séjournerait à Tendale du lundi au vendredi. Ces cinq jours représentaient beaucoup de temps libre à remplir.

Mais Lauren détenait le record des décisions foireuses, alors elle accepta.

Dans le train du retour, elle prit son ordinateur portable et l'alluma, pour écrire un compte rendu de la réunion pendant que les détails étaient encore frais dans sa mémoire. Mais ses doigts demeurèrent suspendus au-dessus des touches. Elle ne quittait pas le paysage des yeux. C'était exactement le même qu'à l'aller, mais il lui parut différent. Plus vert, plus blanc, plus austère. Elle aurait voulu tirer le signal d'alarme et sortir pour respirer l'air frais.

Cet élan la perturba. Elle était une citadine. Une femme d'affaires prospère. Elle avait choisi sa carrière et sa façon de vivre avec soin, afin d'éviter les crises émotionnelles. New York correspondait à sa recherche de l'anonymat, elle y serait perdue au milieu de la foule et du bruit vingt-quatre heures sur vingt-quatre. La campagne trop imprévisible l'avait toujours laissée froide. Et voilà qu'elle l'attirait !

Et elle n'arrivait pas à travailler. Les propositions, les chiffres, les calculs lui paraissaient gris et ennuyeux. Elle ferma son portable. Je m'y mettrai plus tard, de retour à Londres. De retour dans ma réalité. Elle se cala dans son siège. Perdue dans la contemplation des collines, elle se rappela soudain ce qui lui trottait dans la tête avant d'ouvrir son ordinateur.

Au moment où le train s'éloignait, elle avait regardé le visage de Richard s'estomper peu à peu (il avait insisté pour l'accompagner sur le quai et lui offrir avec ironie un morceau de gâteau à la menthe Kendal pour le voyage). Elle sourit intérieurement en repensant à l'idée qui avait germé dans son esprit. Richard pouvait être la réponse à tous les problèmes avec sa mère. C'était un homme sympatique, amusant, et au caractère bien trempé. Sa mère devrait se remarier. La mort de son père remontait à une éternité. Un nouvel amour la comblerait et lui permettrait de concentrer son attention sur une autre personne.

Tandis que le train s'éloignait, Richard avait regardé le visage de Lauren s'estomper peu à peu. À quoi songeait-elle ? Peut-être à sa soirée. A priori, elle n'augurait rien de bon. Richard n'était pas méchant mais cela lui fit plaisir. Il sourit intérieurement en repensant à l'idée qui avait germé dans son esprit. Quelle femme vive, complexe et pétillante ! Je l'aime bien. Je l'aime même beaucoup.

5

Le film n'en finissait plus. Même avec les sous-titres, l'intrigue était incompréhensible. Chris trouva ça plus facile : il voyait *Pravda* pour la sixième fois. Il avait subi cinq analyses de l'œuvre avec Beth, qui avait tenté hardiment d'en expliquer les thèmes sans jamais arriver à définir le sujet du film. Il espérait que Lauren ne voudrait pas en discuter après la séance. Il savait qu'à la seule mention du mot « déconstruire », il la giflerait.

Lauren essayait de concentrer son attention, mais la perspective du dîner l'inquiétait. Elle n'arrêtait pas de toucher nerveusement sa gorge à l'endroit où se trouvait d'habitude son collier avec le pendentif des Poissons. Il ne l'avait jamais quitté depuis son vingt et unième anniversaire et son absence la mettait mal à l'aise. Le bijou recouvert d'une mince feuille de métal doré nécessitait un astiquage régulier pour l'empêcher de ternir. C'était un cadeau de sa mère et elle le chérissait. L'enlever pour une raison aussi tordue lui semblait un acte de trahison, ou même d'infidélité.

Dans le train, elle avait élaboré un plan pour régler le problème de son mensonge. Il n'était pas très convaincant et consistait à invoquer l'ivresse, à inventer ensuite une histoire compliquée de bluff puis à conclure que tout était la faute de Stella. Elle débiterait son petit laïus avec beaucoup d'esprit et d'humour. Résultat : Chris n'en comprendrait pas un traître mot, mais il nourrirait de sérieux doutes au sujet de son signe astrologique et de son anniversaire imminent. Du beau travail !

Chris avait conçu un plan similaire, très alambiqué, pour la tirer d'affaire. Il allait aussi prétendre qu'il était soûl. Et stupide. Et étourdi. Cette histoire était grotesque, et il voulait s'en débarrasser au plus vite afin d'entamer une relation détendue avec Lauren.

La réalité allait se révéler différente, comme c'était souvent le cas dans la vie de Lauren. Tout se déroulait à merveille alors qu'ils marchaient en direction de Covent Garden, jusqu'à ce qu'ils parlent de restaurants. Sur la suggestion de Chris, Lauren avait accepté de se rendre dans un bar à sushis. Allergique aux fruits de mer, elle préférait éviter les restaurants de poisson, mais elle désirait tellement lui faire plaisir pour ce premier rendez-vous qu'elle sacrifia son bon sens aux bonnes manières. Elle affirma adorer les sushis, persuadée qu'elle dénicherait un plat inoffensif dans le menu.

Très moderne, le restaurant était décoré dans un style minimal, en d'autres termes pas décoré du tout. Il n'avait même pas l'air très propre ; Lauren supposa que c'était fait exprès et qu'en réalité les lieux étaient récurés à un point frisant l'obsession par le personnel aux visages inexpressifs.

Les menus arrivèrent et Lauren parcourut la carte avec confiance, espérant trouver un plat qui ne déclencherait pas son allergie, ni son aversion pour les mets visqueux. Son optimisme en prit un sacré coup. Les serveurs auraient pu lui donner immédiatement des cachets antihistaminiques et un récipient pour vomir. Plus un sac pour cacher sa tête quand sa peau se couvrirait de boutons.

— Qu'avez-vous choisi ? demanda Chris. Tout est fantastique ici !

Lauren toussa délicatement, dans la plus pure tradition d'une héroïne de Jane Austen.

— J'ai un appétit d'oiseau.

(Gros mensonge. À déconseiller, à moins de vouloir être condamnée à vie à des repas légers, sans jamais d'amuse-gueules.)

— Je vais juste prendre un peu de riz et… des légumes.

Lauren vit le visage déconfit de Chris. Elle jeta à nouveau un regard désespéré sur le menu.

— Nous pourrions peut-être partager une des spécialités ?

Chris se dérida et commanda sur-le-champ des tonnes de plats visqueux, bourrés d'allergènes. Lauren pensa que le moment était venu de se lancer dans l'explication spectaculaire de son lapsus. Elle ne considérait plus avoir menti depuis qu'elle avait suivi une émission consacrée à un parti politique qui lui avait ouvert les yeux sur ce qu'était vraiment le mensonge.

Elle allait commencer son discours quand elle remarqua que Chris regardait derrière elle. Elle se retourna. Une femme se dirigeait vers eux à grandes enjambées.

Elle mesurait un mètre quatre-vingts et sa minceur frisait l'anorexie. Ses cheveux presque blancs et filasses, trop fins, et son ossature des plus incroyables la rendaient très belle ou très laide, selon les goûts. Lauren la trouva tout simplement effrayante, et eut du mal à ne pas élever les mains en forme de crucifix pour se protéger de ce spectre démoniaque.

Le visage de Chris affichait le plus joyeux des sourires, et Lauren eut l'affreux pressentiment qu'il s'agissait d'une autre ex-petite amie avec laquelle il lui faudrait compter. Jusqu'où allait la maturité de Chris ?

— Izzy ! Qu'est-ce que tu fais là ? s'exclama-t-il en se levant d'un bond pour l'embrasser sur les deux joues.

— La même chose que toi, apparemment.

— Tu es avec quelqu'un ? s'enquit-il en lorgnant derrière Izzy pour voir si elle était accompagnée.

Lauren avait déjà vérifié. Il n'y avait personne.

— Je retrouve des amis plus tard dans un club et j'ai pensé avaler un truc vite fait. Comme c'est ton restaurant préféré, je savais que j'avais une chance de te rencontrer.

— Alors, mange avec nous… D'accord ? demanda Chris à Lauren, qui mourait d'envie de refuser.

Cette femme la terrifiait. Elle la pousserait à sortir des horreurs, alors que jusqu'à présent elle était arrivée à refréner sa tendance naturelle à l'autodestruction. Mais Lauren était trop polie pour être honnête. Elle se contenta donc d'acquiescer, et serra fortement les lèvres pour éviter toute catastrophe.

— Tu ne nous présentes pas, Tristan ?

Tristan ?

— Bien sûr, désolé ! Izzy, voici Lauren Connor ; Lauren, c'est ma sœur Izzy. Iseut.

« Sœur ». O.K. « Tristan » et « Iseut ». Oh, non !

Chris prit l'air penaud.

— Pas de commentaire, s'il vous plaît, on connaît la chanson. Vous comprenez pourquoi je me fais appeler Chris. Et je vous serais reconnaissant de ne plus jamais en reparler.

Lauren comprit tout à fait et l'en aima davantage. Sa vulnérabilité l'attendrit, comme la sienne avait attendri Chris à la soirée de Stella.

Izzy s'assit à la table et toisa ouvertement Lauren.

— Alors, Lauren, depuis combien de temps connaissez-vous notre Tristan ?

— Nous nous sommes rencontrés il y a deux jours.

— Tu vas vite en besogne, Tris. Tu as rompu avec cette timbrée de Beth voilà à peine deux semaines. Je croyais qu'il te faudrait plusieurs mois pour t'en remettre.

Chris eut l'air gêné.

— Je n'aime pas que tu appelles Beth de cette façon. Elle a eu une éducation difficile qui l'a un peu déphasée.

Izzy se tourna pour faire face à Lauren.

— Croyez-moi, cette femme est complètement dingue. Savez-vous que, pendant les cinq années qu'elle a vécues avec Tris, elle n'a jamais parlé de lui à ses parents ? Ils ne savaient même pas qu'elle avait un petit ami, encore moins qu'elle vivait avec lui.

Lauren réfléchit à la question. C'était vraiment bizarre, aucun doute là-dessus.

— Mais ses parents ne venaient jamais chez vous ? demanda-t-elle à Chris.

Izzy répondit à sa place.

— Bien sûr que si ! Tris empaquetait alors ses affaires et les cachait chez moi. Il devait décrocher les photos, enlever ses livres, débarrasser la salle de bains, tout. Ensuite, il errait dans les rues jusqu'à leur départ avant de pouvoir réemménager.

Chris ne savait plus où se mettre.

— Ce n'était pas aussi terrible, Izzy, tu exagères.

Izzy hocha la tête.

— Non, je n'exagère pas. Beth était terrifiée à l'idée que ses parents fous et séniles découvrent que leur petite princesse ne vivait pas dans un château de conte de fées, loin de tout contact humain.

Chris leva la main pour protester.

— Elle attendait le bon moment. Ils sont âgés. Un peu vieux jeu. Elle avait prévu de le leur annoncer quand elle est allée séjourner chez eux la semaine dernière.

Izzy se carra dans son siège, étonnée.

— Je n'en savais rien.... Après cinq ans, elle décide enfin de lâcher le morceau et tu la plaques ? Qu'est-ce que ça veut dire, Tris ?

Lauren se demandait la même chose. Mais ni elle ni Chris (impossible de songer à lui sous le nom de Tristan) n'eurent l'occasion d'approfondir cette question, car Izzy n'avait pas terminé.

— C'est probablement pour le mieux. Comment lui faire confiance ? Beth était la reine de la dissimulation ! Une fois, j'étais chez toi, elle téléphonait à sa maman – elle devait l'appeler Mère – et elle lui racontait sans hésiter des tonnes de bobards, avec un culot ! J'ai toujours dit à Tris : « Si elle peut mentir à sa mère aussi facilement, elle agira de même avec toi. »

Lauren et Chris pensaient la même chose : tout allait de travers. Ils voulaient se jouer une petite comédie innocente pour effacer le souvenir d'une conversation stupide, mais le jugement accablant d'Izzy sur les dangers du mensonge les laissait sans voix.

Les plats arrivèrent et la situation empira. Du moins pour Lauren, qui, après avoir avalé quelques bouchées d'une nourriture à l'air inoffensif, sentit sa peau picoter de façon inquiétante.

— Qu'avez-vous, Lauren ? Vous êtes toute rouge et un peu, comment dire ? marbrée.

Merci, Izzy, fulmina Lauren intérieurement. Comme si je ne m'en rendais pas compte !

— Je ne me sens pas très bien. Ce doit être un truc que j'ai mangé à midi.

Ce n'était pas le moment de dévoiler son allergie aux fruits de mer et, par conséquent, à tous les plats se trouvant sur la table.

Chris se pencha vers elle, inquiet.

— Il vaut mieux que je vous raccompagne chez vous avant que ça s'aggrave.

Les choses ne peuvent pas être pires, pensa Lauren.

Elle avait tort.

— Surprise !

Sur le palier, Chris et Lauren sursautèrent, horrifiés, tandis que la mère de Lauren ouvrait brusquement la porte.

Maureen vit le visage bouffi de sa fille.

— Oh, mon Dieu ! Regarde-toi ! Qu'as-tu fait ? Tu n'as pas mangé de… ?

Lauren ne la laissa pas finir sa phrase. Elle se jeta au cou de sa mère, ce qui rendit cette dernière perplexe, car aucune des deux n'était du genre démonstratif. Mais cette étreinte produisit l'effet désiré : empêcher Maureen d'enfoncer un peu plus sa fille.

— Je suis ravie de te voir. Quelle… surprise ! Euh… entrez, Chris. Maman, je te présente Chris. Chris, voici Maureen, ma mère.

Chris ne bougea pas. En cinq ans de vie commune, il n'avait jamais rencontré les parents de Beth et s'en réjouissait secrètement. Aussi n'était-il pas emballé de tomber sur la mère de Lauren après un rendez-vous plutôt raté.

— Puisque votre mère est là pour prendre soin de vous, je vais y aller. J'ai du travail qui m'attend à la maison.

Lauren était soulagée. Comme lui, elle voulait que la soirée s'achève au plus vite. Surtout connaissant sa mère : elle parlait trop. Les mots sortaient de sa bouche telles les balles d'un pistolet automatique et, vu leur quantité, certains ne manqueraient pas de causer le maximum de dégâts. Lauren avait hérité ce don de Maureen. Si elle avait eu à choisir une qualité héréditaire, elle aurait plutôt jeté son dévolu sur les pieds étroits de sa mère.

— Je comprends, Chris. Merci pour cette charmante soirée, dit Lauren gaiement.

— Vous êtes sûre que ça va ?

— Je vais bien, répondit-elle avec gratitude. Vraiment.

Chris n'avait pas l'air convaincu.

— Je vous appellerai demain, pour prendre de vos nouvelles.

— Ce serait super !

Si Lauren avait immédiatement fermé la porte, la soirée aurait pu être sauvée. Mais elle s'attarda quelques secondes de trop. Et si elle glissait une allusion amusante sur les anniversaires, pour détendre l'atmosphère une fois pour toutes ? Elle avait décidé d'y renoncer quand sa mère prit la direction des opérations.

— Ne sois pas stupide, Lauren. Tu ne peux pas laisser ce jeune homme s'en aller sans l'avoir invité à rentrer. J'ai vu *Ally McBeal*, je sais comment les jeunes se conduisent. Il doit boire un café et écouter tes CD. Allons, ne restez pas planté là. Je ne vous gênerai pas, vous ne vous apercevrez même pas de ma présence.

Elle traîna Chris dans l'appartement et le conduisit avec fermeté jusqu'au canapé. L'espace d'un instant horrible, Lauren se demanda si sa mère allait lui proposer une boîte de préservatifs. Aussi improbable que ça puisse paraître, elle ne voulait pas en prendre le risque.

— Peux-tu me donner un coup de main dans la cuisine, maman ?

Adoptant la manière forte de sa mère, Lauren l'éloigna des étagères de disques où elle cherchait la bande originale de *Roméo et Juliette*.

— Il a l'air très sympathique, ma chérie. Dois-je commencer à économiser pour acheter un chapeau ?

Elles entrèrent dans la cuisine et fermèrent la porte.

Lauren commença à chuchoter, jetant des coups d'œil nerveux en direction du salon.

— Maman, écoute-moi. Je n'ai pas le temps de t'expliquer, mais ne parle pas de mon anniversaire, de mon collier ou de mon signe astrologique, ni de mes allergies aux fruits de mer, et ne dis surtout pas que je préférerais mourir plutôt que de manger des sushis.

Maureen fit une grimace.

— Je ne comprends pas. Tu as menti à propos de ton âge ? Il n'y a rien de mal à ça ; ton père a été sûr que j'étais plus jeune que lui jusqu'au jour du mariage, quand il a vu mon acte de naissance. À ce moment-là, ça n'avait plus d'importance, alors j'ai…

— Maman, pourquoi aurais-je menti sur mon âge ? Ce serait idiot. Non, j'ai… j'ai eu l'impression qu'il pensait… Il a regardé mon collier d'une drôle de façon. Tu vas croire que je suis folle. Et tu auras raison. Mais je suis en train de tout régler. Surtout, aucune allusion à mon anniversaire.

Maureen haussa les épaules gaiement.

— D'accord, chérie. Alors, tu ne vas pas l'inviter pour ton déjeuner d'anniversaire dans quinze jours ? Ce n'est pas très malin.

— Je ne sais même pas si je vais le revoir. Laisse tomber, maman, lui conseilla Lauren.

Maureen ne laissait jamais tomber. Cette attitude impliquait la négligence, et elle avait été une mère négligente pendant trop d'années. À présent, elle assurait.

Lauren essaya de deviner ce que sa mère manigançait, mais elle n'en eut pas le temps. Ou la volonté.

— Peux-tu préparer le café ? Et ajoute un peu d'eau pour le refroidir. Je ne veux pas qu'il s'éternise.

Elle s'échappa de la cuisine avant que Maureen pose d'autres questions auxquelles elle n'avait pas envie de répondre. Dans le salon, Chris s'occupait comme s'occupent tous les invités en visite pour la première fois : il passait en revue les livres sur les étagères et parcourait la collection de disques.

Lauren le regarda concentrer son attention sur les nombreux rayonnages de beaux livres consacrés aux comédies musicales de Broadway et de Hollywood. Elle perçut l'ombre d'un sourire sur son visage quand il vit les innombrables bandes originales de films et de spectacles qui reflétaient ses goûts musicaux. (Ou son absence de goût, comme de précédents petits amis lui avaient fait remarquer.)

— Vous aimez les comédies musicales ? demanda-t-elle, consciente du remue-ménage qui provenait de la cuisine.

C'était louche pour la simple préparation d'une tasse de café. S'il vous plaît, faites que maman ne réorganise pas mes placards, songea Lauren. C'est toujours le signe qu'elle mijote quelque chose.

Chris réfléchit à sa question.

— Pas vraiment. Je trouve un peu bizarre que des hommes et des femmes se mettent soudain à chanter au milieu d'une situation tout à fait normale. Ce côté irréel me met mal à l'aise.

Sans avertir, une note aiguë jaillit de la cuisine et Maureen entonna *Everything's Coming Up Roses* comme si elle passait une audition pour la MGM. Lauren eut envie de disparaître sous terre, mais elle remarqua alors que la voix de sa mère était très juste.

— J'aime bien celle-là, dit Chris en tendant le CD de *West Side Story*. Elle est plus musclée que les autres.

— Vous voulez parler des revolvers, des couteaux, des gangs de garçons ? s'enquit Lauren, amusée par son choix conventionnel.

Elle mit le disque et attendit le sifflement du début, qui la transportait toujours vers un New York où l'amour pur triomphait des haines raciales les plus enracinées et où tout le monde connaissait les paroles des chansons. C'était ce qu'elle voulait : quelqu'un qui connaissait les paroles de ses chansons.

Elle émergea de son rêve impossible.

— Je repensais à la soirée de l'autre jour, commença-t-elle d'un air gêné. Je ne sais pas comment vous vous sentiez, mais moi j'étais un peu ivre.

— Moi aussi, affirma Chris pour l'encourager à éclaircir les choses.

Il était prêt à accepter n'importe quelle explication, même la plus ridicule. Malheureusement, il n'en eut pas l'occasion.

— Le café est servi ! annonça Maureen en faisant irruption dans le salon avec un plateau, trois tasses de café (Oh, non ! pensa Lauren, trois tasses !) et une boîte de gâteaux Jaffa. Lauren ne vous l'a peut-être pas dit, mais les gâteaux Jaffa sont ses préférés. Comme elle ne s'en achète jamais, je lui en offre quand je lui rends visite.

Maintenant, Lauren comprenait ce que signifiait le remue-ménage dans la cuisine. Sa mère avait rangé les étagères pour y loger les vingt-quatre paquets de gâteaux Jaffa. Le plus triste, c'était que Lauren n'aimait plus ces gâteaux depuis l'âge de quatorze ans, époque où elle était passée par une très brève dépendance à leur égard. Quand Maureen s'était métamorphosée en mère parfaite, elle avait exhumé quelques souvenirs heureux de l'enfance de sa fille, qu'elle entretenait pour se racheter. Tu vois, je me rappelle encore tes goûts, sous-entendaient ses témoignages d'affection.

Il n'y avait pas que les gâteaux Jaffa. Les histoires d'amour historiques, les 33-tours de Neil Diamond et le vernis à ongles rose nacré faisaient partie de ces manifestations. Lauren n'avait pas le cœur de dire à sa mère quc ces engouements lui étaient passés depuis belle lurette. Ce malentendu durait depuis si longtemps qu'elle n'osait plus avouer la vérité. Maureen se serait sentie trahie en se remémorant les nombreuses occasions où sa fille avait rayonné de joie en recevant les cadeaux détestés.

Lauren se servit avec un regard reconnaissant et planta ses dents dans la gelée orange, molle et visqueuse qui lui rappelait toujours la fois où, étudiante, elle avait été malade après avoir bu une demi-bouteille de Cointreau.

Le silence le plus total régnait. Ils écoutaient les Jets chanter joyeusement qu'ils allaient débarrasser les rues des sales petits voyous immigrés qui menaçaient leur vie bien ordonnée. Ah, le rêve américain…

— Où se trouve ce charmant restaurant dont Lauren vient juste de me parler ? s'enquit Maureen. J'adore les sushis, mais il y a peu de demande à Watford.

Chris le lui expliqua, ravi de cette question inoffensive. Ils discutèrent tout les deux des mérites de nombreux poissons, puis un silence inquiétant s'installa de nouveau.

Lauren se demandait si elle trouverait l'occasion de débiter son discours. Chris se débattait avec le même problème. Quant à Maureen, elle était sur le point de tirer une autre salve terriblement déplacée dans le désert de la conversation.

— Chris, j'espère que vous viendrez bientôt me rendre visite avec Lauren. Je suis sûre que vous aimeriez voir les photos d'elle quand elle était petite… Non pas qu'elle soit vieille, ajouta-t-elle précipitamment en essayant de se rappeler les propos de Lauren sur cette histoire d'âge. À vrai dire, nous donnons un déjeuner de fête dans une quinzaine de jours.

Arrête ! l'implorait Lauren du regard. Sa mère lui adressa un clin d'œil et hocha la tête d'un air entendu : Ne t'inquiète pas, j'ai la situation bien en main.

Façon de parler ! Elle racontait n'importe quoi. Mais elle se sentait moralement obligée de tirer sa fille d'embarras. C'est ainsi qu'agissent les mères, les vraies : elles aident leurs enfants, qu'ils le veuillent ou non.

— Lauren vous dira en quel honneur ce déjeuner aura lieu… en temps voulu, ajouta-t-elle en adressant fièrement un autre clin d'œil à sa fille.

Une bonne chose de faite ! songea Maureen. Maintenant, Lauren devra régler cette histoire. Si je ne lui avais pas forcé la main, ce malentendu aurait traîné indéfiniment.

Pourquoi n'as-tu pas laissé le carton de gâteaux Jaffa à la porte ? pensa Lauren avec amertume. Pourquoi n'es-tu pas restée chez toi à faire des vocalises ? Comment paraître spontanée et désinvolte alors que tu viens de déclarer officiellement à Chris que j'ai quelque chose de particulier à lui annoncer ?

Chris souffrait pour elle. Il en connaissait un rayon sur les parents difficiles. Lui et Izzy s'en étaient sortis chacun à sa manière. Il avait puni sa mère et son père en écoutant à longueur de journée dans sa chambre les disques des Monkees, le volume poussé au maximum.

Izzy, pendant ce temps, s'était lancée dans un trip d'automutilation qui déroutait M. et Mme Fallon sans vraiment leur causer d'inquiétude. Même quand elle passa à la vitesse supérieure, ils restèrent adorables avec elle, la seule attitude sage de toute leur vie parentale. Elle commença par prendre modèle sur le personnage de Morticia dans *La Famille Addams,* la première émission qu'elle vit chez une copine, les Fallon n'ayant bien sûr pas la télévision. Par la suite, elle se métamorphosa régulièrement. À présent, elle se trouvait à mi-chemin entre l'humoriste Joyce Grenfell et Tina Turner. À la grande déception de ses parents, elle ne passa jamais par la phase jeune fille du Rhin, même quand ils lui rapportèrent du festival de Bayreuth un casque ailé et un trident.

Elle avait supplié Chris de ne pas quitter la maison avant qu'elle termine le lycée.

— Papa et maman sont complètement cinglés, Tris. Si tu me laisses avec eux, ils vont m'obliger à natter mes cheveux en tresses blondes.

Chris était donc resté jusqu'à ce qu'il ait vingt et un ans et Izzy, dix-huit, époque à laquelle leurs parents portaient d'étranges blouses brodées sur des shorts. Résultat : Izzy se sentait infiniment redevable envers son frère. Elle attendait l'occasion de lui rendre la pareille et le moment approchait à grands pas.

Chris avala d'un trait son café tiède (presque imbuvable) et partit sans que Lauren puisse remédier aux interventions maladroites de sa mère. Il lui assura qu'il l'appellerait, mais Lauren était persuadée que le numéro de sa mère l'avait définitivement découragé. Néanmoins, ce départ ne l'affecta pas outre mesure. Cette soirée avec Chris ne l'avait pas convaincue de renoncer à New York pour lui. Ni même à Tendale.

En revanche, furieuse de la présence inattendue de sa mère chez elle, Lauren décida de la culpabiliser en lui reprochant d'avoir fait capoter le début d'une relation importante.

Il était trois heures du matin. Sa mère était enfin partie après un échange de propos acides, la scène habituelle entre mère et fille qui commence par le traditionnel :

— Tu ne pouvais pas te taire ?

Et se poursuit par :

— Pourquoi faut-il toujours que tu bousilles mes relations ?

Pour culminer dans la méchanceté :

— Je te préférais quand tu te fichais de moi. Au moins, tu ne te mêlais pas de ma vie.

Maureen n'avait pas répondu. C'est un don maternel, sinon une nécessité, d'encaisser les reproches et les frustrations de sa progéniture sans broncher.

Inutile de mentionner que Lauren s'en voulut de sa dureté, après le départ de sa mère. C'est-à-dire après avoir ressassé des pensées acerbes à son sujet, sur fond musical de Stephen Sondheim.

Comment puis-je la laisser ? se demandait-elle, tourmentée. Comment rester ? se répondait elle en s'adjurant de dormir.

Elle cessa alors de réfléchir à la décision qu'elle n'avait toujours pas prise pour se poser la question suivante : que s'était-il passé de si important pour que sa mère éprouve la nécessité de débarquer chez elle à l'improviste, un vendredi soir ? Dans le feu de la discussion, Lauren avait oublié de le lui demander.

6

On était samedi, l'heure du déjeuner approchait, et Pete n'avait toujours pas trouvé le courage d'annoncer à Stella qu'il sortait. Il avait décidé de lui cacher son rendez-vous avec Beth. Elle se ferait des idées pour rien.

Stella paraissait d'excellente humeur. Elle avait été soulagée de recevoir l'appel de Lauren l'informant qu'elle montait à Tendale ce jour-là, au lieu de lundi, après une soirée quelconque avec Chris. Laureen n'était pas entrée dans les détails, car son mobile captait très mal à cause des montagnes environnantes. Stella avait exprimé sa sympathie par des onomatopées appropriées, et elles avaient convenu de se voir au retour de Lauren.

À la dernière minute, les parents de Pete avaient accepté de descendre pour le week-end. Ils ne se réjouissaient pas d'accréditer l'histoire de leur fils, à savoir que leur séjour était prévu depuis longtemps.

— Tu sais, Pete, avait dit son père, ta mère et moi n'avons aucun secret l'un pour l'autre. J'ignore ce qui se passe entre vous, mais règle la situation avant qu'elle ne t'échappe.

Ils étaient de piètres acteurs et, dès leur arrivée, Stella sentit qu'un truc clochait.

— Pete, es-tu sûr que tes parents vont bien ? Ils ont l'air… bizarres.

— Mais non ! déclara Pete avec irritation.

Il voulait que le week-end passe le plus vite possible afin de retourner à son existence banale et sans surprise.

— Je ne crois pas, marmonna Stella, déterminée à découvrir le pot aux roses grâce à d'ingénieux stratagèmes d'investigation. Que se passe-t-il ? s'enquit-elle avec fermeté en coinçant Bill et Ann dans le jardin d'hiver, où ils furent choqués de voir les radiateurs recouverts de dessins pornographiques peints au pochoir.

Ils sursautèrent et firent de leur mieux pour paraître innocents. Sans succès.

Bill se lança.

— Nous admirions les radiateurs. Ils sont très… étonnants.

Stella hocha la tête, agacée.

— Je ne parle pas des radiateurs. Et ne vous inquiétez pas, ce n'est pas nous qui avons fait ces pochoirs, ce sont les propriétaires précédents.

Bill et Ann parurent soulagés. Ils s'étaient demandé si l'application de dessins pornographiques sur les appareils électroménagers constituait une preuve de désaccord conjugal. Leur soulagement fut de courte durée.

— Je sais qu'il y a anguille sous roche, affirma Stella, implacable. Vous pouvez peut-être le cacher à Pete, mais pas à moi. Vous vous conduisez de façon étrange. Alors ? S'il vous plaît ! Vous m'inquiétez. Je ne bougerai pas tant que vous ne m'aurez rien dit.

Ils s'en voulaient beaucoup. Ils l'aimaient comme leur propre fille et détestaient lui mentir. Ils se décarcassèrent donc pour trouver les mots susceptibles de la calmer.

— J'ai eu des douleurs cardiaques, déclara Ann.

— Nous avons de petits problèmes d'argent, souffla Bill.

Ils avaient parlé en même temps, et se tournèrent l'un vers l'autre, stupéfaits. Stella se précipita pour les réconforter. Son effusion était si chaleureuse que ses beaux-parents ployèrent sous son étreinte. Stella ne vit pas les regards méfiants qu'échangeaient Ann et Bill. De toute façon, elle ne les aurait pas compris.

— Je n'en savais rien ! s'exclama Stella. Pourquoi n'avoir rien dit ? Pete doit être mis au courant.

Ann laissa Bill les sortir de ce mauvais pas. Apparemment, il avait plus de talent qu'elle pour jouer la comédie.

Bill s'éclaircit la voix.

— Nous ne voulions pas que nos enfants apprennent que nous avions des soucis… Il ne s'agit que de peccadilles, ajouta-t-il d'un ton rassurant.

— Je ne pense pas que des douleurs cardiaques soient des peccadilles. Et les difficultés financières sont toujours graves.

— En tout cas, nous dominons bien la situation et nous estimons préférable que Pete ne s'inquiète pas. Il a déjà assez de problèmes avec son travail.

Stella eut un mouvement de recul.

— Qu'est-ce qui ne va pas dans son travail ?

Bill se mordit la langue, horrifié. Il croyait que Pete avait tout raconté à Stella. Ann et lui n'avaient aucun secret l'un pour l'autre, excepté qu'Ann ne lui avait encore jamais parlé de ses douleurs cardiaques et qu'il avait omis de partager avec elle ses préoccupations pécuniaires.

Pete s'était confié à eux lors de sa dernière visite. Le cabinet de conseil pour lequel il travaillait avait été racheté et il y aurait des licenciements. Bill avait essayé de rassurer son fils.

— Ne t'inquiète pas, Pete, ils se débarrasseront des vieux, pas des jeunes comme toi.

Bill n'oublierait jamais le regard triste que Pete lui avait lancé.

— Papa, je fais partie des vieux. J'ai presque quarante ans. C'est vieux, dans ce métier.

À ce moment-là, Stella avait pénétré dans la pièce, et Pete s'était arrêté net. Bill réalisait maintenant, des semaines plus tard, que son fils n'avait pas voulu que sa femme entende leur discussion.

— Je me trompe peut-être. Vous me connaissez, je comprends souvent les choses de travers.

Cette sortie n'eut aucun effet sur Stella.

— Que vous a-t-il raconté exactement ? Il ne m'a rien dit.

— Quand lui avez-vous demandé la dernière fois comment allait son travail ? ne put s'empêcher de rétorquer Ann.

Stella recula comme si on l'avait frappée.

— Qu'insinuez-vous ? Pete et moi discutons de tout.

Bill et Ann ne bronchèrent pas. Ils avaient passé assez de temps dans les maisons successives de leur fils pour connaître l'idée que Stella se faisait de la conversation : elle l'aimait à sens unique. Ils avaient mis plusieurs années à admettre que Pete était heureux, ou du moins satisfait par cette relation. Stella avait besoin d'un homme silencieux ou affichant un calme olympien.

Lors de leur première rencontre, Stella avait raconté en long, en large et en travers à ses futurs beaux-parents la récente hystérectomie de sa mère, le découvert de son père à la banque, le traumatisme vécu par ses parents quand l'un de leurs fils avait abandonné ses études (il y eut une allusion à la drogue, sans plus) et les difficultés qu'elle avait avec la pilule. Ils trouvèrent sa franchise attachante, mais se demandèrent comment Pete survivrait au flot de paroles de sa femme.

Ils ne les avaient jamais vus discuter vraiment. Pete et Stella se transmettaient des instructions, échangeaient des informations, confirmaient des programmes. Mais discuter ? Ce mode de fonctionnement comportait un avantage : ils ne se disputaient pas.

Ils formaient aux yeux d'Ann et de Bill un couple étrange, mais qui avait l'air de fonctionner. Après tout, ils étaient toujours ensemble après quinze ans de mariage.

Ann et Bill avaient craint que Pete n'ait épousé Stella par pitié. Leur fils comparait souvent la famille de sa femme à la sienne et racontait ce genre d'anecdote :

— Son père et sa mère sont de sacrés farceurs. Pour eux, le comble de l'humour consiste à rouler dans des rues tranquilles, les fenêtres de la voiture grandes ouvertes, et à crier à pleins poumons : « Slip ! »

Bill et Ann échangeaient des regards perplexes.

Pete avait essayé de comprendre ses beaux-parents.

— Ils veulent être drôles et s'amuser. Ils sont incorrigibles.

Pendant des années, Stella avait résisté à l'influence familiale qui prônait une vie de franche rigolade. Éveillée et travailleuse, elle s'enfermait dans sa chambre pour étudier pendant que sa mère et son père chantaient d'une voix avinée sur des tubes ringards.

Les succès universitaires de ses deux frères étaient accueillis avec joie, ses propres résultats suscitaient la méfiance de ses parents.

— Une fille comme toi devrait sortir, s'amuser, disaient-ils.

Comme si elle se dévalorisait et les décevait en obtenant d'aussi bons résultats que ses frères. Des garçons intelligents, d'accord. Une fille intelligente, c'était anormal.

Un Noël, Stella avait quatorze ans, ils la persuadèrent de boire un peu de champagne en dînant. Une fois pompette, elle se joignit à ses parents pour chanter en chœur sur une compilation d'Elvis. Ils avaient applaudi et poussé des vivats, même ses frères.

— Vas-y ! l'avaient-ils encouragée. On savait que tu étais douée !

Pour la première fois de sa vie, on lui prêtait attention,

elle en eut chaud au cœur et éprouva un sentiment d'appartenance. Par la suite, Stella ne cessa jamais d'être en représentation ou de donner des réceptions.

Jeune fille quelconque, elle comprit qu'elle devait en faire plus que ses copines pour se maintenir à leur niveau. Elle ne se laissa jamais aller à la facilité et ne s'accorda aucun droit. Elle apprit à cuisiner pour plaire à ses frères et ultérieurement à ses petits amis. Elle apprit aussi à embrasser lors du premier rendez-vous et se jura d'épouser le premier homme qui n'essaierait pas de la changer.

« Tu es très belle », avait affirmé Pete le soir de leur rencontre à la discothèque Fresher. Il était soûl. Elle le savait, mais jusqu'à présent aucun homme, même ivre, ne l'avait trouvée belle.

« Tu es très… vive », avait-il dit une fois sobre quand elle lui avait demandé ce qu'il pensait d'elle. « Tu es très différente de mon ex-petite amie », avait-il affirmé alors qu'il envisageait de rompre. « Tu ne ressembles à personne », avait-il déclaré au moment où il songeait à l'épouser.

À dix-neuf ans, il n'avait connu qu'une seule fille avant Stella. Il n'avait aucune idée de ce qu'il faisait ou disait.

Ils se marièrent après l'obtention de leurs diplômes. Bill et Ann avaient l'impression que Pete était plus amoureux de l'idée du mariage que de la femme qu'il épousait. Mais il semblait heureux. Ou, du moins, il ne semblait pas malheureux. Ils fréquentaient beaucoup d'amis, donnaient beaucoup de soirées. Ils n'avaient pas d'enfant, mais c'était d'un commun accord. D'après Stella. Pete n'en parlait jamais.

Stella s'accrochait à ce statu quo comme un bébé s'accroche à son doudou. Elle détestait les discussions intimes et approfondies avec Pete, car elle avait peur de le pousser à révéler des vérités désagréables.

Mais Pete s'était confié à ses parents, constatait-elle à présent. Cette révélation avait sur son mariage des incidences qui l'effrayaient. Et l'ennuyaient. Pourquoi Pete n'avait-il rien dit avant de s'engager pour cette maison ? Il avait reconnu que ce serait drôle d'acheter une maison à rénover de fond en comble. Ou plutôt, il ne s'y était pas opposé, ce qui revenait au même. S'il avait la moindre inquiétude au sujet de son travail, il aurait dû l'en avertir et ils n'auraient pas déménagé.

Elle était soucieuse mais resta silencieuse et fit ce qu'elle faisait toujours quand elle était préoccupée : elle rédigea une liste de courses.

Bill et Ann sortirent de la pièce sur la pointe des pieds en regardant Stella se préparer à un shopping effréné. Plus ils approchaient de leur chambre, plus la tension entre eux devenait palpable.

Bill l'exprima en prenant un journal, qu'il se mit à lire intensément. Ann s'assit dans un fauteuil et fixa son mari en bouillonnant intérieurement. Cela dura un certain temps. Pourtant, il n'était pas facile de demeurer sans bouger dans une pièce de style baroque avec des décorations rappelant les asiles d'aliénés du dix-neuvième siècle.

Ann brisa le silence la première.

— Cette histoire de problèmes d'argent, tu l'as inventée ou c'est la vérité ?

Bill soupira et posa son journal.

— J'aurais dû me taire. Ce n'est rien, franchement. Des broutilles, de petites difficultés de trésorerie, voilà tout.

Ann secoua la tête, perplexe.

— Je ne comprends pas. Notre emprunt logement est remboursé depuis des années, nous touchons une bonne retraite et nous avons des économies. Comment pouvons-nous avoir des difficultés de trésorerie ?

Bill prit un air assuré.

— Ne t'inquiète pas. Il y a quelques mois, j'ai prêté de l'argent à Pete. Il m'a dit qu'il nous rembourserait quand il vendrait l'autre maison. Mais il n'en a pas tiré le prix espéré. Il nous remboursera quand il recevra sa prime annuelle.

— Que se passera-t-il s'il ne reçoit pas de prime, avec le problème du rachat de sa société ? Et pourquoi me l'avoir caché ? demanda Ann d'une voix tremblante.

— Pete a insisté pour que je ne t'en parle pas. Il savait que tu te mettrais dans tous tes états. Et puis, il s'agit d'un prêt temporaire. Pourquoi t'affoler pour rien ?

Ann le regarda comme si elle le voyait pour la première fois.

— Combien d'autres choses m'as-tu cachées depuis quarante ans ?

Bill se leva, furieux.

— Et toi ? Depuis quand souffres-tu de douleurs cardiaques ?

Ann agita les bras avec impatience.

— Ce n'est rien. Juste des élancements. Le docteur a affirmé…

— Le docteur ? l'interrompit Bill. C'est assez grave pour que tu consultes un médecin, mais tu n'as pas songé à m'en parler ! Et alors, qu'a-t-il dit au sujet de ces « élancements » ?

Ann se détourna.

— Rien de préoccupant, je devrai juste passer des examens. Ils indiqueront probablement que tout va bien. Alors, pourquoi t'en parler ? Tu te serais fait du souci pour rien.

Leur petite tromperie réciproque, si inoffensive, assombrit la bonne entente de leur solide mariage. Le claquement de la porte d'entrée les tira de leur morosité.

Ils descendirent pour découvrir Stella criant :

— Parfait ! Va prendre l'air ! Fais ce que tu veux !

— Stella, que se passe-t-il ? s'inquiéta Ann, qui n'avait pas l'habitude de manifestations émotionnelles dans cette maison.

Stella fixait la porte, troublée.

— Je ne sais pas, Ann, je ne sais vraiment pas.

C'était vrai. Elle ne comprenait pas comment ils en étaient arrivés là. Elle avait demandé à Pete son avis sur un lambris et, l'instant d'après, il sortait de la maison comme un ouragan.

— Si on peignait ce lambris couleur cerise avec un effet de patine, qu'en penses-tu ?

C'est tout ce qu'elle avait dit.

Pete était devenu fou furieux.

— Pourquoi tu me le demandes ? Agis à ta guise ! Tu n'en fais toujours qu'à ta tête, de toute façon ! s'était-il exclamé en tournant en rond comme un ours en cage.

Stella s'était alors souvenue de sa conversation avec Bill. Pete avait-il de sérieux ennuis professionnels ? Cela aurait expliqué son humeur étrange.

— Ton père m'a confié que tu avais des problèmes à ton travail, avait-elle déclaré timidement.

— Il n'avait pas le droit de t'en parler !

— Tu plaisantes ! Tu crois que c'est agréable d'apprendre les difficultés de son mari par son beau-père ?

Pete l'avait toisée.

— Je suis sûr que tu t'es consolée en feuilletant un catalogue avec ta carte American Express.

— J'ignore quelle mouche t'a piqué, mais ce n'est pas une raison pour te défouler sur moi !

— Tu veux savoir ce que j'ai ? (Il n'avait pas attendu la réponse.) Je vais te le dire : il y a de fortes probabilités que je sois viré d'ici à une quinzaine de jours. Je recevrai alors une allocation minimale de licenciement qui paiera ma part d'emprunt pendant trois mois, après quoi je devrai avoir trouvé un autre boulot aussi bien payé. Mais ce qui se passe vraiment, c'est que je suis soucieux depuis pas mal de temps et tu ne l'as même pas remarqué.

Stella était abasourdie par son explosion de colère. Si abasourdie qu'elle n'avait pas remarqué le coup d'œil nerveux que Pete avait jeté à sa montre.

— Tu as acheté cette maison en sachant que tu risquais de perdre ton boulot ? Comment as-tu pu agir ainsi ?

— Je croyais que les choses se tasseraient. Pourquoi t'inquiéter pour rien ? Et tu étais nerveuse, décidée à déménager. Je savais que tu ne serais pas heureuse tant que tu n'aurais pas un dérivatif pour t'occuper.

— Alors, voilà ce que tu penses vraiment de moi. Merci beaucoup.

Sur ce, Pete s'était dirigé vers la porte et avait pris sa veste au passage.

— Cette discussion ne nous mène nulle part. Je vais prendre l'air.

Lorsque son mari avait claqué la porte, Stella avait réalisé qu'il portait le pull bleu et blanc qu'elle préférait. D'habitude, elle devait le harceler pour qu'il le mette quand ils recevaient du monde. C'est drôle, avait-t-elle songé.

Maureen adorait Sainsbury. Elle était une adepte du shopping, une fétichiste du supermarché. Il restait encore deux semaines avant le déjeuner d'anniversaire de Lauren, mais il y avait tant à faire ! Et, plus que jamais consciente d'avoir négligé ses devoirs maternels pendant l'enfance de sa fille, Maureen essayait de se rattraper depuis sa renaissance en mère nourricière.

Elle montait et descendait les allées, se reportant constamment à sa liste de courses. Elle avait projeté un véritable festin, surtout depuis l'apparition d'un nouvel homme dans la vie de Lauren. Elle aimait le look de ce

Chris. Il y avait cette histoire bizarre relative aux sujets à éviter, mais Lauren allait régler la situation. J'y ai veillé, se dit-elle avec fierté. Dès qu'ils seraient seuls, sans une mère envahissante dans les jambes, Lauren trouverait une explication convaincante. Une fois les malentendus éclaircis, ils seraient les premiers à en rire.

D'accord, Chris était parti de façon plutôt précipitée et Lauren était persuadée qu'elle le voyait pour la dernière fois, seulement Maureen pensait autrement. Elle avait passé deux heures à essayer de convaincre sa fille qu'il l'appellerait le lendemain. Lauren n'avait rien voulu savoir. La conversation avait mal tourné et dégénéré, comme d'habitude quand Maureen désirait materner sa fille.

— C'est la raison pour laquelle je ne lui ai rien dit, expliqua-t-elle à l'homme étendu à son côté, plus tard, cette nuit-là.

Eddie Knight s'assit et caressa ses cheveux affectueusement.

— Il va falloir lui annoncer bientôt. Elle viendra dans deux semaines et je n'ai pas l'intention de déménager.

Cette déclaration fit plaisir à Maureen. Il n'a rien de commun avec mon looser de défunt mari, pensa-t-elle avec gratitude. Dieu merci ! Elle était bien contente que sa mère, Elsie, ne l'ait jamais vu.

— D'où tient-elle sa voix ? demandait Elsie, en admiration devant sa fille extraordinaire.

— Arrête, sinon tu vas lui donner la grosse tête, lui

répondait son époux. Maureen, voici une bouteille de Tizer et un paquet de chips, va t'asseoir devant le pub et sois sage pendant que ta maman et moi prenons un petit verre.

Maureen avait été adorée par sa mère et ignorée par son père durant toute son enfance. Quand ils furent tués dans un accident de voiture, trois jours avant son dix-septième anniversaire, elle avait une très haute opinion de son talent de chanteuse, grâce à sa mère, et pas la moindre idée de sa valeur personnelle, à cause de son père.

Elle épousa Jim Connor parce qu'il était captivé par sa voix, sa jeunesse et sa vulnérabilité. Elle était subjuguée par son charme, son bagout, ses folles promesses. Elle se maria sans se rendre compte qu'il n'avait pas dessoûlé une seule fois depuis leur première rencontre. « Tu pourrais être aussi célèbre que Dusty », affirmait-il avant leur mariage. « Tu deviens lourde », marmonnait-il, dégoûté, à la fin de sa grossesse imprévue et difficile.

Cependant, il avait changé après la naissance de Lauren. Il avait cessé de boire. Pris un travail stable. Il était fou de sa fille.

— Ton sourire a transformé ton père, affirmait Maureen.

Mais le compliment allait devenir une arme à double tranchant. Les six années heureuses qu'elle vécut avec le Jim métamorphosé rendirent sa mort d'autant plus difficile à accepter. Elle se mit à reprocher à Lauren de lui avoir donné à espérer et d'avoir détruit sa carrière de chanteuse en plein essor.

Trente ans plus tard, elle rencontrait Eddie. Sa relation avec Lauren était à nouveau sur la bonne voie et sa carrière artistique décollait à une vitesse étonnante. Elle n'attendait plus d'autres bienfaits de la vie. Tout allait déjà si bien !

Eddie était charmant. Le méritait-elle ? Elle n'en était pas sûre. Représentant, il avait relativement bien réussi et n'avait ni névroses, ni dépendances, ni complexes freudiens dus à une jeunesse tragique. Elle l'avait rencontré dans un pub où elle chantait. Il avait été captivé par sa voix, son expérience et sa vulnérabilité. Presque comme Jim. Les ressemblances s'arrêtaient là.

— Savez-vous que vous avez la même voix qu'Ethel Merman ? lui avait-il déclaré.

— Enfin un homme qui connaît Ethel Merman ! s'était écriée Maureen.

Des histoires d'amour éternelles se sont bâties sur beaucoup moins que ça, et Maureen et Eddie avaient plein d'atouts supplémentaires. Mais ils devaient d'abord surmonter l'obstacle de la présentation d'Eddie à Lauren.

Ils se rencontreraient pour la première fois lors du déjeuner d'anniversaire. Maureen avait projeté de parler d'Eddie à sa fille vendredi, pour lui donner le temps de s'habituer à cette idée. Mais rien ne s'était déroulé comme prévu.

— Ne sois pas stupide, Eddie, tu n'auras pas à déménager, on n'en arrivera pas là ! Ce n'est pas comme si nous avions quelque chose à cacher ! Il s'agit juste d'une situation délicate.

Eddie sourit avec indulgence.

— Ma chérie, nous vivons ensemble depuis six mois et ta fille ne sait même pas que j'existe.

Maureen prit un air penaud.

— Ce n'était pas le bon moment. Je passe toujours Noël avec elle, et je me voyais difficilement lui demander si mon petit ami pouvait venir.

— Pourquoi pas ? Je suis très fort au Scrabble, je connais les paroles de *Mon beau sapin* et je ne déteste pas les bonbons Quality Street. Tous ces atouts font de moi le parfait convive en période de fêtes.

Maureen éclata de rire et embrassa Eddie tendrement.

— Peut-être, mais Noël est toujours un événement un peu sentimental. Le père de Lauren est mort la veille de Noël. Je ne voulais pas la perturber pendant ses vacances. Le moment me semblait mal choisi pour lui parler du remplaçant de son papa. Ne t'inquiète pas, je trouverai le temps de le lui annoncer le jour de son anniversaire.

— Bon, je te laisse le soin de t'en occuper. Mais à mon avis, tu aurais dû lui en parler hier.

— Que faites-vous ici aujourd'hui ? Je ne vous attendais pas avant lundi ! s'exclama Richard, surpris et ravi de voir ses projets du samedi bousculés par l'arrivée de Lauren.

Il la débarrassa de sa valise, qui lui étirait le bras douloureusement. Lauren frotta son bras en remarquant la facilité avec laquelle Richard soulevait son bagage. En tant que célibataire, elle était très impressionnée par la capacité des hommes à accomplir sans difficulté des tâches pour lesquelles elle devait se démener. Mais Richard était particulièrement musclé. Il puisait sa force dans la vie au grand air.

Il la conduisit à l'annexe, qu'il n'avait pas fini de préparer en vue de son séjour. C'était une vraie pagaille. Lauren sourit en voyant les livres et les boîtes de photos empilés sur le lit. Des vêtements – de femme pour la plupart – jonchaient le sol, ainsi que des objets bizarres qui devaient servir à pratiquer l'alpinisme.

Lauren se baissa pour aider Richard à ranger. Elle ramassa un tricot de corps féminin en Thermolactyl.

— Je suppose qu'il appartenait à votre ex-femme, ou bien s'agit-il d'une aventure dont vous préférez ne pas parler ?

Richard le prit et le fourra dans un sac-poubelle avec le reste des vêtements en évitant de regarder Lauren. Elle regretta immédiatement sa question.

— Je suis vraiment désolée. J'ai encore fait une gaffe. Pourquoi suis-je incapable de me taire ? Mais ramasser un tricot de corps féminin dans la maison d'un nouveau client, c'est comme pénétrer dans un univers parallèle. D'habitude, je consulte la liste des vins et je murmure poliment quand il me montre une photo de ses labradors. Je vous ai soudain imaginé rentrant d'une promenade en montagne, l'esprit dérangé par le manque d'oxygène, et enfilant les vêtements de votre femme par erreur.

Elle s'arrêta brusquement. Trop tard !

— Là, vous vous demandez comment légalement annuler notre contrat, souffla-t-elle.

Richard se releva enfin. Ses yeux n'étaient plus

que deux fentes. Lauren laissa échapper un soupir de soulagement. Il souriait intérieurement ! Comme c'est étrange, remarqua-t-elle. J'arrive à lire dans ses pensées alors que je le connais à peine.

Richard éclaircit sa voix et plaça un doigt sur son menton, en une parodie de profonde réflexion.

— Comment êtes-vous parvenue à votre âge et à votre niveau professionnel sans avoir été agressée, internée ou renvoyée ?

Lauren éclata de rire.

— Justement ! Je m'en sors en ayant une relation strictement professionnelle. Si nous étions dans une salle de conférences, que vous portiez un costume et moi mes lunettes, vous seriez stupéfié par mes compétences de gestionnaire. Je confierais ma vie à cette femme, tout comme mon affaire, vous diriez-vous.

Richard réprima un sourire.

— Mais avec un sous-vêtement de mon ex-femme à la main, tout professionnalisme disparaît ?

Lauren plissa les yeux avec méfiance.

— Vous moquez-vous de moi, Richard ?

Il imita son expression.

— Absolument, Lauren. Rangeons cette pièce au plus vite ; je mettrai ensuite un costume et vous, vos lunettes, afin que vous exprimiez vos talents de gestionnaire.

Lauren inclina la tête sur le côté.

— Ne seriez-vous pas encore en train de vous moquer de moi ?

Richard rit aux éclats.

— Vous me tendez vraiment la perche !

Lauren piqua un fard. Elle allait lui demander pourquoi son ex-femme avait laissé ses Thermolactyl, mais, heureusement, son inconscient avait réalisé son quota d'indiscrétions pour la journée. Elle ravala sa question et regarda autour d'elle pour ramasser un article inoffensif.

Richard prit habilement le maximum de choses et les balança sur le palier.

— Désolé, j'avais prévu de tout débarrasser demain.

— Ne vous excusez pas, c'est ma faute. Je suis venue sur un coup de tête. Je voulais téléphoner pour annoncer mon arrivée, mais je suis partie à six heures et je ne crois pas que vous auriez apprécié un réveil aussi matinal un samedi.

Richard leva les sourcils.

— Vous ne m'auriez pas réveillé. À cette heure-là, j'étais déjà debout depuis une heure. Le week-end, je me lève toujours à l'aube et je conduis jusqu'aux montagnes. Peut-être aimeriez-vous m'accompagner, demain ?

Le visage de Lauren se crispa légèrement. Richard sourit.

— J'en conclus que vous n'êtes pas une lève-tôt ?

— C'est vrai !

— Alors, qu'est-ce qui vous a sorti du lit ce matin ?

— J'ai passé une mauvaise nuit, répondit-elle d'un ton cassant.

Il y eut un silence. Richard attendait une explication. Comme Lauren restait muette, il changea de sujet avec tact.

— Bon, maintenant vous êtes là. Quc voulez-vous faire ? Vous mettre au travail immédiatement ?

Lauren fit signe que non.

— Je pensais visiter les environs pendant que j'en ai encore le temps. Dès que j'aurai commencé, je serai coincée devant l'ordinateur la majeure partie de la journée.

— Super ! J'aimerais beaucoup vous montrer mes promenades préférées. Et je vous promets que les vues sont aussi splendides après neuf heures du matin.

Lauren sourit avec gratitude, se réjouissant à l'avance de son week-end.

Richard crut comprendre son sourire. Son premier mariage avait échoué car il interprétait systématiquement de travers tout ce que disait ou faisait sa femme, mais ce handicap n'avait pas ébranlé sa confiance en son intuition. Il était évident que le rendez-vous avec l'homme ignorant que Lauren était Poissons n'avait pas été une réussite. Son retour rapide à Tendale était significatif : elle voulait le voir avant d'établir unc relation professionnelle, pour nouer un lien personnel et apprendre à le connaître.

Comme la plupart des actes impulsifs, celui de Lauren avait plusieurs causes mais, malheureusement, Richard n'avait pas choisi l'une d'elles. Lauren avait terminé sa mauvaise nuit en s'inquiétant pour sa mère. Comme Richard, elle pensait comprendre la nature humaine en profondeur et elle avait conclu, de façon erronée, que sa mère avait atterri chez elle à l'improviste parce qu'elle était terriblement seule.

À Noël, Lauren avait remarqué la tension et l'air préoccupé de Maureen. Son spectacle dans le pub se déroulait bien et Lauren s'en réjouissait pour elle, mais il était clair que cette activité ne remplissait pas l'immense vide laissé par son mari. Sa mère devait se sentir complètement désespérée pour venir à Londres, en voiture, un vendredi soir, afin d'avoir de la compagnie.

C'était ce douloureux sentiment de pitié qui avait conduit Lauren à Tendale. Elle avait fait preuve d'une grande méchanceté envers Maureen, alors que cette dernière n'avait eu qu'un objectif : la tirer d'un mauvais pas. Eh bien, au tour de Lauren de l'aider ! Elle allait parler de sa mère avec Richard Trent de façon à éveiller sa curiosité.

Il n'y avait pas une minute à perdre. Ils étaient tous les deux très pris, et Lauren avait besoin de passer du temps seule avec Richard pour préparer le terrain.

Une fois le problème de sa mère réglé, elle pourrait se décider pour New York. Elle n'y avait pas pensé depuis vingt-quatre heures. Bizarre, remarqua Lauren. Mon esprit était occupé ailleurs, se rassura-t-elle.

Il restait deux semaines jusqu'à son anniversaire et le grand déjeuner prévu par Maureen. Elle allait y inviter Richard. Sa mère serait enchantée, elle en était sûre.

7

Pete prit rapidement un verre dans un pub avant de rencontrer Beth. Il avait mal au crâne à cause de sa dispute avec Stella. Surtout, il se sentait coupable d'avoir manœuvré au cours de cette scène de façon à pouvoir partir en claquant la porte. Cependant, il pensait connaître assez bien Stella pour prédire qu'elle oublierait tout dès qu'elle aurait un pot de peinture dans les mains.

Que suis-je en train de faire ? se demanda-t-il. Je me cache pour rencontrer une autre femme sans en parler à Stella. Ce n'est pas mon genre. Mais il n'aimait pas son « moi » d'avant. L'idée de perdre son job l'effrayait. Son travail le définissait, et il s'y rendait avec joie car il avait stoïquement accepté que son mariage ne contribue pas à l'épanouir.

Et maintenant, il allait perdre la seule chose qui lui donnait la force d'affronter les demandes épuisantes de sa femme à l'avidité insatiable. Cette soirée ridicule était la goutte d'eau qui avait fait déborder le vase. Et cette histoire sur Lauren et Chris où tout le monde mentait ! Il n'en serait pas là si Stella ne l'avait pas acculé dans une impasse dont il ne pouvait s'échapper qu'en biaisant (un autre euphémisme utile pour « mentir », très apprécié des personnes refusant d'admettre les faits). C'en était trop pour lui, cette mascarade l'épuisait. Et il était de mèche avec les autres. Propulsé dans un univers inconnu où les gens disent une chose et en pensent une autre, il avait l'impression d'être le seul personnage humain d'un dessin animé japonais insipide.

En pénétrant dans le salon de thé où Beth l'attendait en lisant le *Guardian*, Pete se sentit instantanément calmé par sa présence. Il passa en revue les sujets qu'il ne devait pas aborder. Il n'y en avait aucun. Elle savait qu'il était marié et possédait probablement plus d'informations que lui sur son mariage, vu le temps que Stella passait avec elle au téléphone. Il pouvait parler de tout avec Beth et cette pensée lui coupa le souffle.

— Bonjour ! dit-il en s'asseyant en face d'elle.

Beth replia son journal et lui adressa un large sourire. Pete sentit la tristesse le submerger en se retrouvant à jouer malgré lui au jeu du « Et si ».

Il existe deux versions de ce jeu. La version du perdant, que nous jouons tous en période de faiblesse ou de dépression : nous ressassons les mauvaises décisions que nous avons prises et les remplaçons par les bonnes. Ce jeu-là se pratique seul, tard le soir, en buvant cette liqueur bleue rapportée d'Espagne plusieurs années auparavant (le seul alcool dans la maison) et en écoutant Janis Ian ou Leonard Cohen.

Ensuite, il y a la version du gagnant. Celle où l'on tente sa chance, hasardeuse certes mais réelle, et qui conduit à la vie idyllique qu'offre parfois l'occasion saisie.

Pete jouait aux deux versions simultanément, tout en prétendant examiner avec soin un chariot de gâteaux et de muffins. Il parvint même à se décider pour un dessert qu'il ne connaissait pas. Un truc avec des cerises sur le dessus.

Pendant que la serveuse coupait une part de ce gâteau, Pete se demandait à quoi sa vie aurait ressemblé s'il n'avait pas épousé Stella. S'il s'était marié avec une personne qui n'éprouvait pas le besoin constant de faire ses preuves. Une personne qui ne recherchait pas désespérément un style de vie à l'eau de rose, futile et superficiel. Une personne qui admettait que *Friends* était une série télévisée, et non pas un modèle sponsorisé par le gouvernement qui dictait leur mode de vie aux trentenaires branchés.

Et quel serait son avenir s'il laissait tomber Stella et passait le reste de son existence avec Beth ? Il s'agissait là des pensées d'un dément, il le savait. Tout à l'heure, il rentrerait chez lui et offrirait à Stella un bouquet de lis hors de prix en lui promettant de poncer une porte pour se racheter. Avec Beth, il allait passer une heure agréable, un peu tendue, dans ce salon de thé tranquille et gentillet. Ensuite, tous les deux reconnaîtraient que cette rencontre était une folie et qu'il leur fallait continuer à suivre leur destin. Et si les perspectives d'avenir ne les satisfaisaient pas, eh bien, ils prendraient des cours du soir, ou découvriraient Dieu, comme font les gens qui pataugent dans une vie qu'ils n'ont pas choisie.

— À quoi tu penses ? s'enquit Beth.

Pete sursauta. Il baissa les yeux sur son assiette et réalisa qu'il avait mangé le gâteau sans s'en apercevoir. Effet certainement dû au verre ingurgité au pub. Ce n'était qu'un double scotch, mais sur un estomac vide.

À quoi je pense ? On ne m'a pas posé cette question depuis une éternité. À moins que Stella ait besoin de mon approbation pour un nouvel achat. Il n'avait pas partagé ses pensées avec elle depuis si longtemps (les avait-il jamais partagées ?) qu'il n'arrivait pas à formuler une réponse inoffensive et désinvolte.

Aussi répondit-il avec sincérité. L'honnêteté paie, dit-on. Mais pas quand les émotions vous submergent. Tais-toi, Pete ! Tu ne pourras plus revenir en arrière !

Peine perdue.

— Je pensais à ma vie avec Stella. Et à ce que je fais ici avec toi. Et à la raison pour laquelle j'ai caché ce rendez-vous à Stella.

Instinctivement, Beth tendit sa main pour recouvrir celle de Pete, qui ne la retira pas.

— Pete, je suis vraiment désolée si je t'attire des ennuis. Je t'étais tellement reconnaissante pour notre conversation de l'autre soir. Un de mes patients venait de mourir et j'étais bouleversée.

Pete retira sa main pour frotter sa paupière.

— Oh, non ! Pas toi ! s'exclama Beth, déçue.

— Que veux-tu dire ? demanda Pete, sur la défensive.

— Chris avait l'habitude de faire ce geste chaque fois que j'évoquais mon travail. Il évitait mon regard, se passionnait soudain pour son pouce, ou un coussin, n'importe quoi. Pour changer de sujet.

— Désolé, Beth, mais il est parfaitement compréhensible de trouver les conversations sur la mort perturbantes, déclara Pete en prenant les miettes du gâteau avec son petit doigt.

— Peut-être, mais à qui suis-je censée me confier quand le cas se présente ? Ce qui se produit assez régulièrement. Mes parents préféreraient que je répare les os cassés en orthopédie. Ils ne me questionnent jamais sur mon travail. Les personnes comme Stella ne veulent entendre parler que de cures miracles ou de vieillards dont le lot est de mourir de toute façon. Et Chris a passé cinq ans à changer de sujet. J'espérais que tu serais différent, Pete. J'ai vraiment besoin d'un ami.

Elle sembla soudain très jeune, très fragile. Pete aurait dû fuir à ce moment-là. Avant que le peu de résistance qui lui restait ne soit englouti par la sympathie qu'il éprouvait pour cette femme. Mais il ne partit pas. Ce n'était pas son genre. Il songea malgré lui à Stella.

— Je me sens déloyal, déclara-t-il.

Il n'avait pas besoin de prononcer le nom de Stella.

Beth se pencha vers lui, l'air préoccupé.

— Il n'est pas question que Stella souffre, je ne le supporterais pas. Tu as raison, je ne me rendais pas compte. Il n'est pas bon de nous rencontrer en cachette même si nous ne faisons rien de mal. Stella serait jalouse que je te choisisse pour confident, sans parler des autres implications.

Ils devinrent silencieux à la pensée des « autres implications ». Beth regretta ses paroles, et essaya de trouver un sujet qui les replongerait dans l'atmosphère d'agréable camaraderie de la soirée.

— Tu as téléphoné à Chris ? demanda-t-elle gaiement.

— Pourquoi ? répondit-il en fronçant les sourcils.

Pete se rappela alors du mensonge qu'il avait inventé afin d'obtenir le numéro de Chris pour Stella. Il se frappa le front.

— Où avais-je la tête ! Non, j'ai essayé de le joindre juste après t'avoir eue mais la ligne était occupée.

— C'est probablement ma faute, s'excusa Beth. Je lui ai téléphoné pour une histoire de courrier et je lui ai parlé de ton intention de l'inviter.

Je parie qu'il était enchanté, songea Pete avec ironie.

— Je l'appellerai plus tard.

— Il ne sera pas là. Il a des réunions, et ensuite il va au restaurant avec tout le personnel de l'école.

Elle regarda sa montre.

— En revanche, tu es sûr de l'avoir maintenant.

Pete devint blême.

— C'est bon, je ne suis pas pressé. Je le contacterai dans la semaine.

— Ne sois pas stupide ! Appelle-le sans tarder… Tu as ton mobile, ajouta-t-elle en désignant le téléphone portable que Pete aurait préféré reléguer aux oubliettes.

De plus, Chris a très peu de temps libre, il a tellement de boulot parascolaire. Il est préférable d'organiser un rendez-vous le plus vite possible. Passe-moi ton téléphone, je vais faire le numéro pour toi.

Et sans attendre que Pete fournisse sa prochaine excuse, à savoir une panne de batterie, Beth s'empara du mobile et composa le numéro de Chris. Elle tendit ensuite le téléphone à Pete et s'enfonça dans son siège, reconnaissante de bénéficier d'un moment de répit. Cette situation était trop stressante pour elle. Elle savait à quel point Pete devait la trouver naïve. Pourtant, elle voulait sincèrement nouer une amitié avec lui. Et si d'autres sentiments s'étaient développés, elle n'en avait pas conscience... jusqu'à ce que Pete se mette à parler de son mariage et d'elle de cette manière bizarre.

— Allô ?

Merde ! Il est là, pensa Pete.

— Euh... Bonjour, Chris. C'est Pete, Pete Lynch.

Merde ! pensa Chris. Il avait espéré que Beth avait mal compris quand elle lui avait annoncé que Pete l'inviterait.

— Bonjour, Pete, comment ça va ?

— Bien, répondit Pete, et toi ?

Je n'ai rien à raconter à ce type.

— Je suis très occupé, tu sais ce que c'est.

— Absolument ! Tu as aimé la soirée ? poursuivit Pete, de plus en plus abattu.

J'aurais dû prêter plus d'attention aux conversations téléphoniques interminables de Stella. Je ne suis pas très doué pour les papotages.

— C'était super ! Stella et toi, vous savez réellement recevoir !

Oh, mon Dieu ! Ne me dites pas que Stella lui a demandé de me téléphoner pour plaider la cause de Lauren. Je n'ai vraiment pas besoin de ça.

Pete avait épuisé son répertoire d'échange de politesses. Il releva la tête, désespéré, et vit les yeux de Beth s'écarquiller. Il suivit son regard et aperçut alors Stella derrière la vitrine, qui scrutait l'intérieur du magasin, les mains en visière au-dessus de ses yeux pour les protéger des reflets. À ce moment précis, Stella le remarqua, lui, puis Beth.

Il devait en finir au plus vite. Mais son sens inné du savoir-vivre l'empêcha de crier un « adieu » précipité et de raccrocher. Il maudit ses parents de lui avoir inculqué d'aussi bonnes manières.

Il se mit à parler très vite, en calculant qu'il faudrait environ deux minutes à Stella pour se frayer un chemin jusqu'à la porte du salon de thé et pour ensuite se faufiler entre les tables, serrées les unes contre les autres pour rentabiliser le lieu au maximum.

— Chris, quand es-tu libre ? Cette semaine ? La semaine prochaine ?

Il est déterminé à me voir, pensa Chris. Je me demande bien pourquoi. Beth affirme que c'est moi qui ai lancé l'idée à la soirée. Je devais être ivre mort. Impossible d'y échapper, à moins d'être grossier. Mais son sens inné du savoir-vivre l'empêcha de prétexter un agenda rempli jusqu'au vingt-deuxième siècle. Il maudit ses parents de lui avoir inculqué d'aussi bonnes manières.

Il ne pouvait imaginer pire que d'être assis dans un pub et d'avoir à parler à Pete toute une soirée. Puis il se rappela que Beth avait mentionné le football. Personnellement, il détestait le foot mais, au moins, il n'aurait pas à discuter avec Pete pendant le match.

— Et si nous allions voir un match samedi prochain ? suggéra-t-il sans beaucoup d'enthousiasme.

Personnellement, Pete détestait le football mais il eut un vague souvenir de sa proposition maladroite lors du coup de fil à Beth. Le foot avait semblé l'activité virile par excellence puisqu'il était résolu à ne pas subir un film français. Au moins, il n'aurait pas à discuter avec Chris pendant le match. Et Pete ne pouvait imaginer pire que d'être assis dans un pub et d'avoir à parler à Chris toute une soirée.

— Super idée ! s'exclama-t-il tandis que Stella pénétrait dans le salon de thé.

— Je m'occupe des billets, proposa Chris.

Il voulait s'assurer qu'ils seraient avec les supporters les plus bruyants et les plus excités pour rendre toute conversation impossible.

— De quelle équipe es-tu supporter ?

De qui suis-je supporter ? pensa Pete, désespéré, en essayant de se rappeler des noms d'équipes londoniennes. Stella nous a repérés. Elle accélère le pas. Il vit un bus passer dans la rue. Il se rendait à Tottenham.

— Tottenham, lâcha-t-il.

Stella avait atteint la table et approchait une chaise d'un air décidé.

— Écoute, Chris, il faut que je file. Je te laisse t'occuper des tickets. Un match de foot ! Génial ! Je m'en réjouis ! Merci. Nous nous reparlerons la semaine prochaine pour convenir d'un rendez-vous plus précis. Au revoir !

Il n'avait plus le temps d'être poli. Il termina l'appel sans attendre que Chris le salue.

Chris regarda son téléphone, stupéfait. Il est complètement cinglé ! Et je dois assister avec ce fou furieux à un horrible match de foot !

Il décida de tenter sa chance une nouvelle fois et de rappeler Lauren. Elle n'avait pas retourné son coup de fil du matin. Il désirait s'assurer qu'elle s'était remise de son éruption de boutons. Et il s'en voulait d'être parti aussi vite. La soirée n'avait pas été une réussite mais il était un chic type. Il avait promis de lui téléphoner et il tenait toujours ses promesses.

Il composa le numéro de Lauren, puis raccrocha en entendant le déclic du répondeur.

— Stella, que fais-tu ici ? s'enquit Pete.

Il se leva d'un bond pour l'embrasser et appeler la serveuse en espérant avoir l'air naturel.

— C'est drôle, j'allais te demander la même chose. Je te cherchais, figure-toi. Comme tu n'as pas pris la voiture, j'en ai déduit que tu n'étais pas loin… Tiens, Beth, tu es là aussi. Et depuis quand aimes-tu le football et supportes-tu l'équipe de Tottenham, Pete ?

Trop de questions, et même pas de thé et de gâteaux pour distraire son attention, songea Pete.

— Je vais passer la commande. J'en ai pour une minute.

Il se dirigea précipitamment vers la serveuse, qui portait cinq assiettes de pain beurré en équilibre instable à une table composée de quatre enfants occupés à se verser du sucre sur les cheveux et d'une femme paraissant sous Prozac.

La serveuse ne fut pas impressionnée par cet homme qui se mettait en travers de son chemin et la gênait dans ses mouvements.

— Je vous ai vu ! Allez vous asseoir. Je prendrai votre nouvelle commande quand j'en aurai terminé avec cette table.

— Laissez-moi vous aider, déclara Pete, pris d'une inspiration subite.

Il arracha les assiettes des mains de la serveuse et avança en trébuchant en direction de la table des petits hooligans. Il jeta un coup d'œil à Stella par-dessus son épaule et eut un geste d'impuissance, comme une victime enrôlée de force pour aider une pauvre fille débordée. Quand il arriva à la table, un des enfants projeta du sucre sur sa tête. Il rit d'un rire hystérique, enchanté de cette diversion qui retardait la confrontation avec sa femme.

— Qu'est-ce qu'il fabrique ? dit Stella, plus pour elle-même que pour Beth.

— Je crois qu'il essaie de se rendre utile, suggéra Beth, gênée et en sueur de se retrouver seule avec Stella.

Cela ne paraîtrait-il pas bizarre si elle se levait elle aussi pour donner un coup de main ? Rester assise la mettait très mal à l'aise.

— Alors, Beth, quel est ce rendez-vous secret avec Pete ? Tu ne projettes pas une liaison folle et passionnée avec mon mari, j'espère !

Malgré sa naïveté, Beth comprit que Stella plaisantait. Elle ne pouvait imaginer une femme désirant une liaison folle et passionnée avec son mari. L'idée même était ridicule à ses yeux. Cet aperçu du mariage de son amie la rendit très triste pour Pete, et pour Stella aussi.

En l'absence de Pete, c'était à elle d'expliquer la raison de leur présence ici.

— Nous sommes tombés l'un sur l'autre dans la rue. C'est moi qui l'ai traîné ici. Il voulait rentrer te rejoindre.

Pour une personne a priori aussi innocente, Beth était une menteuse chevronnée. N'avait-elle pas passé des années à convaincre ses parents qu'elle vivait seule dans un appartement étrangement spacieux, à fournir des excuses sans fin pour échapper aux vacances en famille et à maintenir les visites parentales à un strict minimum ?

Stella avait renoncé à regarder Pete depuis qu'il s'était laissé entraîner dans une bataille de sucre avec les quatre enfants, qui se tordaient de rire. Elle ne voyait pas souvent son mari avec des bambins mais, chaque fois que cela arrivait, elle constatait avec un sentiment de malaise qu'il semblait ravi et comme un poisson dans l'eau. Attitude incompréhensible pour elle.

Inconsciemment, Stella avait tendance à éliminer ses amis de son carnet d'adresses dès lors qu'ils avaient des rejetons. Elle avait conçu ses maisons successives de manière aussi inhospitalière que possible pour les enfants, les remplissant d'une quantité industrielle d'objets fragiles et de valeur, tous à portée de main. Les parents, terrifiés, revenaient rarement.

Pete aurait peut-être aimé avoir des enfants ? s'interrogea Stella une fois de plus.

Mais ce n'était pas le moment de remuer des sujets ennuyeux. Elle se souvint que Pete lui avait raconté la détresse de Beth et son rêve de renouer avec Chris. Elle prit son expression la plus bienveillante et tendit la main vers son amie.

— Pete m'a raconté dans quel état t'a mis le départ de Chris. Quel salaud !

— Je ne sais pas ce qu'il t'a dit mais..., balbutia Beth, déconcertée.

Stella l'interrompit, une habitude agaçante qui à cette occasion allait sauver Pete.

— Je sais comment ça se passe dans les soirées. On boit quelques verres, on devient sentimental, on a besoin de se confier... Ma pauvre, il a fallu que tu tombes sur mon mari ; ce n'est pas une âme des plus compatissantes.

Beth voulut le défendre, mais elle réalisa que Stella risquait de mal le prendre.

— Il a fait de son mieux, répondit-elle de façon ambiguë, en souhaitant que Pete revienne le plus vite possible.

Elle aussi avait remarqué qu'il s'amusait beaucoup avec les enfants. Ce comportement le lui rendit d'autant plus attirant, et elle s'en étonna.

Pete termina enfin son jeu salissant et glissa en catimini un billet de cinq livres à la serveuse, en dédommagement du travail supplémentaire pour nettoyer tout le désordre. Stella le vit. Beth aussi. Sans s'en rendre compte, la petite distraction qu'il s'était octroyée pour éviter l'affrontement entre Stella et Beth leur avait donné une nouvelle image de lui. S'il avait su qu'il embrouillerait encore plus la situation, il se serait contenté d'aller commander du thé et des gâteaux, et aurait prétendu s'étrangler avec une groseille.

Il vint se rasseoir nerveusement entre les deux femmes. Il n'y avait pas eu d'effusion de sang, et elles ne semblaient pas vouloir lui verser le contenu de la théière sur la tête. Il était clair que la conversation ne l'avait pas compromis. Il en fut infiniment reconnaissant à Beth, mais attristé qu'une fois de plus Stella les ait empêchés de finir leur conversation.

Il faudra que je revoie Beth pour m'assurer que nous sommes toujours amis et que Stella ne l'a pas contrariée. Je ne la reverrai pas par plaisir… D'accord, c'est un mensonge. Mais si Stella n'était pas arrivée, Beth et moi aurions achevé notre discussion et nous nous serions ensuite séparés sur un adieu platonique. Tout est la faute de Stella.

Beth avala d'un trait le reste de son thé en se brûlant la gorge puis elle se leva.

— Il faut que j'y aille. Je ne vais pas vous retenir plus longtemps... Merci de m'avoir prêté ton mari, Stella. J'ignore ce que j'aurais fait si je ne l'avais pas rencontré dans la rue par hasard. J'avais désespérément besoin de parler et il m'a réconfortée.

Pete apprécia son habileté à résumer la conversation qui s'était déroulée pour le disculper. « Merci », articula-t-il silencieusement pendant que Stella regardait ailleurs. Puis il mit la main contre son oreille afin de lui signifier qu'il lui téléphonerait. Un geste de connivence excluant volontairement Stella, sa plus grande trahison jusqu'à présent. Même si tout est sa faute, se répéta-t-il dans une tentative peu convaincante de rejeter la responsabilité sur elle.

Après son départ, Pete se tourna vers sa femme.

— Stella, pour tout à l'heure, je suis désolé et...

D'un signe de la main, elle indiqua que ce n'était pas grave. Elle semblait avoir oublié son accès de colère. En vérité, elle n'avait rien oublié mais, redoutant la tournure qu'avait prise leur échange, elle avait recours à une manœuvre de diversion.

— Ce n'est pas important. Enfin, si, mais nous en discuterons plus tard. À vrai dire, j'ai été ravie d'avoir un prétexte pour sortir de la maison. Je crois que ta mère et ton père se sont disputés.

Pete fronça les sourcils. Ce n'était pas leur genre.

— À propos de quoi ? Ils semblaient très heureux ce matin.

Elle se rappela que Bill et Ann lui avaient recommandé la plus grande discrétion envers Pete.

— Une broutille. Ton père a perdu ses lunettes et ta mère a eu un mal fou à les retrouver.

— Il fait toujours ça, dit Pete avec tendresse.

Puis son visage s'assombrit.

— Mais pourquoi ma mère s'est-elle fâchée ? J'espère qu'ils ne me cachent rien.

Chez Stella et Pete, le téléphone sonnait. Bill et Ann, assis dans le jardin d'hiver (minimalisme inuit avec une touche de cottage écossais), ne s'adressaient pas la parole.

Après la quatrième sonnerie, Bill déclara avec lassitude :

— Devons-nous répondre ?

— Tu me demandes mon opinion avant de prendre une décision ? C'est nouveau ! répliqua Ann avec une mauvaise foi caractérisée.

Bill s'abstint d'entrer dans des accusations ou des récriminations. Il se leva de son siège (il pensait occuper un fauteuil ; en réalité, il s'agissait d'un placard à alcools sournoisement camouflé et, depuis une heure, il s'appuyait contre un bouton qui fabriquait des glaçons).

Il passa les quatre sonneries suivantes à chercher le téléphone, qu'il découvrit sous la forme d'un objet oblong métallique extraplat, doté de deux trous minuscules. Il le décrocha avec appréhension, l'éleva au niveau de sa bouche et parla nerveusement aux deux extrémités jusqu'à ce qu'il comprenne laquelle servait d'écouteur.

— Allô ?

— Qui est à l'appareil ? interrogea la voix à l'autre bout du fil.

Question énervante au possible. Qu'est-on censé répondre ? Si c'est un faux numéro, est-il nécessaire de se présenter ?

— C'est Bill, déclara-t-il, à cours d'inspiration.

— Bill qui ? insista la voix avec méfiance.

— Bill Lynch, le père de Pete.

Ça marcha.

— Bill ! Bonjour, c'est Maureen, Maureen Connor.

— Bonjour, Maureen, comment allez-vous ? demanda Bill, qui ne voyait pas qui elle était.

Dans leur couple, les noms, c'était le domaine d'Ann. Lui, il servait les alcools, montrait le jardin et lavait tout ce qui se trouvait en hauteur.

— Très bien. Stella est là ?

— Désolé, elle est sortie. Pete aussi. Mais vous pouvez laisser un message si vous le désirez.

Il ne prit pas la peine de chercher un papier et un stylo. Dans cette maison, ils pendraient probablement à un chandelier. Il sortit un vieux ticket de caisse et le bout de crayon dont il se servait pour noter ses paris chez le bookmaker. Une autre chose qu'Ann ignorait. Et dont il ne lui parlerait jamais.

— C'est au sujet du déjeuner d'anniversaire de Lauren. Il a lieu dans deux semaines, et je voulais m'assurer de la présence de Pete et de Stella. Ils y ont assisté l'année dernière et celle d'avant, mais j'ai peur qu'ils ne soient pas libres cette fois-ci à cause des travaux de leur nouvelle maison.

La mère de Lauren ! Parfait. Bill était ravi de reconnaître son interlocutrice.

— Je leur dirai de vous rappeler quand ils rentreront.

— Merci, Bill.

Puis elle hésita une seconde.

— Vous savez à quoi je pense ?

Bill n'en avait aucune idée. Ann était la tête pensante de leur couple. Lui, il subvenait à leurs besoins. Il trouvait un grand réconfort aux rôles rigides institués par le mariage.

— Non, de quoi s'agit-il, Maureen ?

— Je pensais aux nombreuses occasions où Lauren m'a parlé d'Ann et de vous. Vous avez été si gentils avec elle !

Bill se rappela alors que Maureen était la mère qui n'avait pas voulu fréquenter sa fille pendant des années. Ann avait pris Lauren sous son aile protectrice, l'avait écoutée, encouragée et félicitée.

— Vous êtes encore là ? demanda Maureen avec anxiété.

— Désolé, j'avais la tête ailleurs, répondit Bill, qui n'était pas très doué pour écouter et réfléchir en même temps.

— Ce serait vraiment sympathique pour Lauren si vous veniez aussi. Ce serait une surprise. Elle vous aime beaucoup et je désire faire de cet anniversaire un événement exceptionnel.

C'était vrai, mais elle voyait aussi l'avantage d'avoir des invités supplémentaires pour noyer toute tension éventuelle entre Lauren et Eddie.

— Nous viendrons avec joie. Vous avez dit dans deux semaines ?

— Oui. Ce sera une grande réception. Lauren a un nouvel ami, Chris, et il se réjouira de la voir entourée de l'affection de ses amis.

— Ann sera enchantée de vous rencontrer. Nous adorons Lauren et nous donnerions n'importe quoi pour la voir heureuse.

— Si tout va bien, elle le sera bientôt, conclut Maureen de façon énigmatique avant de prendre congé.

Ann ne fut pas enchantée du tout.

— J'ai mes examens deux jours avant la réception. J'ignore dans quel état je serai.

— Comment pouvais-je le savoir ? Je ne suis pas devin !

S'ensuivit la traditionnelle dispute sur ce thème, si prisée par les ménages, dispute provoquée en général par le mari et dont la femme a souvent le dernier mot.

Ils cessèrent de se quereller quand Stella et Pete rentrèrent, et furent soulagés de constater que ceux-ci avaient résolu leur différend. Bill leur transmit le message de Maureen.

— Génial ! s'écria Stella. J'avais complètement oublié. Je meurs d'envie d'aller à une fête – pas toi, Pete ?

— As-tu oublié la soirée que nous venons juste de donner ? Moi pas. Nous allons en payer les factures pendant deux mois.

— Ne sois pas aussi rabat-joie. Cette sortie nous fera du bien. Et à tes parents aussi, ajouta-t-elle pour forcer sa décision.

Pete préféra se taire. Ce n'était pas le moment de lui annoncer qu'ils n'auraient peut-être aucune raison de se réjouir d'ici à deux semaines. La veille de l'anniversaire de Lauren, le conseil d'administration de la compagnie qui rachetait son entreprise se réunirait. Il saurait alors s'il gardait son boulot ou pas.

— Ce sera une réception merveilleuse ! s'exclama Stella joyeusement.

Elle était bien la seule à en être convaincue.

8

Chris passait une mauvaise journée. Il avait renoncé à laisser des messages sur le répondeur de Lauren et ne savait plus quoi faire. Il se rappelait vaguement qu'elle devait s'absenter pendant la semaine, peut-être était-elle partie aujourd'hui ? Si seulement il avait son numéro de mobile ! Il pouvait téléphoner à Stella pour le lui demander, mais, avec sa chance habituelle, il tomberait sur son « nouvel ami » Pete. Il devrait alors pronostiquer si Tottenham marquerait quatre-quatre-deux ou cinq-deux-trois samedi, ou débattre d'un autre sujet macho de ce style.

Il décida donc d'attendre le week-end prochain pour retenter sa chance. Il ne pensa pas que Lauren évitait ses appels. Elle avait semblé plutôt amicale lorsqu'ils avaient dîné ensemble, et elle essayait assurément de détendre l'atmosphère entre eux quand sa mère bizarre avait fait irruption dans le salon et l'avait invité à la réception. Il était évident, même pour un homme aussi peu subtil que Chris, qu'il s'agissait d'un anniversaire. Dans la cuisine, Lauren avait dû se confier et donner à sa mère l'impression qu'elle avait l'intention de le revoir.

Chris éprouvait des sentiments ambivalents à son égard. Il lui était difficile de songer à Lauren de façon objective, en oubliant les nombreux imbroglios dans lesquels elle l'avait entraîné par inadvertance. S'il avait pu revenir en arrière, il n'aurait peut-être pas pris la peine de la recontacter et n'aurait par conséquent pas à subir un match de foot samedi.

Mais Lauren possédait un charme inhabituel. Elle avait besoin qu'on s'occupe d'elle. Comme Beth. Oui, conclut-il, j'aimerais la revoir. Si j'arrive à lui mettre la main dessus.

Chris avait repassé la soirée dans sa tête et, a priori, il n'avait pas commis d'erreur. Le pauvre garçon ne savait pas que ses faits et gestes n'avaient aucune importance. C'était leur interprétation qui avait incité Lauren à agresser sa mère tous azimuts. Et à partir en courant dans la région des lacs.

Il l'ignorait, mais ça ne l'aidait pas à dissiper le malaise créé par son silence. De plus, ce silence coïncidait avec une crise professionnelle.

Les motivations les plus nobles avaient poussé Chris dans l'enseignement. Il était persuadé que l'éducation était le fer de lance de l'égalité. Il avait bénéficié des privilèges de l'école privée, et c'est seulement à l'université qu'il avait été confronté à l'enseignement public.

Il entendait la même chose partout : il était rare que de bons professeurs atterrissent dans les écoles débouchant sur des impasses.

Il se mit à regarder les visages abattus des jeunes chômeurs sortant du bureau d'aide sociale et se demanda combien d'entre eux auraient pu être aidés, motivés et poussés par un bon professeur, au moment opportun. Il décida alors d'être ce professeur qui aiderait, motiverait et pousserait autant d'enfants ratés que possible, même si leurs perspectives d'avenir étaient peu reluisantes.

Chris se retrouva inévitablement dans une école pour enfants ayant été exclus des autres établissements. Des enfants auxquels les professeurs refusaient d'enseigner. Il savoura le défi sans se bercer d'illusions. Il ne crut pas un seul instant que les visages belliqueux de ses élèves, qui contenaient à grand-peine leur colère, arboreraient un jour des sourires béats de reconnaissance ; ni que tous ces voyous deviendraient avocats ou pasteurs et lui demanderaient d'être le parrain de leurs enfants.

Il voulait juste les tirer du gouffre, les protéger jusqu'à ce qu'ils s'adaptent et puissent survivre ou, l'idéal, avoir une vraie vie. Quelques-uns avaient trouvé du travail, un véritable exploit. D'autres avaient évité la prison, un résultat positif aussi. Mais les récompenses étaient rares.

Chris aimait son travail passionnément. À présent, il risquait cependant de perdre son emploi car si les réussites étaient modestes, les échecs, en revanche, étaient spectaculaires. Récemment, deux de ses élèves avaient participé à un vol à main armée au cours duquel un employé de banque avait trouvé la mort. L'événement avait eu lieu après une longue série d'infractions.

La municipalité avait décidé que si un autre incident de ce genre se produisait, elle envisagerait sérieusement de fermer l'école. Les récidivistes seraient transférés dans les établissements pour jeunes délinquants. Le reste des élèves retournerait dans la filière traditionnelle, qui avait été incapable de s'en occuper auparavant. On avait conseillé à Chris, si l'école fermait, de chercher un travail similaire dans des sections spéciales, ou bien de s'adresser à l'une des nombreuses écoles municipales désargentées qui réclamaient à cor et à cri des professeurs possédant ses compétences.

Les enfants étaient conscients de la situation, et Chris espérait que la menace pesant sur l'école serait suffisante pour éviter la catastrophe.

La veille, il avait projeté d'en discuter avec Lauren, mais la soirée ne s'était pas déroulée comme prévu. Il avait besoin d'en parler à quelqu'un maintenant. Il pensa immédiatement à Beth. Elle avait joué un rôle si important dans son existence pendant tant d'années qu'elle était devenue la réponse à tous les problèmes qui surgissaient. Ils savaient se parler et s'écouter. Complices, ils s'étaient façonnés l'un l'autre, et Chris ressentait la perte de Beth comme une amputation.

— Tu ne l'as pas perdue, tu l'as plaquée, fit remarquer Izzy d'un ton acide.

Chris lui avait téléphoné pour lui proposer de dîner ensemble. Izzy savait qu'il se rabattait toujours sur elle quand la personne désirée n'était pas disponible. Elle s'en fichait, elle adorait son frère, et lui était encore reconnaissante d'être resté à la maison jusqu'à ce qu'elle ait pu partir à son tour. Elle avait besoin de lui pour partager la folie de leur enfance et évoquer leurs expériences communes afin de leur donner un sens. Voir Chris diplômé et intégré socialement lui faisait espérer qu'elle parviendrait un jour à se débarrasser de l'excentricité dont elle avait hérité malgré elle.

Tout avait commencé avec son nom. Elle pensait parfois que ses parents avaient eu un second enfant parce qu'ils trouvaient ridicule d'avoir un Tristan sans une Iseut. Au moins, elle s'était toujours sentie désirée.

— Tu es magnifique ! disait son père.

— Quelle présence ! Quel tempérament ! s'exclamait sa mère.

Elle attendait en vain qu'ils la qualifient de jolie ou de mignonne. Puis la déception s'abattit sur elle le jour où elle comprit que ça n'arriverait jamais, car elle n'était ni jolie ni mignonne.

À partir de ce moment-là, elle résolut d'éviter d'être jugée selon les critères habituels. Elle s'évertua à transformer son apparence de façon à toujours choquer, intriguer, déconcerter. Était-elle jolie ? La question ne se posait pas, car les gens étaient trop occupés à se demander si ça lui avait fait mal d'avoir des papillons tatoués derrière les genoux.

Quand elle eut dix-huit ans, son frère emménagea à Londres, et elle espéra qu'il lui proposerait de vivre ensemble. Comme Chris ne se manifestait pas, elle choisit d'aller à l'université en Écosse pour le contrarier. Elle n'avait que dix-huit ans et ignorait que de telles réactions de dépit sont rarement perçues par les hommes à moins de les leur expliquer.

Elle passa ensuite huit années horribles à regretter l'absence de son frère et à lui reprocher les mauvaises décisions qu'elle prenait. Elle reporta sa tristesse sur ses cheveux en leur infligeant des changements de couleur extravagants. Ils ne s'en remirent jamais, et elle se retrouva à la trentaine avec un duvet clairsemé sur la tête. Elle en fit une revendication.

— Que fais-tu de ta vie ? lui demandait régulièrement Chris tandis qu'elle papillonnait d'un travail à l'autre, d'une relation à l'autre et d'une ville à une autre.

Izzy évitait ce genre de questions. Instable, elle cherchait des réponses. Elle avait des amants, beaucoup d'amants. Ils duraient une nuit ou quelques semaines. Rarement plus. Elle les laissait toujours tomber avant qu'ils ne se mettent à la juger.

— Tu pourrais être actrice ! Danseuse ! Mannequin ! suggéraient-ils.

Elle avait essayé tous ces métiers, sans parvenir à la gloire mais en amassant un revenu honnête. Les gens qui la croisaient enviaient son mode de vie de star. Pourtant, rien ne la satisfaisait. Parviendrait-elle un jour à un équilibre ?

Elle détenait un secret : le désir ardent d'être normale, mais elle n'avait jamais eu le courage de se pencher sur le sujet. Comment s'y prendre ? Aucune idée. Elle était actuellement promeneuse de chiens professionnelle, tirant en laisse jusqu'à vingt cabots au jardin public, deux fois par jour. Cette activité se révélait très lucrative, et elle trouvait que les chiens ne s'érigeaient pas en juge comme la plupart des gens.

Chris l'apaisait et lui donnait de l'espoir. Elle l'observait attentivement. Comment une personne élevée de la même façon qu'elle avait réussi à être aussi conventionnelle ? Le moment venu, elle lui demanderait le secret d'une telle prouesse.

Ce soir-là, comme en maintes occasions, ils s'étaient soûlés et avaient chanté des duos du *Ring* jusqu'à ce que le propriétaire du pub les mette dehors. Ils couvraient la voix de Britney Spears sortant du juke-box et ça, c'était inadmissible !

Ils rentrèrent en titubant à l'appartement d'Izzy, situé à proximité. Chris décida de dormir sur le canapé plutôt que d'essayer de prendre le bus. Izzy laissa la porte de sa chambre ouverte pour qu'ils puissent parler en étant au lit.

— On faisait ça tout le temps quand on était gosses, tu te souviens ? dit-elle d'une voix endormie.

— Je me souviens que tu refusais de dormir et que tu continuais à parler jusqu'à ce que maman ou papa arrive et ferme nos portes.

— Je détestais ça, pas toi Chris ?

Même dans son brouillard d'ivrogne, Chris sentit qu'il valait mieux abonder dans son sens, sinon elle risquait de se vexer. Enfant, Izzy l'avait rendu fou. Il la savait malheureuse et s'était efforcé de l'aider. Il l'autorisait parfois à l'accompagner dans les virées avec ses amis. Mais elle était trop bizarre. Elle le gênait.

Le soir, il voulait concentrer son attention sur une station de radio subversive qu'il suivait en cachette, sous les couvertures. Il laissait souvent Izzy jacasser sans l'écouter, se contentant de sortir sa tête de temps à autre pour émettre un grognement de sympathie. À l'époque, il ignorait qu'elle se complaisait dans ses idées les plus folles et prenait ses réponses neutres pour de l'approbation. Aurait-elle renoncé à certains choix de vie extravagants s'il lui avait dit de ne pas se montrer aussi ridicule ?

À présent, il souhaitait désespérément dormir, mais il se força à prolonger la conversation pour faire plaisir à Izzy.

— Alors, qu'as-tu décidé pour Lauren ?

Ils avaient consacré la majeure partie de la soirée à parler du travail de Chris, qui redoutait qu'un crime de plus entraîne la fermeture de l'école. Izzy avait un immense respect pour l'honnêteté de son frère, dont elle enviait les élans passionnés pour les sujets qui lui tenaient à cœur. Il avait mentionné le nom de Lauren en passant, et elle se demandait où il en était.

Chris réfléchit à Lauren. Une fois de plus.

— Je ne sais pas, Izzy. Je l'aime bien mais, franchement, est-ce que ça en vaut la peine ?

— Pourquoi te poses-tu cette question ?

Chris hésita. Il n'avait pas raconté à sa sœur l'histoire grotesque du pendentif du signe des Poissons, le mensonge et tout le reste. Il ne voulait pas déprécier Lauren, car s'il continuait à la voir, il désirait qu'Izzy l'apprécie.

— J'ai juste des difficultés à lui mettre la main dessus. Elle est partie et j'ai oublié de prendre son numéro de mobile. J'aimerais lui parler pour m'assurer qu'elle va bien après la soirée d'hier.

C'est la dernière phrase qu'il parvint à prononcer avant de s'endormir. S'il n'y a que ça qui le tracasse, je peux l'aider, songea Izzy. Je lui trouverai le numéro du mobile.

Le dimanche matin, après le départ titubant de Chris vers une pile de copies à corriger, Izzy téléphona à Beth. Je ne dois pas l'appeler « la timbrée », se répéta-t-elle intérieurement en attendant qu'elle décroche le téléphone.

— Allô, chuchota Beth.

— Bonjour, Beth, c'est Izzy. J'espère que je ne te réveille pas.

— Si. J'ai été de garde toute la nuit, je me suis couchée il y a à peine une heure et je retourne à l'hôpital dans deux heures.

Au moins, je n'ai plus à me montrer aimable avec cette sorcière maintenant que j'ai rompu avec Chris, pensa Beth.

Izzy ne tint pas compte de son hostilité, qu'elle attribua à la fatigue. De plus, elle avait une mission à accomplir et ne se laisserait pas démonter par les jérémiades de Beth.

— Désolée, dit-elle d'un ton désinvolte. Je suis aussi dans une situation d'urgence. J'ai besoin de contacter les gens de la soirée où tu étais avec Tristan la semaine dernière… Stella et Pete, c'est ça ?

Beth se réveilla tout à fait en entendant le nom de Pete.

— Pourquoi veux-tu leur parler ? Tu ne les connais même pas.

Beth ignorait la raison de sa méfiance ; son attitude avait peut-être un rapport avec le malaise grandissant qu'elle ressentait chaque fois qu'elle songeait à Pete. Ils n'avaient rien fait de mal, même selon les critères les plus puritains, mais elle était sortie du salon de thé complètement consumée par le jeu du « Et si ».

Elle n'arrêtait pas de penser à lui. Son travail en subissait le contrecoup car elle n'arrivait plus à dormir. Elle avait menti à Izzy : elle était au lit depuis des heures mais n'avait pas réussi à fermer l'œil. Elle était stupide et en avait conscience. En tant que médecin, elle savait distinguer le réel de l'imaginaire. Les faits étaient simples : *1)* Pete était marié et ne montrait aucun signe de vouloir divorcer, même si son mariage ne le satisfaisait pas ; *2)* elle sortait à peine de la première et seule relation sérieuse de sa vie, et ne pouvait pas prendre de décisions raisonnables si vite après le départ de Chris ; *3)* elle se creusait la tête pour trouver le troisième point car deux lui semblaient insuffisants.

Et voilà qu'Izzy venait remuer le couteau dans la plaie ! Beth supposa qu'elle agissait pour le compte de Chris et que ce coup de fil concernait la fille de la soirée, celle qui avait tant tenu à voir *Pravda* avec lui. Elle avait été surprise du pincement au cœur qu'elle avait éprouvé en le voyant avec une autre. Était-ce de la jalousie ? Cela n'avait aucun sens puisque le départ de Chris l'avait soulagée.

Beth possédait un atout de taille : elle n'avait jamais lu de magazine féminin ni regardé de feuilletons à l'eau de rose. Elle n'avait aucune idée des réactions provoquées par les bouleversements émotionnels. Elle ignorait qu'elle était en droit d'être traumatisée à la fin d'une longue relation de couple, même si elle appréciait de revivre seule. Elle ne savait pas non plus que les Pages jaunes étaient bourrées de noms de psychologues qui gagnaient leur vie en se délectant de la souffrance de personnes dans sa situation.

Depuis qu'elle exerçait, elle n'avait jamais rencontré de patient décédé à la suite d'un cœur brisé ; du coup, elle ne connaissait pas la réponse appropriée à ce type de situation. Quand Chris était parti, elle s'était sentie un peu perdue mais pas terrassée, ce qu'elle avait interprété comme la preuve d'un manque d'amour pour lui. Mais elle devait aussi admettre que son attachement instantané à Pete Lynch était complètement atypique. Elle n'y avait pas encore réfléchi.

Son trouble était-il lié au fait de voir Chris regarder une autre femme de la manière dont il avait l'habitude de la regarder, elle ?

Elle était fatiguée. Ses yeux brûlaient. Elle détestait Izzy et ses poses affectées, que Chris trouvait attachantes. C'était la dernière personne à qui elle voulait parler. Elle lui donna le numéro de Stella et se fit un plaisir de raccrocher sans prendre congé.

Izzy regarda le combiné avec aversion. Qu'est-ce qui lui prend ? Elle ne croyait pas au prétexte de la fatigue invoqué par Beth. Elle avait toujours pensé qu'en dehors de sa profession (Izzy reconnaissait à contrecœur que sauver des vies était une utilisation plutôt utile de son temps) Beth était nulle et indigne de Chris. Plus exactement, elle n'était pas digne d'elle-même. Parce qu'Izzy avait hâte d'avoir une belle-sœur. Elle n'avait jamais été très douée pour nouer des amitiés féminines et comptait sur son frère pour les lui procurer. Elle se savait caustique et dénuée des qualités les plus élémentaires qu'exige ce genre de relation. Mais elle caressait l'idée qu'une femme pourrait la trouver sympathique en la côtoyant régulièrement. Et ce cas de figure se produirait nécessairement par l'intermédiaire de Chris.

Après la longue liste de cruches souriantes et niaises que Chris lui avait présentées pendant des années, Izzy avait été excitée d'apprendre l'existence de sa nouvelle petite amie médecin. Leur première rencontre avait été une catastrophe. Chris était manifestement fou de Beth, et il n'était pas difficile de comprendre pourquoi. Beth était belle. Intelligente. Sympathique. Réputée. Et aimée par un type bien.

Lors de cette première soirée, Izzy avait attendu que Beth lance des sujets de conversation, manifeste de l'intérêt pour elle, se confie. Mais Beth était restée là, à sourire à Chris de façon béate. Selon Izzy, ça donnait la chair de poule.

En vérité, Beth ne souriait pas aux anges. Elle

n'avait simplement pas su quoi dire face à cette femme étonnante dont Chris lui avait tant parlé. Toute l'expérience du monde n'aurait pas pu la préparer à la réalité d'Izzy.

— Ne sois pas repoussée par son apparence, l'avait avertie Chris.

D'accord. C'était comme rencontrer une personne défigurée et essayer de ne pas la dévisager. Sauf que la défiguration d'Izzy était volontaire et englobait toute sa personne. Elle traversait une phase Alice Cooper (démodé depuis plus de dix ans) et était vêtue de noir et d'argent. Beth n'eut pas l'occasion de découvrir ce que cachait cet extérieur austère. Sourire avait été sa façon de dissimuler sa stupéfaction. Elle n'aurait jamais imaginé que Chris ait une sœur pareille !

La grande tragédie d'Izzy et de Beth, c'est qu'elles ne réalisèrent pas qu'elles se ressemblaient beaucoup. Toutes les deux se sentaient marginales à cause d'une éducation non conformiste, et éprouvaient des difficultés à nouer des amitiés alors qu'elles en avaient terriblement besoin.

Si Chris n'avait pas perdu des années avec des filles nunuches qui demeuraient passives dans le seul but de lui plaire, il aurait peut-être été capable de combler l'abîme qui séparait Beth et Izzy.

Cinq ans de relations tendues s'ensuivirent. Elles rivalisaient d'amabilité en présence de Chris, mais dans son dos elles ne se tenaient plus sur leurs gardes et échangeaient des commentaires narquois au fur et à mesure qu'elles apprenaient à connaître leurs points faibles respectifs.

Lauren, au moins, avait semblé plus vivante à Izzy. Et elle paraissait normale, une qualité vraiment admirable à ses yeux. Si Chris lui avait parlé du mensonge idiot de Lauren, Izzy ne se serait pas donné autant de mal pour faciliter l'histoire d'amour de son frère.

Mais comme il n'en avait pas soufflé mot elle poursuivit sa mission.

— Allô, c'est Stella à l'appareil ?

— Non, c'est sa belle-mère. Malheureusement, Stella est sortie. Voulez-vous laisser un message ?

— Peut-être pouvez-vous m'aider. Je m'appelle Iseut Fallon. Mon frère, Chris, sortait avant avec Beth Savile, la cancérologue de Stella, et tous les deux assistaient à la soirée de la semaine dernière.

Ann attendit qu'Izzy continue. Elle avait perdu le fil. Elle avait d'autres choses en tête et se fichait des messages sibyllins.

— Très bien, Iseut, je dirai à Stella de vous téléphoner à son retour.

— Non, non, répondit Izzy, irritée. Je ne veux pas qu'elle m'appelle, elle ne me connaît pas.

Ann regretta d'avoir répondu au téléphone.

— Eh bien, quel est le message alors ? s'enquit-elle d'un ton aussi agacé que celui d'Iseut.

Pourquoi tout le monde est-il aussi irritable ? se demanda Izzy.

— J'essaie d'obtenir le numéro de portable d'une autre personne présente à la soirée. Lauren quelque chose, j'ignore son nom de famille.

Ann hésita. Donner le numéro de téléphone de Lauren la mettait un peu mal à l'aise. Mais Bill se tenait devant elle et agitait ses bras en tous sens : « Aide-moi, les détecteurs de fumée sont en train de se déclencher et je n'arrive même pas à les repérer dans cette maison de fous… Où sont passés Pete et Stella ? Combien de temps leur faut-il pour acheter les journaux du dimanche ? »

Ann fouilla partout jusqu'à ce qu'elle découvre le carnet d'adresses de Stella dans un tiroir de la cuisine. Elle reprit le téléphone.

— Désolée, il n'y a pas le numéro de son mobile. Juste son téléphone fixe et celui de sa mère.

Izzy se souvint que Chris avait rencontré la mère de Lauren. Elle avait l'air cinglée. Parfait. Izzy s'y connaissait en folie.

— Si vous me communiquez le numéro de sa mère, je l'appellerai pour avoir le portable.

— Je ne suis pas sûre de…

Ann ne savait pas quoi faire. Bill agitait maintenant ses bras de façon encore plus frénétique et la sonnerie des détecteurs de fumée commençait à s'amplifier.

Izzy eut une idée.

— Je comprends vos réticences. Et si vous téléphoniez à la mère de Lauren pour avoir le numéro, que vous me donneriez ensuite en me rappelant ?

Ann aurait préféré de loin cette solution, mais elle ne pouvait pas laisser Bill s'occuper des alarmes seul plus longtemps. Il n'était pas très doué pour les urgences. C'était son domaine à elle.

— Je suis convaincue que ça ne posera pas de problème. Notez le numéro de Maureen, comme ça vous la contacterez directement.

Elle communiqua donc le numéro à Izzy puis se précipita pour aider Bill. Dans la confusion, elle oublia d'en parler à Stella.

— La sœur de Chris ! s'exclama Maureen, enchantée, quand Izzy réussit enfin à la joindre en fin de soirée. Comme c'est sympathique ! Lauren m'a dit qu'elle avait fait votre connaissance. Vous avez un frère charmant ! Quel plaisir de le rencontrer l'autre jour !

— Il était ravi de vous rencontrer aussi, répondit Izzy dans un rare moment d'assurance.

C'est incroyable ce que j'arrive à être agréable et conventionnelle quand j'agis dans l'intérêt d'une autre personne, songea-t-elle.

— Que puis-je faire pour vous aider, Iseut ? s'enquit Maureen.

Izzy n'avait pas vraiment réfléchi à la façon dont elle s'y prendrait. Maureen allait trouver bizarre sa demande du numéro de mobile de Lauren pour Chris alors qu'elle les voyait pratiquement fiancés.

— Je prépare une surprise pour l'anniversaire de Chris. Je voulais en parler à Lauren en l'absence de mon frère, mais je n'ai pas son numéro de portable.

Elle était très fière de ce mensonge. Bien qu'improvisé, il était tout à fait plausible. Maureen mordit à l'hameçon.

— Comme vous êtes gentille ! Voici le numéro. Vous avez de quoi écrire ?

En lui dictant le numéro, Maureen eut une idée. Elle avait beaucoup d'idées ces temps-ci. Et elle cédait à toutes, bonnes ou mauvaises, pour rattraper celles qu'elle n'avait pas eues quand elle négligeait sa fille.

— En parlant d'anniversaire, je ne sais pas si votre frère vous l'a dit, dans quinze jours je donne une petite réception pour Lauren. En général, il n'y a que la famille et quelques amis proches, mais cette année je veux en faire un événement exceptionnel et j'invite des copains de Lauren. Vu que vous avez fait sa connaissance et vu ses relations avec votre frère, pourquoi ne viendriez-vous pas ?

Cette invitation surprit Izzy. Mais elle ne put trouver aucun prétexte pour refuser. Elle avait épuisé toutes les ressources de son imagination.

— Merci. Je suis très touchée.

— Une autre invitée pour la réception !

Izzy pensa que Maureen s'adressait à une personne se trouvant dans la pièce avec elle. À moins qu'elle parle toute seule, ce qui lui arrivait aussi.

— Donnez-moi votre adresse, et je vous enverrai les indications pour venir. Lauren sera si contente quand elle vous verra ! Oh, et gardez le secret. C'est une surprise !

Izzy acquiesça.

Après avoir raccroché, Maureen se tourna vers Eddie.

— N'est-ce pas merveilleux ? La sœur de l'ami de Lauren va venir à la réception. Et elle m'a dit que c'était bientôt l'anniversaire de Chris. Nous fêterons les deux ensemble. L'effet de surprise sera garanti !

— Son anniversaire tombe le même jour ?

Eddie connaissait suffisamment Maureen pour savoir qu'elle interprétait souvent à sa façon les bribes d'information qu'elle recueillait.

— Je n'en suis pas sûre, mais il doit avoir lieu dans pas longtemps puisqu'elle le prépare.

Eddie n'était pas convaincu.

— Pas nécessairement. Si elle organise une soirée compliquée, ça peut lui prendre des mois.

Maureen ne prêta pas attention à ses propos. Elle feuilletait déjà un livre de nouveautés en matière de gâteaux de réception pour trouver un dessert convenant à un professeur amoureux d'une consultante en télécommunications.

— Peut-être vais-je me contenter de faire un gros gâteau avec deux cœurs gravés de leurs initiales.

— Ma chérie, n'as-tu pas dit que Lauren commençait à peine à sortir avec ce garçon ? Des cœurs entrelacés ne sont-ils pas un peu prématurés ?

Depuis sa rencontre avec Maureen, Eddie jouait le rôle de la voix de la raison. Malheureusement, cette voix n'était pas assez forte pour que Maureen l'entende.

Elle lui sourit d'un air condescendant.

— Tu oublies que je suis sa mère, je la connais. Je les ai vus ensemble. C'est le bon, j'en suis convaincue !

Je n'ai pas besoin de garder mon téléphone allumé, je ne veux parler à personne, songea Lauren. Elle éteignit son mobile d'un geste emphatique. Un geste plutôt vain car la réception était quasiment nulle sur Scafell Pike. Mais pour Lauren, il avait un sens. Elle se détachait de tout ce qui la retenait à Londres. Elle ne s'était pas maquillée et ses cheveux étaient cachés sous un bonnet à pompon. Parfaitement détendue, elle prenait plaisir à converser librement avec Richard sans s'inquiéter de ce qu'il pensait d'elle. Éteindre le téléphone consistait à couper le dernier lien qui l'attachait à son autre vie.

Lauren ne portait même pas ses propres habits. Comme elle n'avait pas de Thermolactyl, d'imperméable ni d'anorak pour escalader une montagne enneigée en février, Richard avait ouvert le magasin pour l'équiper de vêtements de randonnée dernier cri.

Qui est cette femme ? s'était demandé Lauren en se regardant dans la glace. C'était une femme plus jeune, plus fraîche, naturelle et simple. Ce n'est pas moi. Elle portait un blouson jaune fait d'un tissu testé lors d'une expédition dans l'Antarctique – quel soulagement de savoir que, si elle était ensevelie par une avalanche, elle ne mourrait pas d'hypothermie ! –, un pantalon rouge dans une matière fine qui bruissait quand elle marchait, un bonnet, d'épais gants noirs et des chaussures solides mais légères. Elle se sentait asexuée. Un sentiment libérateur.

Elle se sentait aussi un peu coupable de ne pas avoir allumé son ordinateur une seule fois depuis son arrivée… En vérité, elle s'en fichait. Elle avait voulu rédiger un travail préparatoire sur son étude pendant le week-end, puisqu'elle n'avait rien fait dans le train. Jusqu'à présent, elle avait toujours été la reine de la préparation. Cet avant-projet minimisait les erreurs d'inattention. Et quand on est de nature distraite, cette possibilité n'est pas à négliger.

Richard lui donna un sifflet, un sachet de nourriture déshydratée, et un objet qui ressemblait à un sac de rôtisserie en papier alu.

— À quoi sert cet équipement ? demanda-t-elle, alarmée par les mots « TROUSSE DE SURVIE » imprimés sur le paquet.

— C'est au cas où nous serions séparés, ou s'il m'arrivait quelque chose.

Si le but était de persuader Lauren de se rapprocher de lui, il avait atteint son objectif.

— Que peut-il arriver, par exemple ?

— Nous allons prendre des chemins glissants. Il est facile de tomber, et là-haut les précipices sont profonds.

Lauren lui saisit le bras.

— Si vous tombez, je vous suivrai. Je ne suis pas douée pour les actes héroïques d'endurance en solitaire dans les montagnes.

Ils se sourirent, complices. Ils s'aimaient bien.

Après une heure d'ascension le long d'une pente des plus modérées, Lauren crut que ses poumons allaient imploser.

— Pouvons-nous faire une pause ? demanda-t-elle en se penchant pour détendre son dos, qui criait grâce.

Puis elle s'effondra sur l'herbe sans aucune dignité.

Richard réprima un rire.

— Je croyais que vous, les femmes d'affaires, pratiquiez la musculation dans des clubs de gym avec des coachs. Vous n'êtes pas très entraînée, on dirait !

Lauren essaya de ralentir sa respiration afin de stopper ses palpitations.

— Je tiens à vous informer que je me débrouille très bien dans n'importe quelle classe d'aérobic. Et si par hasard vous aviez sur vous des musiques disco des années soixante-dix et quatre-vingt, je danserais autour de mon sac à dos jusqu'à la tombée de la nuit. Mais grimper des pentes abruptes est anormal. Et il y a quelque chose dans cet air que je n'aime pas. Ça doit être l'effet de serre qui le rend irrespirable.

Elle s'arrêta et regarda Richard, qui la dévisageait, amusé.

— À quoi pensez-vous ?

— Je me demandais si vous étiez délirante, auquel cas je vous descendrais sur un brancard avant que vos orteils ne tombent, ou si vous aviez juste le cerveau dérangé. De façon très séduisante, bien sûr.

Les yeux de Richard pétillaient lorsqu'il l'aida à se remettre debout et l'encouragea à continuer. Ma mère va l'adorer, songea Lauren en sentant la chaleur de son corps tandis qu'il la soutenait dans un passage plus difficile.

— Dans deux semaines, c'est mon anniversaire, lâcha-t-elle quand elle eut repris assez de souffle pour parler normalement.

— C'est un appel du pied ? répondit Richard, qui trouvait difficile de suivre ses fréquents changements de conversation.

— Non, non. Vous m'avez déjà donné des tas de vêtements…

— … que vous ne pourrez porter nulle part à Londres sans être ridicule, l'interrompit Richard.

— … et vous me connaissez à peine. Je vous interdis de m'acheter un cadeau, une carte ou quoi que ce soit.

Oui, pensa Richard, elle a le cerveau dérangé. Et plus elle est folle, plus elle m'attire. Je suppose que c'est inévitable après Cindy.

Cindy n'était pas folle. Elle respirait le bon sens, le réalisme et le pragmatisme. Exactement le genre de femme qu'il souhaitait épouser. Sauf qu'elle était américaine, mais cette caractéristique la rendait exotique à ses yeux, lui qui avait passé toute sa vie dans un village.

Les parents de Richard s'étaient rencontrés en randonnée sur le Pennine Way. Après des années à mettre de l'argent de côté, ils avaient acheté leur premier magasin, trois mois avant la naissance de Richard et dix ans après celle de sa sœur, Anita.

— Nous avons enfin un fils. Un jour, il reprendra notre affaire, proclama son père.

— S'il en a envie, fit remarquer sa mère.

— Bien sûr qu'il en aura envie, rétorquait son mari. Sa sœur ne sera pas capable de diriger un magasin.

Cela se passait il y a longtemps, les critères de l'époque étaient différents.

Bien sûr, Anita lui en voulut à mort. Elle avait toujours pensé qu'elle s'occuperait du commerce dont ses parents parlaient sans arrêt. Richard fit de son mieux pour se faire pardonner d'exister. Sa sœur fut la première d'une série de femmes auxquelles il essaya de plaire. Comme Lauren, séduire n'était pas son fort. Il décida de garder sa passion et ses sentiments les plus profonds pour les montagnes, qui n'exigeaient jamais d'excuses.

Par loyauté envers ses parents, Richard n'évoqua jamais son rêve de voyager à travers le monde et d'escalader les plus hauts sommets. Quand ils moururent peu de temps l'un après l'autre, il quitta la fac et prit immédiatement les rênes de la boutique, non par esprit de sacrifice mais à cause de son sens rigide du devoir.

Anita manifesta son ressentiment d'avoir été évincée de l'héritage en épousant le premier homme que ses mollets musclés ne repoussèrent pas. Dans leur testament, ses parents lui avaient légué leur collection d'équipement d'alpinisme antédiluvien, comprenant des crampons historiques. L'histoire ne dit pas ce qu'elle en fit. Elle les emporta en quittant Tendale, et Richard n'entendit plus jamais parler d'elle.

Quand Cindy entra dans le magasin, Richard s'en occupait depuis deux ans. Diplômée de fraîche date, elle passait ses vacances à marcher dans la région des lacs. Elle n'était absolument pas équipée pour l'hiver lorsqu'elle demanda à Richard de la conseiller. Ensuite, elle lui demanda de lui servir de guide. Puis de l'épouser.

— Je vous connais, vous les hommes anglais, j'ai vu *Un poisson nommé Wanda*, lui avait-elle déclaré un jour.

Elle ne plaisantait pas. Avant de venir en Angleterre, elle chérissait l'idée de se marier avec un Hugh ou un Sebastian. Richard ne cadrait pas avec ses plans, mais elle le trouva prometteur.

Elle prit son manque d'ambition pour de la faiblesse et voulut lui insuffler de sa force. Elle prit son approche désinvolte des affaires pour de l'inexpérience et voulut changer radicalement ses méthodes de travail, grâce à sa maîtrise en gestion. Elle prit sa passion pour les activités de plein air pour une réponse à sa solitude et l'accompagna partout. Quant aux enfants, il n'y avait aucun malentendu à ce sujet : ils n'en parlèrent jamais. Jusqu'à leur sixième année de mariage.

— Regrettes-tu de m'avoir épousée maintenant que tu sais que je ne peux pas avoir d'enfant ? lui avait demandé Cindy.

— Non, absolument pas, l'avait rassurée Richard.

Et c'était vrai. Son inaptitude à avoir des enfants ne comptait pas. Il regrettait de l'avoir épousée parce qu'elle l'avait pris pour une personne différente et n'avait pu dissimuler sa déception en découvrant la vérité.

Au bout de dix ans, elle lui en voulait, elle le détestait même de n'être pas devenu l'homme de ses rêves.

Après quinze ans de mariage, ils étaient indifférents l'un à l'autre. Elle quitta Richard pour un veuf au cœur fragile mais à la fortune très solide.

Richard lui devait l'expansion de ses magasins dans d'autres villages. Il continua de diriger ses affaires comme ses parents l'avaient toujours souhaité. Il savoura la joie de marcher sans avoir en fond sonore un accent nasal du New Jersey lui commentant de façon détaillée ses échecs en tant qu'homme, mari et bâtisseur d'empire.

Lors de son départ, Cindy avait mis un point d'honneur à laisser ses vêtements de montagne, depuis son anorak Gore-Tex jusqu'au tricot de corps Thermolactyl que Lauren avait trouvé un peu plus tôt.

— Je n'en aurai plus besoin, avait-elle affirmé d'un ton glacial.

Elle avait balancé le reste de ses effets personnels dans sa voiture de location et filé à toute allure.

C'était il y a cinq ans. Richard se rendit compte que Lauren agitait une main devant son visage.

— Richard, vous êtes là ?

Il secoua la tête pour sortir de sa rêverie.

— Désolé. Je réfléchissais.

— À quoi ?

Lauren savait qu'il s'agissait d'une question délicate, mais elle s'en moquait. C'est sans doute à cause du manque d'oxygène, pensa-t-elle. Je n'ai jamais ressenti cette légèreté auparavant.

Il sourit. Tristement ? Lauren n'en était pas sûre.

— Je songeais à toutes ces affaires que j'ai jetées aujourd'hui.

— Aux sous-vêtements de votre femme ?

Ils échangèrent des regards malicieux. À présent, non seulement ils s'appréciaient mais ils se comprenaient.

Richard n'ajouta rien. Ce n'était pas nécessaire. Quel sentiment merveilleux !

Ils continuèrent à marcher.

— Quel âge avez-vous, Richard ? s'enquit Lauren au sommet de Scafell Pike.

Elle s'inquiète au sujet de la différence d'âge, se dit-il quand il la vit perdue dans ses pensées. Il avait raison, seulement c'était la différence d'âge entre sa mère et lui qui la tracassait.

— Quarante-huit ans, répondit-il en guettant attentivement sa réaction.

Elle sembla effectuer un calcul mental.

— Parfait, déclara-t-elle d'un air distrait.

— Pourquoi vouliez-vous le savoir ? demanda-t-il hardiment.

Lauren haussa les épaules.

— Je n'ai pas commis d'indiscrétion depuis au moins une demi-heure et j'avais peur que vous vous habituiez à cette nouvelle facette de ma personnalité. Une bonne allusion déplacée sur l'âge s'imposait.

— Merci de me rassurer, je commençais à m'inquiéter. Un instant, j'ai cru que vous vous détendiez.

Lauren lui tira la langue.

Elle fixa la vaste étendue de beauté qui l'entourait. Bénéficierai-je de panoramas comme celui-ci à

New York ? Elle ne se soucia pas de trouver une réponse. J'y penserai plus tard, décida-t-elle. Demain, le week-end prochain, bientôt.

— Alors, vous viendrez à mon anniversaire, Richard ? Vous savez, ce ne sera rien de spécial, pas même une fête, juste un déjeuner avec ma mère et deux ou trois amis. Mais j'aimerais vraiment beaucoup que vous soyez là.

— Je ne manquerai ça pour rien au monde, assura-t-il.

9

Pete et Stella rentraient à pied de chez le marchand de journaux. En silence. Un silence pesant. Pete mit quelques minutes à comprendre pourquoi : depuis qu'il connaissait Stella, c'était toujours elle qui lançait et poursuivait les conversations. Pete, lui, se contentait d'émettre de rares commentaires laconiques. Ils fonctionnaient de cette façon comme la plupart des couples mariés.

Il pensait avoir dissipé la tension de la veille. Stella l'avait poussé à parler de Beth et de son apparente obsession pour son ex-petit ami. En un réflexe de protection inconscient, Pete avait exagéré le besoin qu'avait Beth de se confier à lui, la présentant comme une détraquée, perturbée par la rupture, incapable de se sortir Chris de l'esprit.

Stella avait hoché la tête avec incrédulité.

— Heureusement que tu vois Chris la semaine prochaine. Tu auras l'occasion d'en discuter avec lui.

Pete avait eu l'air effrayé.

— Je le vois uniquement parce que tu m'as forcé à dire que nous l'avions évoqué pendant la soirée. Tu m'as obligé à le faire.

— En tout cas, ça a marché. Tu vas certainement bien t'amuser. Est-ce que je t'ai déjà raconté que j'étais sortie avec un supporter de Tottenham quand j'étais jeune ?

Seulement un million de fois, avait songé Pete de manière peu charitable.

— Il me semble.

— Toutes les filles de ma classe voulaient sortir avec lui, mais c'est moi qu'il a choisie, avait-elle déclaré, encore fière de sa première conquête à l'âge de seize ans.

Pete n'avait jamais dévoilé que les frères de Stella lui avaient raconté le reste de l'histoire. Comme elle avait découvert que le garçon était un supporter de Tottenham, elle avait retiré de la caisse d'épargne la majeure partie de ses économies et les avait dépensées en achetant la panoplie complète du supporter. Elle s'était ensuite mise à marcher nonchalamment dans ses atours bleu et blanc devant la maison des jeunes, au moment de la fermeture.

Quand il était apparu, elle l'avait ignoré, consciente de son regard admiratif la suivant le long de Balham High Road.

Il lui avait couru après.

— Je ne savais pas que tu étais une supportrice des Spurs ! s'était-il écrié, nettement impressionné.

— Tu ne me l'as jamais demandé, avait-elle répondu en battant des paupières.

C'était son premier amour et, bien qu'il la traitât de façon épouvantable, son assurance monta en flèche :

elle sortait avec le garçon que toutes ses copines lui enviaient.

Cette victoire donna le ton au reste de sa vie, et Stella apprit à endosser les uniformes nécessaires pour conquérir son entourage. Elle devint la reine du déguisement. La première fois que Pete se réveilla et vit Stella en chemise de nuit Winnie l'Ourson avec son visage bien nettoyé, il connut un moment de panique en croyant avoir séduit sa sœur cadette.

Stella avait fouillé l'un des multiples cartons d'emballage qui encombraient la maison.

— Je pense même avoir une partie de la panoplie quelque part. Le chapeau ou l'écharpe. Comme ça, tu ne détonneras pas.

— Pourquoi est-ce que je détonnerais ? avait demandé Pete, qui trouvait Stella terriblement ennuyeuse.

— Tu as dit à Chris que tu étais un supporter, tu ne peux donc pas arriver en pantalon Paul Smith et pull M & S.

— On est en février. Il va faire un froid glacial. Avec ma chance habituelle, il neigera aussi. Je porterai six épaisseurs de mes vêtements les plus chauds et je me fiche de ressembler à un con… Peut-on passer à autre chose, s'il te plaît ?

Stella avait laissé tomber le sujet, mais il la préoccupait. Elle savait que Pete lui cachait quelque chose.

Avec ses amies, Pete n'avait jamais dépassé les échanges de banalités. Elle s'en plaignait souvent à Lauren : « Pete donne parfois l'impression d'être grossier alors qu'il est simplement timide. J'aimerais qu'il fasse des efforts. »

Même avec Lauren, qu'il avait rencontrée en même temps que Stella à l'université, il maintenait la conversation à un niveau superficiel. Il se passionnait pour son travail – c'était bien le seul –, et à l'occasion il lui découpait des articles sur les télécommunications qu'il trouvait intéressants. Mais il ne lui parlait jamais plus de cinq à dix minutes et, dès que le sujet tournait autour de lui, il reprenait son rôle d'hôte, remplissait les verres, souriait de façon rassurante à Stella, et sauvait les meubles et les tapis des chips écrasées.

Quand une personne refuse de se confier, il est très difficile de s'intéresser à elle. Il y a une différence de taille entre être énigmatique et être renfermé. Pete se rapprochait fortement de ce dernier type de personnalité.

Stella avait repensé à la soirée. Sur le moment, elle avait été trop accaparée par le petit drame du mensonge de Lauren pour réfléchir vraiment à l'attention que Pete portait à Beth. Son histoire tenait debout. Peut-être Beth était-elle peinée par le départ de Chris. Mais ensuite Stella avait revu l'instant où Beth était arrivée à la fête. Chris et elle avaient paru détendus. Il était parti déposer leurs manteaux dans une pièce servant de vestiaire et avait disparu. De sorte que Beth et elle-même s'étaient retrouvées quelques minutes seules dans la cuisine.

De quoi avaient-elles parlé ? Comment était Beth ? À vrai dire, elle allait très bien. Elle était un peu vague quant à ses projets après une relation aussi longue. Mais son travail était si prenant qu'elle avait décidé d'y consacrer toute son énergie pendant quelque temps. Si elle avait été en proie à des obsessions malsaines, elle les aurait manifestées d'une façon ou d'une autre. Elles étaient amies, nom d'un chien ! Et Beth l'avait soignée. Elle l'avait vue lors de l'expérience la plus terrifiante de sa vie. Pourquoi garder des secrets au sein d'une amitié aussi intime ?

Plus important, pourquoi aurait-elle décidé de se confier à Pete, le roi des émotions refoulées ? Stella l'appelait même parfois « Mr Spock » quand il se montrait particulièrement réticent pour discuter d'autre chose que de l'indice FTSE ou de la facture d'électricité. Elle reconnaissait que parfois elle ne tenait pas non plus à aborder les problèmes épineux dont Pete voulait débattre. Mais il choisissait toujours le mauvais moment et le mauvais sujet. Comme Stella détestait les situations embarrassantes, elle avait tendance à diriger la conversation en terrain plus sûr.

Stella avait beau rejouer la scène dans son imagination, elle n'arrivait pas à comprendre comment Beth et Pete avaient fini par une introspection de leurs états d'âme digne d'Oprah Winfrey.

Et ensuite, ils étaient tombés l'un sur l'autre dans la rue ? L'explication fournie était plausible. Mais, après coup, pendant que Stella décapait une armoire et que le mouvement rythmique du ponçage au papier de verre laissait le champ libre à ses cogitations, elle avait passé en revue les événements ayant conduit à la rencontre fortuite dans High Street : l'accès de colère de Pete, son licenciement imminent dont il n'avait pas désiré parler, son départ de la maison en coup de vent. Tout avait été calculé, c'était évident. Et ce comportement suspect ne pouvait signifier qu'une chose…

Pete avait un sérieux problème de santé dont il voulait discuter avec Beth, puisqu'elle était la seule amie médecin qu'ils connaissaient. Cancérologue de surcroît. Le mot clé.

En rentrant à la maison avec les journaux, Stella essayait de trouver une façon d'encourager Pete à avouer ses préoccupations. Il se mettait en colère si facilement en ce moment qu'elle devait se montrer subtile dans son approche. Mais elle savait comment s'y prendre car elle comprenait son attitude.

Après tout, elle s'était liée d'amitié avec Beth parce que cette dernière avait montré beaucoup de compréhension envers ses soucis de santé. Au début, Stella n'en avait pas soufflé mot à Pete. Elle souhaitait avoir tous les éléments en main avant de l'inquiéter. Les couples mariés marchaient peut-être autrement, mais Pete et elle fonctionnaient ainsi.

Elle cacherait ses soupçons à Pete, et accepterait cette histoire stupide de Beth et de son angoisse hystérique de séparation. Parce que s'il pensait qu'elle l'avait percé à jour, la situation risquait d'empirer. Elle savait ce que l'on éprouve quand on a peur d'avoir un cancer, comment on refuse de l'admettre. Quelles que soient les difficultés de Pete, au moins, il les affrontait. Même si ce n'était qu'à travers une discussion confidentielle avec Beth. Pas question de le pousser à nier ou à cacher ses symptômes.

Mais Stella avait peur. Si son mari était malade, elle voulait savoir à quoi s'en tenir. Impossible de demander à Beth, elle était trop professionnelle pour trahir la confiance de Pete. Et il était vraiment inutile d'en parler à Pete, parce qu'il lui crierait après en niant tout en bloc.

Elle eut alors une idée lumineuse. Chris Fallon ! Il allait avec Pete à ce match de foot la semaine prochaine. Chris pourrait sonder Pete sur sa santé. Il comprendrait ses inquiétudes.

Oui, elle rencontrerait Chris et plaiderait sa cause. Entre-temps, elle décida de se taire. Si Pete se rongeait les sangs, il fallait le distraire en reportant ses angoisses sur une autre personne.

Elle prit son bras et le regarda chaleureusement.

— J'étais perdue dans mes pensées ! Vois-tu, Pete, je me fais du souci pour tes parents. J'ai promis de garder le secret, mais je pense que tu as le droit de savoir.

— Pourquoi ne m'as-tu rien dit, maman ?

Ann regarda Stella, qui rougit jusqu'à la racine des cheveux.

— Comme je l'ai expliqué à ton père, il ne semblait pas nécessaire de vous alarmer avant d'avoir les résultats des examens.

Cette déclaration n'apaisa pas Pete, et il allait s'en prendre à son père quand Stella, désireuse de protéger son mari d'un sujet si douloureux pour lui, saisit l'occasion pour défendre l'attitude d'Ann.

— Je comprends très bien – pas toi, Pete ? De plus, nous devrions peut-être parler de l'aspect pécuniaire de la situation. Si nous ne sommes pas d'une grande utilité jusqu'à ce que ta mère aille à l'hôpital, nous sommes en mesure d'aider financièrement.

Bill ronchonna, furieux que Stella trahisse leur confiance. Comme Ann, il avait oublié que c'était le fait d'avoir accepté, à contrecœur certes, de jouer un rôle dans la trahison de Pete qui les avait forcés à dévoiler leurs secrets.

— Je ne crois pas que vous soyez en position de nous aider financièrement, Stella, puisque c'est à cause de vous et de Pete que nous sommes dans ce pétrin.

Pete le fusilla du regard.

— Inutile de me regarder comme ça, fils ; je t'avais dit à ce moment-là de mettre ta femme au courant.

Stella les considéra les uns après les autres. Ils baissaient la tête d'un air coupable.

— Au courant de quoi ? L'un de vous pourrait-il avoir la gentillesse de m'expliquer ce qui se passe ?

Pendant quelques secondes, tout le monde se tut. Puis Pete réalisa que personne n'allait le tirer de ce mauvais pas. Il s'éclaircit la voix, gêné.

— J'aurais dû t'en parler, Stella. Je suis désolé. Quand nous avons vendu la maison précédente, il nous manquait quelques milliers de livres – plus que ça, en fait –, et nous avions besoin d'un prêt-relais pour acheter celle-ci. J'allais me rendre à la banque, mais je savais qu'ils vérifieraient auprès de mon entreprise et qu'une fois informés du rachat ils refuseraient le prêt ; alors je me suis adressé à mon père.

Stella dévisagea son mari, qui lui devenait de plus en plus étranger.

— Sans m'en informer ? Tu as emprunté de l'argent à ton père en sachant que tu aurais des difficultés à le rembourser, pour acheter une maison avec un emprunt astronomique alors que tu risques d'être au chômage d'ici quelques mois ? Je ne… Je suis…

Elle préparait une diatribe dévastatrice contre laquelle Pete, Bill et Ann rassemblaient leurs forces. Puis quelque chose en elle sembla éclater. Elle prit plusieurs inspirations profondes et se composa un sourire sans joie. Cette réaction était encore plus inquiétante. Son mari et ses beaux-parents eurent très peur qu'elle s'effondre nerveusement.

Pete parla pour la rassurer.

— Stella, excuse-moi. Tout peut encore s'arranger, je t'assure. Il n'est pas certain que je perde mon boulot et, même si c'est le cas, j'obtiendrai une bonne indemnité de licenciement qui nous permettra de voir venir. Je ne voulais pas t'affoler avant de savoir à quoi m'en tenir.

Stella le regarda tendrement. Pauvre Pete ! C'est ce que je pensais : il veut me protéger. Comme si je pouvais m'en faire pour l'argent ou pour la maison alors qu'il est peut-être gravement malade… Elle mourait d'envie de se jeter à son cou pour le lui dire. Depuis qu'elle considérait l'éventualité de perdre Pete, son amour pour lui avait décuplé et atteint un niveau jamais égalé auparavant. Elle ne le considérait plus seulement comme un compagnon, ni comme le fournisseur de la moitié des biens qu'elle chérissait, ou le faire-valoir de son numéro mondain.

Pour la première fois depuis leur rencontre, bien des années plus tôt, elle découvrit qu'elle ne supporterait pas de le perdre. Mais elle ne devait pas révéler ses sentiments. Pas maintenant. Sinon, Pete saurait que quelque chose se tramait. Elle sentit des larmes se former au coin de ses yeux et ne se retourna pas assez rapidement pour les empêcher de couler.

Pete était horrifié d'avoir rendu Stella si malheureuse. Il ne l'avait jamais vue pleurer, et se détesta d'avoir déclenché ses larmes par sa conduite égoïste et irresponsable. Il se précipita vers elle et la serra fort dans ses bras.

— Stella, je te promets que tout ira bien. Nous nous débrouillerons. Rien n'arrivera à toi ni à cette maison, je te le jure. Et nous rembourserons mon père. Il le sait bien.

Devant cet étalage de sentiments, Bill eut envie de disparaître. Il aurait voulu se cacher derrière un journal ou aller arracher des mauvaises herbes. Ann était très émue. Ils vont s'en sortir, pensait-elle. Depuis quelque temps elle en doutait, mais les voir aussi soudés face à leur première épreuve matrimoniale la rassura.

Stella se fondit dans l'étreinte de Pete. Elle préféra ne rien dire. J'aime cet homme. J'aime cet homme. Je ne le perdrai pas. Je peux renoncer à tout sauf à mon mari.

Le lundi matin, Chris sortit du bureau du directeur de l'école en contenant sa colère à grand-peine. Il se tourna pour affronter l'adolescent maussade assis devant la porte. L'agressivité qui émanait de lui était palpable.

— Je ne sais pas pourquoi je suis intervenu, mais je viens de t'obtenir une dernière chance. Et cela concerne toute l'école.

— Je vous remercie, monsieur, répondit le garçon d'un air méprisant.

Son absence totale de remords devant les conséquences de ses actes démonta complètement Chris. Il s'assit à côté de Dean Ryder, et l'observa comme s'il s'agissait d'une forme de vie récemment découverte.

— Je ne pige pas, Dean. Je veux te comprendre, c'est tout. J'ai renoncé à t'aider puisque tu veux à tout prix te détruire, mais je m'intéresse à la raison pour laquelle tu sembles déterminé à démolir l'école. Qu'avons-nous fait pour que tu nous détestes autant ?

Dean fixa un point droit devant lui, évitant délibérément de regarder le visage de son professeur.

— Vous vous flattez. Je me fiche trop des gens d'ici pour les détester. Même vous, monsieur.

— Tu n'es pas stupide, même s'il serait difficile d'en convaincre un juge après ton dernier exploit. Tu sais que cette école est menacée de fermeture. Ton dernier avertissement était très clair : un autre délit et c'est terminé. Et pourquoi voler la voiture du gardien ? Personne ne t'empêchera de faire une virée puisque tu veux mourir avant tes dix-huit ans mais tu aurais pu piquer une bagnole à des kilomètres d'ici. Tu as été filmé par la caméra de surveillance de l'école, nom d'un chien !

Dean grimaça un sourire. Ce n'était pas beau à voir.

— C'était pour attirer l'attention, un pauvre enfant défavorisé comme moi, d'un foyer désuni, déclara-t-il en jouant l'innocent.

Chris se mit en colère.

— Je viens de passer une bonne demi-heure à convaincre le gardien de ne pas porter plainte ! Il est d'accord parce que tu n'as pas endommagé sa voiture.

— Cette caisse merdique n'allait pas assez vite pour causer des dégâts, grogna Dean.

Chris hocha la tête. Il était vaincu et le savait.

— Il n'y a pas d'inculpation, alors le directeur a décidé de ne pas avertir la police. Si le ministère de l'Éducation avait eu vent de ça, l'école fermait.

— Oui, monsieur, vous nous l'avez annoncé la semaine dernière et, comme vous l'avez dit, je ne suis pas stupide.

— Et où irais-tu si l'école fermait ? demanda Chris, cherchant toujours un moyen de communiquer avec Dean.

Il haussa les épaules.

— Je serais envoyé ailleurs. Je raterais mes examens, le schéma classique. Comme je ne trouverais pas de boulot, je me mettrais à faucher et je finirais comme mon vieux, à entrer et sortir de prison et à magouiller par-ci par-là.

— Et c'est le genre de vie que tu désires ? s'enquit Chris, stupéfait.

Dean se leva et dévisagea son professeur, écœuré.

— Gardez toute votre bonté d'âme pour ceux que ça impressionne.

Sur ce, il tourna les talons.

Quand Chris quitta l'école cet après-midi-là, il jeta un coup d'œil aux salles de classe devant lesquelles il passait. Les heures d'étude étaient obligatoires, mais il y régnait une atmosphère plus détendue que pendant le reste de la journée. À regarder les enfants penchés sur leur livre, on n'aurait pas deviné qu'il s'agissait de la crème des jeunes criminels du sud de Londres. Contrairement aux idées reçues, l'école parvenait à maintenir un niveau de discipline très élevé. Les classes étaient petites, et certains de ces adolescents y recevaient leur première marque d'attention. Bien sûr, les professeurs utilisaient des moyens de pression, le plus efficace concernait la nourriture. Chris n'en revenait toujours pas de ce que ces gamins pouvaient faire pour une pizza et des frites.

Si l'école fermait, environ quatre-vingt-dix pour cent des élèves replongeraient dans la criminalité en quelques semaines. Frappés d'ostracisme dans les établissements où ils seraient placés, ils réagiraient de la seule façon qu'ils connaissaient : par la violence ou un autre comportement asocial.

Chris avait évité la catastrophe aujourd'hui, mais ce n'était qu'une question de temps avant qu'un nouvel incident ne se produise, il le savait. Quand le cas se présenterait, il serait sans doute incapable de sauver la situation.

Son moral était au plus bas en rentrant chez lui et il faillit ne pas répondre au téléphone, qui sonnait au moment où il ouvrit la porte. Mais il y avait une infime possibilité que ce soit Lauren appelant de la région des lacs. Il balança son sac par terre et prit le récepteur, excité.

— Allô ?

— Bonjour, Chris, c'est Stella, Stella Lynch !

Chris se demandait parfois à quoi ressemblerait la société anglaise si elle bénéficiait des lois libérales américaines sur le port d'armes. En pareille occasion, il était reconnaissant de ne pas avoir à sa disposition des armes aussi redoutables, parce qu'à coup sûr il aurait tué cette femme si elle s'était trouvée devant lui à cet instant précis.

Il rendait Stella responsable de tout le gâchis avec Lauren. Réaction irrationnelle et injuste de sa part, mais des gens étaient tués sans arrêt aux États-Unis pour des raisons irrationnelles et injustes. Il avait vu *NYPD Blue* et en connaissait un bout sur la question. Dès le début, la futilité et la superficialité de Stella l'avaient irrité. Quand il rédigeait mentalement une liste des raisons pour lesquelles il devait quitter Beth ou pas, le premier élément figurant dans la colonne « pour » était : ne plus fréquenter Stella Lynch. Et voilà maintenant que cette dernière n'arrêtait pas de lui téléphoner !

— Bonjour, Stella. Que puis-je faire pour toi ?

Il avait appris depuis leur dernière conversation à ne pas risquer la question : « Comment vas-tu ? ».

— J'ai besoin de ton aide, Chris.

Stella paraissait abattue, et Chris pensa immédiatement qu'un accident était arrivé à Beth. Il n'avait jamais entendu Stella avec cette voix. Elle était toujours si joyeuse qu'il s'était demandé si elle se droguait.

— Tu sembles bien grave. Beth a des ennuis ?

— Oui et non. C'est au sujet de samedi. Si j'ai bien compris, tu vas à un match de foot avec Pete ?

Chris se détendit. Il s'agissait d'un truc sans intérêt, comme d'habitude.

— J'allais appeler Pete à ce sujet. Tu sais…

Stella ne lui donna pas la possibilité de terminer. Chris voulait lui annoncer que Tottenham jouait dans l'équipe de Manchester United ce samedi-là et que tous les billets avaient été vendus des semaines plus tôt. C'était la meilleure nouvelle qu'il ait entendue depuis une éternité.

— Chris, il m'est impossible de te parler maintenant. On peut se voir demain ? Juste pour dix minutes. C'est très, très important.

— De quoi s'agit-il, en gros ? s'enquit Chris, exaspéré par le manque de précision de Stella. Je suis vraiment très pris à l'école en ce moment et il m'est difficile de sortir pendant la journée.

— Alors, c'est moi qui viendrai. Nous discuterons au portail. S'il te plaît !

Elle se mit à chuchoter :

— Je suis au bureau. Et je ne peux pas t'appeler de la maison.

Ce mélodrame n'intéressait pas Chris. Il avait passé une mauvaise journée, et contenu à grand-peine l'envie de se battre avec les délinquants qui défiaient son autorité. Il était prêt à se disputer avec Stella toute la soirée si c'était nécessaire. Mais il entendit son mobile sonner. Il avait laissé le numéro sur le répondeur de Lauren. Peut-être avait-elle eu son message. Il se mit à fouiller désespérément son cartable pour dénicher son téléphone. Il devait se débarrasser de Stella, et la façon la plus facile d'y parvenir était de céder à ses exigences.

— D'accord. Si tu te rends au parking de l'école autour de midi et demi, tu trouveras plein de places libres. C'est l'heure du déjeuner. Je te verrai cinq minutes, pas plus.

— Parfait ! Chris, tu n'imagines pas à quel point je te suis reconnaissante. Tu comprendras quand je t'expliquerai de quoi il s'agit. Merci beaucoup…

Elle ne réalisa pas qu'il avait raccroché et continua de le remercier pendant encore cinq minutes.

Chris avait trouvé son mobile. Son optimisme battit de l'aile en voyant le numéro d'Izzy s'afficher sur l'écran.

— Qu'est-ce que tu veux ? demanda-t-il d'un ton brusque.

— C'est vraiment charmant, après tout ce que j'ai fait pour toi.

— Izzy, je ne suis pas d'humeur à écouter des propos sibyllins.

— Heureusement que je te connais. N'importe qui d'autre serait offensé par ton agressivité.

— Alors ?

— J'ai pensé que tu serais content d'apprendre que j'ai le numéro de mobile de Lauren.

Chris resta sans voix. À sa connaissance, il ne lui avait pas demandé d'obtenir ce numéro. Pourquoi s'en serait-elle chargée ?

— Je sais que j'étais ivre samedi soir et pas très brillant le dimanche matin, mais je ne vois pas de quoi tu parles.

Izzy s'était attendue à des flots de gratitude. Rien ne se passait comme prévu. Elle soupira.

— Tu as dit que tu avais besoin de la joindre, qu'elle était absente de Londres toute la semaine et que tu n'avais pas son numéro de mobile. Alors j'ai appelé Beth, qui m'a donné le numéro de Stella. Je lui ai téléphoné et…

Chris l'interrompit avant qu'elle puisse expliquer que c'était la mère de Pete qui lui avait répondu.

— Tu as appelé Stella ?

Il n'en croyait pas ses oreilles. Encore elle !

Cette femme était au cœur du chaos de sa vie, tel un esprit malin qu'il aurait réveillé accidentellement et qui lui collait désormais à la peau.

— Quel est ton problème, Chris ? Il te fallait le numéro, j'ai le numéro. Tu le veux, oui ou non ?

Qu'avait-elle raconté pour que Stella le lui donne ? Chris préférait l'ignorer. Il avait peur que la supplication soudaine et passionnée de Stella soit liée à Izzy.

— D'accord.

Il nota le numéro sans grand enthousiasme.

— Alors, tu vas l'appeler ? dit sa sœur avec empressement.

Maintenant qu'elle avait été invitée à la grande fête de famille, elle tenait à ce que cette histoire d'amour progresse. Elle avait un bon feeling pour Lauren.

— Je ne sais pas. Plus j'y réfléchis, moins cette histoire paraît réelle. J'ai l'impression que ça ne se fera pas. Beth me manque. La vie était tellement simple avec elle !

Izzy s'alarma. Si Chris envisageait de renouer avec Beth, il était sacrément déprimé et avait plus que jamais besoin de son aide.

Ce soir-là, Chris s'assit devant ses copies en levant souvent les yeux sur le numéro de mobile de Lauren punaisé à son pense-bête. Il préférait voir Stella avant de l'appeler. Juste au cas où de nouvelles complications s'ajouteraient à cette saga déplorable.

Izzy se trompait. Elle avait raison de penser que son frère déprimait, mais tort de croire qu'il désirait se remettre en couple avec Beth. C'était une parole en l'air. Il aurait souhaité retourner en arrière, se retrouver à la soirée et rejouer cette première conversation avec Lauren. Il voulait lui parler, puis sortir avec elle comme font les gens normaux. Ils se raconteraient leur vie, se découvriraient des centres d'intérêt communs ou différents, ils s'ennuieraient ou s'amuseraient. Ils s'entendraient ou se chamailleraient. Voilà ce qu'il souhaitait. Fini la comédie. Et dès qu'il contacterait Lauren, il le lui dirait. Après-demain.

10

Lauren avait des problèmes. Elle n'arrivait pas à se concentrer sur son travail, ni même à taper correctement. Elle s'efforçait toujours de finaliser le rapport préliminaire pour Richard, qu'elle aurait dû boucler après leur premier rendez-vous, pour démarrer dès le lundi matin.

Mais on était mardi, il était onze heures et demie, elle buvait sa cinquième tasse de thé, et fixait le mot « préliminaire ». « Fixer » n'était pas le terme approprié. Elle faisait un effort surhumain pour garder les yeux rivés sur l'écran afin de ne pas lorgner par la fenêtre.

Tout avait débuté dimanche. Ce qui avait commencé comme une randonnée avec un client s'était terminé en l'expérience la plus grisante de sa vie. Elle avait traversé une forêt et s'était sentie transportée par les grands arbres qui la dominaient. Elle ignorait que la nature pouvait susciter des sentiments autres que l'ennui. Elle avait marché dans la bruyère, étonnée de voir des taches roses et mauves surgir de la neige, puis avait failli tomber dans une tourbière en cherchant à se cacher pour se soulager.

Elle avait écouté le silence des montagnes. Élevée en ville, elle avait toujours cru qu'elle détestait le silence, et faisait tout pour l'éviter : elle prenait ses vacances dans des stations bruyantes, choisissait ses appartements sur des rues animées, travaillait avec la télévision allumée et dormait avec la radio.

Maintenant qu'elle avait goûté à cette drogue, elle ne pouvait plus s'en passer. Quand ils atteignirent le sommet de Wastwater Screes, dix miles plus loin, elle était devenue une adepte de la marche. La douleur dans ses poumons, son point de côté, l'élancement derrière ses mollets lui prouvaient qu'elle était vivante, pleinement et joyeusement vivante. Elle découvrait que le sentiment de satisfaction qu'elle éprouvait envers sa vie n'était qu'un puissant anesthésique.

Richard l'observait tandis qu'elle contemplait avec avidité les lacs et les vallées telle une prisonnière libérée de son cachot. Ses yeux s'écarquillaient devant la beauté dévoilant encore d'autres beautés. Elle enleva son bonnet de laine pour aérer ses cheveux collés à son crâne par la transpiration, se moquant de son apparence et de la bienséance de cette excursion – qui changeait sa vie – avec un client d'affaires. Elle se fichait de ce qu'elle disait ou faisait. Elle jouissait du bonheur absolu d'être là, à ce moment précis.

Après ce qui lui sembla une éternité, elle se détacha de sa contemplation ; dix minutes à peine s'étaient écoulées. Richard continua de la regarder, et Lauren devint écarlate en s'en rendant compte.

— Vous devez trouver mon comportement stupide. On dirait que je n'ai jamais vu de montagne de ma vie.

— Est-ce le cas ? Si c'était à la télévision ou par une fenêtre, ça ne compte pas.

— Je suis gênée de répondre qu'en effet c'est la première fois.

Richard éclata de rire.

— Ne soyez pas gênée ! Quelle chance vous avez ! Je connais des gens qui ont toujours vécu dans le coin et n'ont jamais vu les montagnes. Ils les côtoient tous les jours mais ils n'ouvrent pas les yeux pour les regarder. Vous, vous les voyez car vous ne considérez pas cette splendeur comme faisant partie du décor.

— Suis-je la première personne à réagir de cette façon ? demanda Lauren, croyant que ses sensations étaient uniques.

— Non. Cette réaction est courante. C'est l'une des raisons pour lesquelles je n'ai pas voulu informatiser mes magasins pendant aussi longtemps. C'est tellement dommage de priver une personne de cette expérience ! Dans une quinzaine de jours, on pourra conclure des affaires avec moi la nuit, en regardant une rue froide et humide de Londres, avec l'odeur des kebabs et des mégots de cigarette se glissant par la fenêtre. On n'aura plus besoin de venir ici.

C'était cette perspective terrible qui empêchait Lauren de progresser dans la modernisation du fonctionnement obsolète de Richard.

Stella remonta la vitre de sa voiture pour ne plus sentir l'odeur des kebabs et des mégots de cigarette flottant dans les rues froides et humides qui conduisaient à l'école de Chris. Elle avait instinctivement verrouillé les portes et glissé son sac sous le siège. Elle tourna dans le parking et choisit une place aussi éloignée que possible du bâtiment. Le bruit provenant de l'école était intimidant. On aurait dit une émeute, ce qui n'était pas loin de la vérité car la friteuse avait rendu l'âme et il n'y avait pas de chips pour le déjeuner.

On avait délégué Chris pour apaiser les élèves, qui menaçaient de tout casser dans la salle à manger. Dans un geste d'abdication désespérée qui se révéla immédiatement efficace, quoique contestable sur le plan pédagogique, il appela la friterie du coin et leur demanda de livrer soixante-dix grandes portions.

Après avoir annoncé la nouvelle aux élèves militants, il leur ordonna de s'amuser calmement jusqu'à l'arrivée de la nourriture. Il donna ensuite au cuisinier carte blanche – à l'exception des brûlures au troisième degré et des fractures – pour punir les élèves turbulents, puis il sortit à toute allure afin de voir Stella.

Il frappa violemment à la vitre de la voiture, ce qui la fit sursauter de terreur. Elle avait déjà composé sur son mobile les dix premiers chiffres du bureau de police le plus proche et gardait le doigt pressé sur le quatre, prête à parer à n'importe quelle agression. Heureusement, sous le choc, son téléphone tomba. Elle couvrit son visage de ses mains pour se protéger et hurla.

— Stella, Stella, c'est moi ! Arrête de crier !

Stella jeta un coup d'œil furtif à travers ses doigts pour vérifier qu'il s'agissait bien de Chris et non pas d'un jeune tueur doté d'un bon talent d'imitateur. Elle déverrouilla les portes et les referma dès que Chris fut à l'intérieur.

— Pourquoi t'es-tu approché sans bruit ? demanda-t-elle, furieuse.

— Stella, j'ai marché directement de l'école à la voiture en agitant les deux bras et je porte un pull rouge. C'est comme si mon arrivée avait été annoncée par une dizaine de joueurs de clairon.

— Inutile de te montrer aussi sarcastique. Ce n'est pas l'endroit le plus sécurisant pour une femme seule.

Elle tentait tant bien que mal de retrouver un semblant de dignité.

— Ce n'est pas moi qui voulais te rencontrer aujourd'hui, Stella. Tu as insisté, tu t'en souviens ? Comme tu peux l'entendre, le moment est mal choisi. Il m'est impossible de laisser ces petits chéris livrés à eux-mêmes trop longtemps. Alors, qu'as-tu de si important à me révéler ?

Le visage de Stella s'assombrit aussitôt. Elle raconta rapidement à Chris les angoisses de Pete au sujet du cancer et le rôle de Beth. Elle inventa quelques détails supplémentaires pour rendre l'histoire plus crédible. Ce procédé ne lui parut pas déloyal. Elle savait qu'elle était parvenue à la bonne conclusion et qu'elle devait mettre Chris de son côté. Il lui fallait donc se montrer convaincante pour obtenir son aide.

Chris s'enfonça dans son siège, pris au dépourvu. Lui aussi avait été surpris du temps que Beth et Pete avaient passé ensemble à la soirée. Sans la présence de

Lauren, il aurait été jaloux d'observer un homme prendre plaisir à la compagnie de son ex aussi peu de temps après leur rupture.

Il ne voulait pas la voir malheureuse, bien sûr, mais un rétablissement aussi rapide incitait à penser que ses sentiments pour lui avaient manqué de profondeur ou de sincérité.

Chris était donc tout disposé à accepter l'interprétation de Stella. Pete avec un cancer ! Ils n'étaient pas amis, mais avaient environ le même âge. Cette constatation le mit très mal à l'aise.

Beth ne parlait jamais de son travail à la maison, pourtant il devinait toujours quand elle perdait un patient qu'elle aimait bien. Il lui était reconnaissant de ne pas insister pour partager son chagrin avec lui. Elle avait bien essayé, mais il avait clairement défini sa position là-dessus. Il avait du mal à aborder ce sujet. Cette expérience lui avait été épargnée jusqu'à présent, car il avait le bonheur d'avoir encore ses parents en vie. En fait, il n'avait jamais perdu de personne proche, ce qui avait étonné Beth quand ils en avaient discuté la première fois.

— Et tes grands-parents ?

— Ils étaient morts avant ma naissance et celle d'Izzy.

Beth avait hoché la tête avec incrédulité. Elle se demandait comment Chris réagirait le jour où il serait confronté à la mort d'un être aimé, ou même à celle d'une connaissance.

Et il semblait que ce moment approchait à grands pas. Son aversion pour le sujet eut l'effet d'émousser le sens critique de Chris. Il crut Stella sans se poser de questions. Il accepta sa mission – découvrir ce qui n'allait pas chez Pete sans que ce dernier se doute de l'intervention de Stella – parce qu'il ne savait pas comment refuser.

À sa grande horreur, Stella éclata ensuite en sanglots et s'appuya contre lui pour chercher du réconfort. Il fut obligé de la prendre dans ses bras, ce qui n'est pas simple dans les sièges baquets d'une BMW. Stella se retrouva à moitié assise sur ses genoux, leurs jambes enchevêtrées. Seul le spectre du cancer planant au-dessus de leurs têtes empêcha la scène de sombrer dans le grotesque. Chris parvint finalement à la calmer. Cette réussite l'impressionna, car il ne se considérait pas comme un homme rassurant.

Il regagna l'école. Zut ! Sous le choc, il avait oublié de lui dire qu'il n'avait pas de billets pour le match de samedi. Du réfectoire lui parvinrent les voix de soixante-dix délinquants en train de chanter en chœur ce que le cuisinier pouvait faire de ses macaronis au fromage.

Chris ne se rendait pas compte qu'il souriait en accélérant le pas. Bien sûr ! Où achète-t-on les billets d'un match de foot jouant à guichets fermés ? Dans cet échantillon de graines de criminels, il en trouverait forcément un qui avait accès aux tickets du marché noir.

Il n'avait pas conscience que Dean Ryder l'épiait depuis un bon moment. Dean savait toujours quand il y avait une nouvelle automobile dans le parking. Issu d'une grande et illustre famille de voleurs de voitures, il était programmé génétiquement pour sentir la présence d'une bagnole de luxe à cinq kilomètres à la ronde.

Au début, il avait regardé la scène avec beaucoup d'intérêt. Il s'agissait sans doute de la femme de M. Fallon et ils allaient se contenter de se peloter maladroitement, c'était évident. Dommage ! Quand il comprit qu'ils ne laisseraient pas la voiture sans surveillance, Dean dirigea son attention vers les autres véhicules du parking, à la recherche de son prochain mauvais coup.

— Dean Ryder, que fais-tu dehors ?

— J'essaie de décider quelle voiture je vais voler, monsieur.

Chris eut un mouvement de recul. Seul Dean Ryder pouvait rendre le mot « monsieur » offensant.

— Très drôle, Ryder. Tu sais que quitter l'école à l'heure du déjeuner est contraire au règlement. Si tu rentres immédiatement, je ne le signalerai pas.

— Vous êtes un saint, monsieur.

Chris se dit qu'à la prochaine réunion du personnel il suggérerait une nouvelle règle permettant de punir l'ironie. Mais il ravala sa rancœur. Dean pouvait lui être utile.

— Dean, je désire te poser une question.

Il garda un ton brusque, afin que le gamin ne soupçonne pas qu'il avait désespérément besoin d'aide.

— Qu'est-ce que vous voulez chouraver ?

— Il ne s'agit pas de ça, Dean.

Mais ce n'en était pas loin.

— Comment obtient-on deux billets pour le match Manchester United-Tottenham de samedi prochain ?

Pour la première fois, Dean perdit son esprit de repartie. En tant que professeur, Chris en tira une leçon. Il y réfléchirait en endurant la torture du match de foot avec Pete.

— Je ne pensais pas que vous aimiez le foot, déclara Dean d'un ton inquisiteur.

— Je ne suis pas un fan, seulement j'ai promis à un ami très malade de l'emmener.

— Eh bien, si vous voulez mon avis, monsieur, c'est une promesse très conne.

Merci, Dean.

— En tout cas, j'ai promis. Alors ?

— Vous êtes prêt à payer combien ? demanda le gamin, intéressé.

L'affaire pouvait se révéler juteuse, et avoir un prof dans sa manche est toujours utile.

Chris avait conscience qu'il allait se faire rouler. La situation le dépassait, et Dean le savait.

— Annonce-moi la couleur et on verra si ça me convient.

Dean augmenta mentalement le prix de vingt livres, subodorant que M. Fallon n'y connaissait rien.

— Vous prendrez un bus pour les supporters ou vous irez à Manchester par vos propres moyens ?

— À Manchester ! s'exclama Chris, stupéfait. Le match ne se joue pas à Tottenham ?

Dean ricana.

— Vous allez voir un match et vous nc savez même pas où il se joue ? Vous êtes un vrai pro !

— Je n'ai pas eu l'idée de vérifier. J'ai téléphoné à la billetterie de Tottenham et ils se sont moqués de moi en m'informant que les tickets avaient été vendus depuis une éternité. Ils n'ont pas dit où se déroulait le match.

— C'est normal, ils ont supposé que vous saviez lire les indications. « Manchester United-Tottenham Hotspur » signifie que le match a lieu à l'extérieur.

Dean prenait plaisir au malaise de son professeur.

Chris frotta ses tempes. Il combattait un mal de tête permanent depuis six jours, date de la soirée de Stella. Était-il possible d'être allergique à une personne ? Cela expliquerait les élancements dont il souffrait chaque fois qu'il entendait la voix de Stella.

— Maintenant qu'il est bien établi que je suis débile, peux-tu me donner une réponse franche ? répliqua Chris avec un soupir de lassitude.

— Si j'ai bien compris, monsieur, vous voulez deux billets pour le match ?

— C'est exact. Il est possible de compter sur toi ?

— Pas de problème. Restez ici pendant que je passe un coup de fil.

Il sortit de sa poche un téléphone mobile de contrebande et s'éloigna. Chris ne voulait pas savoir qui il appelait.

Pete avait-il réalisé que le match avait lieu à Manchester ? Samedi allait être une longue journée. Suis-je fou ? C'est bien de rendre service, mais cette histoire risque de me coûter cher. Et je risque fort de me retrouver au chômage bientôt, avec Dean Ryder qui tient ma carrière entre ses sales pattes.

Cependant, tandis que Stella parlait de son mari, une idée avait germé dans l'esprit de Chris. La possibilité vague et extravagante que Pete pourrait être l'ami dont il avait besoin. Que le service serait réciproque.

Il aurait été meilleur marché de passer une petite annonce dans le *Guardian* pour dénicher un ami partageant les mêmes goûts, mais cette sortie avec Pete semblait plus naturelle et spontanée. Comment ne pas créer des liens d'homme à homme pendant un match de foot ?

Le problème principal d'Izzy était d'avoir trop de temps libre, même quand elle promenait les chiens de ses clients. Elle composa le numéro de mobile de Lauren pour la dixième fois de la journée. Où qu'elle soit, il n'y avait pas de réseau.

Izzy n'avait pas vraiment réfléchi à ce qu'elle lui dirait si jamais elle arrivait à la joindre. Au moment où elle décida que c'était une mauvaise idée, elle obtint la communication.

— Allô ?

Il y avait de la friture sur la ligne, mais la voix de Lauren était audible.

— Allô, Lauren. C'est Izzy à l'appareil. La sœur de Chris. Nous nous sommes rencontrées vendredi.

— Je t'entends très mal. Ne quitte pas.

Elles ne s'étaient vues qu'une fois ; pourtant, Lauren l'avait tutoyée spontanément. Le côté décalé d'Izzy y était peut-être pour quelque chose, même si elle lui faisait un peu peur.

Lauren prit le virage suivant, puis s'arrêta sur le bas-côté. Richard lui avait prêté sa voiture et elle n'était pas des plus faciles à manœuvrer. Izzy entendit une bordée de jurons qui, contrairement à la conversation courante, traversèrent clairement les parasites.

Lauren se rendait à l'un des magasins de Richard, et elle avait proposé de prendre son cellulaire afin qu'il ait la possibilité de la contacter si nécessaire. En mission, elle se mettait toujours à la disposition de ses clients vingt-quatre heures sur vingt-quatre. Ce service la rendait différente des autres consultantes.

Richard avait trouvé ça très amusant.

— Qu'arrivera-t-il pendant les deux heures de conduite ? Ensuite, vous serez au magasin, où je pourrai vous joindre sur un téléphone ordinaire. Ne vous embarrassez pas de votre mobile pour moi. Vous feriez mieux de le balancer dans le lac !

L'attitude réactionnaire de Richard envers la technologie ne déconcertait plus Lauren, elle commençait même à éprouver de la sympathie pour son point de vue. Dans la voiture, la sonnerie du téléphone l'avait saisie de stupeur. Elle ne se souvenait pas de l'avoir allumé. Une vague de tristesse la submergea : son passé l'avait rattrapée.

Malgré la réception épouvantable, la voix était audible. Pourquoi la sœur de Chris lui téléphonait-elle ici ? Comment avait-elle eu son numéro ? Ces questions se perdirent dans l'espace entre Tendale et Tooting.

Puis la ligne devint relativement claire, et les deux femmes en profitèrent pour parler à toute vitesse.

— Chris a des problèmes ? cria Lauren.

— Non, cria Izzy en retour, improvisant frénétiquement. Il va bien. Je voulais te joindre parce que je prépare une surprise pour lui le week-end prochain et je sais qu'il souhaiterait ta présence.

— C'est son anniversaire ? demanda Lauren, surprise que Chris ne l'ait pas mentionné.

Il est vrai que la soirée n'avait pas été une réussite.

— Désolée, je n'entends rien ! hurla Izzy, rendant Lauren presque sourde.

La ligne était parfaite mais elle avait sauté sur ce prétexte pour éviter de répondre.

— Seras-tu de retour vendredi ?

Comme Izzy hurlait, Lauren se sentit obligée de hurler aussi. Pour elle, assise dans une voiture au milieu de nulle part, ce n'était pas un problème. Mais Izzy, qui promenait vingt chiens sur Tooting Common, avait l'air sérieusement dérangée, tenant le récepteur à bout de bras tandis que les passants dans un rayon de deux kilomètres entendaient chaque parole de Lauren.

— Je comptais rester ici ce week-end.

— Viens ! Chris sera vraiment peiné si tu n'es pas là !

Lauren avait projeté de passer le week-end à marcher avec Richard. Elle l'avait convaincu de l'emmener sur un sentier très difficile. Et elle ne manquait aucune occasion de lui chanter les louanges de sa mère.

Voilà maintenant que l'étrange Iseut essayait de l'attirer à Londres afin qu'elle s'humilie devant Chris une fois de plus. Elle n'avait même pas pensé à lui au cours des dernières quarante-huit heures.

C'était comme si le simple geste d'allumer le téléphone avait rompu l'envoûtement que les montagnes exerçaient sur elle. Sa sérénité l'abandonnait, et elle voulait revivre cette sensation. Elle voulait être dans le magasin de Richard, l'observer et compter le nombre de fois où elle le surprenait à lancer des regards furtifs par la fenêtre. Il agissait de même pour elle, et ils avaient pris l'habitude de prendre le thé ensemble pour comparer les scores.

— Je vous ai vu jeter sept coups d'œil dehors et, sous prétexte d'une visite à la réserve pour un réassort superflu, vous vous êtes promené, avait annoncé Lauren victorieusement le matin, en se carrant dans son siège.

Richard ne se laissa pas démonter.

— Vous n'avez regardé que cinq fois par la fenêtre, mais vous avez quitté le bureau quatre fois, et je jurerais avoir entendu la porte d'entrée s'ouvrir à chaque reprise.

Lauren leva les sourcils en une parodie d'indignation.

— Êtes-vous en train d'insinuer que je tirais au flanc, monsieur Trent ? Sachez que je suis affligée d'une vessie fragile, et ces escapades correspondaient à un besoin physique.

— Vous êtes une menteuse, mademoiselle Connor.

Elle n'avait jamais eu de relations aussi décontractées avec un client ; c'était bien la preuve du pouvoir de transformation que cet endroit opérait sur elle. Mais la magie disparaissait.

Chris Fallon s'insinuait à nouveau dans son esprit. Elle se souvint de la soirée. De leur rencontre. De leur discussion. De ses premiers mensonges. Et de ceux qui avaient suivi. Puis elle avait eu l'impression qu'il l'aimait bien. Du coup, elle l'aima bien à son tour.

Chris avait été une merveilleuse distraction. Elle avait oublié sa mère, New York, les dates limites. Pour une nuit. Mais au réveil, rien n'avait changé. Aussi s'était-elle enfuie. Et soudain, après un week-end loin de son quotidien, elle s'aventurait dans une direction complètement nouvelle. Loin de sa mère, de New York, de Chris. Sa relation avec lui avait créé un véritable imbroglio. Peut-être avait-elle besoin de retourner en arrière, de simplifier, de rationaliser.

Rentrer à Londres lui permettrait d'affronter la situation et de se comporter en adulte.

Une voiture prit le virage à toute allure, accrochant son rétroviseur latéral au passage.

— Connard ! s'exclama-t-elle.

— Qu'est-ce que tu as dit ? demanda Izzy, qui pensait avoir mal entendu.

— Désolée, ce n'est pas à toi que je parlais. C'est à un imbécile sur la route.

Lauren sentit ses épaules se contracter tandis que les stress anciens reprenaient possession d'elle. À ce moment-là, la ligne commença vraiment à se dégrader.

— Tu es sûre que Chris désire ma présence ?

— Certaine ! répliqua Izzy avec enthousiasme. Pourquoi ne pas se retrouver au bar à sushis où nous étions la semaine dernière ? À dix-neuf heures, vendredi, ça te va ?

Lauren n'eut pas la possibilité de refuser l'invitation ni de contester le choix du lieu de rendez-vous. La ligne se réduisait à un bruit sourd. Elle éteignit son portable et regarda le paysage. Skiddaw dominait l'horizon. Elle avait projeté d'y aller avec Richard samedi prochain.

Prise d'une impulsion soudaine, elle sortit de la voiture et jeta violemment le téléphone dans le lac en contrebas. Tandis qu'il décrivait un arc parfait dans les airs avant de plonger dans l'eau, il se mit à sonner. Lauren ne l'entendit pas. Elle se réjouissait déjà d'écouter le silence de la montagne.

Chris entendit la sonnerie retentir à l'autre bout du fil, puis la ligne fut coupée. Il avait mis toute la journée à joindre Lauren, et voilà qu'elle l'évitait. En voyant son nom s'afficher sur l'écran, elle avait dû décider de ne pas lui parler. Il renonça.

11

— Trois cents livres, tu plaisantes ? s'écria Chris.

Dean leva les mains en signe d'impuissance.

— Les deux billets. C'est un prix spécial que j'ai obtenu pour vous. Pour n'importe qui d'autre, ce serait trois cents chacun.

— Et tu voudrais que je te sois reconnaissant ? Grâce à tes arnaques, tu gagnes plus en une journée que moi en un mois. Alors, s'il te plaît, ne prétends pas me faire bénéficier d'un régime de faveur.

— Ce sont des places excellentes, monsieur. Votre ami sera superimpressionné.

Chris arracha les billets des mains de Dean, lui tendit l'enveloppe contenant l'argent et tourna les talons, fier de ne pas avoir giflé le jeune homme au sourire narquois. Il se savait complètement roulé mais il était soulagé de posséder enfin les billets. On était jeudi, et il avait redouté de devoir annoncer à Stella qu'il ne pourrait pas rencontrer Pete samedi.

Dean le rappela.

— J'ai quelque chose d'autre à vous dire, monsieur.

Chris ferma les yeux. Quoi encore ?

— Vas-y.

— Vous êtes au courant de la grande manif de Manchester samedi ?

Chris l'ignorait. Pourquoi l'aurait-il su ? Il vivait à Londres.

— Comme elle est prévue depuis trois semaines, ils ont décidé de jouer le match plus tôt.

— À quelle heure ?

— Le coup d'envoi est à dix heures et demie du matin.

Chris haussa les épaules.

— On se lèvera de bonne heure. C'est embêtant, mais ce n'est pas un problème.

— Ça dépend, monsieur. Ne comptez pas sur le train ni sur le bus. Il y a seulement deux départs le matin et ils sont complets depuis une éternité.

— Eh bien, nous irons en voiture.

Dean secoua la tête.

— Impossible d'approcher Manchester. Les routes seront coupées à la circulation, sauf pour les transports en commun. La police veut empêcher les agitateurs professionnels d'accéder à la manif.

Chris brandit les deux billets inutiles, démoralisé.

— Tu m'as vendu deux places pour un match auquel je ne pourrai pas assister. Merci beaucoup.

— Si, c'est possible. Il suffit de partir la veille. Bon, il faut que je file, j'ai des voitures à voler et des bonnes poires à escroquer.

Il se sauva en riant aux éclats. Chris rangea les billets à trois cents livres dans sa poche intérieure. Ils représentaient ce qu'il possédait de plus précieux après sa voiture et son appartement, et il ne souhaitait pas tenter les pickpockets de l'école.

Il retourna dans le bâtiment devenu d'un calme inquiétant. Le silence lui donna l'occasion de réfléchir à la façon dont sa vie avait été bouleversée. Il s'était rendu à une soirée à contrecœur et, avant de pouvoir dire ouf, il allait à son premier match de football avec un homme qu'il connaissait à peine et qui avait peut-être un cancer. Et il devait partir la veille au soir.

Cette pensée l'arrêta net. La veille ? Mais c'est demain ! Il faut que j'en parle à Pete.

Il avait l'après-midi pour s'habituer à l'idée avant de téléphoner à Pete. Quand il cessa de s'indigner contre la force inconnue qui le manipulait, il se surprit à attendre cette aventure avec impatience. Pas le football, bien sûr, même si le match avait un certain attrait macho.

Mais la perspective d'avoir un ami avait fini par le séduire. Et pourquoi pas Pete ? À condition qu'il ne tombe pas raide mort dans le futur immédiat, bien sûr. Ce serait de mauvais augure si sa première incursion dans l'amitié masculine se soldait par un décès prématuré. En tout cas, pour l'instant, Pete était le seul candidat sur la liste.

Chris épingla les précieux billets sur son pense-bête, où il avait autrefois punaisé affectueusement le numéro de Lauren, et appela Pete.

C'est Stella qui répondit. Au son de sa voix, Chris se crispa. Il n'avait pas eu de ses nouvelles depuis deux jours, et espéra que le sort qu'elle lui avait jeté n'opérait plus. Elle passa le combiné à Pete sans aucun incident ni demande rocambolesque. La vie s'améliorait.

— Allô ?

Pete ne débordait pas d'enthousiasme, mais Chris se rappela l'épreuve qu'il traversait et il ne se vexa pas. Il redoubla d'effort sur le mode « mec boute-en-train », ce qui conforta Pete dans l'idée qu'ils n'avaient rien en commun.

— Bonne nouvelle, Pete !

La saison de football a été annulée ? Tu as une maladie tropicale rare qui te mettra en quarantaine pendant les cinq prochaines années ? Pete était convaincu que la définition de Chris d'une bonne nouvelle ne correspondait pas à la sienne.

Il avait raison.

— J'ai les places pour samedi !

Quelle tuile !

— C'est merveilleux. Je suppose que tu téléphones pour qu'on prenne rendez-vous.

Il est sans doute très atteint, pour réagir de façon aussi sinistre, songea Chris. Pour Tottenham, il s'agit pourtant du match le plus important de la saison.

— Ce n'est pas aussi simple. Tu ne m'avais pas dit qu'ils jouaient à l'extérieur, ce week-end.

— À l'extérieur ? Où ?

Chris éclata de rire.

— Tu sais très bien où. À Manchester !

Oh, mon Dieu ! Il faut que j'aille à Manchester avec lui samedi ? Je vais devoir lui faire la conversation pendant tout le trajet. Et moi qui avais lancé l'idée du match de foot pour éviter de lui parler ! C'est foutu... Des mesures désespérées s'imposaient.

— Chris, je suis vraiment désolé, je n'avais pas réalisé que le match aurait lieu à Manchester. Je ne pense pas pouvoir m'y rendre. Ces temps-ci, je suis mal fichu…

Il détestait mentir, mais c'était la seule excuse qu'il avait trouvée.

Chris ne voulut rien entendre.

— J'en sais quelque chose. Moi aussi, je me sens un peu à plat en ce moment. Mais j'ai la solution.

Oh, non ! Il a la solution ?

— Es-tu au courant de la grande manif de samedi à Manchester ? poursuivit Chris.

Pete l'ignorait. Pourquoi l'aurait-il su ? Il vivait à Londres. Et à moins que cette manif annule le match, elle ne l'intéressait pas.

— Bref, le match aura lieu le matin, plus tôt que d'habitude, et la seule façon d'y être est de voyager la veille au soir.

L'information mit quelques secondes à se frayer un chemin dans l'esprit de Pete, tant la situation lui paraissait irréelle. Puis il fronça les sourcils. Stella, qui le surveillait nerveusement depuis le début de l'appel, s'approcha de lui.

— Que se passe-t-il ? chuchota-t-elle.

Pete lui adressa un signe de dénégation.

— Désolé, Chris, je ne comprends pas. Tu veux dire que nous partirions à Manchester demain ? Et que nous y passerions la nuit ?

— Absolument ! Moi aussi ça m'a un peu étonné, mais une fois que je me suis fait à l'idée, j'ai trouvé ça amusant. Comme je ne pouvais pas te joindre avant ce soir et que j'avais peur que tout soit complet, j'ai pris la liberté de réserver provisoirement un hôtel pour nous. Il a l'air génial, avec une piscine, une salle de gym et un jacuzzi !

Maintenant, Pete en avait la certitude : cet homme était fou. À moins qu'il ne soit victime de tendances homosexuelles refoulées remontant à la surface à la perspective d'un match de foot bourré de testostérone. En tout cas, c'était grotesque.

— Écoute, Chris, je suis navré, mais…

Il fut distrait par Stella, qui gesticulait frénétiquement devant lui.

— Ne quitte pas, dit-il en mettant sa main sur l'écouteur. Qu'est-ce que tu veux ? siffla-t-il à Stella avec irritation.

— Je pense que tu devrais y aller. Partir te changerait les idées. Tu es… préoccupé. Une nuit de séparation nous ferait du bien à tous les deux. Moi, j'en ai besoin. Réfléchis avant de refuser.

Pete avait conscience d'être impossible avec Stella depuis deux jours. Mais elle le rendait fou. Elle le surveillait en croyant qu'il ne la voyait pas, marchait sur la pointe des pieds autour de lui et approuvait toutes ses paroles. Il savait qu'il ne devait s'en prendre qu'à lui : Stella n'avait rien fait, excepté rester la même personne depuis vingt ans.

Stella n'était pas Beth et elle n'y pouvait rien. Mais c'était elle qui l'avait forcé à la contacter et à la revoir. Et maintenant, à cause d'elle, il lui fallait renoncer à Beth. Après la scène de dimanche dernier, il n'avait pas le choix.

Bouleversé par les larmes de Stella, Pete avait alors réalisé ce qu'il aurait préféré ignorer : elle avait besoin de lui pour rester la même, pour que le rythme et la structure de leur vie demeurent identiques.

Stella n'était pas une femme courageuse. Son seul acte de bravoure consistait à changer de maison. Elle était forte à condition que tous les éléments de sa vie soient en parfait équilibre. À l'approche du danger, elle courait se mettre à l'abri. Il l'avait compris quand il l'avait épousée, et avait toujours accédé à ses désirs comme une chose allant de soi. En conséquence, il devait assumer ses responsabilités et demeurer à sa place. Pour elle.

Mais c'était dur ! Beth l'avait réveillé de sa torpeur, et il trouvait sacrément difficile de reprendre son train-train soporifique.

— Allô ? Tu es encore là, Pete ?

Chris hurlait dans le téléphone. Stella l'implorait du regard. Ils voulaient qu'il accepte et ne se souciaient pas de ce que lui éprouvait. À quoi bon…

Sa gorge se serra et il adressa un sourire amer à Stella.

— Désolé, Chris, je réfléchissais. Ce départ est si inattendu. Mais ça m'a l'air très bien. D'accord. Parfait.

Chris raccrocha, trempé de sueur. Il avait eu du mal à jouer son personnage de joyeux drille ; il avait dû ressembler à un adolescent enthousiaste essayant de convaincre une fille réticente d'aller voir un film d'horreur. C'était le problème quand on passait la majeure partie de son temps avec des adolescents surexcités. En tout cas, il avait réussi.

Il se servait une bière quand le téléphone sonna. Il se maudit de penser à Lauren. Pourquoi je n'arrive pas à me sortir cette femme de la tête ?

C'était Izzy. À nouveau. Il commençait à la trouver aussi agaçante que Stella. Elle était d'une gaieté à toute épreuve.

— Bonjour, Tris ! Comment vas-tu ?

— Exactement comme la dernière fois. Sauf que l'école est sur le point de fermer, que j'ai trois cents livres de moins et…

— Qu'as-tu, Tristan ? demanda Izzy, inquiète.

Chris ferma les yeux et s'efforça de prendre un ton optimiste. Il ne devait pas se défouler sur Izzy. Même si les petites soeurs servent à ça.

— Désolé, j'ai eu une mauvaise journée. Alors, comment se passe ton boulot de promeneuse de chiens ?

— Ce n'est pas brillant. Un des jack russel a cassé sa laisse et tué une oie.

— C'est vraiment grave ?

Chris détestait les oies, comme toute personne sensée qui a visité un parc abritant ce genre de bestiole.

Izzy partageait ses sentiments.

— Si la police du parc ne m'avait pas rattrapée et accusée de protéger un criminel, ça n'aurait pas été grave.

— Comment savaient-ils que c'était un de tes chiens ?

Chris s'assit et but une grande gorgée de bière. Il s'amusait bien. Il est toujours bon d'écouter les problèmes des autres quand ils ne sont pas importants.

— Ils ont suivi la trace des plumes et du sang, répondit Izzy tristement.

Chris ne mangerait plus jamais d'oie.

— À part ça ? poursuivit-il en espérant qu'elle était arrivée à acquérir un semblant de normalité dans les dernières quarante-huit heures. Pour Izzy, ce serait un exploit.

— J'ai de bonnes nouvelles. Il s'agit d'une surprise.

— Super, Izzy ! Qu'est-ce que c'est ?

— Si je te le dis, ce ne sera plus une surprise ! Tu devras attendre jusqu'à demain soir. On se retrouve à dix-neuf heures au Sushi Soho ?

— Izzy, je suis désolé. Demain, c'est impossible.

— Ne sois pas stupide ! L'autre jour, tu n'avais rien de prévu.

Chris prit son ton de frère aîné doté d'une patience à toute épreuve.

— C'était l'autre jour. Maintenant, je suis pris.

— Qu'est-ce que tu fais ? Tu ne peux pas le reporter ? s'écria sa sœur, furieuse.

— Non, Izzy. Je vais à Manchester avec un ami demain. Nous y passons la nuit et, samedi, nous assistons à un match de football.

— Tris, tu détestes le foot ! Tu as toujours soutenu que c'était pour les hooligans.

— Maintenant, c'est différent. Plus intelligent. Plus… italien. Et Pete, qui m'accompagne, est un fervent supporter de Tottenham. C'est plus son idée que la mienne mais, à présent que je m'y suis habitué, je suis plutôt enthousiaste.

Izzy aurait éclaté de rire si la rencontre soigneusement organisée entre son frère et sa petite amie présumée ne tombait pas à l'eau.

— Pourquoi n'y montes-tu pas samedi matin ?

— Tu n'es pas au courant de la grande manif de samedi à Manchester ?

Apparemment non.

Izzy composa le numéro de mobile de Lauren en enfonçant les touches brutalement, comme si chaque pression était un coup de poing assené à son frère. Aucune tonalité. La ligne était coupée. C'était le bouquet ! Lauren rentrerait à Londres demain pour passer la soirée avec Chris. Sauf que Chris ne serait pas là. Et elle n'avait aucun moyen de la contacter pour l'en avertir.

On dirait que nous allons nous retrouver en tête à tête, pensa Izzy. J'espère que Lauren a le sens de l'humour.

Lauren perdait son sens de l'humour rapidement. C'était son quatrième jour sur ce projet et rien n'avançait. Une chaîne de magasins travaillant selon des méthodes de comptabilité et de communications datant du dix-neuvième siècle peut sembler très romantique à un randonneur de passage, mais c'est un cauchemar pour un conseiller en gestion d'entreprise.

Richard lui avait fourni une description détaillée de ses boutiques. Chacune présentait de nombreux anachronismes défiant toute tentative de modernisation. Finalement, Lauren dut se rendre sur les lieux.

Elle en était aussi arrivée à la conclusion qu'elle aurait besoin d'une assistante pour l'aider à commencer la mise en place sur le terrain. La plupart du temps, elle employait une équipe de techniciens qui s'en occupaient. Pour ce travail, elle avait estimé que la petite taille de l'entreprise ne nécessiterait pas d'autres employés. Mais c'était avant de réaliser l'étendue des problèmes, à savoir la désuétude de l'équipement des magasins. De retour à Londres, elle téléphonerait à d'anciens collègues, qui lui conseilleraient une personne disponible et peu onéreuse susceptible de lui donner un coup de main.

La première visite de sa tournée éclair des magasins de Richard avait lieu à Ambleside. La boutique était dirigée par une vieille dame qui prétendait être la tante de Richard (il s'était montré vague sur leur relation exacte). Joan pensait que le répondeur téléphonique fourni par Richard dix ans plus tôt était une invention du diable. Elle avait refusé catégoriquement de l'utiliser malgré l'insistance de son neveu, qui lui demandait de le brancher quand le magasin était fermé. Chaque fois qu'il passait, il mettait la machine en route. À sa visite suivante, la bande était saturée de messages qu'elle n'avait pas écoutés.

— Est-ce que les affaires ont chuté ? Avons-nous reçu des réclamations ? Non. Alors, ne parlons plus de ces idioties, déclarait-elle quand Richard la sermonnait.

Présidente des jeannettes du village, elle aurait préféré communiquer avec lui debout sur le toit du magasin, en faisant des signaux avec les bras, plutôt que d'utiliser cet appareil.

Sur les conseils de Richard, Lauren avait revêtu ses vêtements de randonnée. Avant de sortir de la voiture, elle vérifia son visage dans son miroir de poche. Pas un brin de maquillage, encore selon les recommandations de Richard. Elle fut frappée par ses joues rouges. J'ai les joues rougeaudes, pensa-t-elle en savourant le mot. Quelques jours à la montagne avaient suffi pour la transformer en Heidi.

Mais cette transformation valait la peine. Joan, la tante autoproclamée de Richard et directrice de son plus petit magasin, l'accueillit comme une fille chérie rentrant d'une équipée réussie et dangereuse sur l'Everest.

Elle bondit vers Lauren telle une gazelle, toute mince, nerveuse et desséchée. Elle avait entre soixante et cent soixante ans, et des yeux d'enfant malicieux. Ses cheveux gris étaient tressés en une natte impressionnante. Lauren observa ses traits, cherchant une ressemblance avec Richard. Les seuls points communs résidaient dans la moue moqueuse de la bouche et les profondes rides d'expression.

— Vous êtes à moitié morte de froid. Venez vous réchauffer. Je vais vous préparer une tasse de thé.

Joan retourna le panneau de la porte du magasin sur « FERMÉ », prit la main de Lauren et la conduisit jusqu'au bureau.

— Peut-on fermer la boutique comme ça ? s'étonna Lauren.

Joan s'affairait avec une vieille bouilloire cabossée sifflante et une théière au couvercle dépareillé.

— Le monde ne va pas s'arrêter parce qu'on ne peut pas acheter une veste en laine à Ambleside pendant une demi-heure... Je mets plusieurs sucres là-dedans pour vous réchauffer le sang.

Après trois tasses de thé accompagnées des plus délicieux sablés au beurre qu'elle ait jamais mangés et de l'histoire complète de la famille Trent, Lauren réalisa qu'elle n'avait pas encore ouvert son ordinateur.

— Joan, je suppose que Richard vous a expliqué la raison de ma visite ?

— Je ne l'écoute pas quand il raconte des bêtises. Je lui ai dit : « Richard, tu me parles au téléphone, qu'avons-nous besoin de plus ? Si je veux quelque chose, je peux t'appeler ou t'écrire, ou même mettre mes chaussures de randonnée et marcher jusque chez toi en un après-midi. Je travaille dans ce magasin depuis cinquante ans. Je garde des copies de tout, et je prévois exactement ce que je vendrai chaque semaine de l'année. À quoi me servirait un ordinateur relié à une réserve centrale ? Économise ton argent ! » je lui ai dit. Ensuite, il m'a parlé de vous. J'ai pensé : super !

Une jeune fille ! C'est sympathique. On va voir à quoi elle ressemble et lui montrer l'hospitalité d'Ambleside... Et vous voilà !

Lauren passa mentalement en revue les cours auxquels elle avait assisté sur les techniques interactives. Elle avait travaillé très dur à des séances de jeu de rôles et s'était toujours adaptée avec succès aux clients non conformistes. Elle pouvait traiter adroitement avec des peloteurs, des fascistes, des sexistes, des pervers, des poules mouillées et des hommes-enfants. Mais on ne lui avait pas appris à s'occuper des vieilles dames qui utilisaient votre ordinateur dernier cri comme plateau à thé.

Elle agita son doigt dans la direction de la charmante Joan.

— Richard m'a prévenue ! Je devine ce que vous essayez de faire, mais je suis aussi maligne que vous, affirma Lauren en débarrassant le dessus de son ordinateur.

— J'en doute, mais vous pouvez toujours essayer, rétorqua Joan en fronçant les sourcils. En tout cas, je rouvre le magasin. Pas question que vous retourniez voir Richard en lui racontant que sa vieille tante sénile laisse péricliter son commerce.

Lauren voyait maintenant à qui elle avait affaire. Elle prit son portable et suivit Joan dans le magasin. Puis elle s'attacha à ses pas pour le reste de la journée.

Joan passa une heure à prendre des notes sur un carnet en détaillant le contenu des étagères et en vérifiant la liste de la réserve, qu'elle comparait à des copies au carbone de reçus, écrits à la main et conservés dans une boîte métallique. Quand elle eut fini son travail, Lauren lui montra son écran d'ordinateur.

— Une fois que vous serez en ligne, toutes ces activités se feront automatiquement.

— Je n'arriverai pas à me servir de ça. Pas à mon âge.

Lauren n'aurait pas été surprise si Joan avait sorti un boulier. Elle persévéra en proposant à la vieille dame une alternative aux tâches administratives laborieuses qui dominaient sa journée.

— Vous n'aurez plus à accomplir ces travaux fastidieux.

Le visage de Joan se durcit.

— Et qu'est-ce que je ferai à la place ? Je resterai chez moi et confectionnerai des gâteaux pour l'association des femmes conservatrices ? Je tricoterai ? Je taillerai mes rosiers ? demanda-t-elle d'une voix tremblante.

Lauren comprit sa peur de devenir inutile, et se sentit obligée de s'excuser au nom de la technologie déshumanisante qu'elle représentait à contrecœur.

— Vous ferez exactement la même chose, sans le côté merdique.

Joan plissa les yeux au son de ce mot discordant. Il la choqua mais la calma. Il traduisait sa propre colère et sa frustration d'être obligée d'accepter un changement qu'elle ne trouvait pas nécessaire. Elle écouta plus attentivement.

— Vous travaillerez toujours dans le magasin, seulement vous passerez la journée à vous occuper de vos clients. Vous pourrez bavarder avec eux. Même leur préparer du thé et des biscuits, grâce au temps que vous gagnerez sur la gestion des stocks. Vous leur montrerez les photos de votre jeunesse, quand vous pratiquiez l'alpinisme dans le monde entier. Vous regarderez leurs clichés. C'est la façon dont vous avez toujours rêvé de travailler, mais c'était impossible : vous n'aviez pas le temps. Je vous offre du temps.

Joan lui jeta un coup d'œil appréciateur.

— Richard avait raison à votre sujet.

— Pourquoi ? Que vous a-t-il raconté ? demanda Lauren avec curiosité.

Joan était sur le point de répondre ; à la place, elle hocha la tête et sourit.

— Rien du tout. Il vous le dira lui-même s'il le désire... Maintenant, expliquez-moi comment procéder pour bénéficier de toute cette liberté.

Voilà ! songea Lauren. Richard m'avait assuré que je n'arriverais jamais à la convaincre et pourtant c'est fait ! Mais la victoire fut de courte durée. Quand Lauren s'assit avec Joan et commença à lui décrire le fonctionnement de la nouvelle caisse enregistreuse, de l'ordinateur et du téléphone qui seraient bientôt installés, Joan la regarda fixement.

— Désolée, ma petite, il y a un malentendu. Je pensais que vous installiez ces machines, les mettiez en route et qu'elles marchaient toutes seules. J'ignorais que j'aurais à m'en servir. Tout ça n'est plus de mon âge.

— Voyons, Joan, une femme de votre intelligence…

Trop tard ! Joan remplissait déjà la bouilloire, en maugréant sur la bêtise de Lauren.

Génial, songea Lauren. Richard devra virer sa tante ou il faudra que le système informatique contourne cette boutique. Lauren ignorait qu'elle rencontrerait la même résistance obstinée dans les autres magasins.

Assise dans le train pour Londres, elle réfléchissait à Chris. Soudain, elle eut très envie d'être entourée de personnes qu'elle comprenait, qui parlaient sa langue. Elle allait régler le quiproquo ayant assombri leurs deux premières rencontres et verrait ensuite la tournure que prendraient les événements.

Son histoire avec Chris défilait dans son esprit tel un vieux film. Parfois, la qualité était si mauvaise qu'elle avait du mal à distinguer les images ou à entendre les voix. Et le film s'arrêtait en ronronnant comme dans une vieille salle de projection. Puis l'image réapparaissait avec une grande netteté. Sa relation avec Chris devenait alors claire et attirante.

C'était un monde qui avait un sens, qui ne la défiait pas et ne lui faisait pas les joues rouges. Elle ouvrit son ordinateur, se concentra sur son travail, et ne s'interrompit pas une seule fois pour regarder par la fenêtre jusqu'à l'entrée du train en gare d'Euston.

12

Izzy se présenta au restaurant à dix-neuf heures pour prendre un verre avant l'arrivée de Lauren. Elle demanda une table pour deux et se carra dans son siège afin de regarder la clientèle. C'était la foule habituelle : jeune, branchée et en partie orientale. Les gens fréquentaient ce bar pour ses sushis, sa réputation et la possibilité d'apercevoir une célébrité. Ce n'était pas les prix qui les attiraient.

Izzy fut amusée de voir un couple entre deux âges pénétrer dans le restaurant, l'air perplexe. La femme, une blonde tapageuse, avait dû connaître des jours meilleurs, mais rien n'était moins sûr. Elle avait la cinquantaine et était habillée comme un travelo. Elle aurait même pu être un travelo.

Son compagnon, à peu près du même âge, était aussi réservé et discret que doit l'être un homme accompagnant Shirley Bassey.

Ravie, Izzy s'enfonça un peu plus dans son siège. Elle adorait observer ce genre de personnages. Comment allaient-ils réagir dans ce cadre ? Pas très bien, a priori. Ils s'étaient assis à une table contre la vitrine et prenaient plaisir à contempler l'agitation de la foule du vendredi soir qui fonçait aux cinémas, aux théâtres, aux pubs et aux restaurants de Soho. Puis une serveuse anémique leur tendit un menu, et leur bonne humeur s'assombrit.

Izzy eut de la peine. Ils avaient probablement vu par la vitrine le décor austère, et pensé qu'il s'agissait d'un bar sympa et bon marché. Ils appartenaient à une génération pour laquelle les prix s'accordent avec le décorum. Comme il n'y avait pas de serveurs en costume noir soulevant d'un geste théâtral des dômes dorés au-dessus d'assiettes de fine porcelaine, l'addition serait légère.

Raté ! Le couple chuchotait, gêné, et Izzy avait hâte qu'ils se lèvent et partent. Elle ne pouvait supporter leur malaise. Cette situation lui rappelait les nombreuses occasions où elle s'était sentie déplacée. Pas pour des raisons financières mais à cause de sa personnalité qui détonnait.

L'homme avait pris la main de la femme avec fermeté et lui souriait. Il l'aimait, son geste et son sourire en étaient la preuve éclatante. L'envie, une sensation familière, s'empara d'Izzy.

Elle rêvait d'une personne qui lui prendrait la main et serait absorbée par elle, elle seule. Mais pas question d'attendre aussi longtemps que cette femme si elle voulait avoir des enfants. Ha, ha, ha ! Izzy, mère de famille ! Elle imaginait déjà les gens ricaner. Cela devrait être interdit. Pauvres enfants ! Cependant, elle avait le sentiment qu'elle était faite pour la maternité. Un sentiment troublant et délicieux. Elle s'y accrochait désespérément, comme à une bouée de sauvetage.

Elle concentra à nouveau son attention sur le couple mystérieux. La femme sourit à son compagnon, puis elle consulta le menu avec plus d'assurance. La scène n'avait duré que deux ou trois minutes, mais Izzy avait déjà terminé son premier verre. Des articles sur les dangers de l'alcool lui revinrent alors en mémoire. Cette pensée la contraria.

Au diable ! L'heure n'était pas à la modération. Ce soir, elle buvait ; demain, elle adopterait de bonnes résolutions. Elle commanda un autre verre et réfléchit à ce qu'elle allait raconter à Lauren.

Izzy était au milieu de son quatrième scénario quand elle fut de nouveau distraite par le couple près de la vitrine. La femme paraissait dans tous ses états. Alors qu'elle regardait dehors, elle sursauta et se rejeta en arrière comme si elle n'en croyait pas ses yeux. Apparemment, c'était la dernière chose à laquelle elle s'attendait.

Puis elle se tourna vers son compagnon et se mit à parler à toute vitesse. L'homme se rembrunit, son visage devint blême de colère. La femme le suppliait, prenait sa main et la caressait frénétiquement, en continuant de fixer la vitrine, où Izzy ne voyait que le reflet d'un taxi.

L'homme finit par se lever et quitter le restaurant. Il claqua la porte derrière lui si violemment qu'il faillit en briser le panneau de verre. La femme s'enfonça dans son siège, soulagée. Izzy ne pouvait détacher les yeux de l'entrée, s'attendant à voir surgir Arnold Schwarzenegger avec une arme laser du vingt-troisième siècle pointée sur le travelo.

Du coup, quelle ne fut pas sa surprise quand la porte s'ouvrit pour livrer le passage à Lauren !

Lauren repéra Izzy immédiatement. C'était facile. Même dans le cadre le plus bohème, elle se détachait du lot comme un oiseau exotique. Lauren remarqua pourtant qu'elle avait adouci son look. Légèrement, mais de façon notable. Ses cheveux étaient rouges cette fois, mais dans un ton chaud, proche du châtain. Et son maquillage, aux couleurs encore très contrastées, soulignait sa magnifique ossature au lieu de la camoufler. Izzy portait même une robe. Elle était minimale mais c'était tout de même une robe, et non pas des bandes de tissu plaquées sur son corps squelettique en plis aléatoires.

Le regard de Lauren dut exprimer son admiration car, Izzy se surprit à rougir. Elle se leva, consciente de sa grande taille, et pencha un peu la tête pour compenser. Lauren prit ce geste pour une invitation à l'embrasser et s'exécuta. Intimidée, Izzy eut un mouvement de recul. Elles se cognèrent le nez.

Le choc leur fit monter les larmes aux yeux, mais il eut l'heureux effet de détendre l'atmosphère. Elles s'assirent l'une en face de l'autre en se frottant le nez et en riant.

— Désolée, dirent-elles en même temps.

Leur fou rire terminé, le silence fondit sur elles tel un nuage menaçant. Ni l'une ni l'autre n'étaient douées pour les conversations futiles, mais Lauren pouvait au moins endosser son personnage professionnel et lancer une discussion comme si Izzy était une cliente.

— Tu attends depuis longtemps ? s'enquit-elle en cherchant des yeux un serveur.

Lauren avait besoin d'un verre. Le voyage avait duré une éternité et la voiture-bar était fermée. Elle avait soif, car elle avait mangé deux barres chocolatées achetées à un distributeur sur le quai pour ne pas reproduire l'erreur de la semaine dernière : ce soir, elle prétexterait des maux de ventre et grignoterait juste des nouilles ou du riz nature.

— Je viens juste d'arriver, déclara Izzy.

Elle ne voulait pas avouer qu'elle en était à son second verre.

Lauren attira l'attention d'un serveur et commanda un gin tonic. Elle revit soudain Joan, la tante de Richard, regarder les photos des nouvelles caisses enregistreuses comme si elles étaient radioactives.

— Mettez-m'en un double, dit-elle en rappelant le garçon.

La première gorgée de ce long drink corsé lui redonna des forces et détendit les muscles de ses épaules et de sa nuque.

— Alors, où est ton frère et que fêtons-nous, Izzy ?

Izzy prit une inspiration profonde. Elle allait commencer son discours pour expliquer le changement radical de programme de la soirée quand elle vit Lauren dévisager la femme près de la vitrine. Reconnaissante de cette diversion, elle se pencha pour lui lancer avec enthousiasme :

— Elle est incroyable, non ? Je l'observe depuis un moment. D'après toi, c'est un homme ou une femme ?

Lauren se retourna et regarda Izzy avec une expression bizarre.

— Aucune hésitation possible, c'est une femme.

— Comment en es-tu si sûre ? s'étonna Izzy.

Sans quitter des yeux la femme, qui s'était levée et marchait dans leur direction, Lauren déclara :

— Parce que c'est ma mère.

— Que fais-tu ici ? l'interrogea Maureen d'un ton assez peu maternel. Je croyais que tu restais à Tendale ce week-end ?

— C'était prévu, mais il y a eu un changement de dernière minute.

— Tu ne m'en as rien dit quand on s'est téléphoné hier, l'accusa Maureen.

— J'ignorais que je devais rendre compte de tous mes mouvements, maman. Et toi, que fais-tu ici ? Watford n'est pas la porte à côté.

— Je donne un concert pas très loin, répondit sa mère gaiement.

Le mot « concert » mit Lauren mal à l'aise. Sa mère chantait des airs de comédies musicales, accompagnée par un mauvais pianiste dans des pubs minables, devant un public indifférent. Ce n'était pas un concert, mais une scène tirée d'une pièce d'Alan Bennett.

— À Soho ?

— Non, à Bethnal Green, plus précisément. Mais je me suis souvenue de ce restaurant dont tu avais parlé la semaine dernière, et j'ai pensé que ce serait amusant de venir d'abord ici. Tu sais combien j'adore tester de nouveaux trucs.

Lauren en savait quelque chose ! Pendant son enfance, l'activité frénétique de sa mère n'avait pas connu de limites. Elle était constamment à la recherche d'un centre d'intérêt qui la passionnerait, ou lui donnerait un but. Elle passait du bingo aux claquettes, puis essayait la déco de gâteaux ou les ateliers d'écriture.

Chaque fois, elle commençait gonflée à bloc. Dès que l'activité en question perdait l'attrait de la nouveauté, ce qui ne manquait pas d'arriver assez vite, elle mettait son manque d'assiduité sur le dos de la maternité et sur l'« obligation de s'occuper de Lauren ». C'était un mensonge, elles le savaient toutes les deux, mais Lauren s'en était accommodée car elle sentait que sa mère compensait ainsi la préférence que son père manifestait à son égard au moment de sa mort.

C'était l'un des nombreux non-dits de leur nouvelle relation.

Lauren réalisa alors ce qui lui avait paru si étrange en découvrant sa mère là.

— Je croyais que tu détestais aller au restaurant seule ?

Maureen jeta un regard rapide et expressif à Izzy pour lui indiquer de garder le silence. Izzy était trop intriguée par ce qu'elle venait d'apprendre pour désirer s'impliquer dans cet échange mère-fille, plutôt tendu. Alors comme ça, cette femme était la mère de Lauren ! Izzy avait toujours été convaincue que ses parents détenaient la palme de l'excentricité. À la réflexion, elle trouvait Maureen bien pire. Au moins, ses propres père et mère avaient l'air normaux quand ils sortaient. Ils pouvaient être ennuyeux à mort sur Wagner, mais ils ne se déguisaient qu'à la maison. Sans le savoir, Lauren l'aidait à relativiser sa gêne et son ressentiment envers ses parents, et Izzy lui en était très reconnaissante. Raison de plus pour encourager une union entre Lauren et Chris. Maudite soit son absence !

Izzy écouta Maureen mentir avec brio au sujet de sa présence dans ce bar à sushis.

— Tu as dit que tu avais rencontré la sœur de Chris ici, la semaine dernière, tu te rappelles ?

— Oui. Et tu as affirmé à ce moment-là que tu ne comprenais pas les femmes qui mangeaient seules au restaurant. Tu as soutenu que ce n'était pas bien... Désolée, Izzy.

— C'est vous, Izzy ! s'écria Maureen avec enthousiasme. Je suis ravie de faire votre connaissance ! J'adore vos cheveux ! Je voulais teindre les miens de cette couleur, mais j'ai eu peur que ce soit un peu vulgaire.

Izzy était trop amusée pour se vexer. Maureen n'avait pas voulu l'offenser. Elle avait essuyé tant de rebuffades dans sa vie qu'elle savait distinguer les gaffes des piques délibérées.

Lauren se rendit soudain compte qu'elle se disputait avec sa mère devant Izzy sans les avoir officiellement présentées.

— Iseut Fallon, ma mère, Maureen. Maman, voici Iseut, Izzy.

— J'ai rencontré votre frère. Quel charmant garçon ! s'exclama Maureen en serrant chaleureusement la main d'Izzy.

Cette dernière comprit qu'il ne fallait pas mentionner leur conversation téléphonique. Sa présence à la soirée devait être une surprise, c'était clair. Mais cela n'expliquait pas pourquoi Maureen ne parlait pas à sa fille de son compagnon viré brusquement à son arrivée. Dire que je voyais Lauren comme une femme normale à l'éducation délicieusement terne ! songea Izzy. Leurs parents cinglés les rapprochaient en fait comme des sœurs.

— Tu n'as toujours pas répondu à ma question, maman. Que fais-tu seule ici ?

Maureen n'eut pas à inventer un nouveau mensonge. Elle fut sauvée par l'exclamation de surprise que poussa Izzy à la vue d'un autre visage familier pénétrant dans le restaurant.

— Qu'est-ce qu'elle fait là ? s'écria-t-elle.

Lauren mit quelques secondes à situer la nouvelle venue. C'était Beth. L'ex-petite amie de Chris.

Pourquoi ne suis-je pas restée à Tendale ? songea Lauren. Londres réservait trop de surprises. La réaction d'Izzy l'apaisa un peu. Elle était aussi stupéfaite qu'elle, cela signifiait donc que Beth n'était pas invitée à la fête, quelle qu'elle soit. En parlant de fête, où était Chris ?

Beth, qui n'avait pas l'air ravie de voir Izzy, sembla encore plus mécontente de découvrir Lauren à son côté. En tout cas, elle n'avait pas le choix : il lui fallait les saluer. Elle était accompagnée d'un homme très séduisant qui lui touchait le bras dans une tentative désespérée de possession.

— Bonjour, Iseut, quelle surprise !

L'utilisation de son nom complet agaça Izzy, comme Beth l'escomptait.

— Ce n'est pas vraiment une surprise ; je viens souvent ici, tu sais.

— Je pensais que c'était uniquement quand tu avais une chance de tomber sur Chris et moi, répliqua Beth. Et de bousiller notre soirée, ajouta-t-elle intérieurement.

— C'était une coïncidence qu'on se rencontre aussi souvent, rétorqua Izzy d'une voix tendue.

— Vraiment ? remarqua Beth, qui n'en croyait pas un mot.

Elle décida d'arrêter cet échange de propos acides. Trop d'émotions bouillonnaient en elle pour qu'elle gaspille son énergie à damer le pion à Izzy. Elle se tourna vers Lauren.

— Bonjour, Lauren, ça va ?

— Bien, Beth, et vous ?

— Très bien, répondit-elle avec un grand sourire.

Maureen voulait à tout prix être présentée. Lauren s'exécuta à contrecœur : elle désirait écourter cet entretien au plus vite.

— Voici ma mère, Maureen. Maman, Beth Savile. Elle a soigné Stella il y a quelques années quand elle s'inquiétait au sujet de sa santé, tu te souviens ?

— Bien sûr ! Stella dit que vous avez été merveilleuse, vous l'avez mise en tête des listes d'attente.

— Je n'ai rien fait de particulier, assura Beth, qui ne voulait pas expliquer que Stella appartenait à la catégorie des patients épouvantables pour lesquels les docteurs se donnent un mal de chien dans l'unique but de s'en débarrasser. De plus, poursuivit-elle, il serait contraire à la déontologie de favoriser certains malades.

— Ce n'est pas ce que Stella nous a raconté, déclara Maureen avec une pointe d'admiration dans la voix.

Lauren, qui savait pourquoi Beth s'était décarcassée pour Stella, avait de la sympathie pour elle.

— Maman, il ne faut pas prendre ce que dit Stella au pied de la lettre.

— Peut-être, mais si j'ai un problème de ce côté-là, je viendrai voir Beth pour qu'elle m'examine.

Les yeux de Beth s'écarquillèrent d'horreur à cette idée. Lauren perçut sa peur et vola à son secours. C'est une tâche dont se chargent souvent les filles aux mères embarrassantes.

— Ça ne marche pas comme ça, maman. Si tu tombes malade, tu ne pourras pas choisir ton médecin, cela dépend de ton lieu de résidence.

Beth gratifia Lauren d'un sourire reconnaissant. Maureen ne fut pas convaincue.

— J'ai travaillé toute ma vie. J'ai payé mes cotisations. Si, Dieu m'en garde, il m'arrive quelque chose, j'ai le droit de voir le meilleur docteur du pays, et j'attendrai dans la salle de consultation de ton amie jusqu'à ce que la sécurité sociale reconnaisse mes droits.

Beth décida qu'une visite à l'église s'imposait afin de prier pour la santé de cette femme. Lauren lut dans ses pensées et elles partagèrent un moment de silence complice.

Le séduisant compagnon de Beth restait planté derrière elle. Beth le présenta comme un docteur de l'hôpital. Izzy et Lauren remarquèrent la façon dont il dévorait sa consœur des yeux. Il avait de toute évidence autre chose en tête qu'une simple amitié. Cette perspective réjouit Izzy. Lauren, elle, s'en moquait.

Beth et le charmant médecin se dirigèrent vers une table située au fond du restaurant. Maureen, qui aurait aimé discuter de quelques maux mineurs ne nécessitant pas une visite à son médecin traitant, fut déçue de ce départ. Elle était bien la seule.

Soudain, un orage monstrueux qui formait un rideau de pluie contre la vitrine attira leur attention.

— On a de la chance d'être arrivées avant, commenta Izzy.

Maureen allait l'approuver quand elle aperçut le visage dégoulinant d'Eddie, qui jetait un coup d'œil furtif à l'intérieur du restaurant. Elle avait complètement oublié qu'elle lui avait dit d'attendre au coin de la rue pendant qu'elle parlait à Lauren. Le pauvre ! Elle bondit vers la sortie.

— À présent, il faut que je file. Je dois m'échauffer avant d'entrer en scène.

— Où chantez-vous ? demanda Izzy. Peut-être pourrions-nous venir vous écouter, plus tard ?

Maureen hésita. Que penserait Eddie s'il restait seul à une table du pub pendant qu'elle divertirait sa fille et son amie ? Devant ses supplications, il avait accepté à contrecœur d'attendre la réception d'anniversaire pour être présenté à Lauren, mais mieux valait ne pas abuser.

— Écoutez, Lauren vous avertira quand j'aurai un grand spectacle dans un club. On passera alors une vraie soirée ensemble.

Elle donna une bise rapide sur la joue de sa fille et une autre sur celle d'Izzy. C'était la seconde fois qu'on l'embrassait ce soir. Tant d'affection lui fit tourner la tête.

Lauren suivit sa mère du regard, perplexe.

— Elle n'a rien mangé. Qu'est-ce que ça signifie ?

— Je crois qu'elle avait terminé quand je suis arrivée, affirma Izzy pour défendre Maureen. En parlant de manger, j'espère que tu as faim. J'ai commandé la spécialité de la maison, nous la partagerons. Je sais que tu n'as pas eu l'occasion de l'apprécier avec Chris la semaine dernière. Tu n'étais vraiment pas bien.

Lauren parvint à prononcer un « Merci » faible et poli avant de vider son verre d'un trait et de réclamer un autre gin tonic. Double.

Dans le taxi, Maureen se blottit contre Eddie en s'efforçant de le réchauffer. Il était trempé jusqu'aux os.

— Je suis vraiment désolée, chéri. Mais tu comprends, n'est-ce pas ? Il ne reste plus qu'une semaine. Ce sera beaucoup plus facile si elle te rencontre dans une foule, j'en suis sûre. Au début, je n'avais prévu qu'un déjeuner et c'est en train de devenir une véritable réception !

Maureen avait remarqué la complicité entre Beth et Lauren, et en avait pris bonne note. Elles sont manifestement amies, songea-t-elle. Il faut que je l'invite à l'anniversaire de Lauren !

Lauren et Izzy faisaient durer leur verre en le sirotant à petites gorgées. Izzy savait que le moment était venu de cracher le morceau.

— J'ai essayé de t'appeler hier…, commença-t-elle d'un ton accusateur.

— Ce n'était pas un bon jour pour moi, déclara Lauren en frissonnant rien que d'y penser.

— Ton téléphone était éteint ?

— Tu veux parler de mon mobile ?

Izzy acquiesça.

Lauren gloussa. Oups, je suis ivre. Je ne glousse que quand j'ai trop bu.

— À vrai dire, je l'avais jeté dans un lac. Le lac Derwentwater, pour être précise.

Izzy gloussa. Oups, je suis ivre. Je ne glousse que quand j'ai trop bu.

— Qu'est-ce qui t'a pris ?

Lauren n'y avait pas réfléchi.

— Bonne question. C'était juste après t'avoir parlé.

— C'est un compliment ou une insulte ? grogna Izzy.

— Ni l'un ni l'autre, répondit Lauren en haussant les épaules. J'ai décidé que je n'en avais plus besoin. Et le lac était très beau.

— Alors, tu l'as jeté.

C'était une affirmation, pas une question. Dans son état de plus en plus comateux, ce geste semblait logique à Izzy.

— Oui, je l'ai jeté, confirma Lauren en gloussant de nouveau.

— C'est ennuyeux, parce que j'ai essayé de te joindre hier.

— Tu l'as déjà dit.

Cette remarque les fit hoqueter. Le serveur leur apporta la commande. Le directeur avait repéré les deux femmes qui s'enivraient, et décidé de les servir rapidement pour qu'elles disparaissent au plus vite.

Izzy enfourna de gros rouleaux au poisson et aux légumes dans le but de se dessoûler. Sans succès. Elle avala trop vite et s'étrangla. Les deux jeunes femmes se calmèrent.

— C'était fantastique de voir le téléphone s'envoler, raconta Lauren d'une voix mélancolique. Il faisait partie de moi, comme un troisième bras. Mais il n'a rien changé à ma vie… Tu as un mobile ?

— Bien sûr.

Lauren tapa du poing sur la table, attirant encore plus l'attention.

— Tu vois ! Tu as dit : « Bien sûr. » Comme si l'idée même de ne pas en avoir était absurde.

— Je ne suis pas accro. C'est pratique, voilà tout.

— Tu te trompes. Chaque fois que tu utilises ton mobile, tu perds une occasion d'apprécier le silence, de penser ou de simplement regarder par la fenêtre. Tu n'es jamais seule, toujours accessible. Cet appareil est une nuisance qui te fait accepter n'importe quoi pour éviter la solitude.

Izzy resta silencieuse. Elle n'évoquait jamais la solitude. La vivre lui suffisait. Maintenant qu'elle avait enfin trouvé une personne avec qui discuter, elle n'allait pas parler de ça ! Si balancer votre portable vous rendait plus introspectif et enclin à analyser les vides de votre vie, eh bien, elle n'était pas près de s'en débarrasser !

Elle fut tirée de sa rêverie par Lauren qui passait un doigt sur son verre.

— Pourquoi cherchais-tu à me joindre ?

— Tu vas être très fâchée contre moi, avertit Izzy pour la préparer au pire.

— Qu'as-tu fait ?

— Ce n'est pas ma faute. C'est à cause de mon frère. Il ne m'avait pas dit qu'il allait voir un match de foot avec Pete, le mari de ton amie Stella.

— Qu'est-ce qui leur prend ? Je ne les savais pas si liés.

Izzy haussa les épaules.

— Chris a été très mystérieux à ce sujet. Apparemment, c'est la vraie sortie entre mecs. Le match a lieu demain, mais ils y vont ce soir à cause d'une manif à Manchester.

Après le long examen de conscience qu'elle s'était infligé avant de décider de venir à Londres, Lauren fut déçue. Elle aurait pu être en train de manger un hachis Parmentier avec Richard, devant la fenêtre, et admirer le coucher du soleil. Scène charmante, qui toutefois n'aidait pas une jeune femme en période de transition à assumer ses responsabilités.

Elle était venue à Londres pour se retrouver en terrain connu. Elle avait tout prévu. Elle passerait le vendredi soir avec Izzy et Chris, elle s'entendrait bien avec Chris et ils se reverraient le samedi pour une soirée en tête à tête. Le dimanche, elle réfléchirait. Voilà comment la vie se déroulerait si elle restait à Londres. Elle vivrait des moments agréables avec des hommes agréables. Cette perspective suffisait-elle à l'empêcher de partir pour New York ? Elle n'avait qu'une semaine pour trancher.

Mais, une fois de plus, ses projets tombaient à l'eau. Elle secoua la tête.

— Je me demande comment il a persuadé Pete d'assister à un match de foot. Pete hait le football.

— Tu as tort. Ils y vont parce que Pete est un supporter de Tottenham.

— Non, tu te trompes. Je connais Pete depuis presque vingt ans, personne ne déteste le foot autant que lui.

Izzy et Lauren regardèrent dans le vide tout en digérant les implications de cette information. Izzy savait que son frère haïssait le foot depuis toujours, et il l'avait dit à Lauren dès leur première rencontre. Lauren avait repassé cette soirée tant de fois dans sa tête que chaque détail était gravé dans sa mémoire.

Alors, pourquoi deux hommes qui ne s'appréciaient pas et qui détestaient le foot partaient-ils ensemble un week-end pour voir un match à Manchester ?

À vingt-deux heures trente, les deux hommes en étaient à leur cinquième bière. Ils mangeaient un curry très épicé.

— Je crois que je n'ai jamais fait ça, déclara Pete en savourant la sensation brûlante du morceau de poulet dévastateur qui descendait dans son estomac.

Il avala d'un trait la moitié de son verre pour atténuer la douleur.

Chris renifla de façon peu séduisante. Ses yeux pleuraient et son nez coulait. Il n'avait pas l'habitude d'une nourriture si épicée, mais il n'avait pas voulu passer pour une mauviette aux yeux de son nouvel ami.

— Pour être franc, c'est une première pour moi aussi. Je n'ai jamais été très à l'aise avec les hommes. J'ai toujours préféré la compagnie des femmes, s'excusa Chris, ne sachant pas si c'était une tare ou un atout. Et toi ?

— J'ai rencontré Stella si jeune que je n'ai jamais vraiment eu l'occasion de faire des folies… Mais je n'ai pas le sentiment d'avoir raté quelque chose, ajouta Pete, soucieux de ne pas trahir la moindre insatisfaction au sujet de son mariage.

Ils n'étaient pas vraiment ivres. S'ils étaient peu accoutumés aux épices, en revanche, ils savaient boire. D'innombrables fêtes interminables les avaient immunisés contre les dégâts de l'alcool. Ce qui n'empêchait pas la boisson de leur délier la langue sans qu'ils s'en rendent compte.

— Je peux comprendre pourquoi les hommes aiment sortir entre eux, poursuivit Chris. C'est agréable de ne pas se forcer à bavarder. Avec une femme, on est obligé.

— C'était comme ça avec Beth ? demanda Pete, les yeux baissés sur son assiette afin que Chris ne voie pas l'intérêt démesuré qu'il portait à cette question.

Il n'en fallut pas plus pour que Beth accapare de nouveau les pensées de Chris. Depuis qu'il avait rayé de sa mémoire les deux soirées avec Lauren, il y avait un vide dans sa vie. Il aurait dû retourner à son plan initial : vivre seul quelque temps, se concentrer sur son travail et décider de son avenir si l'école fermait.

Aucun de ces projets ne le séduisait. Il n'avait plus l'habitude de prendre des décisions seul. Auparavant, il enviait ses collègues célibataires qui faisaient des choix impulsifs, car ils n'avaient à se soucier que d'eux-mêmes. Mais maintenant, il trouvait cette liberté illusoire, une utopie propagée par les solitaires pour qu'on ne s'apitoie pas sur leur sort. En effet, si aucun être humain n'est concerné par vos faits et gestes, alors votre existence sur cette planète est inutile. Si on n'est pas aimé, on ne manque à personne.

Il voulait retrouver ses liens d'avant. Et après l'imbroglio avec Lauren, comment ne pas avoir la nostalgie de la vie simple qu'il menait avec Beth ? Cette pensée le ramena à la question de Pete.

— Comment était la vie avec Beth ? Merveilleuse. À la fois calme et excitante, prévisible et difficile, mais agréable. Elle me manque. C'est d'elle que j'ai le plus besoin et je l'ai quittée.

Il se mordit la langue. Il ne parlait jamais de ses sentiments, sauf parfois à Beth après une dispute. Et il le regrettait toujours. Il n'était pas encore prêt à ouvrir son cœur au cours d'un repas entre hommes.

Mais cet aveu provoqua chez Pete un besoin de s'épancher similaire. Il n'avait pu se confier à personne, et même si l'ex de Beth ne correspondait pas au confident idéal, loin de là, c'était mieux que rien. Une autre occasion ne se présenterait probablement jamais. En revanche, il devait se montrer très prudent dans ses paroles.

— Si ça peut te remonter le moral, je comprends ce que tu ressens. Je vis la même chose en ce moment.

Il s'éclaircit la voix timidement, ignorant jusqu'où aller sans vendre la mèche.

Chris se redressa sur son siège en essayant de dissimuler qu'il prêtait une attention toute particulière aux propos de Pete. Jusque-là, il n'avait pas réussi à le faire parler de sa santé. Il n'y avait pas trente-six façons d'aborder le sujet et il voulait que ça paraisse naturel. Aussi avait-il décidé de s'abstenir et de laisser l'alcool opérer. Une fois désinhibé, on a tendance à discuter des vrais problèmes. Cela avait bien marché pour lui : avant de boire, il était serein, et maintenant il se sentait suicidaire.

— Quelque chose me préoccupe depuis peu, une chose dont je n'arrive pas à m'entretenir avec Stella.

— Ah bon ? répondit Chris l'air de rien, en espérant que Pete allait poursuivre. Ce doit être dur de ne pas pouvoir en parler.

— Il y a quelqu'un, lâcha Pete doucement.

On y arrive, songea Chris.

— Et cette… personne peut t'aider ?

Pete sourit tristement.

— Cette personne est à la fois la cause et la solution de mon problème. Je ne sais plus où j'en suis.

Il se moquait d'avouer de façon détournée ses sentiments pour une autre femme. Il avait besoin de conseils.

De toute façon, Chris n'avait pas la moindre idée de la situation. Il était presque sûr que Pete faisait allusion à Beth, sauf si sa vie était plus compliquée qu'il ne l'imaginait. Mais il pensait que le dilemme se posait pour Pete de la manière suivante : Beth pouvait confirmer ses symptômes et elle était aussi la seule capable de le rassurer. Il devait avancer avec précaution.

— Ce heu… problème est grave ?

Pete se vit avec Beth. Il imagina le visage de Stella s'il la quittait.

— Ça ne peut pas être pire, répondit-il la gorge serrée.

Mon Dieu ! pensa Chris. Stella avait raison. Il souffrait du poids de la responsabilité pesant sur ses épaules.

— Où en sont les choses actuellement ? s'enquit-il avec tact.

Pete vida son verre, puis il releva la tête pour fixer Chris dans les yeux.

— Ma décision est prise : je vais l'ignorer. J'allais bien avant, j'irai bien de nouveau. Je suis fort, je m'en remettrai.

Chris s'affola. Les pires craintes de Stella se réalisaient. Pete allait méconnaître ses symptômes, les nier complètement. Il fallait agir vite.

— Es-tu sûr que c'est une bonne idée ? Les problèmes ne disparaissent pas parce qu'on les ignore. Tu dois affronter ce qui te tourmente, prendre des mesures, ensuite tu pourras tout oublier et continuer ta vie.

L'effort qu'il fournissait pour choisir des mots ambigus le faisait transpirer. À moins que ce ne soit le curry.

Pete n'avait pas l'air convaincu.

— J'ai peur de ce que cette personne va dire si je la revois.

Il se sentait plus léger. Il avait tombé le masque.

Que Pete laisse échapper de plus en plus de détails encourageait Chris. Il mourait d'envie de le saisir par le col de sa chemise et de le secouer en criant : « Appelle Beth immédiatement, imbécile ! Fais un bilan complet avant que ton état s'aggrave ! »

Mais il n'était pas assez soûl. Il lui restait encore un peu de retenue.

— Quoi qu'elle ait à dire, tu dois l'écouter. On ne peut pas ouvrir une porte sans affronter ce qu'il y a derrière avant de la refermer.

Pete ne savait pas très bien ce que ces propos signifiaient. Chris non plus. La nécessité d'être subtil le rendait obscur.

— Que veux-tu dire, Chris ?

Pete, qui n'avait aucune confiance en lui dans ce domaine, désirait plus que tout l'avis de Chris.

— Tu dois la revoir. J'en suis sûr.

Pete tourna et retourna ce conseil dans sa tête, puis sombra dans un sommeil agité après deux autres bières.

13

Stella errait dans la maison, sans parvenir à s'intéresser à l'une des tâches colossales de décoration qui l'attendaient. La veille, elle avait dormi seule pour la première fois depuis sa rencontre avec Pete. Elle n'avait pas pu fermer l'œil et avait fini par regarder un vieux film de guerre en noir et blanc jusqu'à trois heures du matin, avec Ann.

Bill et Ann restaient une semaine de plus, à la demande de Pete et Stella. Ils avaient accepté l'invitation à contrecœur. Après leur confession mutuelle, les hostilités entre eux commençaient à peine à se calmer. Depuis, Bill surveillait Ann constamment, guettant le moindre signe alarmant. Il suffisait qu'elle prenne une inspiration lente et profonde pour qu'il lui saute dessus.

— Ça va ? Est-ce ton cœur ? Tu veux que j'appelle un médecin ?

Ann avait du mal à s'empêcher de hurler. Elle comprenait son inquiétude et s'était excusée de ne pas avoir mis son époux au courant plus tôt. Mais, à vrai dire, son cœur la tracassait moins que leurs soucis d'argent.

Ann et Bill avaient toujours été prudents financièrement. Ils n'avaient jamais eu de cartes de crédit et n'effectuaient aucun achat à tempérament. Ils ne s'étaient autorisé qu'une dette : leur emprunt logement. S'ils voulaient quelque chose, ils économisaient pour l'acheter. Ils avaient grandi pendant l'insécurité et les privations de la guerre, et c'était leur façon de fonctionner.

De savoir leurs économies décimées effrayait beaucoup Ann. Elle ne reprochait pas à Bill d'avoir prêté de l'argent à Pete, elle aurait probablement fait de même si son fils le lui avait demandé, mais elle n'acceptait pas que son mari ait agi en cachette. Il connaissait l'importance qu'elle attachait à leur sécurité financière, et il l'avait compromise sans même la consulter.

Désireux de reconstruire leur confiance brisée, Ann et Bill auraient bien aimé être seuls pour en finir avec ce désaccord. Mais Stella et Pete avaient l'air désespérés.

Pete ne voulait pas laisser Stella seule pendant qu'il se rendait à un match de foot à Manchester avec un ami.

— Quel ami ? avait demandé Ann à Bill. Et Pete n'aime pas le football.

Bill n'était pas d'un grand secours. Il acceptait les faits comme ils se présentaient, et laissait Ann se tourmenter et chercher aux mots des sens cachés qui n'existaient probablement pas. Il ne posait jamais de questions, estimant que ça rendait la vie plus facile, tandis que sa femme avait toujours besoin d'un maximum d'informations pour y voir plus clair.

Les larmes de Stella avaient inquiété Pete. Si elle était aussi vulnérable en ce moment, c'était à cause de lui. La semaine qui s'annonçait – avec la réunion devant décider de son futur – allait être difficile pour elle. Il désirait la distraire afin qu'elle n'ait pas le temps de ruminer tous les soucis dont elle ne voudrait pas parler.

Ses parents le préoccupaient aussi. Si seulement il n'avait pas pris la ferme résolution de ne pas revoir Beth, il aurait aimé discuter avec elle des symptômes de sa mère. Beth n'était pas cardiologue, et les médecins détestaient répondre à des questions de santé personnelles, mais il était sûr que Beth n'aurait pas été contrariée. Pas s'il s'agissait de lui. Quoi qu'il en soit, il n'avait pas à s'en soucier puisqu'il ne la reverrait pas.

Depuis la pendaison de crémaillère, les événements semblaient lui échapper. Il espérait que quelque chose de cohérent s'en dégagerait. Mais des tourbillons chaotiques opéraient des zones de turbulence dans son existence bien ordonnée. Une nuit passée à l'extérieur romprait peut-être le sortilège qui l'envoûtait.

Le samedi matin, quand il se réveilla avec une légère gueule de bois, ses premières pensées furent pour Stella et pour ses parents. Ils étaient ensemble et prendraient soin les uns des autres. Il n'avait pas à se tracasser pour eux.

— Que faites-vous, Stella ? demanda Ann gentiment.

— Rien.

C'était la vérité. Elle ne peignait pas, ne nettoyait pas, ne rangeait pas et ne marquait rien au pochoir. Elle ne feuilletait même pas un de ses catalogues favoris pour dénicher des articles à acheter.

Stella, qui estimait que seule une vie débordante d'activités valait la peine d'être vécue, avait beaucoup de mal avec l'oisiveté. Elle ne lisait jamais et regardait peu la télévision. Elle avait quatre centres d'intérêt : travailler, recevoir, faire les magasins et rénover des maisons. Elle se définissait ainsi et en était satisfaite.

À présent qu'elle se torturait au sujet de Pete, de leur mariage et de leur avenir, elle ne trouvait pas d'exutoire à ses peurs.

Impossible de travailler, on était samedi. Elle n'avait jamais pris sa carrière assez au sérieux pour rapporter du boulot chez elle le week-end.

Pas question de recevoir, avec Ann et Bill dans la maison. De plus, ils étaient tous les trois si tristes qu'on se serait cru dans un film de Woody Allen.

L'idée de faire les magasins ne l'effleurait même pas dans la mesure où Pete risquait de perdre son emploi.

Il restait la maison à rénover. Cependant, elle ne pouvait rien mettre en route sans Pete. Il l'aurait nié, mais Stella ne prenait aucune décision sans son approbation. C'était sa façon à elle, la seule, de perpétuer son engagement dans leur couple.

Stella avait fait de son mieux pour que son mari participe. Pete n'en avait jamais eu conscience. Il avait toujours pensé qu'elle sollicitait son avis pour la forme, en échange de sa contribution financière.

Elle ne se voyait pas non plus parler de ses craintes à ses beaux-parents, ils avaient assez de problèmes de leur côté. Elle s'assit, marcha, se rassit. Elle erra de pièce en pièce. Comment aurait-elle pu trouver cette maison attrayante et prometteuse ? Elle était épouvantable, et tout l'argent et le travail du monde ne serviraient qu'à dissimuler ses défauts.

Ce n'était pas et ce ne serait jamais une maison. Stella et Pete avaient réalisé de bons placements et reculé les frontières de la décoration intérieure. Ils avaient dormi par terre et sur des lits à trois mille livres. Ils avaient transformé des taudis en superbes maisons. Tout leur argent était passé à aménager leur cadre de vie.

Mais ils n'avaient jamais créé un foyer.

Stella s'était toujours moquée de ses amis qui s'étaient mariés, avaient eu des enfants et avaient laissé leur maison dégénérer en porcherie douillette. Du sirop maculait les tentures en soie tissées à la main, et des miettes de biscuits apéritifs au fromage demeuraient incrustées dans les motifs des tapis chinois. Impossible de circuler dans l'appartement sans marcher sur un objet pointu en plastique ou sur un truc chaud et humide.

De telles familles étaient aussitôt rayées des relations de Stella. Des personnes manifestant aussi peu de respect pour les possessions matérielles étaient bien capables d'importer leurs tendances destructrices dans son propre monde impeccable.

Par ailleurs, Stella n'admettait pas qu'on la trouve superficielle sous prétexte qu'elle plaçait les objets au-dessus des enfants. Comme si les enfants ne constituaient pas des acquisitions aux yeux de nombreux parents qu'elle connaissait !

Cette maison concrétisait l'apogée d'années de travail acharné pour atteindre un niveau de vie qu'elle croyait inaccessible dans sa jeunesse. Pete et elle y avaient travaillé ensemble. D'accord, elle s'était chargée du côté créatif et avait pris la plupart des décisions, mais cela se passait ainsi dans toutes les associations.

Pourtant, cette nuit sans Pete l'avait sérieusement perturbée. Elle n'avait pas seulement peur qu'il soit malade. Elle redoutait que sa maladie ne soit pas le vrai problème. Elle repensa à la pendaison de crémaillère et à l'attitude particulièrement froide de Pete envers cet événement. Était-il déjà préoccupé par son licenciement ou par des tumeurs ?

Elle plongea ensuite dans des souvenirs plus anciens. Quand ils avaient décidé l'achat de cette maison. Elle avait pris la capitulation de Pete pour une preuve d'amour. Mais n'était-ce pas plutôt de l'indifférence ?

Elle remonta encore plus loin en arrière, à leur maison précédente. Au moment où la rénovation qu'ils avaient faite, qu'*elle* avait faite, avait été achevée. Cinq ans de travaux gigantesques qui avaient doublé le prix de cette demeure victorienne. Pete avait acheté du champagne, et ils avaient parcouru les pièces en s'émerveillant de leur métamorphose. Quand ils avaient atteint le dernier étage, Stella s'était tournée vers Pete et avait déclaré, les yeux brillants : « Nous pourrons acheter une maison édouardienne avec un jardin quand nous revendrons celle-ci ! J'ai regardé les prix dans le coin, nous n'aurons que l'embarras du choix. Il y a sur le marché des trous à rats qui nous conviendraient parfaitement ! »

Le lendemain, lorsque la femme de ménage tomba sur la bouteille de champagne à moitié pleine, Stella réalisa que la fête s'était terminée sur ces mots.

Elle n'osa pas fouiller sa mémoire plus loin. C'était trop effrayant. Elle avait placé tous ses espoirs, et ceux de Pete, dans la création d'une maison de rêve. Et soudain elle devait affronter la vérité : chaque fois qu'ils touchaient au but, elle avait revendu leur demeure avant qu'elle ne ressemble à un vrai foyer.

Que lui inspirait leur nouvelle maison ? À cet instant précis, elle avait très envie d'en faire un lieu accueillant où Pete aurait plaisir à rentrer. Un *home, sweet home*. Car c'est ce qu'il désirait. Elle le sentait. Mais elle avait tellement voulu qu'il partage sa vision des choses qu'il ne lui était jamais venu à l'esprit de lui demander son avis.

Rien n'était perdu. Elle pouvait remédier à la situation. Vendre cette maison dans son état actuel était hors de question : seule une personne ayant des aspirations aussi extravagantes que les siennes et un budget illimité se lancerait dans ce gouffre financier. Cependant, elle réduirait les travaux au minimum. Elle peindrait cette fichue baraque en rose pâle si nécessaire, puis elle la bazarderait et achèterait un foyer pour son mari et elle.

Stella avait besoin de parler à une personne susceptible de la conforter dans cette décision. Elle composa le numéro de Lauren chez elle. Pas de réponse. Elle essaya le mobile. Il n'existait plus. Stella fronça les sourcils. Il était neuf heures du matin, un samedi… Où était passée Lauren ?

— Je crois que je vais mourir, grogna Lauren en sortant de la salle de bains.

Elle avait été malade la majeure partie de la nuit, à cause des sushis dévorés avec insouciance, mais aussi à cause de l'alcool. Elle avait oublié tout le reste de la soirée après leur arrivée dans un bar appelé Le Funky quelque chose, où elle avait commandé un abominable cocktail rose datant des années quatre-vingt.

— Qui est là ? demanda Izzy, alarmée.

Elle entra en titubant dans la salle à manger et fixa Lauren quelques secondes, puis son esprit embrumé l'identifia.

— Oh, c'est toi. Tu te sens aussi mal que moi ?

— Peut-être serait-il plus approprié de dire : « Est-ce que j'ai aussi mauvaise mine que toi ? » Tu t'es regardée ?

Izzy se dirigea vers le miroir en pied de l'entrée et eut un mouvement de recul en découvrant son reflet dans la glace.

En l'espace d'une nuit, elle s'était transformée en fantôme macabre. La pâleur spectrale de sa peau était accentuée par des cernes bleuâtres impressionnants, le mascara pailleté de ses yeux avait coulé, et le fard à joues et le rouge à lèvres écarlate complétaient l'effet sanguinolent. Elle avait dû se tourner et se retourner sur son oreiller pendant la nuit, car on aurait dit qu'un farceur était entré à pas de loup pendant son sommeil et lui avait barbouillé le visage.

Le résultat était d'autant plus saisissant qu'elle portait encore les vêtements de la veille. Sauf que sa robe à la superbe coupe ressemblait à un torchon froissé, humide et taché. Izzy s'était déjà réveillée avec la gueule de bois, mais celle-ci battait tous les records. Très soucieuse de son apparence, elle fut vexée d'avoir l'air d'une poivrote.

— Oh, mon Dieu ! s'exclama-t-elle d'une voix étranglée. Je vais prendre une douche tout de suite.

Sur ce, elle s'effondra dans un fauteuil.

— Dès que je tiendrai debout plus de cinq secondes sans avoir la tête à l'envers.

Les deux femmes partagèrent un silence complice et douloureux pendant une quinzaine de minutes. Puis, Lauren réussit tant bien que mal à se remettre sur pied et se dirigea très lentement vers la cuisine.

— Je fais du thé ? chuchota-t-elle, car elle ne voulait pas aggraver son mal de tête.

Izzy acquiesça légèrement.

À dix heures et demie, elles étaient parvenues à boire du thé et à avaler une tranche de pain grillé sans vomir. Elles s'étaient même douchées, expérience traumatisante ayant exigé de nombreuses aspirines.

Izzy avait passé pas mal de temps à chercher des vêtements pour Lauren. Après plusieurs tentatives démoralisantes à essayer d'entrer dans des falzars aussi étroits que des tuyaux d'aspirateur, Lauren avait trouvé un pantalon de survêtement et un pull large.

Avec leur visage bien nettoyé, Izzy et Lauren ressemblaient à des adolescentes (si l'on ignorait les rides et les yeux fatigués). Elles restèrent assises l'une en face de l'autre, complètement anéanties par l'effort déployé pour se laver et s'habiller. Elles repassaient dans leur esprit la soirée de la veille et récapitulaient les informations qu'elles avaient apprises l'une de l'autre.

Leurs confessions s'étaient embrouillées au fur à mesure que la nuit progressait et que les verres se remplissaient. Izzy parla beaucoup de Wagner, de façon très simple et imagée, et elle donna à Lauren un compte rendu confus de son CV, qui couvrait les boulots les plus bizarres. Apparemment, elle s'était pavanée pendant une semaine autour d'une piste de cirque, vêtue d'un microscopique bikini à paillettes, en souriant et en montrant les acrobates et les trapézistes qui risquaient leur vie pour que les enfants applaudissent.

Et elle avait été mannequin pour les pieds, ou plus précisément un mannequin d'orteil. Une photographie du gros orteil de son pied gauche figurait sur chaque boîte de pansements pour les cors vendue en Asie du Sud-Est. Elle avait même enlevé sa chaussure dans le bar à sushis afin que Lauren puisse examiner le spécimen exceptionnel à travers ses collants fins.

— Tu n'es pas en train de te moquer de moi ? avait demandé Lauren d'un ton sceptique.

— Absolument pas ! s'était exclamée Izzy, indignée. Pourquoi es-tu si surprise ? Tu dois déjà avoir vu des photos d'orteils dans les pubs. Tu ne t'es jamais demandé à quels pieds ils appartenaient ?

— Pas vraiment. Mais à partir d'aujourd'hui, je leur prêterai la plus grande attention.

L'absence totale d'ironie dans le commentaire de Lauren prouvait de façon définitive qu'elle avait dépassé le stade gentiment euphorique de l'ébriété pour sombrer dans l'éthylisme le plus profond.

Après le monologue intitulé « Tous les boulots que j'ai faits », Lauren avait questionné Izzy sur sa vie privée. Elle trouvait qu'elles étaient devenues assez intimes pour pouvoir lui poser cette question. Après tout, elles étaient allées aux toilettes ensemble et s'étaient passé du papier sous la cloison du box.

Le visage d'Izzy s'était assombri. Si Lauren avait été à jeun, elle aurait compris qu'il s'agissait d'un sujet délicat et aurait laissé tomber. Mais elle était ivre morte.

— Allez, Izzy ! Je suis sûre que tu fais des ravages. Tu ressembles à un mannequin et tu es si… Je ne sais pas, si…

— … différente, compléta Izzy d'un ton impassible. C'est le mot que tu cherches. Et tu sais ce que les hommes veulent ? Ils veulent des femmes qui ne sont pas différentes, des femmes qui ne changent pas. Je ne leur reproche rien. Moi-même, je n'aime pas la différence. J'aime tout ce qui est normal, conventionnel, ennuyeux et prévisible.

— Excuse-moi mais pourquoi tu te coiffes, t'habilles et te maquilles de cette façon si tu ne souhaites pas te singulariser ?

Izzy serra les lèvres. C'était un mécanisme de défense pour ne pas pleurer.

— Réfléchis une seconde, Lauren. Regarde-moi, regarde-moi vraiment.

Ce n'était pas la peine. Izzy était tellement frappante qu'elle attirait l'attention comme un aimant.

— Tu es grande, mince, tu as une ossature fantastique, et n'importe quelle femme doit t'envier et t'en vouloir à mort.

Izzy ferma les yeux. Elle avait entendu cette réponse tant de fois !

— Tu te trompes. Je suis terrifiante. Les gens me l'avouent parfois en pensant que je trouverai ça drôle.

Lauren rougit : cela avait effectivement été sa première réaction en la voyant.

— Ce n'est pas pour te blesser. Ils sont frappés par… ta présence impressionnante.

— Je ne veux pas avoir une présence impressionnante ! s'écria Izzy en élevant la voix, et les autres clients la dévisagèrent. Quand on est comme moi, on a deux options : avoir une « présence impressionnante » qui terrorise, ou essayer d'adoucir son physique.

— Tu as essayé ? s'enquit Lauren, curieuse de voir à quoi ressemblerait Izzy sans artifice.

— Bien sûr, grogna Izzy. Au lieu d'être un phénomène grand, maigre, habillé bizarrement, je suis un phénomène grand, maigre, quelconque. D'une façon ou d'une autre, les gens détournent les yeux. Je ne suis pas le genre de personne qu'on aborde spontanément pour papoter.

Lauren ne savait pas quoi dire parce qu'elle était d'accord avec Izzy. Elle avait eu un mouvement de recul lors de sa première rencontre avec Izzy, et l'avait jugée a priori froide et caustique. À présent, elle percevait le côté sensible de sa personnalité.

Izzy lui demanda alors ce qui se passait entre elle et Chris.

— Pourquoi ? Qu'est-ce qu'il t'a raconté ?

— Rien, répliqua Izzy en haussant les épaules. En tout cas, rien d'important. Juste que vous aviez eu des problèmes de communication. Il n'a pas donné de détails.

Lauren fut reconnaissante de la discrétion de Chris. Et elle aurait pu préserver le mystère si elle n'avait pas été d'humeur particulièrement volubile. Du coup, elle déballa toute l'histoire.

Izzy écouta, stupéfaite.

— Je ne comprends pas très bien. Que veux-tu dire par : c'est la façon dont il a prononcé le mot « astrologie » qui t'a poussée à mentir sur ton signe ? Autant que je sache, Chris se moque de l'astrologie. Tu dois l'avoir imaginé.

Lauren rit intérieurement. Elle y avait déjà songé et la déclaration d'Izzy confirmait ses soupçons : elle avait menti et s'était tourmentée pour rien. Elle avait aussi raté l'occasion d'apprendre à connaître un type bien dans le temps limité qui lui restait en Angleterre. C'était grotesque et ça n'avait plus d'importance maintenant. Elle se consola en pensant qu'elle n'avait pas fait trop de dégâts.

Navrée pour Lauren, Izzy était en même temps enchantée de découvrir que des femmes normales et mignonnes se comportent parfois de façon aberrante. Elle savourait un rare moment de supériorité parce qu'elle n'avait jamais menti pour impressionner qui que ce soit. Elle n'en voyait pas l'utilité. Cela n'empêcherait pas Lauren de lui expliquer – quand elles seraient plus intimes – qu'un petit mensonge judicieux peut se révéler très efficace pour mettre les gens à l'aise. Elle le pratiquait souvent dans sa vie professionnelle.

Pour l'heure, sa position de supériorité rendit Izzy magnanime.

— N'abandonne pas Chris, Lauren. Je sais qu'il a toujours le béguin. Essaie d'éclaircir la situation. C'est sans doute ce qu'il veut.

C'est ce que je veux, voulait-elle ajouter, mais elle se tut. Elle n'était pas assez ivre.

Lauren ne l'écoutait pas. Chris était loin de ses pensées. Évoquer cette première rencontre l'avait libérée. Même si elle préférait contrôler les événements, elle savait reconnaître un coup de pouce du destin. Comment n'avait-elle pas réalisé plus tôt qu'elle n'était pas faite pour Chris ? Elle devait être aveugle.

Pourtant, au lieu de s'imaginer à New York, elle se surprit à songer à Tendale et à sa journée de la veille. Assise sur un tabouret dans le magasin, elle regardait Richard disposer un étalage de combinaisons de ski. Depuis deux jours, une idée ridicule prenait corps dans son esprit. Elle ne désirait pas en parler mais ce fut plus fort qu'elle.

— Je comprends aisément que votre femme soit tombée amoureuse de cet endroit et n'ait plus voulu le quitter.

Richard éclata de rire.

— Je ne sais pas ce qui vous donne cette impression. Elle n'est pas tombée amoureuse de cet endroit ; elle est tombée amoureuse d'un rêve, d'une vision. Elle est arrivée en mai et nous nous sommes mariés en septembre. Je n'aurais jamais dû l'épouser avant qu'elle ait passé un hiver ici. Les hivers sont durs et cruels.

— C'est l'hiver en ce moment, et j'adore ça.

Richard suivit son regard. La neige, d'un blanc éblouissant, avait tout recouvert, et les bruits leur parvenaient lointains et assourdis.

— Vous venez d'arriver et vous êtes de passage. Il y a une différence.

— Vous m'avez dit que vous aimiez l'hiver, fit remarquer Lauren.

— Parce que c'est mon monde.

Lauren observa Richard. Est-il si différent de moi ? Est-ce que cet endroit pourrait devenir mon monde ? Comment le savoir ?

— À quoi pensez-vous ? demanda Richard sans détourner les yeux de la vue.

— Je pense que je serais capable de demeurer assise ici pour le restant de mes jours, sur ce tabouret, dans ce magasin, à regarder dehors, à préparer du thé, à vous signaler quand vos étalages sont de travers et à prêter attention aux changements de saison. Je pourrais vivre cette vie. Vraiment. Je n'aurais plus à me maquiller, à manger de tiramisu ou à me rendre à des fêtes.

Oui ! voulait hurler Richard. Reste ! Vis avec moi ! Je t'emmènerai escalader toutes les montagnes et faire le tour de tous les lacs. Je t'aiderai à oublier les hommes qui t'ont blessée, ta mère qui t'a ignorée et ton père qui est mort. Tu raconteras ce qui te passera par la tête et tu deviendras celle que tu veux être. Reste !

Il aurait dû le dire. Garder le silence peut être aussi destructeur que révéler ce que nous devrions taire. Lauren se serait peut-être moquée de lui. Ou aurait été gênée. Elle aurait pu aussi ouvrir les yeux et le voir comme elle avait vu les montagnes.

Mais Richard n'osa pas dévoiler ses sentiments.

— Au bout de quelques mois, Londres vous manquera. Je croise des citadins chaque semaine. Ils arrivent, les yeux brillants, en racontant qu'ils vont tout vendre et plaquer leur carrière à la banque pour ouvrir un salon de thé ou une chambre d'hôtes. « À bientôt », disent-ils. Ils ne reviennent jamais. Quand vous rentrerez à Londres demain et que vous mangerez des sushis avec vos amis chics, vous aurez envie de vous cacher sous terre en vous rappelant que vous vouliez tout abandonner pour travailler dans un magasin.

Le manque d'enthousiasme de Richard avait déçu Lauren. Elle avait espéré que leur amitié se prolongerait au-delà d'un contrat de travail d'un mois, que Richard lui proposerait de revenir pour les week-ends et les vacances, qu'il l'emmènerait escalader toutes les montagnes et faire le tour de tous les lacs.

Elle avait complètement oublié qu'elle envisageait d'émigrer dans quelques semaines. C'était devenu sans importance.

Cette fois-ci, elle avait rapporté de Tendale un peu de son côté simple et campagnard. Était-ce pour cette raison qu'elle parlait avec Izzy comme elle n'avait parlé à personne depuis très longtemps ? Excepté Richard, bien sûr. Avec Stella, les conversations étaient moins franches et directes. C'était sa faute. D'un naturel exubérant, Stella relatait ses moindres faits et gestes sans intérêt, du coup il ne restait plus de temps pour aborder les sujets plus personnels.

Si Lauren voulait que Stella lui raconte sa vie, son amie prenait ça comme une invitation à débiter la liste de ses dernières acquisitions, le lieu de leur achat et leur prix.

En retour, Stella s'employait toujours à ce que Lauren s'épanche auprès d'elle. Elle absorbait son angoisse existentielle comme une éponge freudienne et proposait des dizaines de réponses à chacun de ses dilemmes. Sans aucun doute, Stella se souciait du bonheur de Lauren. En revanche, elle ne se rendait pas compte qu'il était difficile pour celle-ci de ne rien recevoir en échange.

Lauren s'était demandé si Stella, qui paraissait tellement heureuse de son sort, avait perdu toute notion de mécontentement. Ou alors, était-elle insensible au point qu'aucune souffrance n'arrivait à pénétrer la carapace de sa gaieté à toute épreuve ? Le dernier petit ami de Lauren, Peter, avait déclaré que Stella n'était pas insensible. Selon lui, elle était bête. Lauren avait pris la défense de son amie, affirmant que sa licence en psychologie, obtenue avec la mention Très bien, prouvait le contraire.

— Tu ne comprends pas, avait répliqué Peter. On peut être un universitaire brillant et demeurer profondément stupide. Que Stella ait une licence en psychologie alors qu'elle n'a aucune idée du vide de son propre psychisme est révélateur.

Au moment où ils avaient ces discussions passionnantes, leur relation avait atteint un point de non-retour et chaque remarque de Peter irritait Lauren. Dommage, car il avait raison.

Lauren estimait déloyal de se sentir plus à l'aise avec Izzy qu'avec sa meilleure amie. Mais elle était ivre et la nausée ne tarda pas à remplacer la culpabilité.

Étonnée de s'apercevoir qu'Izzy avait l'étoffe d'une véritable amie, elle trouvait triste que ses qualités soient méconnues. Elle décida de relever le défi, de rendre Izzy présentable et de l'aider à franchir l'obstacle de son physique afin que les gens aient l'occasion d'apprendre à la connaître.

Assise dans la salle à manger d'Izzy et bouleversée par cette jeune femme vulnérable et paumée, Lauren vit une façon de l'aider et de s'aider elle-même.

— J'ai peut-être mal compris, mais n'as-tu pas raconté hier que tu avais perdu ton travail ?

— Ce n'est pas aussi dramatique, dit Izzy en riant. Je n'ai pas été renvoyée, j'ai décidé que promener des chiens ne me convenait pas.

Lauren se rappela l'histoire du chien et de l'oie, qui l'avait fait pleurer de rire au Funky quelque chose.

— Tu as un autre boulot en vue ?

— Non. Mais je n'ai pas besoin d'un gros salaire. Je suis propriétaire de cet appartement.

Il était superbe et devait valoir plus de cent cinquante mille livres.

— Comment as-tu pu l'acheter ? demanda Lauren, stupéfaite.

Izzy montra une photo encadrée sur le mur. Elle représentait un orteil avec un pansement de cor.

Lauren en resta la bouche ouverte.

— Ce n'est pas vrai ! Tu as gagné assez d'argent avec cette campagne publicitaire pour t'offrir cet appartement ?

— Il n'y a pas que ça. J'ai été mannequin pour le Dr Scholl en Australie et « pied officiel » de l'Association des podologues américains de 1990 à 1995.

— Montre-moi tes pieds de nouveau, réclama Lauren, qui voulait comprendre ce qui distinguait les orteils d'Izzy.

Elle les examina et ne les trouva pas remarquables.

Ils étaient très longs, comme on pouvait s'y attendre de la part d'une personne de la taille d'Izzy. Lauren regarda ses propres pieds. Pas si mal, songea-t-elle. Un peu resserrés et courbés, ses orteils présentaient quelques poils, et leurs ongles avaient la texture d'une corne de rhinocéros, mais d'habiles retouches auraient dissimulé ces petits défauts.

— Je me suis trompée de boulot.

— Mais non, rétorqua Izzy. Ton travail a l'air fantastique. Tu réalises des projets, tu résous des problèmes, tu voyages, les gens te respectent. Je trouve ça génial !

Lauren se pencha vers elle.

— Je suis contente que tu dises ça, Izzy, parce que j'ai une proposition à te faire : aimerais-tu travailler pour moi quelques semaines ?

14

— Le problème avec Izzy, c'est qu'elle est incapable de travailler, confia Chris à Pete en tapant du pied dans l'espoir de rétablir sa circulation sanguine.

Après avoir déballé l'histoire de leur vie, ils étaient passés à celle de leurs parents. Pete avait parlé de sa grande famille, quoique sans mentionner les récents problèmes d'Ann et de Bill. De son côté, Chris avait raconté l'éducation excentrique subie par sa sœur et lui en s'étonnant qu'ils aient réussi à échapper à l'internement psychiatrique. Cela n'empêchait pas Pete de penser qu'Izzy avait l'air complètement timbrée.

Ils attendaient le coup d'envoi du match et bavardaient gaiement comme deux hommes devenus les meilleurs amis du monde après avoir partagé une chambre d'hôtel en souffrant ensemble d'une diarrhée carabinée.

À quel moment s'était produite cette fraternisation masculine au sujet de laquelle Chris avait lu tant d'ouvrages ? Étendus sur des lits jumeaux, en soutenant leur estomac qui émettait des gargouillements parfaitement synchrones, ils avaient survécu à une longue nuit d'insomnie. Ils avaient discuté de sujets jamais abordés auparavant. C'était comme être sur une île déserte sans espoir de retour : ils avaient beaucoup de choses à dire avant de mourir. D'ailleurs, le lendemain matin, ils eurent l'impression d'être des survivants. Du coup, ils envisagèrent d'écrire un livre sur leur épreuve nocturne, personne ne l'achèterait mais ils trouvaient l'idée géniale.

L'expérience de fraternisation, le moment d'union absolue, se produisit en fait quand ils se découvrirent mutuellement dotés de cette qualité merveilleuse qui distingue en général les hommes des femmes : un degré d'hypocondrie stupéfiant.

Accepter stoïquement que cette diarrhée soit la conséquence de l'ingestion d'un curry douteux n'était pas leur genre. Non ! Pour ces deux mousquetaires, chaque visite aux toilettes confirmait leurs pires craintes : ils avaient été frappés par un virus mortel, inconnu du monde occidental, en particulier de Manchester. Et comme aucune femme n'était là pour leur donner un verre d'Alka Seltzer et leur dire d'arrêter leur délire, la possibilité d'un supermicrobe devenait de plus en plus plausible.

À mesure que la nuit avançait et que le sommeil les fuyait, ils partagèrent leur histoire médicale : les grippes mortelles que leur compagne appelait avec mépris des rhumes ; les maux de dos indiquant des lésions graves dues au surmenage qu'un généraliste débutant taxait de fatigue ; les rougeurs qui révélaient des allergies rares ; les mouvements de l'intestin, imprévisibles et menaçants. Chris et Pete passèrent tout en revue.

Chris encourageait la discussion, heureux d'avoir réussi à débattre de problèmes de santé. Malheureusement, Pete semblait en avoir tellement que Chris n'arrivait pas à discerner les réels des imaginaires. Peut-être omettait-il les symptômes inquiétants ? Car tout ce dont souffrait Pete, Chris en souffrait aussi, du genou qui cliquetait au système pileux du dos trop développé.

Deux conclusions s'imposaient : ou Pete n'avait rien de sérieux ou il était gravement malade, auquel cas Chris l'était aussi. Ce dernier ne réfléchit pas à cette déduction alarmante : il était trop préoccupé par ses crampes d'estomac atroces.

Ils parvinrent à dormir quelques heures d'un sommeil agité, et se trouvaient dans un état lamentable quand le téléphone sonna pour les réveiller à sept heures trente, mais cela ne les empêcha pas de descendre en titubant au restaurant. Si Lauren et Izzy les avaient vus ingurgiter un énorme petit déjeuner complet, elles auraient vitupéré contre l'inégalité des femmes et des hommes face aux excès de boisson.

Ils étaient d'humeur enjouée quand ils atteignirent le terrain de foot et se dirigèrent vers leur tribune.

— Ce sont de bonnes places, affirma Pete.

— Tu trouves ? demanda Chris, qui ignorait ce qu'étaient de bonnes places à un match de foot.

— Il me semble, répliqua Pete, moins positif à présent qu'il percevait l'incertitude de Chris.

Il avait dit ça par politesse. Comme Chris était un fan, il n'achèterait pas de place nulle, c'était évident.

Il regarda le stade se remplir rapidement. Des courants bleus et rouges affluaient de côtés opposés. C'était un matin glacial de février et Pete était très reconnaissant à Stella de l'avoir obligé à prendre ses vieux accessoires de supporter.

— Je ne les mettrai pas ! s'était-il écrié quand elle avait sorti d'un coffre un bonnet à pompon, une écharpe et des gants.

— Ne sois pas stupide, avait répliqué Stella d'un ton cassant. Tout le monde en porte aux matchs. Tu détonneras si tu n'as pas l'attirail. Et Chris compte dessus.

Cela l'amusait que Pete joue le rôle d'un supporter. Pourtant, elle avait hâte que cette comédie s'achève.

Son mari et ses amis en auraient été surpris. Ils supposaient que la détermination de Stella à regarder la vie à travers des lunettes roses prouvait à quel point elle était aveugle. Mais Stella se contentait d'être fidèle à elle-même. Contrairement à de nombreuses personnes indécises et paumées, elle savait exactement ce qu'elle voulait et ce dont elle avait besoin. Dans l'ensemble, elle était la même personne qu'à dix-huit ans et n'arrivait pas à comprendre pourquoi la plupart des gens se rendaient la vie si difficile en évoluant.

Remettre la main sur les accessoires de supporter avait ravivé les souvenirs de sa jeunesse. À trente-sept ans, à genoux sur le sol (des planches nervurées formant une spirale qui provoquait une migraine si on les fixait plus d'une seconde), elle tripotait le jeune coq aux couleurs passées du badge. Elle essaya de retrouver ses quinze ans. En vain. Elle ferma les yeux et tenta, sans succès, de se revoir en train de danser dans sa chambre sur Wuthering Heights de Kate Bush. Et la fille qui prétendait adorer le foot pour séduire Dave Pinner ? Une parfaite inconnue.

Elle n'aimait pas ça. La rupture dans la continuité perturbait son sentiment de sécurité. Et elle avait besoin de tout son équilibre pour affronter ce qui lui arrivait.

Récemment, elle avait vu leur vie de couple comme un vieux film dans lequel elle jouait tandis que Pete assurait le doublage. Ils ne parvenaient pas à se synchroniser. Décalés, les dialogues sortaient une fraction de seconde avant ou après le mouvement des lèvres de Stella. Il s'agissait d'un petit contretemps, mais qui pouvait bousiller le film.

Ses pensées prenaient une direction désagréable. Elle rabattit violemment le couvercle du coffre et fourra les souvenirs sous le nez de Pete.

— Prends-les. Crois-moi, tu ne le regretteras pas.

Pendant cinq bonnes minutes, Pete lui en fut très reconnaissant. Puis il remarqua que Chris remuait sur son siège, mal à l'aise, en jetant des coups d'œil nerveux sur le couvre-chef qu'il portait.

Pete crut qu'il avait l'air plus ridicule que prévu.

— Pourquoi n'arrêtes-tu pas de me dévisager ? Je sais que ce bonnet est un peu petit. Il appartenait à Stella quand elle avait quinze ans.

— Cela n'a rien à voir avec la taille. Tu n'as rien remarqué ? chuchota Chris en baissant légèrement la tête.

Pete se retourna.

— Non, répondit-il, déconcerté par la nervosité de son ami.

— Regarde bien les gens autour de nous, souffla Chris en s'enfonçant dans son siège pour ne plus attirer l'attention sur lui.

C'est alors que Pete comprit. Son bonnet bleu au pompon jaune vif se trouvait au centre d'un océan de rouge. Ils étaient au beau milieu des supporters de Manchester.

Pete et Chris ne connaissaient rien au foot, mais ils lisaient tous les deux le *Guardian*. Ils savaient ce que signifiait porter la mauvaise couleur dans une foule de supporters : des troubles ou, pis, la menace d'un coup de pied au derrière. On n'était plus au bon vieux temps où les supporters s'asseyaient côte à côte, applaudissaient les coups francs des adversaires, et partageaient leurs sandwichs et la soupe chaude de leur Thermos.

Malgré les contrôles de sécurité sophistiqués, certains des types qui les foudroyaient du regard étaient probablement armés. Dans de nombreux cas, vu la taille des hommes en question, leurs mains feraient des armes très efficaces contre deux employés ramollis dont la seule expérience de bataille avait consisté à persuader un poissonnier revêche d'ôter les arêtes d'une truite pour un dîner de réception.

— Que dois-je faire ? gémit Pete, désespéré.

— Enlève donc ce bonnet, imbécile ! siffla Chris, les dents serrées.

Pete s'en débarrassa, et le fourra dans la poche de sa veste avec l'écharpe et les gants.

— Je gèle, maintenant, marmonna-t-il d'un air malheureux.

Chris continuait de fixer un point droit devant lui. Il avait décidé que la meilleure attitude était de se désolidariser de Pete.

— Au moins, plus personne ne nous regarde, grommela-t-il du coin de la bouche.

Il avait tort.

Chris n'arrivait pas à décider si un match de foot était pire qu'un film français. Au moins, il comprenait ce qui se passait. Enfin, à peu près. Le plus important était de bondir et de crier avec les supporters de Manchester. Mais il avait beau se concentrer sur l'action, il n'était jamais synchrone.

En effet, qu'un joueur attrape le ballon après un brillant plaquage, qu'il rate un but ou casse le nez d'un adversaire juste pour le plaisir, il fallait sauter et applaudir en manifestant le même degré d'enthousiasme.

Pete, de son côté, était hypnotisé par le jeu. Il n'avait jamais suivi un match de foot en entier et maintenant, en voyant les deux équipes se massacrer pour posséder le ballon, il comprenait que des hommes adultes puissent se conduire comme des gamins fanatiques. Cette expérience, proche d'une situation guerrière, offrait les avantages de céder à l'agressivité sans que personne ne soit gravement blessé. En théorie, en tout cas. Il ne cessait de faire des commentaires à Chris. Il lui montrait les coups d'éclat, les exemples odieux d'injustice et les coupes de cheveux amusantes. Trop absorbé par l'action, il ne remarquait pas que Chris ne lui prêtait aucune attention.

Pete ne s'inquiétait pas de leur situation inconfortable car il ignorait tout du hooligan moyen. En revanche, Chris enseignait à ces mêmes hooligans. Il les reconnaissait et n'avait pas honte d'en avoir peur. Il gardait un œil implorant sur l'horloge, usant de sa force mentale pour accélérer le mouvement des aiguilles. Il voulait que le match se termine au plus vite pour partir le plus loin possible de ce stade.

Il ne cessait de prier intérieurement : S'il vous plaît, faites que Manchester gagne, faites que Manchester gagne !

Manchester perdit 1-0.

L'arbitre siffla et Pete se rassit en applaudissant à tout rompre, les yeux brillants : il s'était découvert une nouvelle passion.

— N'était-ce pas fantastique ? s'exclama-t-il.

Chris jetait des coups d'œil furtifs à droite et à gauche afin d'évaluer la sortie la plus rapide, à travers les supporters les moins menaçants.

— Tais-toi et filons, dit-il en tirant Pete par la manche.

— Qu'est-ce qui te prend ? s'écria ce dernier, furieux, en dégageant son bras.

Il voulait rester jusqu'à la fin, écouter la musique retentir des haut-parleurs, et lire les publicités pour les entraîneurs et les ordinateurs qui clignotaient sur les panneaux d'affichage électroniques. Il voulait voir les vœux d'anniversaire pour Wayne, Iqbal et le petit Freddie défiler au bas du tableau des scores. Il voulait s'immerger dans l'expérience totale du football.

Chris, lui, voulait rentrer à la maison, vivant.

— Si nous ne partons pas maintenant, nous allons nous retrouver au beau milieu d'une bagarre épouvantable.

Pete se calma et s'inclina devant la connaissance supérieure de Chris concernant le protocole du football et sa criminalité.

— Qu'attendons-nous, alors ? déclara-t-il, piaffant comme s'il venait de recevoir une injection de testostérone.

La tête baissée, ils se dirigèrent lentement vers les sorties grouillantes de monde. Ils se mêlèrent à des familles pour décourager leurs agresseurs éventuels.

À leur grand étonnement, ils quittèrent le stade en ayant juste essuyé quelques regards hostiles et des coups de coude. Ils se trouvaient à une sortie différente de celle qu'ils avaient empruntée pour entrer et mirent un peu de temps à s'orienter.

— Comment allons-nous regagner l'hôtel ? demanda Pete, qui avait élu Chris chef d'équipe.

— À pied. Les transports en commun vont être bloqués maintenant que la manif a débuté.

Ils commencèrent alors la longue marche du retour. Au début, une atmosphère de fête régnait tandis que les hordes de supporters convergeaient comme un seul homme vers le centre de la ville. Malgré le score, un grand sentiment de camaraderie dominait et Pete aima faire corps avec cette foule.

Peu à peu, les groupes se dispersèrent. Pete et Chris accélérèrent le pas car un malaise insidieux commençait à les gagner. Ils restaient silencieux, impatients d'atteindre un quartier animé et réconfortant qui leur assurerait un trajet en toute sécurité.

Les rues étaient désagréablement et anormalement tranquilles. Le cordon de police autour de la ville avait bien fonctionné, et aucune voiture n'encombrait les artères conduisant au cœur de la manifestation.

Dans le silence retentit alors un chant, d'abord lointain, qui ne tarda pas à s'amplifier et à se rapprocher. Pete et Chris s'efforçaient d'en comprendre les paroles ; il ne s'agissait pas de *La Mélodie du bonheur*, aucun doute là-dessus.

C'est Chris qui pigea le premier. Il ne voulait pas y croire et attendit que Pete confirme son interprétation. La toux nerveuse de son ami lui indiqua qu'il en avait saisi le sens.

— Chris, chantent-ils ce que je pense ?

— Que penses-tu qu'ils chantent ?

— J'espère que je me trompe. Je croyais que c'était *Don't Look Back in Anger*, d'Oasis, mais à présent que j'entends mieux les paroles, elles sonnent étrangement comme : « On va vous exploser la tête. » Est-ce possible ?

Il n'avait pas mentionné les mots très crus qui permettaient aux couplets de rimer. Cela n'avait aucune importance. Chris avait entendu cette chanson si souvent à l'école qu'il la connaissait par cœur.

L'heure n'était pas aux réponses spirituelles car les

chanteurs se trouvaient juste derrière eux. Pete et Chris se retournèrent pour voir le gang d'assassins rubiconds, vêtu de rouge, foncer sur eux comme dans une scène de *Braveheart*. Ils se regardèrent et hurlèrent en même temps : « Tirons-nous ! »

Et, puisqu'ils ne possédaient aucune des qualités héroïques de Mel Gibson et n'avaient pas la chance de bénéficier de doublures, ils détalèrent comme des lapins.

Pete et Chris piquèrent un sprint en vérifiant de temps à autre s'ils distançaient leurs poursuivants. À vrai dire, ils regardèrent si souvent derrière eux que les types en rouge commencèrent aussi à se retourner pour voir ce qui se passait d'intéressant dans leur dos.

— Attends ! s'exclama Chris en saisissant le bras de Pete pour l'arrêter.

— Tu es fou ? demanda Pete, horrifié.

Il s'aperçut alors que leurs adversaires s'étaient également immobilisés.

— Ils ne nous poursuivent plus. Génial ! Nous sommes sauvés. Partons d'ici avant qu'ils changent d'avis.

Mais Chris n'écoutait pas. Il rebroussait chemin en direction de la bande des terroristes en rouge, qui s'activaient autour d'un ballot par terre. Sauf qu'il ne s'agissait pas d'un ballot.

— Pete, ils démolissent quelqu'un !

— Viens, allons-nous-en.

— Ne sois pas aussi dur !

— Apparemment, tu ne me connais pas très bien, rétorqua Pete d'une voix égale en le retenant. Je ne suis pas dur, je suis lâche. Je ne suis pas doué pour me battre, je ne l'ai jamais été, même quand j'étais enfant. Tu as peut-être remarqué que je cours très vite, c'est le résultat d'une enfance passée à fuir les bagarres. La seule différence, c'est que je n'ai plus honte de ma lâcheté. Je la vois maintenant comme un signe d'intelligence. Seul un imbécile trouverait noble de s'offrir en sacrifice à une clique de loubards déchaînés.

Chris observait avec inquiétude la scène qui se déroulait non loin de ses yeux.

— Je crois que je le connais.

— Qui ?

— Le garçon par terre. C'est un de mes élèves, on dirait.

Chris recommença à se diriger vers eux. Pete le suivit, espérant le dissuader de commettre cette folie.

— Chris, il est debout à présent et il rend les coups. Il peut se défendre.

— Je suis aussi lâche que toi, répliqua Chris en accélérant le pas. Mais il n'est pas question de laisser un gosse affronter ces brutes tout seul. Je ne serais plus capable de me regarder en face.

Chris se mit à courir alors que la mêlée s'animait. Le garçon avait l'air de bien se débrouiller.

Pete savait qu'il devait se libérer de sa lâcheté et fondre sur les hooligans avec Chris, tel Rambo. Mais il avait trop peur. Malheureusement, il n'avait pas apporté de drapeau blanc pour signaler qu'il était inutile de le frapper parce qu'il se rendait.

Quand Chris cria : « Laissez-le tranquille ! », les voyous s'arrêtèrent net et tournèrent leur attention sur eux. Ils s'avancèrent comme un seul homme. Si Pete avait fui, il les aurait probablement distancés. Mais il se voyait difficilement abandonner Chris. Par procuration, il semblait aussi avoir la responsabilité d'un garçon inconnu qui portait les couleurs de Tottenham.

Avant de pouvoir dire : « Ne me frappez pas, je suis conseiller en gestion d'entreprise ! », il se trouva mêlé à une rixe des plus réalistes et désordonnées, qui n'avait rien à voir avec les élégantes scènes de kung-fu dont il raffolait adolescent. Les dégâts n'étaient pas trop importants car ils faisaient tous de leur mieux pour éviter les coups. Pas étonnant que le garçon ait réussi à se relever !

Il y eut un peu de sang, de légères contusions, beaucoup de jurons et de frime. À un moment, le temps sembla s'arrêter quand les yeux de Chris et du garçon se croisèrent. Pete regarda cet échange avec intérêt tout en esquivant des coups de poing inefficaces.

— Dean Ryder ! s'exclama Chris, exaspéré.

— Bonjour, monsieur ! répondit le garçon.

Sur ce, la police arriva.

Ils les mirent dans la même cellule. Ils arrêtaient des manifestants dans toute la ville et les cellules des commissariats étaient bourrées à craquer.

— Combien de temps allez-vous nous garder ? demanda Chris au policier qui les avait bouclés.

— Nous sommes tous de service à la manifestation. Il n'y a qu'un sergent de permanence ici. Vous allez attendre pas mal de temps.

— Mais nous devons rentrer à Londres. Quelqu'un va venir nous chercher, plaida Pete avec anxiété.

Il ne savait pas si c'était Stella ou ses parents. Quoi qu'il en soit, le retour en voiture ne serait pas agréable.

L'agent de police le regarda avec dégoût.

— Vous auriez dû réfléchir avant de vous battre. Les brutes me révoltent – surtout les cadres dans votre genre, vous n'avez aucune excuse ! s'écria-t-il en refermant violemment la porte de la cellule.

Pete s'assit sur le banc et plongea la tête dans ses mains.

— C'est un cauchemar. Je n'arrive pas à croire que j'ai été arrêté. Nous risquons de finir sur ce registre, tu sais, celui des hooligans du football dont le ministre de l'Intérieur nous rebat les oreilles.

— Vous rêvez ! répliqua Dean. On n'est pas dans ce registre parce qu'on a giflé des supporters de Manchester. Il faut en faire beaucoup plus… J'en sais quelque chose, mon frère était un des premiers à figurer sur cette liste, ajouta-t-il avec une fierté non dissimulée.

— Dean, intervint Chris avec un soupir, je ne pense pas qu'il y a de quoi en être fier.

— Vous vous trompez, monsieur. Mon frère est devenu quelqu'un. Dans n'importe quelle ville d'Angleterre et même d'Europe, il peut rencontrer des gens qui le reconnaissent.

Chris le regarda, exaspéré.

— En effet, des policiers qui veulent l'arrêter et des cas sociaux comme lui qui veulent le rouer de coups. Est-ce ton idée de la célébrité ?

— C'est la seule qui soit à ma portée, reconnut Dean d'un air boudeur. De toute façon, qu'est-ce qu'il y a d'autre à faire après un match ?

— Je ne sais pas, répondit Pete en grimaçant. Voyons voir. Ton professeur et moi aurions pu retourner à notre hôtel récupérer nos bagages, prendre le train pour Londres, rentrer au chaud chez nous, regarder un film, boire quelques verres, dîner agréablement, et aller au lit sans s'enduire d'arnica ni dormir sur le dos pour épargner nos côtes contusionnées.

Ce scénario n'impressionna pas Dean.

— Ça vous apporte quoi de rester dans le droit chemin ? Expédiez-moi immédiatement en prison, vous serez plus tranquilles.

Dédier sa vie au crime était nettement plus excitant pour lui. Cette théorie n'épata pas Chris.

— Dean, nous ne sommes pas d'humeur à rire. À cause de toi, nous nous sommes pratiquement fait tuer et nous avons été arrêtés.

Dean bondit sur ses pieds.

— Attendez ! Là, vous faites erreur.

— Que veux-tu dire ?

Dean parla lentement, de façon que ces deux idiots comprennent la situation.

— Je vous ai repérés quand vous quittiez le stade et j'ai vu ces types vous coller au train. Ils en voulaient surtout à votre copain taré avec son bonnet de Tottenham.

Pete rougit d'humiliation. Dean poursuivit :

— Je savais que vous ne seriez pas capables de vous en sortir. Aussi, je les ai suivis pour vous aider en cas de pépin.

— Pourquoi s'en sont-ils pris à toi, s'ils en avaient après nous ? s'enquit Pete, désireux de trouver des failles dans l'histoire de Dean.

L'idée d'être redevable à ce petit truand lui donnait la nausée.

— Chaque fois que vous vous retourniez, ils se retournaient aussi et ils m'ont vu. Ils me connaissent à cause d'une engueulade qu'on a eue dans un club de foot le mois dernier. Du coup, ils ont changé d'avis et me sont tombés dessus.

— Et là, nous sommes intervenus pour te sauver la peau ! s'écria Pete.

— Vous regardiez peut-être une autre bagarre, rétorqua Dean, parce que si vous m'aviez observé vous auriez remarqué que j'avais le dessus. Ce n'était qu'une bande de tapettes du Nord. Ils vous suivaient parce qu'avec vous ils étaient sûrs de l'emporter.

Cette attaque de leur fierté masculine hérissa Chris et Pete.

— Es-tu en train d'affirmer que tu n'avais pas besoin de notre aide ? demanda Chris, indigné.

— Je dis que c'est votre faute si on a été arrêtés. Si vous ne vous étiez pas occupés de moi, ils se seraient enfuis quand j'aurais rendu les coups et ils auraient disparu en voyant arriver la voiture de police.

Puis il se rassit en bouillonnant de rage, hostile et renfermé comme seuls les adolescents peuvent l'être.

Chris et Pete se regardèrent, gênés. Ils n'osaient pas parler. Pete avait envie de frapper Chris pour les avoir fourrés dans ce pétrin. D'après Dean, c'était entièrement sa faute. Et il le croyait. Même Pete, dans son ignorance, avait vu que le gamin s'en sortait très bien tout seul. C'est Chris qui avait insisté pour intervenir.

Pendant ce temps, Chris maudissait Pete en silence. Pete et son idée de voir un match de foot ! Pour sa part, il aurait préféré assister à *Lohengrin* en entier plutôt que de passer quatre-vingt-dix minutes dans un froid de canard (plus quinze minutes de mi-temps) à regarder vingt-deux brutes épaisses taper dans un ballon. Maintenant, il risquait de perdre son travail et l'école allait fermer. Quel désastre !

— Dean, que faisais-tu à ce match ? Tu ne m'avais pas dit que tu y allais.

— Vous ne me l'avez pas demandé. Je ne l'aurais raté pour rien au monde : il y a toujours de bonnes occasions de se battre à Manchester.

— Et tu nous as vus ? Dans une foule de cinq mille personnes ?

Dean plaignit ce type qui ne connaissait rien à rien.

— J'étais assis juste derrière vous, avec mon frère. Nous avons eu les billets en même temps.

— C'est impossible. Nous étions les seuls en bleu dans la tribune.

— Vous n'êtes pas très intelligent, pour un prof. On

a fauché des accessoires aux couleurs de Manchester. Contrairement à vous, nous n'avions pas l'intention d'attirer l'attention. Quand on veut une bagarre, on la choisit nous-mêmes.

C'était un autre monde pour Chris, monde qu'il était heureux de laisser derrière lui.

Pete se leva.

— J'en ai assez ! s'exclama-t-il en donnant de grands coups dans la porte de la cellule. Vous m'entendez ? Je veux faire ma déposition et sortir d'ici. S'il vous plaît ! Vous ne pouvez pas nous garder indéfiniment !

Personne ne répondit. Pete se rassit, frustré. Chris pensa soudain à un stratagème. Il mentionna son idée à contrecœur, mais c'était une situation désespérée.

— Pete, il y a bien un moyen…

— Faut-il que je me jette par terre et que je simule une crise d'épilepsie ou un truc de ce genre ? s'enquit-il d'un air sombre.

— Pas exactement, répondit Chris, tendu. Mais si tu souffrais d'une grave maladie, ils seraient obligés de te donner des soins médicaux et ça accélérerait notre libération.

Pete eut l'air désorienté.

— Ce serait une idée géniale si j'avais un problème de santé, mais je n'en ai pas. À moins que tu croies que la police compatirait à notre lamentable aventure d'hier soir.

Chris changea son approche.

— Tu es définitivement sûr de ta réponse ? Je sais qu'il y a des choses dont on n'a pas envie de parler, mais ce n'est pas le moment d'être réservé. Bien sûr, je comprends…

Pete leva la main pour l'arrêter.

— Que vas-tu chercher ? Tout va bien. Qu'est-ce qui te fait penser le contraire ?

Chris prit un air complètement stupide. Peine perdue.

— Cela ne sert à rien de sourire comme un idiot, insista Pete. Je sens qu'il y a anguille sous roche, je veux en avoir le cœur net.

— Allez, monsieur, dites-le-lui, encouragea Dean, qui se délectait du spectacle.

— La ferme, Ryder ! s'écria Chris.

— Même lui se rend compte que tu caches quelque chose, déclara Pete, heureux d'avoir un allié sous la main.

— Pourquoi avez-vous dit : « Même lui » ? s'indigna Dean. Vous me considérez comme un imbécile ou quoi ?

— Non, tu n'es pas un imbécile, répondit Chris en soupirant. C'est la grande tragédie de ta vie.

Cette tirade calma Dean ; il se rassit en boudant, laissant Chris se débrouiller avec Pete, qui attendait toujours une réponse.

— Je songeais à la nuit dernière, c'est tout. Tu as dit que tu n'étais pas bien…

C'était faible et il le savait. Pete se vexa en croyant que Chris le traitait indirectement d'hypocondriaque.

— Tu peux parler ! Tout ce que j'ai eu, tu l'as eu aussi, en pire.

— Tu as raison. Désolé. La nuit dernière, je n'avais pas les idées claires. La turista, la bière blonde et tout le reste. J'imaginais qu'un problème plus grave te préoccupait.

Il pensait aux allusions indirectes à Beth. Pete aussi, qui regrettait d'avoir abordé le sujet.

— Je n'avais rien de spécial en tête. Ce n'était qu'une conversation de poivrots.

Merde ! se dit Chris. Je l'ai mis sur la défensive.

— Deux types qui parlent de leurs problèmes personnels. Super, commenta Dean. Bientôt, vous allez tomber dans les bras l'un de l'autre.

Ils l'ignorèrent. Chacun retourna dans son coin et réfléchit aux événements de la journée. Ils n'eurent aucune idée du temps qui s'écoula jusqu'à ce que la lourde porte s'ouvre.

— Vous avez de la chance, messieurs, une personne vient d'arriver pour vous libérer sous caution.

— Et moi ? demanda Dean avec anxiété.

— On essaie toujours de mettre la main sur ta mère, répondit le policier.

On aurait cru qu'il allait éclater en sanglots. Chris eut pitié de lui.

— Ne t'inquiète pas, Dean, je te ferai sortir.

Au bout de trois heures éreintantes, Chris et Pete purent enfin partir. Ils durent payer une caution. On leur fit bien comprendre qu'ils avaient eu beaucoup de chance d'être arrêtés ce jour-là. Avec la manif, les policiers étaient sous pression et ils réservaient les inculpations pour les cas plus graves.

Pete et Chris essayèrent de savourer leur chance,

sans succès. Ils sortirent du poste, et virent Stella tenter d'effectuer une manœuvre difficile afin de se faufiler entre les cars de police, bourrés à craquer de manifestants bruyants. Elle avait pris la route dès que la police l'avait appelée et était épuisée. Furieuse contre Chris et Pete, elle ne voulait pas entendre leurs protestations d'innocence.

Le policier avait été clair au téléphone : son mari et son ami avaient été pris en train de donner des coups de poing.

Lorsque Stella les repéra, leur petit air fanfaron ne l'amusa pas du tout… Elle hocha la tête sèchement pour montrer qu'elle les avait vus. Dean sortit juste derrière eux. Un instant, Chris pensa que le garçon allait lui serrer la main. Mais Dean se contenta d'incliner légèrement la tête.

— Merci, marmonna-t-il. Je suppose que vous allez me réclamer un service en échange.

— Je ne pense pas que ce genre de dette puisse me servir désormais, constata Chris avec un soupir. Je ne te demanderai plus de billets de foot et l'école ne survivra probablement pas à cet incident. Mais merci d'y avoir pensé, en tout cas.

— Il faut que vous signiez un papier, monsieur Fallon, le rappela un policier.

Chris se retourna vers Pete.

— Dis à Stella que je me dépêche.

Il fonça à l'intérieur du commissariat, laissant Pete sur le perron en compagnie de Dean. Tous deux regardèrent Stella se garer avec un amusement non dissimulé.

— Elle conduit comme un pied, fit observer Pete en redoutant le long trajet du retour.

Elle ne le laisserait pas prendre le volant, ce serait sa punition. L'absence de maquillage prouvait à quel point elle était énervée. Elle avait les traits tirés et paraissait vieille. Sa fragilité émut Pete.

Dean ne quittait pas des yeux la voiture et la conductrice.

— Elle n'est pas vraiment canon, non plus. On aurait pu imaginer qu'un type comme M. Fallon trouverait mieux.

— Qu'est-ce qui te fait croire qu'elle est mariée à M. Fallon ?

Le ton de Pete n'était pas agressif, il était simplement intrigué par la supposition de Dean.

Le garçon adopta une attitude virile et donna un petit coup de coude à Pete d'un air entendu.

— Je les ai vus tous les deux dans sa voiture. Il n'y avait pas grand-chose à mater, ils s'embrassaient et se pelotaient, mais…

Chris flirtant avec Stella dans sa voiture ?

Chris arriva en descendant l'escalier d'un bond. Au passage, il tapota Pete dans le dos.

— En route !

Pete resta silencieux pendant tout le trajet. Il avait de quoi réfléchir.

15

Lauren prit la route pour Tendale très tôt le dimanche matin. Comme elle ne réussissait pas à dormir, elle avait sauté dans sa voiture vers quatre heures. Elle serait bien partie le samedi après-midi mais, après la nouba de la veille, son taux d'alcool dans le sang l'inquiétait. Izzy la rejoindrait en train lundi.

Prendre la voiture pour Tendale signifiait qu'elle n'était plus une visiteuse de passage. Comme beaucoup de femmes modernes qui travaillaient, son véhicule était rattaché à son foyer. En ce moment, à Londres, elle ne se sentait pas chez elle. Il y avait Stella, certes, mais l'amitié avec elle pouvait aussi bien se vivre par téléphone.

Lauren constata qu'elle n'avait pas d'autres liens. C'est un peu pathétique, pensa-t-elle, après quinze ans passés dans une ville. En revanche, elle manquerait au type du magasin de vidéos. Elle oubliait toujours de rendre ses films et finissait par payer des amendes astronomiques.

En se dirigeant vers l'autoroute M1, elle essaya d'ignorer les panneaux indiquant Watford. Son déjeuner d'anniversaire avait lieu le samedi suivant. L'organisation en demeurait floue. Elle avait le vague souvenir que sa mère avait invité Chris. En tout cas, il ne risquait pas de venir car il ignorait où habitait Maureen. Et même s'il l'apprenait, le sort s'acharnerait à mettre un sabot à sa voiture, à moins qu'il ne soit kidnappé par des extraterrestres.

Lauren tenta de se concentrer sur son projet de réunir Richard et Maureen. À l'origine, elle voulait distraire sa mère pour accepter le boulot à New York sans se sentir coupable. Maintenant, elle se demandait si d'autres raisons l'avaient motivée.

Peut-être aimait-elle sa mère et désirait-elle son bonheur ? Elle ne s'était jamais considérée comme une personne particulièrement altruiste. Quoique… C'était une pensée agréable à méditer en approchant de la M6.

Elle dut mettre ses phares car de gros nuages noirs oppressants bouchaient la visibilité. Merde ! J'espère que ce temps ne va pas durer. Elle avait appelé Richard d'une station-service afin de l'avertir qu'elle arriverait un peu en retard pour la randonnée qu'ils avaient projetée.

Sa gueule de bois lui avait donné l'ardent désir de se ressourcer au contact de l'air revigorant des montagnes. L'atmosphère de Londres lui avait paru différente la veille : crasseuse et débilitante. Elle voulait sentir la neige, la boue gelée et l'odeur de l'herbe écrasée. Elle voulait boire du chocolat et ne rien entendre à l'exception des rares chants d'oiseaux. Et, surtout, elle avait hâte de voir Richard. Comme c'est étrange de se lier d'amitié avec un client ! songea-t-elle. Car c'était un ami, aucun doute là-dessus.

Malgré sa ferme résolution de présenter Richard à sa mère, des doutes s'insinuaient dans son esprit. Plus elle connaissait Richard, moins elle était convaincue qu'il pourrait s'entendre avec Maureen, même si les qualités qu'elle lui découvrait au fil des jours auraient dû la rassurer.

Mais quand Lauren était tombée sur sa mère au bar à sushis, ses certitudes avaient été fortement ébranlées.

Elle ne voyait pas souvent Maureen vêtue pour un spectacle. Pas étonnant qu'Izzy l'ait prise pour un travelo ! La simple idée que Richard puisse être attiré par elle quand elle était attifée de la sorte était risible. Il aimait le grand air, la nature, et trouvait que le maquillage était un artifice stupide empêchant le soleil et l'air frais de nourrir la peau.

Lauren espérait que sa mère s'habillerait de façon beaucoup plus décontractée pour son anniversaire. Peut-être pourrait-elle lancer quelques allusions discrètes à ce sujet ? En effet, vêtue d'un pantalon et d'un pull et les cheveux fraîchement lavés et dénoués, elle faisait encore jeune. Sans maquillage, son visage était ridé mais pas ravagé. Elle paraissait pleine d'espoir, et non marquée par les déceptions du passé.

Lorsqu'elle se mettait sur le pied de guerre et arborait ses énormes boucles d'oreilles aux pendeloques tape-à-l'œil qui annonçaient son arrivée de loin, elle devenait quelqu'un d'autre. C'était sans doute le personnage qu'elle voulait incarner, mais Lauren le détestait.

Elle se sentait mieux, à présent qu'elle avait cerné le problème entre Richard et Maureen. Le look de sa mère, voilà ce qui clochait ! Cette constatation n'apaisa pas ses inquiétudes, cependant elle y vit plus clair.

Elle appellerait Maureen pour le lui suggérer discrètement. D'ailleurs, pourquoi ne pas résoudre le problème dès maintenant ? Elle ne pouvait pas vraiment la joindre de chez Richard. Il y avait le téléphone dans le petit appartement qu'elle occupait, mais les murs étaient fins comme du papier à cigarettes et elle ne voulait pas qu'il l'entende faire la leçon à sa mère.

Elle s'arrêta dans une station-service et trouva une cabine téléphonique. Pourquoi ai-je balancé mon mobile ? Si le geste était génial, le résultat se révélait fort peu pratique.

Lauren composa le numéro de sa mère. Occupé.

— Allô ?

— Bonjour, Maureen Connor à l'appareil, la mère de Lauren. C'est Stella ?

— Non, c'est Ann, sa belle-mère.

— Ann ! Quel plaisir de vous parler ! J'ai eu une conversation sympathique avec votre mari l'autre jour.

Ann grogna intérieurement en se rappelant que Bill avait accepté d'aller à cette satanée réception de samedi.

— Oui, il me l'a dit.

— Stella est là ?

— Pas vraiment, répondit Ann prudemment.

Maureen sentit son hésitation.

— Je téléphone peut-être au mauvais moment ?

Ann ne savait pas quoi répondre. Stella et Pete se trouvaient dans le terrain vague qu'ils appelaient un jardin, où ils se disputaient âprement. Elle suspectait que leur querelle tournait autour de la caution versée pour sortir Pete de prison et du petit accrochage de la voiture sur le chemin du retour.

— Eh bien… Pete et Stella sont occupés. Voulez-vous que Stella vous rappelle ou préférez-vous laisser un message ?

— Peut-être pouvez-vous m'aider. J'essaie d'avoir le numéro d'une des amies de Lauren, Beth Savile. Je crois qu'elle a été le médecin de Stella.

— Oui, tout à fait. Ne quittez pas.

Ann posa l'appareil et tira le rideau pour voir si elle pouvait appeler Stella au téléphone. À cet instant précis, sa belle-fille battait l'air de ses bras en pleurant. Pete était assis sur l'horrible statue en bocaux de confiture, les bras croisés et le visage fermé.

— J'ai le carnet d'adresses de Stella sous les yeux, le numéro de Beth devrait s'y trouver.

Le carnet était resté là depuis qu'elle avait cherché le numéro de Lauren pour Izzy. Si nos problèmes d'argent s'aggravent, je travaillerai pour les services de renseignements, songea Ann, lugubre.

— Le voilà !

Elle donna le numéro, et l'adresse, dont Maureen avait aussi besoin.

— J'espère ne pas commettre d'impair en vous communiquant ses coordonnées, dit-elle après coup.

— Ne vous inquiétez pas. Je vais l'inviter à la fête de Lauren, samedi. Cette surprise lui fera tellement plaisir ! affirma joyeusement Maureen.

Ann désirait informer Stella de cet appel mais, en voyant son visage renfrogné, elle changea d'avis. Ce serait une bonne surprise pour elle aussi, décida-t-elle.

— Avec qui étais-tu au téléphone ? demanda Lauren, agacée.

Comme toutes les filles, elle estimait que sa mère devait être disponible vingt-quatre heures sur vingt-quatre. À condition que sa mère n'exige pas la réciproque, bien sûr.

— Peu importe ! répondit Maureen mystérieusement.

Cette réponse fit frissonner Lauren.

Sa mère organisait probablement une surprise horrible. Elle allait mettre sa robe la plus étincelante et se rendre au centre commercial. Maureen lui avait annoncé que Michael Barrymore y faisait une apparition cette semaine. Lauren avait vu ses émissions. Il rechercherait dans le public des sopranos atroces qui chanteraient *My Love Will Go On*, de Céline Dion, en loupant toutes les notes aiguës. Il y aurait des dizaines d'enfants obèses dansant sur les derniers tubes, et des hommes de cinquante ans affublés de perruques qui exécuteraient des tours de passe-passe en racontant des blagues vieilles comme Mathusalem.

Sa mère adorait ce genre de manifestation. Dans un geste suprême de dévotion filiale, Lauren s'empêcha de hurler : « Non, maman, mets-toi plutôt à la couture ! »

— Que veux-tu, Lauren ? demanda sa mère, ravie des nombreuses surprises qu'elle projetait.

— Pourquoi voudrais-je quelque chose ? se hérissa Lauren.

— Parce que tu n'appelles que dans ces cas-là, répondit sa mère avec simplicité.

Lauren ne se donna pas la peine de nier. Maureen avait raison mais, comme elle ne voulait pas l'admettre, elle fit comme d'habitude quand on la confrontait à ses défauts : elle changea de sujet.

— J'appelle pour samedi, dit-elle brusquement.

— Tout va bien, j'espère ? Tu peux toujours venir ? Cet anniversaire est prévu depuis des semaines ! s'écria Maureen, affolée.

— Mais oui, maman, ne te mets pas dans tous tes états. Bien sûr que je serai là.

— Dieu merci !

Lauren trouva sa réaction exagérée. Il ne s'agissait que d'un déjeuner avec Stella et Pete. Sa mère cuisinerait probablement une recette de magazine, qu'elle raterait. Ensuite, il y aurait une Viennetta ornée d'une bougie. Ils passeraient un moment agréable quoique tendu, comme chaque fois que Maureen voulait exprimer son amour maternel.

— Je t'appelle pour savoir si je peux amener une autre personne.

— Mais tu viens déjà avec Chris, n'est-ce pas ?

— Ah oui, Chris… Notre relation est un peu au point mort en ce moment, déclara-t-elle pour ne pas entrer dans les détails. Nous avons eu quelques… problèmes de communication.

Vraiment ? songea Maureen. Je les réglerai. Sa nouvelle aptitude à résoudre les problèmes de communication l'impressionnait beaucoup.

— Qui comptes-tu inviter ?

Lauren fut soulagée que sa mère n'argumente pas. Elle avait pensé que Maureen insisterait pour avoir Chris. Elle la croyait capable de le retrouver, de le prendre fermement par le bras et de le traîner jusqu'à Watford.

— Il s'agit de mon client. Mais il est très sympathique ; il vit seul dans la région des lacs et ne sort pas souvent. J'ai pensé que ça lui changerait les idées de venir dans le Sud. Tes déjeuners sont toujours spéciaux et, à mon avis, il appréciera ta cuisine.

Maureen était tranquillisée. L'espace d'une seconde, elle avait cru qu'il s'agissait d'un nouveau prétendant. Elle espéra que ce montagnard se sentirait à l'aise dans une réception aussi sophistiquée. Elle prit note mentalement d'acheter de la bière brune. Il aimait probablement ça.

— Très bien, chérie. Si c'est ton client, on mettra les petits plats dans les grands et je lui montrerai combien je suis fière de ma fille.

— Non ! s'exclama Lauren si fort que Maureen dut éloigner le récepteur de son oreille. Désolée, maman, je ne voulais pas crier. N'en fais surtout pas trop, sinon il sera gêné. C'est un homme très discret… Il faudra t'habiller simplement, ajouta-t-elle avec prudence.

— Je n'allais pas me mettre en tenue de soirée, je n'en ai même pas, rétorqua sa mère, vexée. Je porterai l'une de mes jolies robes. Après tout, c'est ton anniversaire.

— Maman, j'aurais adoré te voir sur ton trente et un, mais Richard serait un peu dépassé. Il vend des vêtements de randonnée, et tes paillettes risquent de l'embarrasser. Je tiens à lui faire très bonne impression, car ce travail débouchera sur de nombreux contrats si tout se passe bien.

Voilà, elle l'avait dit ; elle n'avait plus qu'à attendre. Maureen était fâchée. L'anniversaire de samedi avec la présentation d'Eddie et la réception surprise serait un grand jour pour elle. Et Lauren désirait qu'elle ressemble à une mémé ! C'était beaucoup lui demander et sa fille, qui lisait dans ses pensées, le savait.

— Maman, je sais combien tu attaches d'importance à être… en beauté, mais pourrais-tu mettre une sourdine pour moi ? Juste cette fois.

C'était un coup bas. Lauren avait l'air de s'apitoyer sur son sort et de lui reprocher les nombreuses années où elle l'avait abandonnée. Lauren se sentait coupable, mais elle agissait dans l'intérêt de sa mère : quand celle-ci s'en rendrait compte, elle la remercierait.

Maureen finit par accepter. Après avoir raccroché, elle ouvrit sa penderie. Les scintillements et les miroitements l'aveuglèrent, et elle savoura le frisson d'excitation qu'elle éprouvait toujours quand elle regardait ses vêtements de scène, qui symbolisaient sa nouvelle vie épanouissante. Trouver une tenue adéquate pour ce repas relèverait du défi.

Une grande maison offre l'avantage de pouvoir s'isoler. Stella se trouvait dans l'une des chambres d'amis du haut (un mélange de bordel turc avec une touche d'ocre). Elle appelait Chris sur son mobile pendant que Pete était sorti acheter les journaux. Bill et Ann se tenaient au rez-de-chaussée, où ils regardaient une émission religieuse à la télé. Ils n'étaient pas croyants mais ils adoraient Harry Secombe, et il y avait de fortes chances pour que Harry chante au sommet d'une montagne galloise un dimanche matin. Par ailleurs, la télé leur évitait de discuter. En effet, une certaine tension régnait encore entre eux.

— Allô ?

— Chris, c'est moi, Stella.

Nom de Dieu ! Encore elle ! C'était trop beau pour durer. C'est la dernière fois que je lui parle, se dit Chris.

— Bonjour, Stella. Merci pour hier. Et je suis vraiment désolé pour la voiture. Ce n'était pas ta faute, quoi qu'ait affirmé le policier.

— Ma compagnie d'assurances n'a pas été aussi sympa. Ils m'enlèvent mon bonus. Comme si Pete et moi n'avions pas assez d'ennuis en ce moment !

— En parlant de Pete…, l'interrompit Chris, qui

voulait lui transmettre les informations et clore ce chapitre.

— Oui, dit Stella sans montrer beaucoup d'enthousiasme. Qu'as-tu découvert ?

— Pas grand-chose, j'en ai peur. Tu as raison, il est préoccupé. Mais dès que j'ai essayé d'en savoir plus, il m'a imposé le silence. Je ne pouvais pas le pousser dans ses retranchements, il était déjà sur la défensive. Je suis désolé.

C'était ce qu'avait redouté Stella.

— Ne t'excuse pas. Il a agi de même avec moi. Se battre dans la rue ne lui ressemble tellement pas ! Depuis que je le connais, il a toujours évité les affrontements. Quand j'ai su qu'il s'était bagarré, j'ai compris que c'était lié à ses problèmes refoulés. J'ai honte de reconnaître que je ne me suis jamais servie de ma licence de psychologie, sinon j'aurais pu prévoir tout cela et tenter de l'empêcher. J'étais aux premières loges pour capter les signes avant-coureurs.

Chris était content d'être au téléphone : Stella ne le vit pas rougir. Il devait avouer que Pete ne voulait pas se battre et que c'était lui qui l'avait entraîné dans la bagarre. Mais Stella ne lui en donna pas l'occasion.

— Je suis vraiment désolée que Pete t'ait mêlé à cette histoire lamentable. Il m'a raconté la situation à ton école. Tu risques de perdre ton travail à cause de cet incident. Je m'en veux beaucoup.

Il fallait la mettre au courant. Il ne pouvait pas la laisser rejeter la responsabilité sur Pete et culpabiliser pour lui.

— Stella, ce n'était pas…

— Je dois filer, souffla-t-elle dans le récepteur, puis elle coupa la communication.

Chris regarda fixement le combiné. Que se passait-il ?

— Pete, tu es déjà de retour, s'étonna Stella en cachant le mobile sous un coussin et en frottant les carreaux du sol comme si elle enlevait une tache.

Pete l'avait vue dissimuler son téléphone.

— J'ai fait l'aller-retour en courant. J'avais besoin de m'éclaircir les idées après les événements des dernières quarante-huit heures.

— Excuse-moi. J'étais énervée à cause de la voiture et de ton arrestation. Je ne te reproche rien. Tu dois avoir tes raisons pour t'être battu, je souhaiterais seulement que tu m'en parles.

— Stella, je t'ai dit tout ce qu'il y avait à dire. Je n'ai pas voulu me battre, ça m'est tombé dessus. Je me suis retrouvé au milieu de cette bagarre malgré moi. Tu sais bien que je déteste ce genre de situation.

— Je ne sais pas grand-chose de toi en ce moment. Tu ne me racontes rien.

— Pourquoi avoir attendu vingt ans pour me demander ce que je ressens ? constata Pete froidement.

Stella préféra ne pas répondre et sortit de la pièce comme un ouragan.

Dès qu'elle fut partie, Pete retira le téléphone de sa cachette. Il appuya sur la touche Bis.

— Allô ?

Pete coupa la ligne. C'était Chris.

— Vous avez pris votre temps, dit Richard à Lauren d'un ton accusateur. Je vous attendais il y a deux heures. Il est presque onze heures.

— Désolée, s'excusa Lauren. Il y avait un accident sur l'autoroute et j'ai été coincée dans un embouteillage.

— J'ai eu peur qu'il vous soit arrivé quelque chose.

Lauren sourit.

— Si j'avais eu mon mobile, je vous aurais téléphoné. Mais votre discours sur les conséquences néfastes de l'excès de communication m'a tellement impressionnée que je l'ai jeté. C'est donc votre faute.

Richard fut stupéfait de lui avoir inspiré un geste aussi radical. Stupéfait et touché. Il médita sur sa signification.

— Est-il trop tard pour notre promenade ? demanda Lauren.

Il scruta le ciel couvert.

— Il serait plus prudent d'y renoncer. En cette saison, les journées sont courtes et il faudrait monter à toute allure. Je doute qu'on y arrive.

— S'il vous plaît ! l'implora Lauren. Je rêve de cette randonnée depuis une éternité. Je maintiendrai le rythme, je vous le promets.

— Mieux vaut abandonner. Le temps ici peut se gâter d'une minute à l'autre.

— Mais j'ai besoin d'air ! J'ai passé un week-end épouvantable. Vos descriptions de la vue depuis le sommet m'ont alléchée. Ne me laissez pas tomber. S'il vous plaît !

Il aurait dû refuser, il le savait. Il s'était montré si dédaigneux en apprenant le mensonge ridicule que Lauren avait raconté à cet homme – Chris – afin d'obtenir son approbation ! Il lui avait débité un petit discours condescendant pour lui expliquer pourquoi les relations devaient être fondées sur la franchise. La franchise était un acte de courage. Et voilà qu'il avait peur de passer pour un lâche s'il refusait de l'emmener en randonnée. Il avait honte mais il céda.

— Et si on choisissait un autre but de promenade ? On garderait High Crag pour le week-end prochain, suggéra Richard comme compromis.

— Je vous rappelle que le week-end prochain il y a mon déjeuner d'anniversaire.

— Il a lieu samedi. On peut toujours y aller dimanche.

— Vous avez dit que High Crag était la plus belle montagne de la région, qu'il ne fallait la louper à aucun prix, rétorqua Lauren.

— C'est vrai. Mais il y a plein d'autres belvédères que nous pouvons atteindre avant la nuit. Je ne veux pas prendre le risque d'être coincé dans un endroit totalement inaccessible. Surtout avec ce temps.

À seize heures quinze, ils étaient coincés dans un endroit totalement inaccessible.

— C'est ma faute, n'est-ce pas ? dit Lauren d'un air sombre.

Richard bougea pour installer sa cheville plus confortablement.

— Non, c'est la mienne car je vous ai écoutée. Je

savais que le temps allait se gâter et qu'il ferait sombre de bonne heure. J'aurais dû m'en tenir à ma décision initiale et vous persuader de rester à la maison.

— C'est à cause de moi que vous vous êtes tordu la cheville, insista Lauren, qui voulait assumer sa part de responsabilité dans cette catastrophe.

La gentillesse de Richard lui était insupportable. S'il ne l'envoyait pas promener bientôt, il lui faudrait déchirer son écharpe et se flageller avec.

Richard souffrait trop pour s'inquiéter de la culpabilité de Lauren. Puisqu'elle voulait rejeter la faute sur elle, grand bien lui fasse !

— Si vous n'aviez pas insisté pour escalader cette côte en éboulis afin de trouver un buisson pour faire pipi, vous ne seriez pas tombée et vous n'auriez pas atterri sur moi. Oui, c'est votre faute si j'ai une entorse. Vous êtes contente, maintenant ?

— Oui, répondit-elle d'un ton lugubre.

Ils restèrent assis en attendant que le paracétamol calme les élancements du pied de Richard.

— Remarquez, c'est à cause de vous que nous n'avons plus de mobile.

— Vous avez raison, approuva Richard en riant. Alors, nous sommes à égalité ?

— Je crois. Bon, qu'allons-nous faire ?

— Pas grand-chose tant que je ne peux pas marcher. Avec un peu de chance, dans pas longtemps, vous m'aiderez à clopiner vers le chemin principal. Vous m'y laisserez et vous suivrez le sentier jusqu'au village pour chercher du secours.

— Pourquoi je n'y vais pas tout de suite ? proposa Lauren, impatiente de se racheter.

— Parce que vous vous perdrez. Le brouillard descend et il est très facile de partir dans la mauvaise direction. Il va falloir patienter un peu.

La patience n'avait jamais été son fort, mais Lauren suivit les instructions de Richard et se rassit sur l'herbe. Sentant qu'il n'avait pas envie de parler, elle se tut et il apprécia son silence plein de tact.

Il en avait besoin pour réfléchir. Il avait pris les calmants depuis une demi-heure, pourtant la douleur ne diminuait pas et son pied enflait. Il devait avoir une fracture.

Il partagea cette conclusion avec Lauren.

— Oh, mon Dieu ! s'écria-t-elle, anéantie. Vous vous êtes cassé le pied à cause de moi !

— Ça ne sert à rien de culpabiliser. Mieux vaut réfléchir pour nous sortir de cette situation.

Lauren décida d'arrêter de gémir et de se montrer forte et obéissante face à cette épreuve, tel un bon petit soldat.

— Désolée. Dites-moi ce que je dois faire.

— D'abord, vous allez affronter une dure réalité. J'ai bien peur que nous soyons coincés ici jusqu'à demain matin.

— Demain matin ? Mais on est en début d'après-midi ! On peut certainement faire quelque chose avant la tombée de la nuit.

Richard secoua la tête.

— Je ne crois pas. Aucune personne sensée ne se

mettra en route pour grimper ce sommet maintenant. Nous allons nous installer de façon confortable et nous garder au chaud et au sec jusqu'au lever du jour. Demain, des gens passeront par ici, c'est sûr. Ou bien, si le brouillard se dissipe, vous arriverez à retrouver le sentier.

Lauren était terrassée. Son histoire d'amour avec les grands espaces s'arrêtait de façon brutale. Elle s'était attendue à communiquer avec la nature et à partager des secrets intimes avec Richard tout en le préparant, l'air de rien, à sa rencontre avec sa mère. Ensuite, ils auraient regagné le village du coin, les joues bien rouges, et ils auraient déniché un petit pub avec une cheminée où manger des steaks et une tarte aux rognons, accompagnés d'un verre de cidre.

Elle frotta ses mains et tapa des pieds pour essayer de se réchauffer. Depuis qu'ils s'étaient immobilisés, elle avait très froid. Il ferait encore plus froid à New York.

— Vous ai-je dit que je risquais de partir pour New York ? déclara-t-elle abruptement.

Les mots lui avaient échappé.

— Je ne crois pas. Je pense que je m'en rappellerais.

— On m'offre un boulot là-bas. Une occasion fantastique. Je dirigerai ma propre équipe pour un projet de développement sur cinq ans. J'aurai un excellent salaire, mes frais de déménagement seront payés et je bénéficierai d'un appartement de fonction à Manhattan.

— C'est merveilleux, déclara Richard sans enthousiasme.

— Vous n'avez jamais désiré voyager ? demanda Lauren en le dévisageant avec intérêt.

— J'ai toujours voulu voyager, répondit Richard en regardant les montagnes s'assombrir. Je voulais escalader les plus hauts sommets, peut-être même m'installer en Asie comme guide.

— Pourquoi ne pas l'avoir fait ?

— Mes parents sont morts et je devais reprendre le magasin.

— Rien ne vous y obligeait. Vous l'avez choisi, rétorqua Lauren.

Richard lui sourit avec indulgence.

— Ce n'est pas aussi simple. Nous n'existons pas isolément, nous appartenons à une famille, à une communauté ou à un réseau de personnes. Nous ne pouvons pas prendre des décisions sans réfléchir aux conséquences qu'elles auront sur notre entourage.

— Il me semble que les gens s'en moquent.

— Alors, pourquoi n'avez-vous pas décidé de foncer à New York ? s'enquit Richard avec perspicacité.

— À cause de ma mère.

Elle réalisa ce qu'elle venait de dire et lui sourit.

— D'accord. Vous avez raison.

— Vous pensez vraiment aller aux États-Unis ? demanda Richard très doucement.

Lauren ne répondit pas tout de suite. Elle n'avait pas les idées claires. Des images sans queue ni tête défilaient dans son esprit : des montagnes, de grands espaces et de larges étendues de ciel. Richard figurait sur la plupart de ces images.

— Je ne sais pas.

Ils replongèrent dans le silence, chacun essayant d'imaginer ce que serait la vie si elle déménageait à New York. Ni l'un ni l'autre ne se réjouissaient à cette perspective.

Lauren paraissait très jeune et vulnérable. Richard lui tendit la main.

— Venez ici. Vous avez l'air gelée.

Elle se glissa jusqu'à lui et se blottit dans ses bras. C'était la sensation la plus merveilleuse qu'elle eût jamais connue. Même s'il y avait environ vingt épaisseurs de vêtements entre eux, ils ne faisaient plus qu'un. La chaleur imprégna lentement son être et elle ne frissonna plus. Sa chaleur fit le même effet à Richard.

Lauren n'avait plus froid ni peur, elle ne culpabilisait plus. Elle était heureuse, en paix avec elle-même. Quelle chance que Richard se soit cassé le pied ! Sinon, ils seraient assis dans un pub au lieu d'être pelotonnés l'un contre l'autre pour se protéger et se réconforter.

Le froid devint plus mordant et le ciel s'obscurcit. Ils se rapprochèrent un peu plus. De temps à autre, Lauren sentait Richard se crisper à cause de la douleur. Elle lui serrait alors la main sans rien dire. Richard, ému par cette profonde intimité, défaillait de bonheur.

Ils n'avaient pas envie de se séparer, mais ils commençaient à avoir faim et soif. Comme d'habitude, Richard avait tout prévu. Il avait emporté de l'eau et de la nourriture, et Lauren bondit de joie en découvrant une barre de Mars dans un des soufflets de son sac à dos.

Ils finissaient le chocolat quand le froid se fit sentir à nouveau. Sans un mot, ils se retrouvèrent l'un contre l'autre. Lauren sortit deux couvertures en papier alu que Richard avait pliées dans la poche de son anorak. Elle en prit une et recouvrit avec soin les jambes de Richard. Puis elle étendit l'autre sur eux.

— J'aimerais vous poser une question, Richard.

— Je suis un public captif. Demandez ce que vous voulez, je ne peux pas m'échapper !

— Pourquoi ne vous êtes-vous pas remarié ? Ou n'avez-vous pas de petite amie ? Beaucoup de femmes célibataires passent au magasin, mais vous ne semblez pas intéressé.

Richard réfléchit à sa vie depuis le départ de Cindy. En effet, d'innombrables femmes poussaient la porte de sa boutique. Il en avait accompagné certaines en randonnée. Il avait même passé la nuit avec quelques-unes. Pourtant, il n'avait proposé à aucune de rester.

— Je suppose que c'est à cause de mon mariage raté. Je me suis méfié. J'avais peur de reproduire la même erreur.

— Mais on ne répète pas forcément ses erreurs. Souvent, on en tire des leçons pour ne pas retomber dans les mêmes pièges.

Richard la regarda avec tendresse. Elle était encore très innocente, pour une personne que la vie avait déjà éprouvée.

— Il y a des erreurs inévitables, celles dont on ne prend conscience qu'avec le recul.

— Comme ?

— Tomber amoureux d'une femme qui ne vous convient pas. Quand c'est fait, on ne peut pas s'empêcher d'être amoureux, même si la relation est vouée à l'échec.

— Quelle est la solution ?

— Ce n'est pas vraiment une solution, mais un pis-aller temporaire : on s'interdit de faire les premiers pas qui risquent de vous conduire au piège.

— Il y a une autre possibilité, répliqua Lauren.

— Laquelle ?

— Tomber amoureux avant même de s'en apercevoir.

Elle avait raison. Richard pensait à Lauren. Lauren pensait à sa mère. Ils étaient tous les deux optimistes.

Ils restèrent étendus à contempler les étoiles. Le brouillard s'était dissipé et elles ressortaient clairement sur le velours du ciel.

— Pourquoi n'avez-vous pas eu d'enfants ? reprit Lauren, enhardie par leur proximité.

Richard ne répondit pas et elle crut qu'il s'était endormi. En fait, il réfléchissait à la réponse classique qu'on fournit à ce genre de question.

— Cindy ne pouvait pas en avoir. Enfin, c'est ce qu'elle affirmait, elle n'a jamais voulu subir d'examen. Par ailleurs, elle aimait la vie que l'on menait. Les magasins, les randonnées. À la fin, elle aimait même les hivers. Elle consacrait des semaines entières à dresser des plans d'agrandissement pour les boutiques, c'était délirant ; pourtant, elle adorait ça. Et ça me permettait de passer du temps seul. Cela nous suffisait. Ensuite, quand ça n'a plus suffi, il était trop tard.

— Et vous, vous vouliez des enfants ?

— Oui, répondit-il sèchement. Mais ne pas obtenir ce que l'on veut n'est pas une tragédie, ajouta-t-il avec plus de douceur. Ce qui est tragique, c'est de vivre ce qu'on ne désire pas vivre. On prive l'autre de sa part de bonheur sans rien en tirer de positif pour soi-même. C'est du gaspillage.

— J'en sais quelque chose, opina Lauren avec amertume. Ma mère n'arrête pas de me coller alors que j'avais besoin d'elle il y a trente ans. Et mon père est mort au moment où il avait appris à être un bon mari et un bon père. C'est du gaspillage.

Richard la serra un peu plus fort.

— Et vous, Lauren ? Vous aimeriez avoir des enfants ?

Elle ne répondit pas et il crut qu'elle s'était endormie. En fait elle réfléchissait à la réponse classique qu'on lui fournit pour ce genre de question. Elle allait sortir le truc habituel : qu'elle attendait de rencontrer l'homme, le bon, et qu'elle préférait privilégier sa carrière. Mais elle se sentit protégée par la nuit et dit la vérité.

— Plus que tout au monde. Et maintenant, vous allez me demander pourquoi une fille sympa comme moi ne s'est pas encore casée.

— Non. On peut établir des priorités sans pour autant qu'elles se réalisent. Je le sais.

C'est exactement ce qu'elle lui aurait répondu. Ils se sentirent différents. Comme s'ils s'étaient embrassés.

Un ange passa.

— Vous voulez entendre quelque chose de drôle ? dit Richard.

— Si vous arrivez à me faire rire alors que vous avez le pied cassé et que je ne sens plus les miens, ce sera un exploit.

Richard montra un amas d'étoiles à gauche du ciel.

— Vous voyez cette constellation ?

Lauren plissa les yeux pour suivre la ligne que Richard traçait avec son doigt.

— À peu près.

— Vous savez laquelle c'est ?

— La Grande Ourse ?

C'était le seul nom de constellation qu'elle connaissait.

Richard se tourna pour lui faire face. Quelques centimètres à peine les séparaient.

— C'est celle des Poissons.

Lauren regarda à nouveau le ciel, puis Richard. Un instant, elle pensa qu'il allait l'embrasser.

Elle comprit enfin l'allusion.

— Poissons ! répéta-t-elle en riant.

Elle souriait encore quand elle s'endormit, serrée contre lui. Et Richard souriait aussi, partagé entre la tristesse et l'espoir en la regardant. Il sombra à son tour.

16

Izzy arriva à Tendale le lundi après-midi, au moment où l'ambulance déposait Lauren et Richard.

— Oh, mon Dieu, Lauren ! Que s'est-il passé ?

— Je ne suis pas encore complètement décongelée, mais ça va. Izzy, je te présente Richard Trent, notre client.

Richard marchait en s'aidant de béquilles. Sa jambe était plâtrée jusqu'au genou.

— Veuillez m'excuser de ne pas vous serrer la main. Enchanté de faire votre connaissance.

— Qu'est-il arrivé à votre pied ? demanda Izzy.

Pourquoi Lauren ne lui avait-elle pas dit que leur client était aussi séduisant ?

— C'est une longue histoire, répondit Richard. Je vous la raconterai devant une tasse de thé.

Après trois tasses de thé et un repas au pub du coin (Lauren eut enfin son steak et sa tarte aux rognons), Richard fit le compte rendu de leur aventure.

— Vous avez passé la nuit ensemble sur la montagne ? Comme c'est romantique ! s'exclama Izzy.

Que devenait son frère là-dedans ?

Lauren et Richard rougirent.

— Romantique n'est pas vraiment le mot, assura Lauren. Nous nous sommes blottis l'un contre l'autre pour nous réchauffer, mais c'était plutôt une question de survie, n'est-ce pas, Richard ?

Richard se contenta d'acquiescer de façon neutre. Izzy lut la déception dans ses yeux. Il baissa la tête afin que Lauren ne remarque rien. Izzy avait compris : il était amoureux d'elle et Lauren n'en avait aucune idée.

Plus tard, alors qu'elles se préparaient à se coucher dans l'appartement qu'elles allaient partager, Izzy aborda le sujet avec désinvolture.

— Il est très séduisant, tu ne trouves pas ?

— Qui ?

Lauren n'était pas obtuse. Elle ne voyait vraiment pas de qui Izzy parlait.

Izzy écarquilla les yeux devant sa stupidité.

— Richard, bien sûr !

— Ah, Richard. Oui, il est séduisant.

Lauren se tartinait de couches de crème pour essayer d'hydrater sa peau desséchée, qui pelait après une nuit d'exposition au froid glacial.

— Je suis étonnée que tu n'y aies pas fait allusion. Tu m'as tout raconté sur ses magasins, sa voiture, sa vieille tante Joan, mais tu as laissé de côté sa ressemblance avec Harrison Ford.

Lauren cessa de s'enduire et se retourna.

— Harrison Ford ? Richard approche la cinquantaine. Il me l'a dit.

— Lauren, Harrison Ford a au moins cinquante-huit ans.

Lauren réfléchit à la question.

— C'est impossible, Izzy. Il jouait dans *Les Aventuriers de l'arche perdue.*

— Il y a vingt ans !… Qu'est-ce que tu as, Lauren ?

Elle connaissait la réponse. Pour elle, le temps s'était arrêté depuis belle lurette. Elle regardait des vieux films et croyait que les acteurs n'avaient pas vieilli. Elle se contemplait dans la glace et pensait avoir toujours vingt-deux ans. Elle agissait ainsi par peur qu'il ne soit trop tard, qu'elle ait raté le coche, et pour s'accommoder de sa vie.

Si Harrison Ford a cinquante-huit ans, j'ai trente-sept ans, réalisa-t-elle. Il doit y avoir une erreur. Parce que je n'ai rien réalisé de valable jusqu'à présent. Je n'ai pas eu d'enfants, je ne me suis pas mariée, je n'ai pas planté d'arbres ni acheté de meubles avec un crédit net d'intérêt sur cinq ans, bref, je n'ai fait aucun pari sur l'avenir. Je ne suis pas censée me préoccuper de ces questions, mais qu'est-ce que j'ai à la place ? N'aurais-je pas dû commencer à me battre pour obtenir ce que je désirais ?

Et si Harrison Ford avait cinquante-huit ans et que Richard était plus jeune que lui, devait-elle le regarder de façon différente ? Ne plus y penser comme à un compagnon potentiel pour sa mère ? Que voulait dire Izzy ? Une petite voix intérieure essayait de se frayer un chemin jusqu'à sa conscience. Mais elle ne parvenait pas à distinguer ce qu'elle chuchotait. C'était important vu la crampe qui lui nouait l'estomac ; pourtant, le message demeurait indéchiffrable.

C'est à ce moment-là que le cliché la frappa. Il est assez vieux pour être ton père. Personne ne le lui avait suggéré, alors d'où lui venait cette idée ?

Elle avait passé la nuit dans les bras de Richard à parler d'enfants, et pas un instant elle ne l'avait considéré autrement que comme un ami. Était-ce bizarre ? Pervers ? Positif ou négatif ? Lequel de ces adjectifs convenait ?

Elle se sentit faible.

— Je suis épuisée, Izzy. Je n'ai dormi que deux heures la nuit dernière.

— Mets-toi au lit. Et arrête de te frotter le visage ! Tu es encore plus rouge !

Izzy avait raison, de petits lambeaux de peau collaient à ses doigts. Lauren abandonna.

— Merci, marmonna-t-elle.

Izzy savait exactement ce que Lauren pensait. Elle avait ouvert une fenêtre sur un monde dont elle ignorait jusque-là l'existence, un monde qui la déconcertait. Izzy avait envie de refermer brusquement cette fenêtre et de crier : « Ne regarde pas ! Ton ancien monde est beaucoup mieux ! » Car elle-même avait créé un futur imaginaire et merveilleux où Lauren épousait Chris et devenait une sœur pour elle. C'était égoïste et elle n'en était pas fière mais, côté amitié, Izzy ne pouvait pas se permettre d'être généreuse. Elle n'irait pas jusqu'à saboter une histoire d'amour entre Lauren et Richard, mais elle ne leur achèterait pas non plus un disque de Barry White en leur souhaitant une bonne soirée.

— Au fait, as-tu eu des nouvelles de mon frère ?

— Chris ? Non, je n'en attendais pas. Je suis arrivée à la conclusion que les dieux ont été contre nous depuis le début. Il est temps d'accepter la défaite avec élégance.

— Tu ne dois pas baisser les bras ! s'exclama Izzy. Pas encore. Ça n'a pas bien démarré, mais j'ai le sentiment très fort que tout s'arrangera. Je vous connais et je suis convaincue que ça peut marcher.

Lauren ne voulait pas discuter de Chris avant de comprendre la place qu'occupait Richard. Toutefois, elle n'y réfléchirait pas ce soir. Elle était trop fatiguée.

Izzy se mit au lit en ruminant l'attitude défaitiste de Lauren et la présence de Richard le magnifique. Pour la première fois de sa vie, Izzy avait un but. Elle commençait un boulot prometteur et avait une nouvelle amie, la seule amie convenable qu'elle ait jamais eue. Mais elle manquait d'assurance pour croire qu'elle réussirait par elle-même. Chris représentait le pivot qui consoliderait sa nouvelle existence. Si Lauren et lui vivaient ensemble, leurs trois avenirs seraient inextricablement liés.

Tout se jouerait à la réception de samedi, quand, réunis autour de la table, ils dialogueraient poliment en buvant du lambrusco tiède. Lauren était la seule à ne pas réaliser ce qui allait se passer.

Lauren se traîna jusqu'à son lit et s'effondra béatement sur le matelas moelleux aux draps propres. C'est le paradis, songea-t-elle.

C'est ce que Richard avait pensé toute la nuit en serrant Lauren contre lui sur l'herbe gelée d'une montagne déserte.

Beth dormait mal. Les cinq années passées avec Chris l'avaient rendue dépendante de sa présence physique. Élevée dans une maison où l'affection s'exprimait par des achats de vêtements et de jeux éducatifs, elle avait été étonnée d'être étreinte, caressée et embrassée pour la simple raison que Chris l'aimait.

Au début, elle se crispait quand il la touchait. C'était trop étrange et elle ne savait pas comment réagir. Puis elle eut besoin de ce contact. Elle était comme un bébé qu'on prend dans les bras la première fois qu'il pleure. Quel miracle qu'une personne réponde à votre appel ! Et le miracle pour Beth était d'autant plus spectaculaire qu'auparavant elle n'avait pas conscience de ses désirs.

Maintenant, elle maudissait Chris de l'avoir éveillée à l'amour et d'être parti en la laissant accro. Était-ce Chris qui lui manquait ou son corps ? Chris la serrait fort contre lui, lui apportait du thé quand elle travaillait, et rectifiait la direction du Caddie au supermarché. Elle n'avait jamais eu de liaison avant, c'était donc sa première rupture et son chagrin la déroutait complètement. Combien de temps allait-il durer ?

Elle ne se sentait à nouveau elle-même qu'en présence de Pete. Peut-être aurait-elle éprouvé la même chose avec n'importe quel homme qui se serait intéressé à elle en ce moment. Mais elle savait que c'était faux.

Pete l'émouvait. Pourquoi ? Mystère… Et elle ne le saurait jamais puisqu'elle avait décidé de ne plus le revoir. Elle se retourna dans son lit et tenta de se rendormir avant de se rendre à l'hôpital pour examiner un patient. Elle venait juste de sombrer dans le sommeil quand le téléphone sonna.

— Allô, marmonna-t-elle d'une voix endormie.

— Bonjour, Beth ! J'espère que je ne vous dérange pas, vous devez être très prise ! hurla une voix dans le combiné.

— Qui est à l'appareil ? s'enquit-elle, agacée.

— Excusez-moi ! Comme en général les gens reconnaissent ma voix, j'ai perdu l'habitude de me présenter. Maureen Connor, la mère de Lauren.

Lauren ? Beth se rappela alors la soirée au bar à sushis. Elle frissonna en repensant à l'épouvantable Izzy et à la fille qui était en sa compagnie, Lauren. La jalousie ressentie en les voyant aussi copines l'avait surprise. Elle avait méprisé Izzy, et cette dernière le lui avait bien rendu, mais Beth s'était toujours rassurée en se disant que cette animosité n'avait rien de personnel et qu'Izzy détesterait n'importe quelle petite amie susceptible de lui piquer son précieux frère.

En découvrant Lauren et Izzy ensemble, elle avait remarqué leur complicité, et la vérité l'avait frappée : c'était personnel. Izzy l'avait prise en grippe. Beth avait été ignorée, incomprise, tournée en ridicule ou exclue des groupes de fêtards de l'école, mais on ne l'avait jamais prise en grippe. Et cette constatation faisait mal.

Raison pour laquelle elle s'était soûlée et avait couché avec le docteur qui l'accompagnait ce soir-là. Elle ne le regrettait pas, car cette expérience lui avait appris que dormir avec un inconnu ne vous valorise pas et ne vous aide pas à oublier. Quand le type s'en va, on se sent encore plus minable.

La mère de Lauren appartenait à ce scénario désagréable. Beth se souvenait vaguement d'une blonde effrayante dont les traits du visage disparaissaient sous une épaisse couche de maquillage.

— Que voulez-vous ? demanda-t-elle avec humeur, sans se soucier de sa brusquerie.

— Je vous ai réveillée, je m'en aperçois, dit Maureen comme une mère s'adressant à un enfant. Je suis désolée. Je ne vais pas vous retenir longtemps. Samedi, j'organise une fête surprise pour Lauren – enfin, ce n'est pas vraiment une surprise puisqu'elle est au courant, mais elle sera très étonnée en voyant tous ses amis réunis. Qu'en pensez-vous ?

Je rêve, songea Beth. Ou cette femme est cinglée.

— Vous devez penser que je suis folle ! s'écria Maureen en riant avec indulgence. Je vous appelle pour vous inviter car je sais que Lauren en sera ravie.

— Excusez-moi, madame Connor, je ne crois vraiment pas…

— Ne prenez aucune décision maintenant. Retournez vous coucher et quand vous vous réveillerez, vous consulterez votre agenda pour voir si vous êtes libre. Je vous envoie un plan par la poste, comme ça vous saurez où nous trouver. D'accord, ma petite ?

— Mais je peux vous répondre dès…

— Au revoir ! À samedi alors !

Beth raccrocha violemment le téléphone. Furieuse d'avoir été réveillée par cette maudite femme, elle n'arriva pas à se rendormir. Elle en avait pourtant bien besoin. Elle s'allongea et se concentra sur sa respiration en utilisant les techniques conseillées à ses patients lorsqu'ils supportaient difficilement la douleur.

Le téléphone sonna à nouveau. Son mobile, cette fois. Elle n'en tint pas compte mais la personne insistait. Elle prit l'appareil et regarda le numéro affiché à l'écran. C'était celui de Pete. Elle répondit immédiatement.

— Allô, souffla-t-elle, haletante.

— Bonjour, Beth, c'est Stella, j'espère que je ne te dérange pas. Je sais que tu es très occupée.

Pourquoi, s'ils en sont tous aussi convaincus, s'obstinent-ils à m'appeler quand même ? songea Beth, excédée par le faux espoir que lui avait donné Stella.

— Tu m'as réveillée et c'est la seconde fois aujourd'hui, assena-t-elle d'un ton cassant.

Stella ne se vexa pas. Dommage, c'était le but recherché par Beth.

— Je ne te retiendrai pas longtemps. Je me demandais si tu pouvais passer demain à l'heure du déjeuner.

— Navrée, mais…

— J'ai pris la liberté de vérifier ton carnet de rendez-vous avec ta secrétaire et tu n'as aucune consultation demain après-midi.

Quel culot ! Du Stella tout craché, pensa Beth. Mais elle n'allait pas se laisser faire. Elle avait décidé de ne plus la fréquenter pour ne pas tomber sur Pete. La situation serait trop difficile à supporter.

— Je suis désolée, Stella. J'ai d'autres projets. Depuis ma séparation avec Chris, je suis débordée. J'essaie de vendre cet appartement pour en acheter un plus petit et je dois agir vite si je veux en obtenir un bon prix.

— Ça tombe très bien ! C'est ma spécialité. Je t'aiderai ! répliqua Stella en s'animant.

Pas question de faiblir.

— Stella, je sais que ça part d'un bon sentiment, mais je désire m'en occuper seule. C'est une sorte de thérapie.

Elle écouta la respiration de Stella, attendant avec anxiété ce que celle-ci allait lui sortir.

— D'accord, autant te dire la vérité : j'ai besoin de te voir. Il s'agit d'une urgence. C'est au sujet de Pete.

Beth retint son souffle. Stella le remarqua.

— Apparemment, tu es au courant. Écoute, j'ignore ce qui se passe, et je suis folle d'inquiétude. J'ai essayé d'en discuter avec Pete, qui préfère fuir, ce qui n'est pas une solution. À moins d'être poursuivi par des hooligans déchaînés, bien sûr, mais c'est une autre histoire.

Beth ne prêta pas attention à cette dernière phrase, sans queue ni tête pour elle. Elle essayait de comprendre ce que Stella lui racontait. Que savait-elle ? Elle n'avait pas l'air de la soupçonner, sinon elle ne se comporterait pas de façon aussi amicale. Si j'avais mieux dormi, j'aurais les idées plus claires, songea Beth. De toute manière, elle n'avait pas le temps de réfléchir, elle devait prendre une décision sur-le-champ.

— D'accord, Stella, déclara-t-elle avec un soupir de lassitude. Je viendrai. Mais je n'ai aucune idée de ce que tu attends de moi.

— Viens, c'est tout ce que je te demande, Beth.

En raccrochant, Stella poussa un profond soupir. La première partie de son plan était réglée.

Chris regarda l'heure pour la énième fois. Dans dix minutes, il voyait le conseil d'établissement. Il avait été si optimiste ! Le lundi s'était déroulé sans incident notable. La direction ne l'avait pas convoqué et aucune note inquiétante n'avait circulé dans le courrier interne. Il espérait que les événements du samedi s'étaient perdus dans le labyrinthe administratif.

Mais il s'était fourré le doigt dans l'œil. Pendant qu'il vaquait à ses occupations habituelles – essayer d'alphabétiser un groupe de gamins qui n'en voulaient qu'à sa montre –, des réunions précipitées avaient lieu à huis clos.

La police avait été obligée d'informer l'école de l'arrestation de Dean Ryder, car c'était la condition de sa mise en liberté surveillée. Le policier avait pris grand plaisir à raconter dans le détail la participation d'un certain professeur à cette bagarre.

Devant ces nouvelles stupéfiantes, les rouages de la bureaucratie s'étaient mis en marche. Le ministère de l'Éducation avait été informé, et pas moins de cinq fonctionnaires avaient passé la majeure partie de la journée à chercher des précédents à cette situation. Deux choses étaient certaines : Dean Ryder serait envoyé dans une institution pour jeunes délinquants – où il apprendrait à entrer dans la vie adulte en acquérant de nouveaux talents tels que cacher une arme, forcer une voiture sous alarme et écouler cinq mille CD volés par erreur ; et l'école fermerait.

Chris marcha lentement vers la salle de réunion, sachant trop bien comment cette confrontation se terminerait. En s'asseyant à la longue table des dix membres du conseil, très dignes mais d'une ringardise désespérante, il sut qu'il était inutile d'argumenter avec eux ou de plaider sa cause.

Il anticipa le sermon du président, qui expliquerait qu'il avait desservi l'école, déshonoré ses collègues, etc.

— Avant tout, déclara Chris, je désire vous rendre les choses plus faciles et vous faire gagner du temps. Je donne ma démission, qui prend effet immédiatement.

Personne ne se précipita pour la refuser. Je leur ai épargné une tâche désagréable. (Il ne pouvait pas le savoir, mais l'homme qui avait été désigné pour lui annoncer la mauvaise nouvelle était très déçu. Toute sa vie, il avait été tyrannisé, y compris par sa femme, et il se réjouissait de gâcher la vie d'une autre personne. Ce soir, il se défoulerait sur les navets de son lopin de terre, comme d'habitude.)

Chris s'enhardit. Il parlait lentement pour ne pas s'embrouiller. Ce qu'il avait à dire était trop important.

— Je vous en supplie, ne fermez pas l'école à cause de cet incident.

Les visages des membres du comité restèrent de marbre. Je n'ai rien à perdre, pensa Chris, autant tenter le coup.

— Oubliez ce que j'ai fait…

Dix paires de sourcils se levèrent ensemble comme des nageurs synchronisés.

— Oui, je sais, c'est difficile. Je ne vais pas vous ennuyer avec des détails, mais je n'ai aucune responsabilité dans les événements de samedi et Dean Ryder non plus.

Leurs réactions dubitatives le persuadèrent qu'il valait mieux ne pas insister sur ce point. Il continua précipitamment.

— Comme je vous l'ai dit, je ne vais pas vous embarrasser de détails, je vous demande seulement de considérer la situation d'un point de vue plus général avant de prendre une décision définitive.

Aucune réponse.

— Je vous demanderai de penser aux résultats positifs obtenus par cette école. Pas en termes de pourcentages ou de statistiques, ils sont négligeables, mais en tenant compte des réussites individuelles.

Silence radio.

— Prenons Ben Carter. C'était un multirécidiviste qui commettait des délits de plus en plus graves jusqu'à ce qu'il arrive ici. C'était sa dernière chance.

À présent, il est mécanicien qualifié et travaille pour les Transports londoniens.

Chris eut envie de donner un coup de poing dans la figure de chaque membre du conseil. Tous ces cols blancs n'étaient pas impressionnés par un délinquant qui avait fini mécanicien. S'ils avaient connu le garçon en question, ils auraient compris que c'était une réussite remarquable.

— Et Stephen Laird. Arrêté trente-six fois avant l'âge de onze ans, il apprend maintenant le métier de chef cuisinier. Il travaille soixante heures par semaine, gagne le SMIC et ses yeux brillent d'espoir en l'avenir. Nous lui avons donné ça.

Chris savait qu'il n'avait aucune chance, pourtant il persévéra.

— Et trois garçons cette année sont allés volontairement en classe de première. Tous veulent passer un CAP. Ils trouveront de bons boulots. Nous les avons sauvés.

Il avait tout essayé. Mais, à moins de leur présenter des adolescents admis à Cambridge qui deviendraient députés, ces bureaucrates sans âme ne trouveraient aucun mérite à voir de jeunes criminels se transformer en travailleurs manuels.

— Je suppose que ça ne vous intéresse pas de savoir que si vous fermez cette école, quatre-vingt-dix pour cent de ces gamins seront bientôt en prison. Aucun d'eux n'achèvera ses études.

Il avait raison. Cela ne les intéressait pas.

Le président prit un papier placé devant lui.

— Il a été décidé que l'école fermerait vendredi. Vous pouvez respecter le délai de préavis jusque-là si vous le voulez. Après cette date, votre contrat avec ce département sera résilié. Votre arrestation, qui bien sûr figurera dans votre dossier, risque d'avoir une incidence fâcheuse sur vos demandes d'emploi ultérieures.

La gorge de Chris se serra. Cela faisait longtemps qu'il n'avait pas été humilié dans les règles et c'était difficile à encaisser.

— Que devient Dean Ryder ?

— Il a déjà été transféré à Northview, répondit l'homme avec impassibilité.

Chris eut envie de vomir en imaginant Dean parmi les brutes de Northview.

— C'est dur. La bagarre n'était pas sa faute, dit-il doucement.

— Peut-être, seulement il s'est battu en connaissance de cause. Selon tous les témoins, il cherchait la bagarre.

C'était vrai, mais cela ne rendait pas la situation moins agaçante. Chris se leva pour partir.

— Devons-nous comprendre que vous restez jusqu'à la fin de la semaine, monsieur Fallon ?

Chris acquiesça et tourna les talons.

Stella décrocha le téléphone à la première sonnerie.

— Bonjour, Stella, c'est Chris. Est-ce que Pete est là ?

Stella fut étonnée. Le trajet de retour de Manchester avait été très tendu, et elle avait eu l'impression que

Pete était impatient de voir Chris sortir de la voiture et de sa vie.

— Il ne va pas tarder. Veux-tu qu'il te rappelle ?

— Laisse tomber. Je cherchais une personne pour boire un verre, mais je crois que je vais m'en passer. Je vais débrancher le téléphone et me soûler tranquillement devant la télé.

— Qu'est-ce qui se passe ? Oh, j'avais oublié, est-ce que l'école t'a sanctionné ?

— C'est le moins qu'on puisse dire. Je le savais, mais ça fait quand même mal.

— Ce n'est vraiment pas de chance.

— Eh oui… c'est la vie. Au revoir.

Stella raccrocha. Quand elle se retourna, elle vit Pete qui se tenait dans l'encadrement de la porte.

— C'était qui ?

— Chris.

— Que voulait-il ? demanda-t-il avec méfiance.

— Te parler, répondit-elle en s'affairant dans la cuisine.

— Vraiment ? Alors je vais le rappeler, décida-t-il en se dirigeant vers le téléphone.

Stella l'arrêta.

— Ce n'est pas la peine, il a débranché son appareil.

— Comme c'est pratique ! remarqua Pete.

— Que veux-tu dire ?

— Tu le sais très bien.

Stella haussa les épaules et continua de s'activer.

— Je n'ai pas le temps pour ces enfantillages. J'en ai assez de tes humeurs et de tes silences. Si tu as quelque chose à me dire, dis-le. Si tu ne désires pas partager tes problèmes, laisse-moi tranquille. Je suis trop occupée pour te psychanalyser.

— Que fais-tu ? s'enquit Pete, momentanément distrait par son activité frénétique.

— Je prépare le déjeuner pour demain. J'ai invité Beth et je veux que tu sois là.

— Désolé, je ne peux pas accourir pour déjeuner avec toi et tes copines chaque fois que tu m'en donnes l'ordre.

Stella ne cessa pas de s'agiter.

— Si, tu peux. J'ai parlé avec ta secrétaire, elle m'a confirmé que tu n'avais pas de rendez-vous. Tu découvriras en arrivant au bureau demain que ce déjeuner à la maison est inscrit sur ton agenda.

— Comment oses-tu me manipuler de la sorte ? explosa Pete, furieux. Qu'est-ce qui te fait croire que j'ai envie de manger avec toi et Beth ? Je subis déjà tes soirées interminables et, à présent, il va falloir aussi que je me tape tes déjeuners ?

Stella se retourna brusquement pour l'affronter.

— Je me moque de ce que tu veux. C'est ce que je veux, moi. Il y a un sujet qui te préoccupe et dont tu refuses de me parler. Je pense… non, je sais, que Beth est au courant. Demain, nous allons nous expliquer. Un point, c'est tout. Je ne te demande pas ton avis. Et maintenant, pas un mot de plus. J'ai une tarte à l'oignon à préparer et j'apprécierais que tu me fiches la paix.

Pete rêvait lui aussi de tranquillité. Il en avait bien besoin.

Son esprit bouillonnait de sentiments contradictoires et de doutes lancinants. La pensée de ce déjeuner le mettait dans tous ses états. Depuis quelques jours, Stella se comportait bizarrement et elle était une piètre comédienne. Elle d'habitude si prévisible…

Il ignorait ce qu'elle mijotait et préférait ne pas le savoir. Demain arriverait bien assez tôt.

17

— Allez, Izzy, ça suffira pour aujourd'hui ! s'écria Lauren.

Il était dix-neuf heures passées et Izzy n'avait pas quitté l'ordinateur depuis neuf heures du matin.

— Je veux juste terminer un calcul pour le magasin d'Ambleside, répondit-elle, sans quitter l'écran des yeux.

Lauren considéra sa nouvelle protégée d'un regard amusé et affectueux. Elle avait sous-estimé les capacités d'Izzy pour ce genre de travail. Elle ne s'était pas trompée en la jugeant intelligente, méthodique et capable d'absorber facilement des instructions complexes, mais elle n'avait pas prévu son enthousiasme.

— C'est génial ! s'était exclamée Izzy en saisissant pour la base de données des chiffres auxquels elle appliquait différentes fonctions.

— Qu'est-ce que ça a de si génial ?

Cette tâche était plutôt minutieuse et laborieuse.

— Tu ne comprends pas, avait répondu Izzy en tapant vite et bien sur le clavier. C'est le premier travail qui me demande de la réflexion.

Lauren n'en crut pas ses oreilles.

— Ne me dis pas que tu n'as fait que des boulots stupides. Tu as un diplôme universitaire, non ?

Elle se rappelait vaguement qu'Izzy avait mentionné la fac pendant leur soirée de beuverie.

— J'ai un diplôme en physique.

— En physique ? Tu plaisantes ?

— Non. Tu réagis comme tout le monde. Pourquoi est-ce aussi invraisemblable ?

Lauren réfléchit à sa réponse. Depuis qu'elles avaient mutuellement mis leur cœur à nu, elle savait qu'Izzy était hypersensible aux commentaires sur son apparence.

— En réalité, c'est un compliment. J'ai toujours pensé que les scientifiques étaient dénués d'imagination (Bon choix de mot, se congratula-t-elle.) et personne ne peut t'accuser d'en manquer !

— Merci, Lauren. Je sais bien qu'en vérité j'ai l'air trop stupide pour avoir une licence de physique. Tu as été gentille et je t'en suis reconnaissante.

Elle semblait si à l'aise devant l'ordinateur, si détendue que Lauren s'enhardit.

— Tu as raison jusqu'à un certain point. Mais pourquoi te laisses-tu dévaloriser ?

Izzy retira ses doigts du clavier.

— Je t'ai expliqué…

— Non. Tu m'as expliqué pourquoi tu t'habillais et te maquillais de façon aussi outrée. Et d'une certaine manière, c'est compréhensible. Mais à mon avis, tu sous-estimes ton physique. Un bon coiffeur et un bon maquilleur te rendraient spectaculaire sans que pour autant tu terrorises les enfants.

Izzy s'autorisa un petit sourire.

— J'en doute.

— Très bien. Ton allure en tout cas n'a rien à voir avec tes compétences. Comment peux-tu reprocher aux gens de penser que tu es idiote si tu choisis des jobs débiles ?

— La réponse est simple : je n'ai jamais su ce que je voulais faire. À part me fondre dans la masse, trouver ma place, avoir des amis, des amants et des collègues de travail qui m'acceptent.

— J'ai une nouvelle pour toi : c'est ce que désirent la plupart d'entre nous. Et concernant tes incertitudes professionnelles, crois-tu que je me sois levée un matin en pensant : Bon sang ! Je meurs d'envie de travailler pour des multinationales et de faciliter leurs communications en utilisant les dernières technologies ?

— Ce n'est pas très attirant vu sous cet angle, avoua Izzy en pouffant. Alors, comment as-tu atterri dans cette profession ?

— C'est simple. Après la fac, j'ai rempli des dossiers de candidature pour les cinq plus grandes compagnies anglaises. J'ai décroché six entretiens, et une compagnie de téléphone m'a proposé un emploi. Ils m'ont embauchée comme « stagiaire diplômée ». Traduction : Tu n'as aucune idée de ce qu'on va te demander et eux non plus. À un moment, cette compagnie a commencé à développer de nouveaux produits et j'étais la seule diplômée pouvant additionner trois chiffres. Je suis donc devenue l'expert en technologie. Et le reste…

— Tu n'avais pas de rêves ?

— Réveille-toi, Izzy ! Les rêves sont faits pour les gens qui ont du temps et de l'argent. Si tu as des factures à payer, tu prends un travail. Si tu veux vivre dans la réalité, tu laisses ton idéalisme de côté et tu joues le jeu. Et si tu veux fonder une famille avec un homme qui t'aimera, te respectera et ne te laissera pas tomber…

— Tu t'y prends comment ? s'enquit Izzy, haletante.

— Déniche une personne qui l'a trouvé, demande-lui comment elle s'est débrouillée et file-moi le tuyau.

Le charme était rompu. Izzy avait failli apprendre les secrets de l'existence et, à la dernière minute, Lauren s'était défilée.

En tout cas, pour l'instant, Izzy savourait sa première satisfaction. Elle avait découvert un domaine pour lequel elle était douée, un domaine que les autres respecteraient et qui ne serait pas un sujet de dérision. Cette base solide supplanterait son look.

Et tandis que Lauren regardait Izzy, enfin libérée de sa paranoïa, elle se revit vingt ans plus tôt. Elle n'était pas aussi complexée qu'Izzy, mais ses défauts la tétanisaient. Victime de l'admiration sans bornes de son père, elle avait inconsciemment cherché à le remplacer après sa disparition.

Elle eut le béguin pour des professeurs et des histoires d'amour avec des hommes qui la méprisaient alors qu'elle s'évertuait à gagner leur approbation. Elle dut admettre qu'il est impossible d'imposer à une personne des sentiments qu'elle n'éprouve pas. L'important est de se sentir le mieux possible dans sa peau en espérant qu'un jour un homme prendra du plaisir à être avec vous.

Jusqu'à présent, ça n'était jamais arrivé. Lauren n'en avait pas été étonnée, ni déçue. Elle s'était toujours considérée comme une perdante. Mais, à vingt ans passés, elle avait renoncé à rivaliser avec ces veinardes qui ne semblaient souffrir d'aucune névrose. Elle ne prit pas la peine de se présenter à des emplois dans la publicité et les relations publiques, où les filles souriantes et sans complexes réussissaient toujours. Elle ne craqua pas pour des hommes sympathiques et compréhensifs qui auraient deviné ses doutes et ses blessures sous son extérieur lisse.

Elle trouva un boulot pas très excitant et des hommes dont personne ne voulait. Deux semaines auparavant, elle se serait déclarée plutôt satisfaite de son sort. Ce n'était plus le cas. Et elle avait honte d'avoir menti au sujet d'un collier dans l'espoir de se faire aimer.

Par ailleurs, son attitude envers Richard la perturbait : elle n'arrêtait pas de l'observer à son insu pour voir s'il lui rappelait son père. Aucun souvenir ne se présentant à son esprit, elle se creusait la cervelle afin de savoir ce qui le rendait si fascinant à ses yeux.

Mais cette question attendrait. Un problème plus

urgent s'était présenté : elle avait téléphoné à sa mère aujourd'hui pour vérifier que celle-ci n'était plus vexée, et un homme avait décroché.

— Pourquoi as-tu répondu au téléphone, Eddie ?

— J'attendais un appel du Nord et quand j'ai vu le numéro s'afficher, j'ai pensé que c'était pour moi. Alors, j'ai répondu, O.K. ?

— Que va penser Lauren ? demanda Maureen, affolée.

Eddie parla le plus calmement possible.

— Elle va penser que sa mère a un petit ami. Et comme son père est mort depuis plus de trente ans, elle sera sans doute très heureuse pour toi.

— Tu ne comprends pas ! C'est facile pour toi, tu n'es pas une mère.

— Tu ne vas pas le croire, mais je me sens comme une mère. Une mère pour ta fichue fille. Parce qu'elle est toujours entre nous. Quand tu es au téléphone avec elle, tu ne me regardes pas. Quand elle vient ici, je m'en vais. Quand nous allons au restaurant et qu'elle apparaît, je dois rester debout sous une pluie battante jusqu'à ce que j'attrape une bronchite.

Il recommença à tousser.

Maureen se précipita pour lui donner un verre d'eau.

— Bois-le lentement. C'est ça. Il ne reste plus que deux jours d'antibiotiques. Tu en ressentiras les bienfaits avant peu.

— Si tu avais parlé de nous à Lauren comme prévu, je ne serais pas malade.

— Chéri, je t'ai expliqué pourquoi c'était impossible.

— Ah oui, j'avais oublié, ronchonna Eddie. Elle avait eu une petite prise de bec avec le garçon qu'elle avait rencontré sept jours auparavant, alors tu as préféré te taire. Et qu'arrivera-t-il samedi si elle annonce qu'elle a une verrue, qu'elle n'est pas en forme ou que son magnétoscope est cassé ? Vas-tu décider de garder le silence et me faire passer pour un domestique ?

— Arrête de dire des bêtises. C'est parce que tu es malade, décréta Maureen en lui tapotant la main. Je vais te préparer un grog bien chaud, tu te sentiras mieux après.

Il retira sa main.

— Non. Si tu veux que j'aille mieux, appelle ta fille immédiatement et parle-lui de moi.

— Je ne peux pas, Eddie.

— Je vois.

— Non, tu ne vois pas. Je ne peux matériellement pas le faire. Elle a jeté son mobile dans un lac et je n'ai pas d'autre numéro où la contacter. Elle m'appelle du téléphone privé de son client quand il n'utilise pas son bureau ; la joindre là-bas ne serait pas professionnel.

La toux d'Eddie se calma.

— Aujourd'hui, nous sommes mercredi. Samedi, quand tu ouvriras la porte à ta fille, je serai à ton côté. Si jamais tu suggères que je me tienne à l'écart ou que je tripote le compteur de gaz, je sortirai de cette maison et n'y remettrai plus jamais les pieds.

Son ton décidé fit blêmir Maureen. Elle savait qu'elle avait été injuste envers lui. La situation la déchirait. Si elle avait été une mère pour Lauren depuis le début ce serait différent, mais elle l'avait plus ou moins abandonnée et redoutait qu'en apprenant l'existence d'un nouveau compagnon, si peu de temps après leur réconciliation, sa fille le vive comme un second abandon.

Elle interprétait les sentiments de Lauren complètement de travers car elle ne la connaissait pas et n'osait pas lui demander d'apprendre à la connaître. Elle n'en avait pas le droit. Elle ne pouvait que lui téléphoner sans arrêt, la voir souvent et lui acheter de belles choses en espérant qu'un jour sa fille l'intègre dans sa vie.

Lauren n'avait rien contre, elle ignorait juste comment s'y prendre. Quand on a été rejeté une fois, il faut un sacré courage pour se lancer à nouveau. Du coup, Maureen en faisait trop, Lauren lui balançait régulièrement des vacheries, et elles se méfiaient l'une de l'autre alors qu'elles rêvaient de feuilleter *Gala* en gloussant, d'aller au supermarché, ou bien d'échanger des coupons de réduction. Bref, de vivre toutes les petites choses simples dont elles avaient été privées pendant vingt ans.

Mais leur relation irait en s'améliorant, Maureen en était persuadée. En temps voulu et avec de la patience. Sauf qu'Eddie en avait assez. Aussi, c'est avec la plus grande prudence qu'elle posa la question qui lui brûlait les lèvres.

— Chéri, amour, qu'as-tu dit à Lauren au téléphone ? Exactement ?

— Il a dit quoi ?

Lauren répéta les mots exacts à Izzy.

— « Elle prend un bain. » Tu comprends ce que ça signifie, non ?

Izzy n'en avait pas la moindre idée. Elle pouvait traduire simultanément un opéra allemand en anglais, mais elle était perdue quand il s'agissait d'établir un lien entre un bain, une mère et un mari mort.

— Désolée, je ne vois pas.

— Ça signifie qu'il couche avec elle. Avec ma mère !

— Wouah ! s'exclama Izzy, impressionnée. Combien de temps dois-je faire ton travail pour arriver à lire entre les lignes comme toi ?

— Tu te moques de moi ?

— Non. Si, un peu, répondit Izzy, qui voulait gagner du temps.

Elle était mal à l'aise. Non seulement elle savait que la mère de Lauren avait un petit ami, mais en plus elle l'avait vu au bar à sushis. Si elle le racontait maintenant, Lauren, qui ne comprendrait pas pourquoi elle le lui avait caché, se mettrait en colère, c'est sûr. Comme Izzy détestait les conflits, elle décida de feindre l'ignorance.

— Comment sautes-tu à cette conclusion ?

— Réfléchis. Dans quelle autre circonstance prends-tu un bain quand il y a un homme chez toi ?

— Je prends souvent un bain quand Tris est là.

— C'est ton frère. Ma mère n'a pas de frère. Une autre suggestion ?

— Si un homme effectuait de gros travaux qui dureraient toute la journée et que je sois très sale parce que, disons, j'ai réparé ma voiture, je prendrais un bain. J'ai un verrou à la porte de ma salle de bains. Est-ce que ta mère en a un ?

— Je ne sais pas.

Lauren gaspilla ensuite vingt précieuses minutes à essayer de visualiser la salle de bains de sa mère, mais elle ne parvenait pas à dépasser le dérouleur de papier W.-C. en forme de dauphin. Puis elle bondit sur ses pieds.

— Je dois être tombée sur la tête ! Un instant, j'ai marché dans ton hypothèse stupide. Non, il couche avec elle ! s'exclama-t-elle en commençant à faire les cent pas.

Agacée, Izzy referma le couvercle de l'ordinateur. Lauren, qui s'agitait dans son dos, l'empêchait de se concentrer.

— Je croyais que c'était moi, la fille bizarre. Tu agis de façon très étrange, si je puis me permettre.

— Si je me moquais des fréquentations de ma mère, je ne serais pas normale.

— Eh bien, téléphone-lui et parle-lui, lâcha Izzy, exaspérée. Pour l'amour du ciel ! Tu me tapes sur les nerfs. Appelle-la. Maintenant.

— Allô ?

Eddic répondit à la première sonnerie, persuadé que c'était Maureen qui désirait s'excuser.

Lauren mit sa main sur le récepteur.

— C'est encore lui, souffla-t-elle à Izzy. Qu'est-ce que je dis ?

— Demande si ta mère est là, chuchota son amie.

— Désolée de vous déranger. Est-ce que Maureen Connor est là ? (Et couchez-vous avec elle ?)

— Elle vient juste de sortir faire des courses. Voulez-vous lui laisser un message ? (Pourquoi ne pas me demander ouvertement si je couche avec votre mère ?)

— Je suis sa fille et je téléphone pour vérifier que tout est en ordre pour samedi. Elle donne mon repas d'anniversaire. (Ce que vous devez savoir si vous couchez avec elle.)

— Oui, je suis au courant. (Évidemment, puisque je couche avec votre mère.)

— Ah, ah, ah ! hurla Lauren si fort qu'Eddie et Izzy sursautèrent.

Lauren se calma.

— Désolée. Écoutez, tout ça est stupide. La première fois, j'ai appelé pour m'assurer que tout allait bien ; mais comme vous avez répondu que ma mère était dans son bain, alors j'ai décidé de rappeler pour…

— … découvrir qui je suis, ce que je fais avec votre mère et quelles sont mes intentions.

— Non, non, pas du tout. (Elle marqua une pause.) Enfin si, c'est exactement ce que je veux savoir.

Eddie éclata de rire. C'était un rire gentil, pas moqueur.

— Bien sûr, rien de plus normal. C'est votre mère. Vous seriez bizarre si vous vous moquiez de ses fréquentations.

— Merci, dit Lauren avec reconnaissance.

— Je m'appelle Eddie Knight. Je suis représentant. Je vois votre mère depuis environ quatorze mois et je vis avec elle depuis six mois. Je ne la bats pas, je ne lui reproche pas de trop parler, je porte son sac lorsqu'elle va chanter dans n'importe quel endroit paumé du sud-est de Londres, je l'applaudis quand elle réussit les aigus et quand elle les rate aussi, je lui apporte une tasse de thé au lit tous les matins et je lui fais couler un bain quand elle crispe ses orteils, parce que je sais alors que ses jambes lui font mal. Je l'aime.

Lauren resta sans voix.

— Qu'est-ce qu'il raconte ? siffla Izzy.

— Qu'il l'aime, chuchota Lauren d'une voix entrecoupée.

— Comme c'est beau ! soupira Izzy.

Lauren acquiesça. Mais elle se ressaisit. Prenant sa voix d'entretien professionnel, elle poursuivit :

— Vous ai-je bien compris ? Vous vivez avec ma mère depuis six mois ?

— Oui, et je la connais depuis quatorze mois.

— C'est incroyable ! Pourquoi ne m'a-t-elle rien dit ? Est-ce que vous avez une tare ? Êtes-vous marié ? Avez-vous des tatouages sur le visage ? Un casier judiciaire ? Elle a forcément une raison pour m'avoir caché votre existence.

— Elle en a une : elle est convaincue que vous le prendrez très mal, que ce serait trahir la mémoire de votre père.

— C'est absurde ! Nous n'avons jamais parlé de mon père depuis que nous avons repris contact. Elle doit me voir comme un monstre, pour penser que je ne désire pas son bonheur.

Eddie sentait monter la colère de Lauren.

— Ne soyez pas trop dure avec votre mère, Lauren. Elle est très nerveuse à votre sujet. Elle voudrait compenser toutes ses années d'absence. Et elle est terrifiée à l'idée de faire un faux pas.

— C'est incroyable ! Que projetait-elle ? De continuer à m'acheter des gâteaux Jaffa jusqu'à ses quatre-vingts ans ? Et puis un jour, en poussant son déambulateur, elle m'aurait annoncé qu'elle avait un petit ami depuis trente ans ?

— Comme je vous l'ai dit, ne soyez pas trop dure. J'ai essayé d'en discuter mais elle ne m'a pas écouté. Elle vous aime trop pour risquer de vous perdre.

Lauren ignorait que sa mère l'aimait. Maureen lui en avait voulu, elle l'avait abandonnée, elle avait regretté de l'avoir fait et elle recherchait son pardon. Mais de l'amour, il n'en avait jamais été question. C'était étrange de l'entendre de la bouche d'un inconnu.

— Quand doit-elle m'apprendre votre existence ? demanda-t-elle, maintenant très à l'aise avec cet homme.

— Elle était censée vous l'annoncer il y a une semaine quand elle est allée vous voir. Mais il y a eu un contretemps et elle a estimé que ce n'était pas le bon moment.

Lauren grogna au souvenir de cette soirée.

— Ensuite, nous étions au bar à sushis vendredi quand vous êtes apparue. J'ai alors pensé que c'était l'occasion idéale pour être présenté…

— Mais ma mère était seule !

— Parce qu'elle n'était pas d'accord avec moi. Elle a jugé qu'il valait mieux que je m'éclipse.

— Où êtes-vous allé ? Il tombait des cordes.

— Je sais. Je suis resté sous cette pluie battante pendant que Maureen bavardait avec vous.

— Oh, maman !

Au moins, Lauren savait d'où provenaient ses tendances autodestructrices. Quel réconfort de pouvoir rejeter la responsabilité de ses défauts sur une autre personne !

— Qu'arrivera-t-il s'il pleut samedi, à mon anniversaire ?

— Samedi, c'est le grand jour. La grande révélation : je sors de mon placard.

— Je vais vraiment engueuler ma mère.

— Non, surtout pas ! cria Eddie.

Ce fut au tour de Lauren de sursauter.

— Pourquoi ?

— Votre mère serait folle de rage si elle apprenait que je vous ai parlé. Elle va dire que j'aurais pu tout gâcher.

— Mais vous n'avez rien gâché. Au contraire ! Je me réjouis de ces nouvelles. Elle devrait donc se réjouir aussi.

— Vous ne la connaissez pas très bien, n'est-ce pas ? Peu lui importent les résultats, ce qui compte c'est ce qui *aurait pu* se produire. La scène horrible où vous lui auriez annoncé que vous ne vouliez plus jamais la revoir, ou votre suicide. Vous auriez sauté d'un pont en laissant un mot expliquant sa trahison envers la mémoire de votre père, ce genre de chose.

Heureusement, je ne suis pas aussi névrosée qu'elle ! songea Lauren.

— Êtes-vous sûr que nous parlons bien de ma mère ? Je n'y comprends rien.

— Eh bien, apprenez à la comprendre, pour votre bien à toutes les deux, l'implora-t-il. Mais, s'il vous plaît, ne mentionnez pas notre conversation. Elle ne me le pardonnerait jamais, j'en suis sûr.

— Comment me conduirai-je samedi ? Comme si je ne vous connaissais pas ?

— Oui. Au début, ce sera un peu bizarre. Et puis, une fois les présentations terminées, nous bavarderons comme de vieux amis, ce que nous deviendrons, je l'espère.

— Je ne suis pas une très bonne actrice.

— J'ai entendu dire le contraire, répliqua Eddie.

— Avec vous, je vais devoir tourner ma langue sept fois dans ma bouche avant de parler.

— Votre vie serait peut-être plus simple si vous le faisiez plus souvent… Là-dessus, il faut que je vous quitte. Votre mère remonte l'allée. À samedi, et rappelez-vous : motus et bouche cousue !

Cette boutade aurait amusé Lauren si elle n'avait pas dû résoudre deux problèmes urgents. Elle avait honte d'avouer le premier. Elle venait de réaliser qu'elle serait désormais la seule personne sans chevalier servant. Ne pas en avoir n'avait aucune importance quand sa mère était célibataire. Mais maintenant, c'était différent. Les anniversaires donnaient l'occasion d'établir le bilan de l'année, et arriver seule à sa propre fête lui semblait particulièrement pitoyable.

Ce qui la conduisait au second casse-tête : Richard. Prévu pour Maureen, il était à présent en surnombre. Comme elle ne pouvait pas retirer son invitation, elle devait trouver quelqu'un pour l'accompagner.

Que Lauren, dont le travail consistait à solutionner les problèmes les plus complexes, ne réalise pas que Richard et elle constituaient une paire dépassait l'entendement. Elle n'arriverait pourtant à cette conclusion qu'après une analyse approfondie. Malheureusement, elle n'avait ni le temps ni la capacité de la pratiquer. Si elle avait bénéficié de quelques jours supplémentaires et d'encouragements de la part de Richard, elle y serait parvenue, mais personne n'a le pouvoir de programmer les événements afin qu'ils correspondent au vécu émotionnel.

Que décider ? Elle opta pour deux solutions bancales.

Elle réinviterait Chris à la fête. Entourés de monde, ils seraient moins tendus. Ensuite, il y avait le problème de Richard. La réponse se trouvait juste sous ses yeux : Izzy. Grâce à elle, Lauren obtiendrait un nombre pair.

Et c'est ainsi qu'Izzy fut invitée pour la seconde fois à l'anniversaire de Lauren.

18

— Nous sommes ici, chéri ! cria Stella.

Pete déposa son attaché-case dans l'entrée et vérifia son reflet dans la glace. Qu'est-ce qui me prend ? pensa-t-il. Mon allure n'a aucune importance.

Il inspira plusieurs fois à fond et entra d'un pas nonchalant dans la cuisine. Il s'avança de façon délibérée vers Stella et l'embrassa affectueusement avant de localiser la position de Beth.

Stella le chassa.

— Attention ! C'est chaud, et si j'arrête de remuer il y aura de la peau. Sois un amour et sers un verre à Beth. Elle vient juste d'arriver et je n'ai pas pu quitter mes fourneaux.

— Que veux-tu, Beth ? demanda-t-il de manière un peu trop enjouée.

Beth et Stella le remarquèrent.

— Pas d'alcool, j'ai de la paperasserie à faire plus tard. Du jus d'orange ou de l'eau minérale, ce serait parfait.

— D'accord, dit Pete en se frottant les mains comme un patron de pub jovial.

Stella grommela quelque chose tout bas.

Pete et Beth se retournèrent.

Elle se sentit dévisagée et releva la tête. À cause de la chaleur de la soupe, son visage était écarlate et il était impossible de savoir si elle rougissait.

— Désolée, je me parlais à moi-même. La soupe n'est pas assez assaisonnée.

Elle recommença à remuer, Pete continua de verser, et Beth resta assise sur son tabouret en trouvant cette situation intenable. Elle gardait les yeux baissés et Pete évitait lui aussi de croiser son regard. Quand il lui tendit son verre de jus d'orange, il faillit le faire tomber tant il veillait à ce que ses doigts n'effleurent pas ceux de Beth.

— Bon ! annonça soudain Stella.

Beth et Pete se levèrent. Ils sentaient qu'il allait se passer quelque chose.

— La soupe est prête. La tarte à l'oignon réchauffe dans le four et il y a une mousse au chocolat dans le frigo. J'ai dressé le couvert dans la salle à manger. Je retourne travailler. Bill et Ann sont partis, vous aurez donc la maison pour vous tout seuls. Pete, résous ce qui se passe dans ta tête ou dans ton corps. Beth, je sais que tu dois respecter le secret professionnel, mais tu ne sortiras pas d'ici avant d'avoir trouvé ce qui cloche, ou pas, avec Pete. S'il a un problème, persuade-le de s'en occuper. Quand je rentrerai, je veux savoir exactement ce qui a été décidé. Bon appétit !

Sur ce, elle sortit majestueusement, laissant dans son sillage une très légère trace de Rive gauche.

— Elle portait Rive gauche quand on s'est rencontrés, murmura Pete d'un ton songeur en fixant la porte.

Ils entendirent la voiture de Stella démarrer.

— Ses frères s'étaient cotisés et ils avaient acheté ce parfum pour la féliciter de ses excellents résultats au baccalauréat. C'était le premier vrai cadeau qu'ils lui offraient. En général, leur mère achetait du talc ou du bain moussant, et elle inscrivait le nom des garçons sur l'étiquette. Mais ce parfum, ils l'avaient choisi pour elle et payé de leur poche. Stella était ravie. Quand le flacon a été terminé, elle a refusé que je le remplace car elle attendait inconsciemment que l'un de ses frères renouvelle ce cadeau.

— Quel est le rapport avec tout ça ? demanda Beth en désignant les plats préparés par Stella.

Pete s'assit deux tabourets plus loin.

— Je ne sais pas. Ce parfum m'a replongé dans le passé. Peut-être est-ce le but ? Elle veut que je pense à notre rencontre… Et toi, tu as une idée ?

Il y avait de longues pauses dans leur dialogue. Ils espéraient qu'en se concentrant tout deviendrait clair. Beth avait réfléchi au dernier coup de fil de Stella.

— C'est fou, mais j'ai l'impression qu'elle croit que tu as un cancer et que je peux t'aider.

Pete fronça les sourcils.

— D'où lui vient cette idée ?

De petites phrases lâchées par Stella et de nombreux coups d'œil inquiets et furtifs lui revinrent alors en mémoire.

— La connaissant, j'aurais dû le deviner ! constata-t-il soudain avec un soupir.

— Que veux-tu dire ?

— Stella a toujours aimé l'idée de la maladie.

Le regard intrigué de Beth le poussa à s'expliquer.

— Si une personne se met à agir de façon inhabituelle, Stella est persuadée qu'elle est mal fichue. Cela te paraît peut-être bizarre, pourtant je le comprends.

— Moi aussi, mais elle a tout de même une licence de psychologie, et on s'attendrait qu'elle analyse les motivations de ses amis et anticipe leurs actes.

— Oh, elle ne s'en prive pas, répliqua Pete en lui resservant du jus d'orange. Par exemple, elle adorait passer des heures à essayer de comprendre ta relation avec Chris. Je décrochais tellement c'était ennuyeux. Elle ne le trouvait pas assez bien pour toi.

— Je devrais être flattée, mais je suis plutôt vexée. Cela prouve qu'elle ne m'écoutait pas quand je lui parlais de Chris, sinon elle aurait compris que je lui dois beaucoup. Il m'a rencontrée à un moment où j'avais renoncé à vivre une existence normale, et il m'a amenée en douceur à envisager la normalité comme allant de soi.

— Cela expliquerait pourquoi Stella n'appréciait pas votre relation. Elle méprise la normalité. Elle aime les invités qui apportent un plus à ses soirées, ceux qui sont bavards, ceux qui exercent un métier intéressant. La normalité n'est pas un sujet de conversation croustillant.

— Je sais.

— Stella soumet ses amies à d'interminables psychanalyse. Elle adore ça tant qu'elle n'est pas concernée. Si elle se sent menacée, sa capacité d'analyse disparaît. Elle recherche alors des raisons qui ne l'angoissent pas et auxquelles on remédie avec des médicaments. C'est un mécanisme qu'elle a acquis très tôt. Quand ses frères l'ignoraient ou la traitaient de façon mesquine, elle mettait leur comportement sur le dos d'un déséquilibre hormonal dû à la puberté.

— C'était peut-être le cas, suggéra Beth.

— Elle s'est servie de la même excuse quand ils ont eu vingt ans. Après nos disputes, elle me demande comment je me sens, comme si je m'étais comporté bizarrement à cause d'un virus. Le plus triste, c'est que j'ai accepté de jouer le jeu. Je me suis retrouvé à avaler ostensiblement des mégadoses de vitamines pour lui donner raison et clore le sujet. Après quoi, elle se détend et j'ai enfin la paix.

— Si tu es entré dans son jeu, tu peux difficilement lui en vouloir. D'ailleurs, pourquoi l'as-tu fait ?

Pete avait toujours évité de répondre à cette question. Elle était trop dangereuse.

— Stella avait raison d'avoir peur de la vérité et d'ignorer mes états d'âme : depuis longtemps, ça ne va pas. À présent, elle est terrifiée car elle croit que j'ai un cancer et que notre avenir est menacé. Sur ce dernier point, elle n'a pas tort parce que c'est grave : je ne l'aime plus.

Voilà. Il l'avait dit. Et pour un homme qui avait passé de longues années de mariage à se taire, il se rendait compte de l'importance de cette déclaration. La situation aurait-elle été différente si Stella l'avait laissé exprimer ses sentiments quand il était encore temps ? Aujourd'hui, c'était trop tard. Pete s'embarquait désormais pour un nouveau voyage.

— Oh, Pete !

Beth n'était pas assez cruelle pour se réjouir. Mais elle savait ce que cela signifiait. Une porte s'ouvrait pour elle, une porte qu'elle croyait fermée à double tour le matin même.

— À quoi tu penses ? s'enquit-elle.

Cette question frappa Pete. Les hommes ont l'habitude de s'en plaindre car les femmes la posent sans arrêt. En revanche, lui en rêvait depuis des années et il était ému.

Mais il n'osa pas formuler la réponse trop directe qui lui vint à l'esprit.

— Tu dois avoir raison : j'ai été un peu difficile ces temps-ci, distant, alors Stella a redouté…

Il laissa sa phrase en suspens.

— D'une certaine façon, c'est bien.

— Pourquoi ? répliqua Pete, qui ne voyait absolument pas ce qu'il y avait de bien dans tout ça.

— Il s'agit d'un malentendu facile à dissiper. La conscience claire, nous annoncerons à Stella que tu te portes comme un charme, elle pourra même organiser une petite soirée pour fêter ça.

— Tu ne devrais pas te moquer d'elle.

— Je suis désolée.

— Non, c'est moi qui suis désolé, dit Pete en se levant.

Il s'assit sur le tabouret à côté d'elle.

— Tu veux de la soupe ?

— Je n'ai pas très faim, fit Beth en jetant un coup d'œil à la casserole qui bouillonnait.

— Moi non plus.

— Tu sais, j'avais décidé de ne plus jamais te revoir, chuchota Beth.

— Moi aussi.

— J'ai même essayé de refuser l'invitation de Stella.

— Moi aussi, répéta Pete.

— Alors, ce n'est pas notre faute, n'est-ce pas ?

Cette fois, Pete ne répondit pas. Parce qu'il l'embrassait.

— Tu sens cette odeur ? demanda Pete.

Beth se redressa et renifla.

— Il y a quelque chose qui brûle.

Cette remarque resta en suspens quelques secondes avant de faire mouche. Puis Pete bondit hors du lit et descendit l'escalier quatre à quatre, sans prendre la peine de s'habiller.

— La soupe de Stella !

Beth entendit des bruits métalliques accompagnés de jurons puis un hurlement de douleur. Elle se leva, s'habilla à toute vitesse puis se précipita en bas. Même quand elle était seule dans son appartement, elle ne courait pas toute nue. Elle ne pouvait pas.

— Beth ! cria Pete.

— J'arrive !

Elle le trouva par terre, cramponné à son pied. Il

semblait souffrir le martyre. Il avait attrapé la casserole sans utiliser de gants et, sous l'effet de la brûlure, l'avait laissée tomber sur son pied, le brûlant à son tour.

Beth se dirigea calmement vers l'évier, remplit une bassine d'eau froide et la posa sur le sol. Elle souleva ensuite le pied de Pete avec délicatesse et le plongea dans l'eau. Puis elle redressa Pete et lui plaça aussi la main dans le récipient.

— Il va falloir te conduire aux urgences.

— On n'a même pas eu le temps de fumer une cigarette, répliqua Pete, pince-sans-rire.

Malgré l'horreur de la situation, ils étaient à l'aise. Pete souffrait trop pour se soucier de morale et Beth s'inquiétait pour son pied, qui paraissait fracturé.

Il y avait de nombreux détails pratiques à régler. Comme Pete était handicapé, Beth s'en chargea. D'abord, elle l'habilla. Ce n'était pas facile, avec un pied et une main plongés dans l'eau. Ensuite, elle rangea la chambre et fit le lit.

C'est alors qu'elle se sentit coupable.

Elle retira du four la tarte à l'oignon, carbonisée dans son plat.

— Stella va me tuer, grogna Pete. C'est son moule à tarte préféré. Et la casserole lui a coûté une fortune à Florence.

Il réfléchissait à ce qu'il allait raconter à sa femme quand Beth soupira. Pete crut qu'elle riait.

— Qu'y a-t-il de si drôle ?

— Rien du tout. C'est tragique. Tu es terrorisé à l'idée de la réaction de Stella lorsqu'elle découvrira ses plats bousillés. As-tu oublié ce que nous venons juste de faire ?

Pete retomba en arrière. Une nouvelle douleur envahissait la seule partie de son être que l'accident n'avait pas touché : son cœur.

— Tu as raison, c'est tragique parce que nous avons détruit sa vie.

Assis par terre, ils attendirent l'ambulance sans parler, en se tenant la main, absorbés par l'énormité de leur conduite.

Stella se précipita aux urgences pour voir Pete, s'assurer qu'il était vivant, résoudre leurs problèmes et rafistoler leur mariage pendant que les docteurs rafistolaient ses blessures.

Elle progressa péniblement à travers le service des entrées de l'hôpital avant de repérer enfin Pete, étendu sur un brancard dans un couloir. Beth se trouvait debout à côté de lui et lui tenait la main. Stella ne vit rien de fâcheux là-dedans, et une vague de gratitude la submergea : son amie était si attentionnée ! Pete ne portait pas ses lunettes, il avait l'air d'avoir douze ans. Stella eut envie de le nourrir de soupe à la petite cuillère et de lui tamponner les tempes avec un coton imprégné d'eau de Cologne. Elle voulait s'occuper de lui.

— Qu'est-il arrivé ? Au téléphone, ils ne sont pas entrés dans les détails ; ils m'ont juste dit que Pete avait eu un accident et…

— Calme-toi, Stella, Pete va bien.

Stella regarda Pete, qui dormait malgré un pied dans le plâtre et une main bandée.

— Il n'a pas l'air bien.

— Les médecins l'ont assommé pour le plâtrer. Il va somnoler quelque temps.

— Quand pourra-t-il rentrer à la maison ?

Beth tenait toujours la main de Pete ; Stella pensa que cela paraîtrait grossier de la pousser pour s'emparer de la main de son mari.

— Ils vont probablement le garder cette nuit. Ses brûlures étaient très profondes.

Beth donna à Stella la version des événements que Pete et elle avaient mise au point dans l'ambulance. Proche de la vérité, cette version passait sous silence la virée au premier étage, la nudité de Pete pendant l'accident, et sa déclaration d'amour à Beth juste avant que l'anesthésique agisse. « Je t'aime », avait-il murmuré.

— Je ne sais pas comment te remercier, Beth. Heureusement que tu étais là ! Prendre une casserole sans gant ! Je lui ai répété des centaines de fois. Quel idiot ! chuchota Stella en dégageant les cheveux qui tombaient dans les yeux de Pete.

Oh, non ! pensa Beth, elle l'aime encore.

Quand elle était au lit avec Pete, il avait affirmé que Stella n'éprouvait plus d'amour pour lui.

— Comment en es-tu aussi convaincu ? avait demandé Beth, désireuse de s'assurer qu'elle ne brisait pas un bon mariage.

— Elle a une liaison, avait répondu Pete en fixant le plafond.

Beth avait éclaté de rire.

— Stella ? Je suis désolée, Pete, mais je n'y crois pas. Pour commencer, elle n'aurait pas le temps. Et puis ce n'est pas son genre.

— Et nous, c'est notre genre ?

Beth se sentit minable. Pete se sentit mesquin.

— Excuse-moi.

— C'est pourtant vrai. Alors, pourquoi penses-tu qu'elle a une liaison ?

— Quelqu'un me l'a dit. Quelqu'un qui l'a vue avec un autre homme.

— Une personne digne de confiance ?

Pete imagina Dean Ryder conduit à l'établissement pour jeunes délinquants et il eut pitié du garçon.

— Pas vraiment, mais dans ce cas précis, oui.

— Qui est cet homme ?

Pete avait complètement oublié le passé de Beth quand il répondit avec amertume :

— Chris. Chris Fallon.

Beth doutait fort de la véracité de cette rumeur ; toutefois, la nouvelle lui avait coupé le souffle. Tout ce qui concernait Chris était encore à vif, et son amour pour Pete n'avait pas apaisé cette souffrance.

Chris et Stella ? Cela ne sonnait pas juste, surtout pour elle qui connaissait le mépris de Chris envers Stella. Pete semblait pourtant sûr de lui. Elle espéra qu'il n'utilisait pas cet argument pour justifier son propre comportement. Ou, pire, pour se venger. Non, ce n'était pas possible.

Quoi qu'il en soit, en voyant Stella à côté de son mari, elle sut que Pete se trompait. Sur tout. Stella l'aimait. Elle pouvait organiser des dîners tous les soirs, remplir la maison d'inconnus bavards et refuser de parler de ses sentiments, cela ne l'empêcherait pas de toujours l'aimer. Et Pete l'ignorait. Qui vivait finalement la plus grande tragédie ?

Beth pria intérieurement pour que ce ne soit pas elle.

Pete bougea. Mais il était sonné et ses yeux restèrent fermés tandis qu'il demandait :

— Beth, c'est toi ?

— Non, chéri, c'est moi, Stella. Beth est là aussi. Elle s'est très bien occupée de toi. Tout va s'arranger.

— D'accord, Beth, marmonna-t-il, et il se rendormit.

Stella caressa son visage jusqu'à ce qu'il commence à ronfler. Ensuite, elle l'embrassa sur les lèvres.

— Je ne sais pas pour toi, Beth, mais moi je meurs d'envie de prendre un thé.

Beth regarda sa montre de manière un peu trop appuyée.

— J'aimerais beaucoup, seulement c'est impossible. Je dois avancer sur mes dossiers.

— Je comprends. Et si je t'accompagnais jusqu'à ton service ? J'irai à la cafétéria après. Je souhaiterais te parler.

Beth ne put fournir aucune excuse valable pour refuser, et elle se mit à marcher très vite afin de passer le minimum de temps avec Stella.

— Tu es en pleine forme, haleta Stella en s'efforçant de suivre le rythme.

— Il faut bien que les médecins le soient.

— Tu es pressée et je ne te retiendrai pas longtemps. Que t'a dit Pete ?

Beth s'arrêta net.

— Pete se porte comme un charme, assura-t-elle avec fermeté.

— À part les brûlures et les fractures ? plaisanta Stella.

— Évidemment, répondit Beth en reprenant son allure très vive.

Stella crut détecter une note d'impatience dans sa voix ; elle l'attribua au fait que Beth avait pris son ton professionnel.

— Pete n'a donc aucun symptôme inquiétant ?

— Tu peux tourner et retourner ta question dans tous les sens, la réponse sera toujours la même : Pete n'a pas de cancer. Et maintenant, Stella, pardonne-moi mais j'ai des patients vraiment malades qui m'attendent.

Elle n'est pas très sympathique, pensa Stella. Aurait-elle attrapé un virus ?

Stella rencontra Bill et Ann une heure plus tard dans le magasin du rez-de-chaussée. Ann portait un sac de l'hôpital. Bill marchait derrière elle, l'air abattu. Il détestait les hôpitaux. Surtout celui où son fils était soigné et où sa femme subissait des examens pour le cœur.

— Vous voilà ! s'écria Ann. Nous venons juste de voir Pete, mais il dormait encore. Votre amie médecin était avec lui.

— Beth ? C'est bizarre, je l'ai raccompagnée tout à l'heure dans son service.

Stella ne s'attarda pas sur le sujet. Beth était médecin. Pourquoi ne circulerait-elle pas librement dans l'hôpital ?

— Comment est-ce arrivé ? demanda Ann en regardant sa belle-fille acheter à toute vitesse des biscuits, des gâteaux, des bonbons, des boissons et des magazines.

Stella répéta l'histoire que lui avait racontée Beth, en y ajoutant quelques fioritures pour la rendre plus intéressante.

— Qu'avez-vous dans ce sac ? s'enquit-elle ensuite.

— Oh, excusez-moi ! s'écria Ann. J'avais complètement oublié ! L'infirmière me l'a donné pour que je vous le remette. Ce sont les vêtements de Pete, ceux qu'il avait en arrivant ici.

— D'accord, répondit Stella. Je les jetterai. Ils sont certainement fichus.

— C'est ce que je pense. J'ai plaisanté là-dessus avec l'infirmière. Je lui ai dit que même votre machine allemande, qui lave les vêtements à la bonne température sans que vous ayez besoin de la programmer, ne viendrait pas à bout d'un tissu brûlé avec de la soupe.

Stella ouvrit le sac et en sortit le pantalon. Il était impeccable. C'était étrange. Mais le plus étrange, c'est qu'il ne s'agissait pas du pantalon que Pete portait quand elle l'avait laissé avec Beth.

19

— Vous jubilez, hein, monsieur ? s'enquit Dean en tournant autour de la table de billard.

Il faisait semblant de prendre un intérêt excessif à son prochain coup. Chris n'était pas dupe. Depuis quarante-huit heures, il avait appris à cacher sa colère, sa peine et sa frustration, et il savait reconnaître les signes de tels sentiments.

— Non, Dean, je n'ai pas de quoi jubiler. J'ai perdu mon boulot. Ma carrière d'enseignant est probablement terminée. Et, à cause de moi, l'école fermera ses portes vendredi.

Dean montra un soupçon de réaction en abaissant légèrement sa queue de billard. Ensuite, il exécuta un coup parfait, catapultant les rouges comme il l'avait annoncé. Chris passa du bleu sur sa queue de billard, et marcha autour de la table en espérant masquer son incompétence.

— C'est probablement pour le mieux, monsieur.

— Comment ça ? s'écria Chris en courbant l'échine. Tu as atterri dans cet établissement, et la moitié de l'école ne manquera pas de t'y rejoindre d'ici quelques mois.

Il joua, rata la boule et faillit déchirer le tapis de la table. Quelques garçons s'agglutinèrent autour d'eux. Si Chris abîmait la table, ils le lyncheraient. S'il perdait, il serait humilié. S'il gagnait, le prestige de Dean auprès des autres jeunes serait compromis. S'il abandonnait la partie, il passerait pour un lâche.

— Qui a eu l'idée de jouer au billard, Dean ?

— C'est vous, monsieur. Je pense que vous vouliez me montrer à quel point vous êtes cool.

— Suis-je aussi transparent ? demanda Chris d'un ton pince-sans-rire.

Dean empocha une autre boule rouge de façon experte.

— Pour moi qui suis passé entre les mains de professeurs, d'assistantes sociales et de contrôleurs judiciaires depuis l'âge de huit ans, oui monsieur.

— Désolé, je ne voulais pas me montrer condescendant.

Chris espéra que ses paroles sonnaient juste. Il était sincère.

— Pourtant, vous l'avez été. Comment pouvez-vous agir autrement avec des ados que vous ne comprenez pas ?

Dean ajustait ses tirs avec précision et rapidité. À chaque coup, son agressivité montait d'un cran. Mais il contrôlait cette agressivité. Chris avait toujours supposé que des gamins comme Dean ne savaient pas se maîtriser. À présent, il n'en était plus si sûr.

— Dean, ce n'est pas parce que je n'ai pas reçu la même éducation que toi que je ne te comprends pas.

— Moi, je crois que si.

Chris en fut exaspéré.

— Autrement dit, les seuls professeurs que tu pourrais respecter seraient des gens qui auraient grandi dans une HLM, au sein d'un foyer désuni, et qui auraient fauché leur première Toyota avant leur septième année ?

— C'est à peu près ça, monsieur, répondit Dean avec insolence.

Chris tapa le sol de sa queue de billard avec impatience.

— C'est faux ! J'ai aidé des gamins à sortir de cet engrenage. Certains garçons comme toi ont de bons boulots maintenant. Ils gagnent leur vie et ont un appartement. Nous avons donc été efficaces.

Dean fit la moue.

— Si vous croyez y être pour quelque chose, tant mieux, mais n'espérez pas recevoir une médaille.

Chris n'arrivait nulle part. Qu'attendait-il de cette visite ? En tout cas, il y avait une chose qu'il tenait à dire. Ce n'était pas facile.

— Dean, je suis venu ici pour m'excuser.

Dean eut l'air surpris. On ne lui avait pas beaucoup présenté d'excuses dans sa vie. Était-ce la raison pour laquelle il y pensait rarement ? Cette notion lui était inconnue.

— Pourquoi ?

— C'est à cause de moi que tu es ici ! Si je ne t'avais pas demandé ces billets pour le match de foot, on n'en serait pas là !

— Vous le croyez vraiment ? s'étonna Dean en le regardant comme s'il était un extraterrestre.

— Bien sûr.

Dean haussa les épaules.

— Vous n'avez vraiment rien pigé. Si ça ne s'était pas produit samedi dernier, ç'aurait été samedi prochain ou le suivant. Je devais finir ici. Et, si vous êtes convaincu qu'en n'allant pas à ce match vous n'auriez jamais commis d'erreur, vous êtes bien plus stupide que moi. C'est le propre des erreurs : on ne les prévoit pas.

— Je commets des erreurs tout le temps, rétorqua Chris sur la défensive.

Il songea à Beth et à Lauren. Dans cet ordre. Il avait essayé de se sortir Lauren de la tête, en vain. C'était la perspective de la fête de samedi qui le tracassait. Il n'arrivait pas à décider s'il irait ou non. Lauren lui avait envoyé un plan. Comment avait-elle eu son adresse ? Seules Izzy et Beth la connaissaient.

Il n'avait pas parlé avec Lauren depuis qu'il avait quitté son appartement, après *Pravda* et le bar à sushis. Affolé, il réalisa qu'il ne savait plus trop à quoi elle ressemblait. Il ne se souvenait que du collier. Mais elle, impossible de la visualiser.

Dean toussa.

— C'est votre tour, monsieur. Surtout, ne vous pressez pas.

Chris aligna son tir. Il sentait Dean qui l'observait, et ses mains tremblaient.

— Au fait, monsieur, déclara Dean au moment où Chris visait.

— Quoi ? s'énerva-t-il, certain qu'il était sur le point d'accomplir un coup parfait.

— S'excuser de ses erreurs ne change rien, sauf à permettre de déculpabiliser. Si vous ne pouvez pas rectifier vos conneries, autant mettre une croix dessus.

Chris rata complètement son coup. Tout allait de travers. Il se faisait battre au billard par un gamin et se sentait toujours aussi coupable.

— Cela n'enlève rien à ma responsabilité dans cette affaire et je veux t'aider.

Dean canarda la dernière boule sous les applaudissements réticents du public d'adolescents.

— Vous pouvez m'aider, monsieur.

— Comment ? demanda Chris, soulagé que sa visite se termine sur une note positive.

— La prochaine fois, apportez-moi vingt paquets de Marlboro.

Sur ce, il sortit de la pièce, suivi par deux garçons plus jeunes qui ne quittaient pas leur idole d'une semelle.

Chris les entendit ricaner quand il franchit les portes blindées conduisant à la sortie. Il se retourna vers l'homme qui verrouillait la porte. Grand, fort et musclé, il faisait cliqueter l'énorme trousseau de clés attaché à sa ceinture tel un symbole de son prestige.

— Depuis combien de temps travaillez-vous ici ?

— Trois ans. Et on devrait me décorer pour ça.

Chris chercha sur le visage de cet homme une étincelle d'humanité. Des éclairs fugitifs passaient dans ses yeux, mais sa bouche se résumait à une ligne mince et dure.

— Pourquoi bossez-vous ici, si je puis me permettre ?

— Vous n'allez pas me croire. Vous pensez probablement que nous sommes des fascistes qui cognons ces gamins à mort. Je suis venu ici en espérant pouvoir changer quelque chose.

Chris connaissait ce sentiment. Et il savait aussi ce que cet homme éprouvait maintenant : il avait réalisé l'inutilité de son objectif en constatant l'énorme majorité d'échecs face aux rares résultats couronnés de succès.

— Ces garçons sont ici toute la journée. Vous avez sûrement de nombreuses occasions de les influencer à travers leurs études, leur formation, les loisirs ou le sport.

Le gardien lui adressa un sourire méprisant.

— Venez travailler ici, et vous verrez ce que ces gamins font de vos occasions.

Ce furent ses derniers mots. Pour la première fois depuis samedi, Chris eut une raison d'être confiant en son avenir : cet homme lui avait donné un nouvel objectif.

Et Dean l'avait aidé à y voir plus clair au sujet de Lauren. Il pouvait mettre une croix dessus ou tenter un autre essai.

En tout cas, il irait à cet anniversaire.

Depuis plusieurs jours, Richard sentait que Lauren l'observait. Il avait renoncé à interpréter son attitude. Elle ne voulait pas qu'il s'en aperçoive, c'était sa seule certitude. Mais il y avait plusieurs explications possibles.

Peut-être développait-il sans le savoir une petite tonsure derrière la tête, tonsure très comique à regarder ? Mais peut-être Lauren réfléchissait-elle en fait au moyen de s'échapper au plus vite, à la suite de leur expérience sur la montagne ?

Il avait pensé que cette épreuve renforcerait leur complicité. Il avait été si proche d'elle ! Et Lauren aussi avait semblé très à l'aise. D'ailleurs, ils avaient beaucoup ri de leur aventure pendant le trajet de retour en ambulance.

Puis son amie bizarre était apparue. Lauren lui avait parlé d'Izzy, bien sûr. Il savait qu'il s'agissait d'un arrangement professionnel. Il pouvait difficilement s'attendre qu'elle finalise le projet toute seule. Mais leur relation avait changé depuis l'arrivée d'Izzy. Lauren était devenue distante, préoccupée. Quelque chose s'était produit, et il n'osait pas en discuter parce que cela le concernait.

Richard décida d'être courageux. Dès qu'il sentit le regard de Lauren posé sur lui, il se retourna.

— Souriez ! s'écria-t-il en faisant semblant de prendre une photo.

Lauren sursauta et se mit à taper au hasard sur son clavier. Mais Richard n'allait pas en rester là. Il devait rencontrer la mère de Lauren samedi et voulait que l'atmosphère entre eux soit détendue.

— Inutile de feindre de travailler. Vous m'observiez. Et ce n'est pas la première fois. Alors, que se passe-t-il ? J'ai des pellicules ? Une bosse ? Des taches ? Je suis prêt à tout entendre !

Lauren sourit. Elle l'aimait tant ! Mais elle ignorait pourquoi elle l'épiait. Ce n'était pas la peine de l'entretenir des sentiments incompréhensibles qu'elle éprouvait, ni de lui confier qu'elle pensait à son père pour la première fois depuis des années. Ses réflexions étaient trop embrouillées, trop abstraites.

— Je songeais à la fête de samedi et je me réjouissais que vous rencontriez ma mère.

Vraiment ? pensa Richard. Ça m'étonnerait ! Mais je vous fais grâce. Pour l'instant.

— Ah oui, votre célèbre mère qui connaît toutes les chansons d'Ethel Merman et qui aime le Bacardi Breezers. J'ai hâte de la voir !

Lauren réalisa alors que Maureen n'avait plus besoin de modérer sa tenue. Elle pouvait y aller à fond dans le look Lily Savage. Mais il était impossible de le lui dire sans vendre la mèche sur Richard.

Lauren avait discuté une seconde fois avec Eddie. Elle avait appelé sa mère pour lui annoncer qu'elle avait invité Izzy, et c'était encore lui qui avait répondu.

— Heureusement qu'on se rencontre bientôt ! s'était-il exclamé avec chaleur.

Ils avaient bavardé gaiement quelques minutes jusqu'à ce que l'arrivée imminente de Maureen écourte leur conversation.

— Pouvez-vous donner un message à ma mère ? Vous lui raconterez que je l'ai laissé sur le répondeur. J'amènerai une autre invitée pour le déjeuner de samedi. Elle s'appelle Izzy.

— Lizzie ? D'accord. Je dois raccrocher, elle ouvre la porte. À samedi !

Il avait coupé la ligne avant que Lauren ne puisse le corriger. Inutile pourtant de s'inquiéter, ce n'était pas important.

— Avec qui parlais-tu au téléphone, chéri ? cria Maureen de l'entrée.

— C'était un faux numéro… Avant que j'oublie, Lauren a laissé un message sur le répondeur. Il y aura une autre personne pour le déjeuner, une certaine Lizzie.

Maureen fronça les sourcils.

— Je ne vois pas qui c'est. C'est bon signe. Cela prouve qu'elle se fait de nouveaux amis. Il faudra réorganiser le plan de table pour cette invitée supplémentaire.

Izzy ne parvenait pas à prendre de décision. Devait-elle révéler à Lauren qu'elle avait déjà été invitée à sa fête ? Elle hésita trop longtemps et rata l'occasion de lui en parler. Comme Lauren, elle avait appris que taire ce qu'il fallait dire risquait de provoquer autant de problèmes que dire ce qu'il fallait taire.

En arrivant à la réception, elle expliquerait discrètement à Maureen qu'elle n'avait pas voulu gâcher l'effet de surprise. Et elle fournirait la même excuse à Lauren en temps voulu.

Excepté que ce n'était pas la vérité. Maintenant qu'elle connaissait Lauren, Izzy savait combien celle-ci détestait le mensonge. C'est d'ailleurs pourquoi sa petite supercherie envers Chris l'avait autant perturbée.

Lauren, qui n'aimait pas être manipulée, avait toujours privilégié la franchise et l'honnêteté. Dans le cas de Chris, elle avait échoué lamentablement. Et encore ignorait-elle toute l'étendue des retombées !

Izzy redoutait que sa nouvelle amie la méprise en apprenant son intervention dans sa vie et dans celle de son frère. Mais à ce moment-là, elle ne pouvait pas deviner que, quelques jours plus tard, Lauren et elle seraient amies et collègues de travail. Non. Mieux valait garder le silence.

Ann regarda Bill.

— Je pense qu'on ne devrait rien dire tant que Pete est à l'hôpital.

Ils tenaient conseil dans leur cuisine.

— Mais on doit le mettre au courant, rétorqua Bill avec raideur. Il ne s'agit plus seulement d'une question d'argent, il s'agit de ta santé.

Ils étaient abasourdis après un après-midi sinistre passé à l'hôpital. Entre chaque examen d'Ann, les attentes s'étaient prolongées et ils avaient lu le *Daily Mirror* de la première à la dernière page. Selon leur habitude, Ann tenait le journal et Bill tournait les pages. Puis le visage souriant du spécialiste, qui paraissait assez jeune pour être leur fils, ou même leur petit-fils, était apparu dans l'encadrement de la porte.

Récemment, ils avaient lu un article conseillant de noter par écrit le diagnostic des médecins car, en général, les patients n'en retiennent pas les trois quarts.

Une fois chez eux, ils se retrouvent à avoir des conversations de ce genre :

— Comment ça s'appelle déjà, ce que tu as ?

— Cardio-quelque chose. Il y a un « p » dedans et un « s », j'en suis sûre.

— Je crois que ça finit par « itis » ou « ina », précisa Bill.

— Tu as raison.

Ensuite, ils préparèrent du thé. Ann mit la bouilloire en route, Bill sortit les tasses. Ann versa l'eau dans la théière, Bill versa le lait dans les tasses. Ann apporta les tasses dans la salle à manger, Bill les biscuits. Ils accomplirent ce rituel en silence, sans se cogner dans leur minuscule cuisine. Il leur avait fallu des années de pratique pour parvenir à cette harmonie.

— Comment va-t-il procéder ? demanda Bill en cassant son sablé en deux.

Il en donna la moitié à sa femme, qui l'accepta sans un mot, puis il trempa l'autre moitié dans son thé.

Ann fit la grimace pour se concentrer.

— Il va prendre un bout de veine de ma jambe et le mettre dans mon cœur ou à côté.

Bill acquiesça. C'est ce qu'il avait compris aussi. La dernière partie de la consultation, celle où le docteur avait parlé des six mois d'attente ou plus avant de s'occuper d'Ann, ne nécessitait aucun éclaircissement. Le cœur pouvait se détériorer au fil des semaines et il existait un risque de crise cardiaque. Le regard plein d'espoir, le médecin leur avait alors demandé quelle était leur situation financière et s'ils envisageaient d'aller dans le privé. Il avait avancé la somme de dix-huit mille livres.

À l'annonce de ce montant, le cœur de Bill avait commencé à battre la chamade. Prenons les choses du bon côté, s'était-il dit, si mon cœur fait des siennes, je me trouve au bon endroit.

Dix-huit mille livres. Ils n'avaient parlé que de ça sur le chemin du retour. Six mois plus tôt, ils auraient signé un chèque à la société de crédit immobilier, et Ann aurait été opérée la semaine suivante.

À présent, la majeure partie de leurs économies était immobilisée dans une maison monstrueuse qui ne serait pas habitable avant des années. Ils ne récupéreraient leur argent que si Pete et Stella la vendaient, mais ça risquait de prendre des mois, vu l'état actuel des lieux.

— On peut toujours hypothéquer la nôtre, suggéra Bill.

Ann se raidit.

— Pas question. C'est notre maison et l'héritage de nos enfants. Nous ne la vendrons jamais. On trouvera autre chose.

Cependant, ils ne voyaient aucune autre solution. À moins que la réunion de Pete avec son conseil d'administration se passe mieux que prévu.

Bill avait compris les deux possibilités qui s'offriraient à son fils. On lui proposerait soit de rester à un poste inférieur avec un salaire plus bas, soit d'accepter un licenciement économique. Il lui faudrait décider de son avenir sur-le-champ pour négocier au mieux.

C'est pourquoi Bill estima que Pete devait être mis au courant de l'opération de sa mère avant de se déterminer. Il alla donc lui rendre visite à l'hôpital, sans sa femme.

— Ils vont me laisser sortir ce soir, dit Pete en caressant le visage de Beth de sa main valide.

— C'est bien, répondit-elle tendrement.

Ils profitaient au maximum du temps passé ensemble. Pete avalait des tonnes de calmants afin de neutraliser les élancements permanents de sa main et de son pied. Pourtant, il pensait mériter sa souffrance. C'était le prix à payer pour le bonheur qu'il vivait au détriment de Stella.

Beth était restée toute la nuit endormie dans un fauteuil, près de son lit. Stella avait proposé de le faire, mais Pete l'en avait dissuadée.

— Rentre à la maison, tu as l'air fatiguée. De toute façon, je serai assommé par les somnifères et tu auras à supporter mes ronflements jusqu'au matin.

— Curieusement, vendredi dernier, quand tu étais à Manchester, tes ronflements m'ont manqué. Impossible de dormir. J'ai pris des habitudes de vieux couple, non ?

Pete devinait la question qu'elle n'arrivait pas à poser. « Tout va redevenir normal, comme avant, n'est-ce pas ? »

Elle embrassa son mari plus tendrement que d'habitude. C'est parce que je suis à l'hôpital, songea Pete. Il se trompait. Stella se montrait plus tendre envers lui parce qu'il était devenu précieux. Précieux, rare et en danger. Elle avait fourré son sac de vêtements dans son porte-documents et en sentait le poids lui étirer le bras. Elle voulait lui demander, d'un ton enjoué, pourquoi il avait changé de pantalon et pourquoi celui qu'il portait lors de l'accident n'était pas taché. Mais elle n'en fit rien. Elle avait peur. Il lui fallait réfléchir à trop de choses avant d'affronter ces questions. Elle l'embrassa en espérant que tout pouvait encore s'arranger puis s'en alla.

Pete la regarda partir. Il avait senti qu'elle était sur le point de le questionner. Ensuite, Beth arriva et il oublia complètement Stella.

Ils avaient passé douze heures merveilleuses ensemble. Pete somnolait puis se réveillait en sursaut, effrayé à l'idée que Beth soit partie ; ensuite, il se rendormait, apaisé par sa présence à son côté. Les infirmières étaient venues lui donner des médicaments et changer son bandage. Elles connaissaient Beth et savaient que Pete avait une femme. Elles ne parlèrent que de ça en ouvrant la vingtième boîte de chocolats offerte par un patient reconnaissant. Elles trouvaient Beth et Pete bien assortis.

Le lendemain, Beth fit ses visites, mais elle passa régulièrement pour s'enquérir de son état et s'assurer qu'il l'aimait toujours. Tard dans l'après-midi, il se sentit assez bien pour s'asseoir.

— Viens là, dit-il, malicieux.

Assise sur le bord du lit, Beth se lova dans ses bras en évitant son pied et sa main. Ils s'embrassèrent et se regardèrent. Pete détourna les yeux le premier. En voyant l'expression de son visage, Beth s'arracha à son étreinte. Qu'avait-il vu ?

— Bonjour, papa.

Le visage de Bill resta de marbre. Il ignora Beth et garda le silence, mais le long regard furieux qu'il adressa à son fils révélait sa profonde déception.

Pete ouvrit la bouche. Son père éleva la main pour l'arrêter.

— Ça ne m'intéresse pas. Je veux juste savoir une chose : est-ce que Stella est au courant ?

Rentrée à la maison, Stella inspecta les dégâts dans la cuisine. Il y avait de l'eau partout à cause des premiers secours donnés par Beth, et la casserole et le moule à tarte étaient empilés dans l'évier. Foutus. Elle les toucha tristement. Elle avait aimé ces plats. Stella n'éprouvait aucune honte pour son attachement aux objets. Ils resserraient les liens avec son passé et offraient des bases pour son avenir. Une continuité mesurable, voilà ce que les biens matériels lui assuraient.

Et Pete les avaient bousillés. Elle n'arrivait pas à comprendre. Quand elle était partie, la soupe cuisait à feu doux. Même en la laissant dix ou quinze minutes, elle n'aurait pas brûlé comme ça. La tarte était carbonisée. Elle ouvrit le frigo. Le dessert n'avait pas été touché. Le pain et la salade sur la table étaient intacts. Ils n'avaient rien mangé.

Elle jeta les plats et rangea la vaisselle. En soulevant son porte-documents pour le poser sur le placard à chaussures, son poids inhabituel lui rappela qu'il contenait les vêtements de Pete. Quand elle les sortit, une nouvelle vague d'affolement la submergea.

Très lentement, elle monta l'escalier pour se rendre dans leur chambre. En ouvrant la porte, elle sut aussitôt que quelque chose clochait : la couette, soigneusement étendue sur le lit, était tirée jusqu'au bout alors que Stella laissait toujours les oreillers découverts. Et derrière la porte, elle trouva ce qu'elle cherchait : le pantalon de Pete sur un cintre.

Stella prit celui qu'il avait en arrivant à l'hôpital et le posa là où elle l'avait mis la veille, sur le dos d'une chaise, à portée de main, au cas où Pete voudrait bricoler.

Dans la panique, Beth avait attrapé le premier pantalon venu. Pas étonnant qu'il soit si propre : Pete ne le portait pas quand l'accident avait eu lieu. Stella regarda le panier de linge sale dans le coin de la pièce. Il était vide. En fait, Pete ne portait rien du tout.

C'est à ce moment-là que ses genoux flanchèrent et qu'elle s'effondra sur le sol.

20

— Alors, comment nous organisons-nous pour demain ? questionna Richard.

Izzy avait été dépêchée à Ambleside pour essayer d'amadouer tante Joan.

Elle s'était figée quand Lauren lui avait expliqué sa mission.

— Je n'arriverai à rien ! Elle t'a déjà dit qu'elle ne travaillerait jamais avec des machines ou des téléphones ultramodernes. Quand elle me verra, elle pensera que vous m'avez envoyée pour lui ficher la trouille. Elle va me lancer de l'ail ou un truc de ce genre.

Lauren soupira.

— Fais-moi confiance, Izzy. Lorsque Joan te verra entrer dans le magasin avec un ordinateur sous le bras, elle ne remarquera même pas à quoi tu ressembles. C'est une vieille maligne. Elle va se montrer charmante, te préparer du thé, sortir ses sablés, et dès que tu commenceras à parler boulot elle prétextera qu'elle a trop d'ouvrage pour t'écouter. Mais tu t'en sortiras mieux que moi, j'en suis persuadée.

Richard arriva sur ces paroles.

— Elle a raison, Izzy. J'ai parlé avec tante Joan le lendemain de la visite de Lauren. « Une fille charmante, a-t-elle dit, mais si elle revient avec ses gadgets j'ordonnerai à Barney de l'attaquer. » Pour information, Barney est son lapin. Ses morsures ne sont pas mortelles.

— Bon, ne vous inquiétez pas. Les enfants et les animaux domestiques ont tous peur de moi, affirma Izzy d'un air sombre en rangeant le matériel informatique dans la voiture de Lauren. Mais si je ne suis pas de retour pour le dîner, envoyez des renforts.

Lauren et Richard avaient senti l'atmosphère s'alléger après le départ d'Izzy. D'agréable compagnie, elle déchargeait Lauren de nombreuses tâches, mais Richard et Lauren aimaient se retrouver en tête à tête.

L'aisance de leurs débuts reparut et ils passèrent toute la journée ensemble. Ils étaient à l'étroit dans le petit bureau de Richard, où ce dernier semblait toujours avoir à faire quand Lauren y travaillait.

— Vous ne pouvez pas vous passer de moi ! le taquinait-elle, sans se rendre compte que c'était exactement le cas.

— Je sais que si je m'incruste assez longtemps, vous me préparerez un thé, répondait Richard avec désinvolture.

Lauren se laissait toujours avoir, mais elle lui donnait une petite tape sur la tête au passage.

— L'organisation pour demain ? répéta-t-elle. En partant autour de six heures du matin, nous devrions arriver à l'heure du déjeuner même en cas d'attaque nucléaire. Izzy et moi partagerons la conduite.

— Ah oui, il y a Izzy…

— Cela pose un problème ? Je pensais que vous vous entendiez bien ? s'étonna Lauren.

— Je la trouve géniale. Je me disais juste que ce serait sympathique de voyager tous les deux. Nous pourrions nous arrêter sur le chemin du retour, et chercher un coin pour nous asseoir et respirer le bon air puisque nous ne ferons pas de randonnée.

Cette suggestion enchanta Lauren, qui fut navrée d'avoir invité Izzy.

— Nous lui demanderons si elle aimerait ce programme, suggéra-t-elle d'un ton dubitatif.

Imaginer Izzy respirer le bon air leur parut très comique.

— Je ne crois pas que ce soit une idée judicieuse, dirent-ils en même temps, en éclatant de rire.

— Elle était un peu bizarre quand je l'ai invitée, remarqua Lauren. Elle n'a pas l'air d'aimer beaucoup les fêtes ou les réunions.

— Pourquoi avez-vous insisté, si elle n'en avait pas très envie ?

— C'est une longue histoire, mais j'ai découvert que ma mère avait un petit ami. Je ne suis pas censée le savoir, aussi ne soyez pas étonné demain quand je feindrai la surprise au moment où ma mère me le présentera. D'accord ?

Lorsque Lauren poursuivit son récit, Richard glana assez d'informations pour saisir l'essentiel : Chris serait là. Chris, le balourd qui avait prononcé « astrologie » d'une drôle de manière. Chris qui aimait les films français et les sushis, deux choses que Lauren détestait. Chris, dont elle n'avait pas parlé depuis une semaine et sur lequel Richard avait gaiement mis une croix dessus. Chris, qui était plus jeune que lui, plus raffiné, et que Lauren avait trouvé si séduisant qu'elle avait menti pour le retenir. Même si elle avait agi de façon inconsciente, il n'y avait aucun doute là-dessus.

Richard en était à espérer que Lauren lui mente pour lui prouver qu'il en valait la peine.

Mais Lauren n'avait plus rien à dire. Elle pensait à son plan initial de réunir Richard et sa mère. À présent, l'idée même lui paraissait absurde et elle éprouvait un grand soulagement.

Elle essaya d'en comprendre la raison. Maintenant que sa mère avait un petit ami, elle pouvait partir pour New York. C'était bien, non ?

Pourtant, cette perspective ne l'enchantait absolument pas.

Chris vida son casier dans son sac à dos. Les autres professeurs faisaient de même. Ils ne lui adressaient pas la parole, le tenant pour responsable de la fermeture de l'école et de la perte de leur travail. Chris n'allait pas argumenter avec eux. Il se le reprochait aussi.

— Écoutez, je l'ai déjà dit cent fois mais je le répète encore : je suis désolé. Par contre, je suis persuadé que, même sans mon erreur stupide, l'école n'aurait pas survécu plus de quelques semaines. Si certains parmi vous sont intéressés, j'offre un verre au pub

Nag's Head ce soir. J'espère vous y voir nombreux. À plus tard.

Il quitta rapidement la salle des professeurs et commença sa dernière journée à l'école. Les classes étaient vides. Les chaises et les tables avaient été renversées, et les murs recouverts de graffitis. Comment en vouloir à ces gamins ? Chris enviait leur liberté.

Dean avait raison : Chris ne comprendrait jamais des ados comme lui. Ce n'était pas seulement à cause de son éducation ni de ses parents cinglés. Un gouffre sans fond les séparait : Chris avait peur, eux non.

Même dans l'école privée de Chris, il y avait eu le quota habituel de rebelles et de casse-cou. La seule différence était leurs parents riches, prêts à les tirer du pétrin. Chris avait eu cette révélation à l'âge de douze ans. Il se tenait avec deux amis dans la confiserie du coin. Le défi consistait à pousser le commerçant à se rendre dans la réserve et à piquer un KitKat.

À cette époque, il n'y avait pas de vidéo de surveillance, aucun gardien, ni gestion des stocks informatisée qui aurait informé le pauvre commerçant du larcin. C'était donc sans risque. Les autres garçons l'avaient déjà fait et Chris enviait leur euphorie quand ils sortaient du magasin en brandissant leur butin.

Mais lorsque le tour de Chris arriva, il fut incapable de voler. Il l'avait avoué à Beth, qui avait parlé de son sens moral très élevé et de son honnêteté foncière. Il n'avait pas voulu la contredire car il ne désirait pas qu'elle sache la vérité : il se fichait complètement de la morale. Il avait été terrifié à l'idée d'être attrapé, c'est tout. Pourtant, il n'avait pas à craindre d'échouer. C'était si facile ! Et il souhaitait tant que ses amis l'admirent ! Mais la peur l'avait empêché d'agir.

Tout au long de sa carrière, alors qu'il consacrait sa vie à sauver des jeunes de la criminalité, Chris avait éprouvé une pointe d'envie en les voyant piquer des voitures, briser des vitres et bomber des mots mal orthographiés sur des bâtiments abandonnés. Parce qu'ils ignoraient la peur. C'est cette fascination, entre autres, qui l'avait conduit à travailler avec des gamins en difficulté.

Il jeta un coup d'œil à sa montre avant de monter dans sa voiture. Il devait se dépêcher, son entretien avait lieu dans dix minutes.

Pete sortit du taxi avec précaution, quinze minutes avant son entretien avec le conseil d'administration. Le chauffeur l'aida, aussi lui donna-t-il un bon pourboire. Ce n'est pas demain la veille que je vais pouvoir m'offrir à nouveau le taxi, songea-t-il sombrement.

Il avait prévu de consacrer ces quinze minutes à réfléchir dans son bureau. À la maison, c'était impossible car Stella se conduisait de façon très étrange.

Elle était passée le prendre à l'hôpital et l'avait embrassé, une petite bise gaie et sonore de ses lèvres sèches. La tendresse n'était plus de mise maintenant qu'il était sorti du lit. Elle l'avait aidé à monter dans la voiture, un peu impatiemment selon lui, mais il était si assommé par les médicaments qu'il ne se fiait pas à ses facultés de jugement.

Puis Stella n'avait pas arrêté de parler. Elle avait toujours été bavarde, racontant ses faits et gestes dans les moindres détails comme pour s'assurer que sa vie était bien remplie. Mais ce jour-là elle s'était surpassée. Elle avait relaté mot pour mot à Pete toutes les conversations téléphoniques avec ses clients, sans omettre ce qu'elle avait mangé ou bu, et elle était allée jusqu'à décrire le chocolat offert par la femme de ménage du bureau, dont c'était l'anniversaire.

Ce doit être les calmants, songea Pete. J'ai le tournis rien qu'à la regarder et à l'écouter. Cependant, il était content de son babillage incessant. Il redoutait les prochains jours. Il agirait normalement jusqu'à ce que Beth et lui prennent une décision. Entre-temps, il essaierait d'être tendre et doux avec Stella.

Une fois arrivés à la maison, elle accéléra son débit.

— J'ai réfléchi pendant que tu étais à l'hôpital, je parie que c'est une surprise, non ? une tête de linotte comme moi qui se met à réfléchir ? mais cela m'arrive de temps à autre et je pense que nous devrions faire deux choses : premièrement, vendre cette maison parce que c'était une erreur de l'acheter et, deuxièmement, partir en vacances. Quelque part en Angleterre.

Elle attendait sa réponse avec une impatience enfantine.

— Stella, dit Pete gentiment, nous ne pouvons pas vendre la maison avant de l'avoir rendue habitable, ce qui prendra facilement une année ; et tu n'aimes pas les vacances en Angleterre. Tu hais le temps, les thés accompagnés de scones à la crème et de confiture, et tu détestes traîner de cimetières en *fish and chips*.

— Mais toi, tu adores ça ! s'écria Stella, et j'ai réalisé que nous n'avions pas profité de l'Angleterre depuis…

Elle essaya de calculer à quelle époque ils avaient logé dans cette horrible chambre d'hôtes à Anglesey.

— … quinze ans, compléta Pete.

— Non, il n'y a pas aussi longtemps. Sûrement pas.

— Si. Après ce séjour, tu as assuré que tu ne passerais plus jamais de vacances sur cette île paumée.

La gorge de Stella se serra. Depuis quinze ans, elle choisissait toutes leurs vacances. Pourquoi ne l'en avait-il pas empêché ? Elle se retourna et alluma la bouilloire afin que Pete ne voie pas son visage.

— Raison de plus, cette fois, pour aller dans un endroit que tu aimes. Alors, qu'en penses-tu ?

Pete posa sa main brûlée sur la table.

— Je ne crois pas que ce soit le moment de faire des projets. Pas dans l'état actuel des choses.

Stella cessa de respirer, puis elle reprit contenance courageusement.

— Oui, c'est vrai, tu as ton entretien demain. J'y ai aussi réfléchi. Peut-être que c'est pour le mieux. Ton travail ne te passionnait pas beaucoup, ces derniers temps.

Comment peux-tu le savoir ? pensa Pete. Tu ne me l'as jamais demandé. Une remarque qu'il valait mieux taire, cependant.

— Et si tu acceptais ton indemnité de licenciement et montais ta propre société ?

— Quoi ?

Son ton sec fit tressaillir Stella. Pete se contrôla et s'efforça d'esquisser un sourire.

— Fais comme tu l'entends, balbutia Stella faiblement.

— Ce serait génial si j'avais un projet. Mais il y a un autre problème.

Stella retint son souffle.

— C'est au sujet de ma mère.

Stella laissa échapper un soupir de soulagement. Elle bénéficiait d'un nouveau répit.

— Que lui arrive-t-il ? s'enquit-elle en épluchant des carottes à toute vitesse.

— Tu ne m'as pas demandé comment s'étaient passés ses examens hier.

— Je suis navrée ! s'exclama Stella en se tapant le front. Cela m'était complètement sorti de la tête. Tu ne peux pas me le reprocher. Avec tout ce qui est arrivé.

— Je ne te reproche rien. En tout cas, papa est venu me voir hier à l'hôpital. Seul.

Stella s'assit.

— C'est une mauvaise nouvelle ?

— Plutôt. Papa n'en est pas sûr, mais il semblerait que ma mère ait besoin d'un pontage.

— Oh, la pauvre ! s'écria Stella, bouleversée.

Son inquiétude émut Pete. Stella avait toujours aimé ses parents, qui le lui rendaient bien. C'était probablement la raison pour laquelle son père avait été aussi anéanti en le voyant avec Beth. Pete espéra ne plus jamais devoir affronter cette situation. Sauf qu'il la revivrait avec Stella, et ce serait cent fois plus douloureux.

Il n'arrivait pas à chasser de son esprit l'image de son père. Beth était partie en marmonnant des excuses, que Bill avait ignorées. À la suite de rumeurs colportées dans la salle du personnel, les infirmières rôdaient dans la chambre, et s'activaient sur les infortunés patients dont les seuls symptômes consistaient à se trouver dans les lits mitoyens de celui de Pete. Ce coup de théâtre animait leur journée, et elles ne perdaient pas une miette de la conversation entre Pete et Bill.

— Papa, assieds-toi, s'il te plaît. Je vais t'expliquer…

— Il n'y a rien à expliquer. Tes excuses ne m'intéressent pas. Tu es marié.

— Je te promets de ne pas m'excuser. Je veux juste t'informer de ce qui se passe pour que tu essaies de comprendre.

Bill releva le menton et serra les lèvres.

— Je peux t'assurer dès à présent que je ne comprendrai jamais et ta mère non plus.

— Écoute-moi. Et réfléchis. Je n'aime plus Stella depuis longtemps, je pense que tu le sais.

Bill grogna mais consentit à s'asseoir.

— Vous, les jeunes, n'avez que le mot « amour » à la bouche. Vous ne parlez jamais d'engagement ni de responsabilités.

— Ce n'est pas vrai, papa. Je suis resté marié très longtemps à cause justement de mon engagement et de mes responsabilités.

— Mais maintenant, tu plaques tout parce que tu en as déniché une nouvelle ! Que ressentirais-tu si je t'annonçais que je quittais ta mère pour la mercière ? Elle m'a toujours eu à la bonne. Trouverais-tu ça bien, du moment que je n'aime plus ta mère ?

Pete sourit. Son père était en train de s'adoucir.

— Tu ne la quitteras pas, parce que tu l'aimes.

Bill grogna à nouveau. Il n'arrivait pas à décider ce qui était pire : évoquer l'infidélité de son fils ou parler d'amour. Ce n'étaient pas des sujets faciles à aborder pour lui. Il aurait préféré de loin discuter du film qu'il avait regardé la veille à la télé avec sa femme, main dans la main.

— Je ne sais pas quoi penser de tout ça et il n'est pas question d'en souffler un mot à ta mère dans son état.

— Qu'est-ce qu'elle a ? demanda Pete, affolé.

Bill lui raconta la visite chez le spécialiste. Il termina sur le choix d'une opération à dix-huit mille livres. Il n'eut pas besoin d'en dire plus. Pete était terrassé.

— Maman doit se faire opérer le plus vite possible. Je vais vous rembourser, je te le promets.

Bill avait l'air frêle et vieux quand il se tassa dans le fauteuil défoncé de l'hôpital.

— Fais de ton mieux, c'est tout ce que je te demande.

Pete livra à Stella une version hypercensurée de cette conversation.

— Dix-huit mille livres, murmura-t-elle. Y a-t-il une

chance qu'on te propose cette somme demain comme indemnité de licenciement ?

— Aucune idée. Connaissons-nous un croyant qui prierait pour nous ?

Il plaisantait, mais Stella avait pensé la même chose. Et elle ne plaisantait pas.

— Au moins, samedi, nous nous changerons les idées, déclara Stella.

— Qu'est-ce qu'il y a samedi ?

— Le déjeuner d'anniversaire de Lauren. Je t'en ai parlé il y a une éternité.

— Je n'irai pas, cette année. Téléphone à la mère de Lauren et dis-lui que j'ai eu un accident. Elle comprendra.

— Pete, s'il te plaît, je veux vraiment y aller. Lauren est ma meilleure amie et cela nous fera du bien. Je conduirai et tu t'étendras à l'arrière.

— Stella, tu peux t'y rendre seule pour une fois, non ?

— Pete, je t'en supplie ! Allons-y ensemble, s'il te plaît, Pete. Je ne t'ai jamais demandé ce genre de chose avant. Allez !

Pete fut consterné que Stella se mette dans un état pareil. Il ignorait ce qui se passait dans sa tête, ce qu'elle soupçonnait. Et il ne voulait pas le savoir. Pas encore. Il était trop faible et finit par accepter. Cet anniversaire avait lieu le lendemain de son entretien au travail. Plus qu'une journée à tirer.

Les blessures de Pete jouèrent en sa faveur. Il

traversa la salle de réunion en boitant sur ses béquilles, le visage verdâtre. Même les membres insensibles du conseil furent gênés de le voir ainsi.

— Êtes-vous sûr que vous êtes capable de participer à cette réunion ? demanda un des costumes anonymes avant de le poignarder dans le dos.

— Certain, répondit Pete en se disant qu'il aurait dû prendre ses médicaments plus tôt ; ils n'agissaient pas encore, et la douleur le faisait transpirer. Je désire qu'on en finisse pour rentrer chez moi et me coucher.

Sa franchise les choqua. Il était le onzième membre du personnel qu'ils recevaient aujourd'hui et ils avaient assisté à de nombreuses réactions allant de l'affrontement à l'agressivité, en passant par les larmes et les insultes. Mais ce vétéran blessé les déroutait. Ils ne se tinrent plus sur leurs gardes.

— C'est une situation très délicate pour nous, Pete, comme vous l'imaginez…, commença le même costume gris.

— Permettez-moi de vous interrompre. Il y a de fortes probabilités que je vomisse bientôt, alors si vous pouviez en venir aux faits, je vous en serais très reconnaissant. Ai-je un emploi ou non ?

Les costumes échangèrent des regards. Ils n'aimaient pas que leur scénario soit bousculé. Deux cadres avaient planché pendant trois jours pour rédiger les propositions et écrire les discours censés dorer la pilule aux employés. Néanmoins, il était possible que cet homme vomisse. Il risquait même de tourner de l'œil et de mourir, au point où il en était. Ils convinrent donc tacitement d'accélérer cet entretien.

Le marché était le suivant. Deux options s'offraient à Pete : rester dans la nouvelle compagnie avec un salaire réduit de vingt-cinq pour cent et une position inférieure, ou partir immédiatement avec quinze mille livres, exonérées d'impôts.

Pete rétorqua du tac au tac :

— Je pars immédiatement et je demande trente mille livres en vous donnant ma parole de ne pas vous poursuivre pour discrimination à cause de mon handicap physique.

Pete jubila en voyant les sept bouches tomber en même temps. Certains bafouillèrent, mais personne n'émit d'opinion. Pete avait utilisé les mots « poursuivre » et « handicap ». Il semblait très improbable qu'il puisse leur intenter un procès deux jours après avoir laissé tomber une casserole sur son pied, cependant la prudence était de rigueur. Chaque jour, les journaux donnaient le compte rendu de procès encore plus ridicules qui avaient coûté de petites fortunes aux accusés. Même s'ils gagnaient, les frais judiciaires seraient monstrueux.

Un costume à rayures bleues déclara froidement :

— Veuillez sortir quelques minutes pendant que nous étudions votre proposition, Peter.

Pete se retint de lui donner un grand coup de poing pour l'avoir appelé « Peter ». Depuis la bagarre de Manchester, il se sentait d'humeur belliqueuse. Il se demanda si les hommes, comme les animaux sauvages, devenaient accros au sang une fois qu'ils y avaient goûté.

Il n'eut pas le temps de développer cette théorie philosophique car on le rappela bientôt dans la salle de réunion. Les costumes n'étaient plus ternes, ni suffisants, ils bouillonnaient de haine envers cet homme qui avait su tirer le maximum d'eux. Pete ne prit pas la peine d'écouter les platitudes, les clauses légales, les avertissements et les menaces. Dès qu'il entendit les mots « trente mille livres exonérées d'impôts » et « chèque disponible à la réception », il se leva et partit.

Pete fut accompagné par un malabar de la sécurité chargé de s'assurer qu'il n'emportait rien avec lui. Ayant pris pitié de Pete, le gardien l'aida à vider ses tiroirs dans deux sacs en plastique, il les porta et lui appela un taxi. Quand Pete le remercia pour sa gentillesse avant de claquer la portière, il pensa entendre le type dire : « Que Dieu vous protège », mais il n'en était pas sûr.

Izzy s'assit face à Joan. C'était une véritable partie de bras de fer. L'ordinateur d'Izzy contre les sablés de Joan. Izzy avait conçu un plan. Elle boirait deux tasses de thé, puis, au moment où Joan irait dans la cuisine en préparer une troisième, elle passerait à l'action.

Pendant que Joan lavait les tasses et faisait bouillir l'eau, Izzy installa l'ordinateur sur la table. Avec les napperons au crochet qui l'ornaient, on ne pouvait pas appeler ça un bureau.

Joan arriva avec son plateau en expliquant gaiement l'importance d'apporter la théière à la bouilloire et non pas le contraire. Avant de voir l'expression triomphale d'Izzy, elle repéra l'ordinateur sur les napperons et se précipita pour poser son plateau, mais il n'y avait plus de place et elle dut le rapporter dans la cuisine.

Quand Joan revint, elle enchaîna sur la seconde étape de sa tactique de défense contre l'invasion.

— Vous avez peut-être le temps de vous asseoir et de jouer avec votre ordinateur, mais moi j'ai du travail.

— Qu'avez-vous à faire ?

— Je dois passer en revue les reçus de mars de l'année dernière pour décider ce qu'il faut commander cette année.

— Appuyez sur la touche F3, lui dit Izzy en montrant l'écran.

Joan croisa les bras.

— J'ai lu des articles sur les radiations émises par ces machines.

— N'essayez pas de jouer à la vieille dame cinglée avec moi, ça ne prend pas. Appuyez sur la touche.

Après quelques cajoleries du même acabit, Joan appuya. L'écran se remplit de mots et de chiffres. Elle ne mit pas longtemps à en comprendre le sens.

— Ce sont les chiffres de l'an dernier. Où les avez-vous trouvés ?

Izzy attrapa une autre chaise et en tapota le siège afin d'encourager Joan à s'asseoir à côté d'elle.

— Je les ai pris dans les dossiers de Richard. Hier, je les ai rentrés dans l'ordinateur. Et voilà !

— Alors, il me suffit de copier ça sur mon bon de commande et c'est fini ? s'émerveilla Joan.

— C'est ce que vous ferez aujourd'hui mais, une fois que vous serez reliée à la réserve, ce ne sera plus nécessaire. Chaque fois que vous vendrez un article, la caisse enregistreuse en informera la réserve. Au moment voulu, l'ordinateur vous indiquera que vous allez manquer de cet article.

Joan croisa ses bras à nouveau.

— Je ne serai pas capable de m'en servir, déclara-t-elle fermement.

Izzy lui décroisa les bras.

— Joan, vous venez bien d'appuyer sur cette touche, non ?

— Oui, répliqua-t-elle avec impatience.

— Cela signifie que vous avez des doigts. Et vous savez lire ?

— Ne soyez pas aussi effrontée !

— Vous pouvez donc suivre des instructions. Je vous promets que vous saurez utiliser la nouvelle caisse, les nouveaux téléphones et l'ordinateur en une journée.

— Et si je suis trop vieille pour apprendre ?

Izzy réfléchit à cette question.

— Alors, je resterai dans ce magasin jusqu'à ce que j'arrive à confectionner un napperon au crochet.

— J'aimerais bien voir ça ! s'écria Joan en riant. D'accord, nous allons essayer. On peut boire cette tasse de thé, maintenant ?

Izzy tira la langue comme si elle était assoiffée.

— Je n'y croyais plus.

Joan se dirigeait vers la cuisine quand soudain elle se retourna pour observer Izzy.

— Vous savez, je vous ai aimée dès que je vous ai vue et j'avais raison. Mais vous ne savez pas tirer parti de votre physique, jeune fille. Je vais appeler ma fille Betty.

— Qu'est-ce qu'elle fait ? demanda Izzy, curieuse.

— Elle est coiffeuse et esthéticienne, répondit Joan avec fierté.

Izzy eut envie de rentrer sous terre en entendant ça.

21

— Quelles bonnes nouvelles, Pete ! Ton père et ta mère vont être tellement soulagés ! Je vais acheter du champagne… Non, prends-en une bouteille sur le chemin du retour.

— Je n'ai pas envie d'arroser ça. Je viens de perdre mon travail.

Stella aurait aimé se couper la langue. Elle faisait le maximum d'efforts, mais elle nageait à contre-courant. La communication était si mauvaise qu'on aurait dit que Pete téléphonait de la planète Mars. D'ailleurs, il aurait pu tout aussi bien s'y trouver. Des années-lumière le séparaient de Stella.

— Je suis désolée, c'était maladroit de ma part. Tu rentres bientôt ? demanda-t-elle d'un ton implorant.

Pete ferma les yeux. La souffrance de sa femme était palpable.

— Je ne vais pas tarder. Il faut que je m'arrête à l'hôpital pour qu'ils regardent ma main.

Stella savait ce que cela signifiait, et elle fit appel à toutes ses forces pour avoir l'air gai en raccrochant.

Ensuite, elle s'effondra sur le siège à côté du téléphone. Combien de temps allait-elle tenir ? Au début, ignorer la petite aventure de Pete lui avait paru une bonne idée. Tout était dû au stress de ce licenciement imminent. Cela arrivait aux hommes sans arrêt. Mieux valait ne pas en parler.

Elle maintiendrait leur couple à flot jusqu'à ce qu'ils atteignent à nouveau la terre ferme. Elle changerait. Son mari s'en apercevrait et il retomberait amoureux d'elle. Ils déménageraient, Pete trouverait un nouvel emploi. Tout s'arrangerait. Demain, ils seraient entourés d'amis qui voyaient en eux un mariage solide. Cela rappellerait à Pete qu'ils étaient un couple. Ils s'amuseraient. Elle lui parlerait et lui poserait des questions. Il lui suffisait de tenir jusqu'au lendemain. Après, tout irait bien.

— Non, non et non ! s'écria Beth sans prendre la peine de baisser la voix.

Ils se trouvaient à la cafétéria de l'hôpital et avaient attiré une nombreuse assistance. La nouvelle de leur liaison s'était répandue, et il y avait toujours un maximum à tirer d'une histoire qui impliquait un docteur, particulièrement une femme docteur, et un patient. Ils attendaient que la légitime arrive avec un hachoir pour que le drame soit complet.

Mais ce type de situation ne se produisait que dans *Urgences*.

Pete et Beth se disputaient car il voulait qu'elle accepte l'invitation de Lauren.

— Pourquoi irais-je ? Je la connais à peine. Elle est

sortie deux fois avec mon ex-petit ami. Je n'ai pas envie de tenir la chandelle.

— D'accord, mais tu as été invitée !

— Seulement parce que sa mère est bonne à enfermer. Dieu sait comment elle a eu mon numéro !

— Viens, sinon ce sera un cauchemar. Stella se conduit comme si elle était sous amphétamines. Sans toi, je craquerai.

Cet argument n'émut pas Beth. Pete copia sa femme.

— Beth, je t'en supplie ! S'il te plaît.

Ça marcha. Si jamais Pete avait des enfants, il leur conseillerait d'utiliser le mot « supplier » pour arriver à leurs fins.

Beth le raccompagna jusqu'à l'entrée de l'hôpital, où elle héla un taxi. Pete s'appuya contre elle. Il aimait sa force. Il l'aimait tout court. Il ne souhaitait qu'une chose : que la journée de demain soit terminée et que Stella ne souffre pas trop. Cela faisait deux souhaits, au bout du compte.

Et pourquoi pas ? songea Pete. Est-ce trop demander ?

Lauren se lava les cheveux et passa beaucoup de temps à les sécher et à les coiffer. Ce n'était pas seulement à cause de son anniversaire, il y avait aussi le trajet avec Richard et la rencontre avec le petit ami de sa mère. Cette journée annonçait un nouveau départ. Elle porterait son collier sans honte et plaisanterait sur les signes astrologiques. Si elle disait des bêtises, tant pis ! C'était sa journée.

Elle avait l'intention de faire le point sur sa vie

alors que les éléments disparates en seraient rassemblés. Elle saurait alors si elle pouvait y renoncer ou pas.

Lauren était heureuse d'être préparée à la présentation officielle d'Eddie. Elle s'était moquée quand il lui avait expliqué que Maureen avait désiré garder le secret par peur de sa réaction. Mais, à la réflexion, le rencontrer sans avertissement préalable l'aurait choquée.

Elle avait eu le temps de mettre de l'ordre dans ses idées et, grâce aux deux coups de fil avec lui, elle s'était rendu compte que c'était un homme bien et que sa mère le méritait.

Lauren se réjouissait aussi que Maureen rencontre Richard, même s'il n'était plus là pour combler un vide amoureux. C'est typique, pensa-t-elle. Maman passe trente ans sans homme, et deux surgissent coup sur coup…

Elle devrait veiller à ce que Richard ne reste pas dans son coin. Sa mère exigerait beaucoup d'elle, et Stella lui raconterait par le menu toutes ses conversations depuis deux semaines. Chris réclamerait aussi son attention ; heureusement, il y aurait Izzy pour lui tenir compagnie. Je garderai Richard à mon côté, décida Lauren. S'il me le permet, ajouta-t-elle comme une mise en garde. En effet, certains points demeuraient obscurs.

Tandis que Lauren pensait à Chris, Chris pensait à elle. Il avait beaucoup de temps pour réfléchir, car personne n'était venu à son pot de départ. Ce n'était pas surprenant, mais ça ne l'empêchait pas de déprimer sur la fin de sa carrière de professeur. Ce métier avait tellement compté pour lui ! Pourtant, si une partie de sa vie s'achevait, de nouveaux départs s'amorçaient. Son entretien, mené sur le mode de la conversation, s'était plutôt bien passé.

Il avait parlé avec franchise des événements de Manchester, et la responsable du personnel de la prison ne voyait pas là un problème insurmontable.

— Dans un établissement pour jeunes délinquants, vous n'enseignerez pas vraiment. Vous jouerez à la fois le rôle d'assistant social, de contrôleur judiciaire et d'ergothérapeute.

— C'est exactement ce que je veux ! J'ai essayé l'enseignement et ce n'était pas la réponse. J'ai réalisé que ces gamins ne croyaient pas en l'éducation. Ils se referment dès qu'ils voient un prof, alors qu'ils doivent s'ouvrir, ne plus être sur leurs gardes. Et c'est là que j'interviens !

La responsable du personnel, une femme blasée, avait vu de nombreux idéalistes s'engager avec enthousiasme dans le service de la prison pour en ressortir cyniques et broyés quelques années plus tard. Elle se tut, car elle savait que cet homme n'écouterait pas ses récits édifiants. Il découvrirait ce qu'il en était par lui-même.

Il suivrait un recyclage, l'avertit-elle, toucherait un salaire plus bas et n'aurait plus le statut de professeur. Il n'était même pas assuré d'obtenir un emploi à la fin de sa formation. Rien de tout ça ne dissuada Chris, car il brûlait de commencer ses nouvelles fonctions. Il revivait ses premiers jours d'enseignant, et ce changement stimulant était bienvenu après la rupture avec Beth.

Il attendait aussi la journée du lendemain avec impatience. Qu'arriverait-il avec Lauren ? Il n'en avait aucune idée. C'était d'autant plus excitant !

Ann téléphona à Stella aux environs de dix-huit heures.

— Allô ?

Sa belle-fille lui sembla tendue. Pas étonnant, avec tout ce qui se passait !

— Bonjour, c'est Ann.

— Bonjour.

Stella avait l'air déçue. Elle attendait un autre coup de fil, songea Ann.

— Vous allez bien ?

— Très bien, répondit Stella en se dominant.

Sa belle-mère avait assez de soucis comme ça.

— Et vous, comment vous sentez-vous ?

— Je suis un peu nerveuse à cause de l'opération, et en même temps très soulagée par les conditions de licenciement de Pete. Pas seulement en ce qui nous concerne, mais aussi pour vous. Cet argent supplémentaire vous aidera à décider ce que vous allez faire de cette maison.

— Oui, ça nous aidera. Je l'espère.

— Est-ce que Pete est là ?

— Non, dit Stella en regardant l'horloge pour la énième fois. Il devait passer à l'hôpital pour son bandage.

— Ah bon ? C'est un peu tard pour un rendez-vous à l'hôpital, non ?

Stella décida d'écourter la conversation. Elle ne souhaitait pas blesser Ann, mais elle avait besoin de se protéger.

— Voulez-vous qu'il vous rappelle à son retour ?

— Je ne sais pas. Vous pouvez toujours transmettre nos excuses.

— Vos excuses ?

— Bill et moi avons décidé de ne pas aller à l'anniversaire de Lauren. Je suis sûre que si vous expliquez ma situation à sa mère, elle comprendra.

— Mais vous devez venir ! ne put s'empêcher de hurler Stella.

Ann écarquilla les yeux. Qu'est-ce qui lui prenait ?

— Stella, je ne pense pas que ce soit si important.

— Ce n'est pas important, c'est vital ! Pete a besoin de votre présence. J'ai besoin de vous. Venez, s'il vous plaît !

— Stella, ma petite, que se passe-t-il ?

Stella se calma. S'exciter ainsi ne faisait qu'aggraver la situation. Si c'était possible.

— Désolée, Ann. C'est à cause de l'accident de Pete et de son licenciement. Nous nous sommes beaucoup inquiétés, et nous désirons profiter de ce déjeuner pour nous détendre et tout oublier. Si vous êtes là, Pete se sentira plus à l'aise. Il n'a pas très envie d'y aller, mais je suis convaincue que ça lui fera du bien. S'il vous plaît, Ann, venez, sinon Pete y renoncera aussi. Je vous en supplie.

Devant une telle insistance, Ann céda.

— Arrêtez-vous ici !

Le chauffeur de taxi donna un coup de volant brutal et insulta les véhicules auxquels il coupait la route. Il se gara en double file, provoquant immédiatement un embouteillage monstre.

Pete sortit en titubant du taxi aussi vite que son état le lui permettait.

— Chris, Chris, par ici ! cria-t-il.

Chris se retourna. Qui pouvait bien l'appeler ? Il faisait déjà sombre et il ne reconnut pas la créature difforme qui gesticulait dans sa direction. En se rapprochant du taxi, il vit qu'il s'agissait bien d'un humain, mais qui avait connu des jours meilleurs. Cet homme-là avait des béquilles, un énorme bandage à une main et un pied dans le plâtre. Comme le pauvre type ne savait pas se servir de ses béquilles, le spectacle était d'autant plus grotesque.

— C'est toi, Pete ? Qu'est-ce qui t'est arrivé ? Tu t'es encore battu ? N'oublie pas ce que ce jeune policier sympathique nous a dit : la prochaine fois, nous ne serons pas relâchés aussi facilement.

Ce petit discours n'amusa pas Pete. Il avait laissé tomber toute sa monnaie par terre et le taxi avait redémarré comme un fou, arrosant au passage ce client radin qui lui avait donné un pourboire minable.

— Je vais t'aider.

Chris ramassa la monnaie. Pendant ce temps, Pete réfléchit à ce qu'il allait lui dire ou lui faire.

— Pete, tu es dans un sale état. Et tu es trempé. Allons dans un pub, je t'offre un verre.

Avant qu'il puisse refuser, Chris l'avait conduit au pub et installé dans une petite arrière-salle où les ivrognes ne risquaient pas de trébucher sur son plâtre. Il se fraya un chemin jusqu'au bar et revint avec deux bières. Pete imagina ce que devait vivre un handicapé. Chris ne lui avait même pas demandé s'il voulait prendre un verre. On le déplaçait comme un pion sans le consulter.

Mais ce verre était le bienvenu et il avala d'un trait la moitié de sa bière. L'alcool réveilla son agressivité qui, après avoir couvé à la maison avec Stella, avait atteint son paroxysme à la réunion pour se dissiper au contact de Beth. À présent, il bouillonnait à nouveau de rage.

Pete livra une version édulcorée de son accident en passant sous silence le rôle de Beth. Il ne mentionna même pas sa présence. À la fois stupéfié et amusé par cette histoire, Chris éclata de rire en imaginant la casserole brûlante tomber sur le pied de Pete.

— On dirait une scène tirée des Marx Brothers, remarqua-t-il, émerveillé par ce gag digne d'un dessin animé.

Chris resservit Pete. Ce dernier pensa aux calmants dont il était gavé. Il se rappela vaguement que le pharmacien lui avait conseillé d'éviter l'alcool, mais il avait envie de boire et ignora cette mise en garde.

Comme il est silencieux ! songea Chris. Ses blessures le font peut-être terriblement souffrir.

— Je ne t'ai pas parlé dcpuis le week-end de Manchester, déclara-t-il. Tu n'étais pas très content de la façon dont il s'est terminé, je le sais.

Parfait, il retrouve des couleurs. Je vais chercher une autre bière. L'alcool semble lui réussir.

En posant le verre devant lui, Chris décida de remonter le moral de Pete en lui racontant ses malheurs.

— J'ai perdu mon boulot, Dean est dans un établissement pour jeunes délinquants et l'école va fermer. À part ça, la vie est belle.

Il attendit la réaction de Pete à cette série de catastrophes. À la place, Pete sortit une phrase à laquelle Chris ne s'attendait vraiment pas.

— Je sais, pour toi et Stella.

Pete n'en revint pas d'avoir prononcé ces mots. Il les avait pensés mais n'avait pas eu l'intention de les dire. Ils étaient trop dangereux et la réponse était trop imprévisible.

Chris regretta d'avoir bu cette troisième bière ; il n'était plus très clair pour affronter cette situation délicate. Stella avait écourté son dernier appel, et il ignorait si Pete connaissait son rôle d'informateur dans l'opération de Manchester.

Il ne voulait pas mettre Stella dans le pétrin. Il ne lui devait rien mais elle lui avait fait de la peine à Manchester. Elle avait semblé tellement jeune et fragile. Si jamais il la revoyait, ce qui était peu probable, il lui dirait qu'elle était beaucoup mieux sans maquillage.

— Que sais-tu ? demanda-t-il prudemment.

Pete s'attendait à ce type de réponse. Chris ne niait pas, il employait des faux-fuyants. C'était un aveu.

— Je sais tout, espèce de salaud !

Il avait l'impression d'être un ventriloque. Une autre personne lui mettait les mots dans la bouche et lui se contentait de bouger les lèvres.

— Attends une minute ! s'écria Chris en levant les mains. J'ai accepté uniquement pour la rassurer. Nous l'avons fait pour toi.

Ce fut la goutte d'eau qui fit déborder le vase. Pete jeta sa bière au visage de Chris.

— Tu es cinglé ! Pourquoi as-tu fait ça ? postillonna Chris.

— Tu as couché avec ma femme !

Les médicaments combinés à l'alcool l'excitaient. Heureusement, il n'avait aucune arme meurtrière à portée de main, à l'exception de dessous-de-verre trempés.

C'était mieux que rien. Il allait les lancer à la façon hyperefficace de David Carradine dans *Kung-Fu*, l'une de ses séries favorites qu'il regardait en famille, le samedi après-midi, dans son adolescence.

Chris fut sauvé par le mobile de Pete qui se mit à sonner. Il jouait le thème de *Shaft*. C'était un cadeau d'anniversaire de Stella. Pete avait essayé un nombre incalculable de fois de reprogrammer la sonnerie pour obtenir un air moins années soixante-dix. Sans succès. Il soupçonnait Stella d'avoir trafiqué le combiné avec Lauren afin d'empêcher toute modification. Si c'était le cas, le stratagème était efficace car Pete répondait dès les premières mesures pour arrêter la sonnerie.

— Allô ?

Pete se préparait à attaquer Chris et il était prêt aussi à se disputer avec la personne qui l'appelait. Il avait assez d'agressivité en lui pour mener deux batailles de front.

— Pete, c'est Stella. Où es-tu ? Je suis morte d'inquiétude.

— Ha, ha, ha !

Il n'avait jamais dit « Ha, ha, ha ! » auparavant. Dommage. C'était très gratifiant.

— Je ne t'entends pas. Il y a beaucoup de bruit autour de toi. Tu es dans un pub ?

— Je suis au Nag's Head, et j'essaie sans succès de tabasser ton petit ami. Comme je n'ai qu'un pied et une main valides, j'en suis réduit à lui lancer des dessous-de-verre. Mais je me sens déjà mieux.

— De quoi parles-tu ? Je n'ai pas de petit ami !

Pete tendit le téléphone à Chris.

— Tu as entendu ça ? Ta petite amie te renie. Un vrai judas.

Un client qui passait devant leur table s'arrêta en entendant cette phrase.

— Si vous permettez mon intrusion, vous trouverez dans la Bible que c'est Pierre qui renie Jésus. Judas le trahit, mais Pierre le renie. C'est une erreur courante.

Pete fixa l'homme avec incrédulité.

— C'est très énervant ce que vous me racontez là. Il va falloir que je me batte aussi avec vous.

L'homme s'en alla rapidement. Ce type n'était pas dans son état normal.

— Pete, Pete ! Que se passe-t-il ? criait Stella. Bon, j'arrive.

Sur ce, elle raccrocha.

Pete posa le téléphone, chercha son verre. Puis il vit Chris dégoulinant de bière et se rappela son geste. « Quel gaspillage », grommela-t-il.

Chris profita de cette accalmie pour enlever tout ce qui se trouvait sur la table, y compris le mobile de Pete.

— Pourrait-on tirer les choses au clair, s'il te plaît ?

— C'est inutile. Tout est clair comme de l'eau de roche. Maintenant, voyons voir..., dit Pete en regardant autour de lui pour chercher de l'inspiration.

Chris essaya d'attirer son attention à nouveau.

— Tu te trompes complètement. Il n'y a rien entre Stella et moi.

— Alors, comment se fait-il qu'on vous ait vus dans sa voiture en train de vous embrasser ?

Chris fit un gros effort de concentration pour comprendre. Finalement, il trouva. Le parking de l'école ! Il eut un large sourire en se remémorant la scène avec Stella.

— Cela n'a rien de risible ! s'écria Pete. Si je pouvais me lever et utiliser ma main droite, je t'assommerais pour ce sourire narquois !

Chris s'efforça d'éliminer toute expression de son visage. Il repensa à un cours qu'il avait suivi pour affronter des ados en crise de paranoïa. Il en avait oublié les trois quarts ; pourtant, il se rappelait vaguement un truc sur le sourire. Était-il bon ou mauvais de sourire ? Impossible de s'en souvenir.

— Ce n'est pas un sourire narquois. Je sais à quoi tu fais allusion et je comprends le malentendu. Nous ne nous embrassions pas. On a pu croire qu'on s'enlaçait mais, en réalité, je réconfortais Stella.

— Pourquoi avait-elle besoin de réconfort ? s'étonna Pete, qui l'écoutait enfin.

— Elle croyait que tu étais malade et que tu refusais de parler parce que tu niais ton état. Elle m'a demandé de découvrir la vérité lors de notre séjour à Manchester. Elle était bouleversée, c'est pourquoi je l'ai réconfortée.

Le cerveau embrumé de Pete mit un certain temps à enregistrer ces informations. Peu à peu, il se calma. Cette explication était plausible, concéda-t-il à contrecœur.

Sous le plâtre, son pied le démangeait terriblement, et sa main le faisait souffrir le martyre. Il était au bord des larmes. Chris était parti chercher deux autres bières au bar. Il est très confiant ou très stupide, pensa Pete.

Pourquoi l'idée que Stella ait une liaison avec Chris le tourmentait ? Il ne l'aimait plus. Il ne la désirait plus et, si Chris avait été son amant, ça lui aurait rendu un grand service.

Oh, non ! Me voilà devenu comme ces coureurs stéréotypés qui ne désirent plus leur femme et refusent qu'un autre la touche.

Pete était trop dur avec lui-même. Son comportement était typique mais il n'agissait pas par égoïsme.

Parce qu'il avait aimé Stella et pris soin d'elle, il était incapable de couper les liens de façon aussi abrupte.

Si Pete n'avait pas mélangé les médicaments avec la bière, il ne se serait pas transformé en bombe explosive, bourrée de frustrations et de colère.

Ses idées commençaient à s'éclaircir quand Chris revint du bar.

— Tout est arrangé ? demanda-t-il, prêt à esquiver un coup si la réponse était négative.

Pete acquiesça et but une petite gorgée de bière.

— Dieu merci !

Ni l'un ni l'autre ne savaient trop quoi dire. Ils allaient sans doute finir leur verre et rentrer chez eux, sans jamais se revoir. Chris prendrait une douche, Pete avalerait assez de médicaments pour assommer un bœuf, et la soirée se terminerait sans effusion de sang.

C'était compter sans l'arrivée de Stella, qui fit irruption dans le pub telle Boadicée décidée à vaincre tous les obstacles. Elle repéra Chris et Pete, et fonça sur eux. Au passage, elle heurta une table. Les verres se renversèrent sur les quatre clients, qui bondirent sur leurs pieds.

Stella ne vit rien. Elle se précipita sur Pete.

— Tu vas bien ? Au téléphone, tu vociférais et divaguais, j'ai pensé que tu t'étais cogné la tête.

Pete voulait qu'elle s'en aille. Elle lui tapait sur les nerfs. Mais il était calme à présent et il se domina.

— Ce n'était rien. Un petit malentendu avec Chris. Il a tiré les choses au clair et nous sommes à nouveau amis.

Il leva son verre à Chris en parodie de toast. Celui-ci, qui n'avait aucune idée de la tension entre Pete et Stella, déclara :

— C'est stupide, Stella. Quelqu'un t'a vue sur mes genoux dans ta voiture, la semaine dernière, tu te souviens ? Il l'a raconté à Pete et…

— D'habitude, c'est moi qui comprends tout de travers, constata Stella d'un air malheureux.

Chris sentit alors le malaise qui régnait entre eux.

— Pourquoi ne prends-tu pas un verre, maintenant que tu es là ?

— Non, merci. Viens, Pete, rentrons à la maison. Tu es très pâle.

— Tu n'avais pas précisé qu'elle était assise sur tes genoux, fit remarquer Pete d'un ton sinistre.

Oh, encore cette voix lugubre ! Chris mit adroitement les verres hors de portée.

— Pete, je t'ai expliqué…

— Non, tu as expliqué que tu l'avais réconfortée, pas qu'elle était sur tes genoux.

Dans son état vaseux, il avait complètement oublié qu'il avait trompé sa femme dans le lit conjugal, et imaginer Stella sur les genoux de Chris le rendait furieux.

Chris compta jusqu'à dix en silence.

— En réalité, elle était assise en travers du siège avant.

Il essayait de trouver une meilleure façon de décrire la situation sans utiliser le mot « genoux », qui irritait beaucoup Pete.

— Excusez-moi…

Stella, Chris et Pete levèrent les yeux. Quatre types baraqués les toisaient.

— Oui ? demanda Chris.

Vu l'humeur belliqueuse de Pete, mieux valait que ce soit lui qui réponde.

— Votre femme vient de renverser nos verres…, expliqua l'un des hommes.

Pete se pencha vers eux.

— Ce n'est pas sa femme. C'est la mienne. Pourquoi tout le monde s'obstine-t-il à penser le contraire ?

Un autre homme ricana et répondit :

— On s'en fout. Elle a bousculé notre table. Alors, que comptez-vous faire ?

Pete lui lança à la figure un dessous-de-verre. Ce n'était pas très kung-fu, mais il atteignit le gros costaud sur le nez, lui donnant un air ridicule. Les spectateurs rirent, Pete aussi.

— Je vois ! cria le gros costaud en soulevant la petite table et en la retournant.

— Faites attention à sa jambe ! hurla Stella.

Elle poussa un des malabars, qui tomba sur l'auditoire rassemblé autour du lieu de l'action.

Ils donnèrent des comptes rendus différents de ce qui se produisit par la suite. Pete s'attribua le mérite d'avoir fait des croche-pieds à plusieurs voyous avec son plâtre. Chris déclara n'avoir agressé personne. Stella pleura toutes les larmes de son corps en répétant : « Je ne sais pas pourquoi je m'inquiète à ton sujet, tu ne m'aimes plus. »

Que s'était-il vraiment passé ? Peu importe. Ils se trouvaient au milieu de la bagarre. Ils en étaient la cause, et probablement les instigateurs. Cela ne pouvait finir que d'une façon : ils furent arrêtés tous les trois.

Assise à l'arrière du fourgon de police, Stella regardait Chris et Pete. Elle agitait sa tête de gauche à droite tel un chien dans une Ford Cortina.

— Comment en sommes-nous arrivés là ? gémit-elle.

Ils auraient bien voulu le savoir.

22

Comment se fait-il que la vie soit devenue si belle ? se demandait Lauren. Elle chantait complètement faux et s'en fichait. Elle n'avait jamais été aussi heureuse. Elle se sentait en pleine forme et en paix avec le monde.

C'était une magnifique matinée de mars. Ils s'étaient mis en route en profitant d'un lever de soleil spectaculaire. Ils étaient seuls dans la voiture. Izzy avait téléphoné la veille pour dire qu'elle passait la nuit à Ambleside avec tante Joan. Elle s'était montrée vague quant à ses raisons.

— Vous le verrez bien assez tôt, avait-elle déclaré de façon énigmatique.

Elle se rendrait à Watford avec la voiture de Lauren et les retrouverait là-bas. Richard et Lauren se réjouirent de ce changement de programme, même s'ils n'en parlèrent pas. Richard avait réveillé Lauren à l'aube.

— Joyeux anniversaire ! avait-il crié en tirant les rideaux.

Lauren avait râlé, se recouvrant la tête de la couette. Richard l'avait retirée aussitôt.

— Petit déjeuner au lit pour votre anniversaire ! avait-il annoncé.

Lauren s'était assise péniblement et Richard avait posé le plateau sur ses genoux. Stupéfaite, elle avait contemplé le festin qui l'attendait.

— Vous êtes fou !

Richard s'assit au bord du lit.

— Vous vous souvenez de la nuit sur la montagne ?

— Pas vraiment, éclairez-moi, répondit Lauren en feignant de se creuser la cervelle.

— La nuit où je me suis cassé le pied à cause de vous.

— Ah ! cette nuit-là. Pourquoi ne pas l'avoir mentionnée plus tôt ? J'ai passé tellement de nuits en montagne avec tellement d'hommes que j'ai besoin de plus de précision.

— Vous vous rappelez quand on a énuméré nos plats préférés ?

— Bien sûr ! C'était une véritable torture. J'avais si faim ! Vous avez dit que vous adoriez les crêpes, les côtelettes d'agneau, les sandwichs à la banane et au sucre, les caramels au chocolat et la crème fraîche épaisse.

— Et vous, répliqua-t-il en désignant les mets disposés sur le plateau, les bonbons gélatineux, le crumble à la rhubarbe froide, les œufs durs panés enrobés de chair à saucisse et les pommes de terre en forme de gaufre.

Lauren regardait tous ces plats, ahurie, parce que la simple idée de manger l'un d'eux à six heures du matin lui donnait la nausée. Elle serra Richard dans ses bras.

— C'est l'attention la plus gentille qu'on ait jamais eue pour moi. La plus étrange, mais la plus gentille. Ça prouve que vous m'avez écoutée, cette nuit-là.

— Vous aussi.

— C'est différent, répliqua Lauren avec un soupir. J'écoute toujours les gens. Depuis que je suis enfant. Je croyais que tout le monde était comme ça. Mon père…

— Votre père ? l'encouragea Richard avec douceur.

Lauren prit un bonbon, qu'elle grignota délicatement.

— Rien.

— Lauren, aujourd'hui, c'est votre anniversaire. Alors, pourquoi ne pas vous comporter en adulte et parler de votre père ? Le ciel ne vous tombera pas sur la tête, vous savez.

C'était une mauvaise imitation de Freud.

— Très drôle, grommela Lauren en lui jetant un regard mauvais. Si je ne parle pas de mon père, c'est parce qu'il n'y a rien à en dire.

— Désolé, je ne vous crois pas. L'autre jour, vous avez déblatéré pendant une heure sur les papillons de nuit. Impossible de vous arrêter. Je m'ennuyais à mourir mais votre débit m'a impressionné.

Lauren lui donna une bourrade affectueuse.

— Vous devriez me brancher sur les comédies musicales de Broadway. Je peux en parler des jours entiers sans reprendre mon souffle.

— Dans ce cas, je suis persuadé que vous arriverez à sortir deux ou trois phrases sur votre père. Allez, comment était-il ?

Lauren comprit qu'elle ne s'en tirerait pas comme ça.

— Pourquoi en faites-vous tout un plat ? Il n'y a aucun secret de famille à découvrir. Pas de mauvais traitements, ni d'histoire dramatique ou sordide. Il ne me frappait pas. Il ne rentrait pas à la maison ivre – du moins pas après ma naissance, si j'en crois ma mère. Il ne…

— O.K., merci de m'avoir énuméré tout ce que votre père ne faisait pas, Lauren. Mais que faisait-il ?

Après avoir fouillé sa mémoire, elle lâcha :

— Il est mort. C'est tout.

Sa réponse la frappa. Pour elle, en effet, c'est tout ce qu'il avait fait. Maureen ne lui avait pas raconté grand-chose, excepté que son sourire avait changé son père. Il n'avait jamais vraiment été à ses yeux une personne réelle, plutôt une série d'anecdotes, des photos noir et blanc, et un souvenir vague chantant « Tu ne seras jamais seule ».

Elle adorait *Carousel*, surtout le passage où le père mort revient sur Terre et donne à sa petite fille une étoile. Ensuite cette fillette, pauvre et orpheline, peut affronter toutes les difficultés.

Lauren eut l'impression de recevoir un coup sur la tête.

— Mon Dieu ! J'ai fondé toute ma vie sur une scène de comédie musicale que j'ai vue à sept ans. Dans certains de mes rêves, mon père apparaissait même sous les traits de l'acteur du film, Gordon MacRae. À votre avis, c'est censé signifier quelque chose ?

Elle ne plaisantait plus. Et le quelque chose était quelqu'un : Richard. Elle admettait enfin qu'elle avait dressé une barrière entre elle et lui, une barrière l'empêchant de le voir tel qu'il était : peut-être le seul homme pour lequel elle n'aurait pas besoin de changer. Le seul homme qu'elle n'ennuierait pas. Celui qui ne la quitterait jamais. L'unique. Et si la barrière correspondait à des sentiments non résolus envers son père, elle avait envie de clarifier les choses.

— Si vous avez réellement fondé votre vie là-dessus, ça signifie que vous avez besoin d'années de thérapie pour reprendre pied dans la réalité ou…

— Ou ?

— Ou… que vous êtes comme tout le monde. Nous mélangeons inconsciemment les parties de notre vie que nous aimons avec d'autres, plus attrayantes, tirées de films, de nos rêves et de notre imagination. C'est normal.

— Je suis donc normale. C'est ce que vous êtes en train de me dire ?

— À peu près, confirma Richard.

Lauren essaya de s'imaginer comme une personne normale. C'était difficile.

— Alors, pourquoi je me conduis souvent de façon stupide ?

— Dans ces moments-là, vous êtes normale. C'est quand vous fuyez et changez de sujet que vous dérapez.

Il faisait allusion à New York, elle le savait. Depuis une semaine, elle refusait d'en parler.

— Je ne fuis rien, dit-elle doucement.

— Si, répliqua Richard. Vous avez envisagé d'aller aux États-Unis pour fuir votre vie ici, et maintenant vous fuyez ce qui vous donne envie de rester. Car vous avez envie de rester, n'est-ce pas ?

— Qu'en pensez-vous ?

Lauren avait besoin d'un dernier coup de pouce pour prendre sa décision.

Richard était heureux de le fournir.

— Arrêtez d'essayer de faire plaisir à votre père. Arrêtez de le chercher. Ne le laissez pas se mettre en travers de votre chemin. Ce père n'a jamais été réel, pour commencer. Une fois libérée de lui, vous trouverez facilement les réponses à vos questions, sans mon aide.

Richard était un homme sage : Lauren devait se décider seule.

La raison pour laquelle elle chanta jusqu'à Watford n'était pas très claire.

Elle singea Richard imitant Freud.

— Je n'ai jamais chanté en public auparavant. Sauf dans les fêtes de l'école et, la plupart du temps, je faisais semblant. Peut-être qu'inconsciemment je croyais que mon père ne voulait pas que je chante.

Richard lui donna une tape sur la jambe.

— J'ai créé un monstre ! Oubliez mon analyse d'amateur. Je me suis sans doute trompé sur toute la ligne.

— Peut-être, répliqua Lauren gaiement. En tout cas, j'ai un superanniversaire.

Puis elle interpréta une version à peine reconnaissable de *Tout ne peut que s'arranger*.

La situation s'arrangeait pour Pete, Stella et Chris. Beth arriva au commissariat à neuf heures le lendemain matin pour les faire libérer sous caution si nécessaire, et les reconduire chez eux. Pete avait donné son nom à la police en espérant que, en tant que médecin, elle les persuaderait qu'il n'était pas dans son état normal.

Au début, ils avaient refusé de la contacter. Ils voulaient qu'un docteur de la police examine Pete. Et, un vendredi soir, ce médecin avait de nombreux ivrognes comateux à voir en priorité avant de pouvoir s'occuper de ce malheureux trio.

Il ne fut pas impressionné, quand il se pencha enfin sur Pete et que celui-ci avoua avoir mélangé les calmants et la bière.

— Pas étonnant que vous ne pensiez qu'à vous battre. Un homme de votre âge, a priori intelligent, devrait faire preuve d'un peu plus de bon sens, non ?

— C'est la seconde fois en une semaine, docteur, interrompit le policier présent à l'examen. Il a été impliqué dans une bagarre à Manchester samedi dernier.

Le médecin eut une exclamation désapprobatrice. Pete rêva de lui donner un bon coup de poing, mais il réprima cette envie et décida de ne plus jamais boire. Refouler ses émotions pendant des années avait peut-être été malsain psychologiquement, mais physiquement cela lui avait sauvé la vie. Il avait déjà perdu l'usage d'une main. S'il se désinhibait un peu plus, il n'aurait plus l'usage d'aucun de ses membres.

Stella avait été relâchée après quelques heures de détention, mais elle décida d'attendre Pete et Chris. Elle se sentait responsable de l'agressivité de son mari envers lui, agressivité qui avait été le détonateur de la soirée.

Chris redoutait le pire. Il en était à sa seconde arrestation lui aussi et, cette fois-ci, il ne pouvait pas se permettre d'être mis en examen. Heureusement, il n'était pas ivre mort. S'il s'excusait platement, ils fermeraient peut-être les yeux.

Pete retenait toute l'attention des policiers. Le docteur avait déclaré qu'il n'avait à s'en prendre qu'à lui-même, mais ils éprouvaient de la sympathie pour lui. Il était si mal en point ! Il avait été victime d'un grave accident – comique, certes –, et ils estimaient normal qu'il se bourre de médicaments pour alléger ses souffrances.

Chris eut la chance d'être interrogé par un brigadier qui connaissait bien son école (ex-école) et la soutenait. Il mit tout sur le dos de Pete, dont l'humeur belliqueuse avait été officiellement imputée au mélange de bière et de médicaments.

Pete et Chris furent finalement libérés sous caution. Une nouvelle fois. Une nouvelle fois, ils se retrouvèrent devant un commissariat à attendre une femme pour les reconduire chez eux. Chris ne comprenait pas trop pourquoi Beth venait les chercher. Il n'était plus sûr de rien. Le monde entier était devenu fou, sauf lui. Il restait silencieux, au cas où Pete aurait envie de le battre et Stella de lui crier après.

Beth l'ignora. Elle s'occupa de Pete, et Stella sembla désapprouver cet intérêt. Chris ne s'en soucia pas. Il avait choisi de s'exclure de ce trio. Ils pouvaient se débrouiller seuls. Lui ne se mêlerait plus jamais des histoires de couple. Pas même du sien, vu son état d'esprit actuel.

Ensuite, Stella se mit à jacasser sur tout et rien. Surtout rien. Personne d'autre ne parvenait à placer un mot. Chris trouva ça pénible mais, après une nuit passée au poste de police, ils étaient tous crevés.

Beth déposa d'abord Stella et Pete. Stella bondit de la voiture pour aider Pete à sortir. Il s'appuya contre elle et remercia Beth en marmonnant. Stella ne dit rien. Quelle impolitesse ! songea Chris. Quand Beth arriva devant son immeuble, il chercha la formule appropriée pour remercier une ex-petite amie d'être passée vous prendre au commissariat après une bagarre d'ivrognes. Il eut beau réfléchir, il ne trouva rien.

— Merci, Beth.

— Je t'en prie !

Maureen s'était levée à sept heures pour nettoyer la maison. Elle n'avait jamais donné d'aussi grande réception et craignait d'oublier quelque chose. Assis dans la cuisine, Eddie épluchait des légumes. Il trouvait cette activité apaisante et, comme ça, il n'était pas dans les jambes de Maureen. Elle avait trimé jusqu'à deux heures du matin pour terminer le gâteau de Chris et Lauren.

— Je ne suis pas sûr que ce soit une bonne idée, déclara Eddie tandis qu'elle recouvrait le gâteau de Savoie d'un glacis rose.

— J'ai changé le dessin initial. Il n'y aura pas de cœur mais des triangles.

— Que veut dire un gâteau de Savoie rose avec deux triangles gravés des lettres C et L ?

— C'est la coutume pour un anniversaire commun. Tu me rends folle avec toutes tes questions ! Laisse-moi me charger du menu. Je sais ce que je fais.

Eddie continuait d'éplucher. Quoi qu'il arrive, ils auraient suffisamment de légumes pour tenir jusqu'à Noël.

Il entendit Maureen se débattre avec la planche à repasser et alla voir si elle avait besoin d'un coup de main. Il la trouva occupée à essayer de déchirer les étiquettes de nouveaux vêtements.

— Quand les as-tu achetés, chérie ? La chambre d'amis regorge de vêtements. Avec ta garde-robe, tu pourrais assurer la représentation de *My Fair Lady* !

Elle renonça à tirer et fourra le tout dans les mains d'Eddie. Il cassa calmement les étiquettes en plastique, puis éleva les vêtements devant lui pour les regarder.

Il y avait une jupe grise avec une tunique assortie et une robe noire.

— Tu vas à un enterrement ?

Elle les lui arracha des mains et commença à les repasser.

— Tu ne comprendrais pas, Eddie.

— Essaie, pour voir.

Maureen ne leva pas les yeux de son repassage effréné.

— Lauren a honte de moi, de mon look.

— Elle t'en a parlé ? demanda Eddie, qui connaissait l'ampleur du malentendu entre Maureen et sa fille.

— Pas de façon aussi directe, mais presque.

Eddie ferma les yeux pour garder son calme.

— Ma chérie, tu es comme tu es et je refuse de croire que Lauren veuille te mettre mal à l'aise. Je suis convaincu qu'elle ne désire pas te voir habillée comme Margaret Thatcher.

Maureen cessa de repasser.

— Je veux qu'elle m'aime, Eddie. Je veux qu'elle soit fière de moi, qu'elle m'admire et me pardonne. Je ferais n'importe quoi pour ça.

Eddie la prit dans ses bras.

— N'en fais pas trop quand même.

Maureen se dégagea de son étreinte.

— Arrête de dire des bêtises. As-tu commencé les navets ?

Eddie retourna dans la cuisine. Maureen dans une robe noire, songea-t-il. La journée s'annonçait difficile.

Chris était presque prêt quand la sonnette de la porte d'entrée retentit.

— Bonjour, monsieur.

C'était Dean Ryder.

La première pensée de Chris fut : complicité d'évasion. Si je continue à grimper les échelons du crime, à Pâques, j'incendierai des stations-service.

Il fit entrer le garçon.

— Comment as-tu eu mon adresse ? As-tu embauché une personne pour suivre ma voiture ? Posé un micro sur ma chaussure ?

— Vous êtes sur la liste électorale affichée à la bibliothèque, monsieur.

— Je ne pensais pas que tu savais où se trouvait la bibliothèque. Tu es très ingénieux.

— Et maintenant, vous allez me dire que si j'utilisais ma matière grise pour étudier au lieu de monter des mauvais coups, j'irais loin. À trente ans, je pourrais même travailler pour Marks & Spencer.

Chris regarda le garçon toucher et inspecter tout ce qui attirait son attention dans l'appartement.

— Nous savons tous les deux que tu es très intelligent. Que veux-tu, Dean ?

— Il fallait que je file. Quelqu'un allait me buter demain.

— Vraiment ? C'est mauvais, ça, non ?

— Ne soyez pas sarcastique, monsieur. Ce n'est pas une plaisanterie.

— Tu réalises ce que tu as fait ? Tu t'es évadé de Northview. Si… quand ils t'attraperont, ils te mettront dans une prison pour adultes.

— Ça m'est égal. J'ai juste besoin de partir quelque temps. Je vais dans le Nord, j'ai de la famille là-bas.

— Tu es venu me voir pour trouver une voiture ? Obtenir de faux papiers ?

— Pour que vous m'emmeniez quelque part. De préférence en dehors de la ville. Comme grâce à vous l'école a fermé, la plupart de mes copains sont en prison.

— Pourquoi penses-tu que je vais t'aider ?

Dean sourit à son ex-professeur.

— Parce que vous avez toujours eu une vie protégée et que je suis votre dernière chance pour vous en sortir.

Chris se revit dans la confiserie, paralysé de peur à l'idée de voler un KitKat.

— Watford, ça t'ira ?

Beth monta dans sa voiture. Stella est au courant, se répétait-elle. Elle sait. Elle évitait de nous regarder. Ses yeux fixaient un point entre nous. Mais elle ne dira rien. C'est son plan et il est excellent. D'après Pete, Stella est la reine des manœuvres de diversion. En ce moment, il est peut-être en train de boire un calmant et de se sentir beaucoup mieux.

Un seul homme avait aimé Beth avant Pete. Et cet homme l'avait quittée. Résultat : cent pour cent d'échecs en amour. Aujourd'hui, elle allait passer l'après-midi avec Pete et Stella. Cette dernière ne lâcherait pas son mari d'une semelle. Dans ce contexte, il lui appartiendrait. Est-il assez fort pour rompre ? se demanda Beth.

— Bill, explique-moi encore une fois, demanda

Ann. Qu'est-ce que l'on n'est pas supposés dire à Stella ? Je ne veux pas faire de gaffe.

Bill mit le contact.

— Ne t'inquiète pas. Tu ne peux pas aggraver leurs problèmes. Détends-toi et amuse-toi.

Izzy faillit avoir une douzaine d'accidents. À chaque coup d'œil dans le rétroviseur, elle découvrait une étrangère et s'affolait. Elle se rappelait alors que c'était elle et paniquait de plus belle. Il s'agissait d'une inconnue et elle n'avait jamais été à l'aise avec les inconnus.

Pourquoi avait-elle permis à la fille de tante Joan, Betty, de la prendre en main ? Mystère. De grands coiffeurs l'avaient suppliée de les laisser changer sa coiffure et elle avait toujours refusé. Elle avait peur, Dieu sait pourquoi. Vu l'opinion effroyable qu'elle avait d'elle-même, on pouvait se demander ce qu'elle redoutait. De paraître encore plus effrayante ?

Elle avait eu confiance en Joan. En roulant sur l'autoroute M1, elle comprit pourquoi : parce que Joan l'avait aimée. Elle était la première personne qui l'avait acceptée sans la juger.

En réalité, Joan avait pensé appeler la police en voyant Izzy entrer dans son magasin. Richard l'avait pourtant préparée, mais Izzy était si spectaculaire ! Heureusement que la vieille dame avait passé sa vie à duper sa famille, en jouant la carte de la douceur et de la stupidité, alors qu'en réalité elle était maligne comme un singe.

Elle n'en avait toujours fait qu'à sa tête grâce à ce talent d'actrice hors pair qui aurait pu la conduire droit au théâtre Royal Victoria de Londres. Elle était ainsi parvenue à diriger le magasin comme elle l'entendait, et arriva sans peine à dissimuler son horreur en accueillant cette créature digne de Halloween.

Mais cette feinte n'avait pas d'importance. Joan avait réussi là où tout le monde avait échoué auparavant. Elle aimait bien Izzy, et c'était tout ce que cette dernière désirait. Si elle affirmait que sa fille Betty accomplissait des miracles, Izzy la croirait.

Dans leur Range Rover, Stella et Pete attendaient qu'un conducteur londonien civilisé les laisse s'infiltrer dans le flot dense de la circulation. Stella avait cessé de parler. Ses batteries étaient à plat.

— Ne soyons pas odieux l'un envers l'autre, aujourd'hui, avait suggéré Pete en se préparant.

Stella n'avait pas répondu. Elle se concentrait sur son maquillage, qu'elle appliquait d'une main tremblante depuis vingt minutes.

Pete était dévoré de culpabilité. Mettre son attitude agressive sur le dos des médicaments ne lui remontait pas le moral. Cela lui donnait juste une excuse. Cette violence empoisonnée avait toujours été présente, tel un abcès prêt à percer.

Il se considérait comme un homme gentil et son comportement belliqueux l'avait choqué. Il détestait cet aspect de sa personnalité et désirait l'oublier au plus vite.

Pete alluma la radio pour couvrir le silence. *Je t'aimerai toujours*, chanta à pleins poumons Whitney Houston. Pete et Stella se précipitèrent en même temps pour éteindre la radio.

Ils échangèrent un petit sourire triste. Un sourire de compréhension mutuelle. Tu vois, disait ce sourire, nous ne sommes pas si différents, après tout…

23

— Laquelle ? La grise ou la noire ? demanda Maureen en présentant chaque tenue à tour de rôle devant elle.

— La dorée, répondit Eddie sans lever les yeux de ses navets.

— Nous en avons déjà parlé ! C'est une fête pour Lauren et je m'habille pour elle.

— Parfait. Dans ce cas, mets la rouge avec les grandes étoiles sur la jupe, tu sais, ta robe Cher.

— Si c'est pour dire des bêtises, tais-toi !

Elle se planta devant la glace et s'imagina avec la noire, la grise, la noire, la grise.

Eddie se plaça derrière Maureen et posa ses mains autour de sa taille, qui s'épaississait peu à peu.

— Regarde-toi, tu es malheureuse. Tes vêtements reflètent ta personnalité. Alors, porte ce dont tu as envie. C'est la seule façon d'être toi-même.

— Mais Lauren…

— Arrête ! Tu connais mon sens de l'intuition ?

Maureen adorait les pressentiments d'Eddie. Ils se

réalisaient toujours. Du moins le croyait-elle, car elle ne se rappelait que ceux-là.

— Eh bien, j'ai le sentiment que la journée d'aujourd'hui sera exceptionnelle pour toi et Lauren.

— Oh, Eddie, tu le penses vraiment ? J'ai tellement peur qu'elle ne t'aime pas !

— Pourquoi ne m'aimerait-elle pas ? s'étonna Eddie, les bras grands ouverts. Je suis un homme intuitif et sensible, l'incarnation du compagnon idéal pour la femme moderne.

— Je désire tant que cette journée soit une réussite !

— Va mettre ta robe rouge. Tu auras beaucoup de succès avec. Il s'agit d'une petite fête amicale avec des personnes qui se connaissent et s'aiment. Pourquoi veux-tu qu'il y ait des problèmes ?

Pete et Stella arrivèrent les premiers. Maureen ouvrit la porte, et s'écria en découvrant la robe noire et dorée très voyante de Stella :

— On a eu la même idée !

Les deux femmes admirèrent leur goût mutuel pour les tenues tapageuses.

Eddie aida Pete à s'installer.

— Venez vous asseoir. Qu'est-ce que je vous sers ?

— Juste un Coca pour moi. Je ne dois pas mélanger l'alcool et les médicaments.

— Dommage. Ce n'est pas drôle de ne pas boire à une fête.

— Aucun alcool ne parviendrait à égayer cette journée, avoua Pete à Eddie sur le ton de la confidence.

Eddie attendit une chute pleine d'esprit. En vain. Pete ne plaisantait pas. C'était une constatation.

Sur le chemin de la cuisine pour aller chercher des verres, il fit un rapide détour par la salle à manger, où il changea de place le carton de Pete, le mettant à l'opposé de lui et Maureen. On pouvait être un hôte agréable sans pour autant être masochiste.

Maureen et Stella discutaient de façon animée dans l'entrée.

— Alors, les filles, vous venez ? Vous encombrez l'entrée.

Traduction : Ne me laissez pas seul avec M. Jovial.

Eddie posa deux mains douces mais fermes sur leurs épaules et les conduisit dans la salle à manger, où Pete regardait fixement son Coca en faisant jouer les muscles de sa main valide.

Maureen se préparait à lancer un sourire éblouissant à Pete. Peut-être même à le serrer très fort dans ses bras. Eddie en observa les signes précurseurs, le tressaillement des joues, les bras tremblotants. Il devait lui épargner une rebuffade de la part de Pete.

— Tu ne nous présentes pas, Maureen ?

Maureen mit sa main sur sa bouche.

— Quelle idiote ! J'ai complètement oublié que tu ne connaissais personne. Voici Stella et Pete, son mari. Ce sont les meilleurs amis de Lauren. Ils se connaissent depuis vingt ans.

— Parfait. Et avant qu'elle ne m'oublie encore une fois, je m'appelle Eddie.

Maureen prit sa main fièrement.

— Eddie est mon compagnon. C'est comme ça qu'on dit de nos jours, n'est-ce pas ? Petit ami semble un peu loufoque pour une femme de mon âge.

— Je ne connais personne d'aussi jeune que toi, assura Eddie galamment en lui embrassant la main.

— À d'autres, susurra Maureen avec tendresse.

Leur bonheur donna à Stella l'envie de pleurer. Elle aurait tant voulu que Pete lui embrasse la main et lui chuchote des bêtises qui lui remonteraient le moral !

Eddie décida de lancer une conversation polie pour détendre l'atmosphère.

— Stella, depuis combien de temps êtes-vous mariés ?

— Quinze ans – c'est bien ça, Pete ? demanda-t-elle en toussant nerveusement.

— Oui, quinze ans, répéta Pete d'une voix égale.

Le ton suffit à mettre Eddie sur la voie.

—Vous m'excusez une seconde ?

Il retourna dans la salle à manger pour séparer les cartons de Pete et Stella ; mieux valait les placer le plus loin possible l'un de l'autre.

La sonnette de l'entrée retentit.

— Dieu merci, marmonna Eddie à voix basse.

— J'y vais, pépia Maureen. Occupe-toi de nos autres invités.

Eddie revint dans le salon, où Stella tournait le dos à son mari, à l'autre bout du canapé.

Je vais mettre de la musique, se dit-il, puisque Stella et Pete s'étaient téléportés dans un lieu inaccessible. Ne revenez pas trop tôt, songea-t-il de façon peu charitable.

Il s'accroupit pour passer les disques en revue. Puis il entendit Maureen revenir avec l'invité. Une femme seule, apparemment.

— Installez-vous pendant que je pends les manteaux. Stella, Pete, regardez qui est là ! Comme vous connaissez très bien Beth, je me permets de vous abandonner quelques minutes.

— Que fais-tu ici ? siffla Stella. Ne peux-tu pas laisser Pete tranquille une seconde ? N'as-tu pas déjà fait assez de mal ?

— Stella, mon cœur, ne l'attaque pas, dit Pete doucement.

— C'est bon, Pete, répondit Beth, je suis capable de me défendre. Écoute, Stella, je ne voulais pas venir, je ne sais même pas pourquoi je suis ici, sauf…

— C'est moi qui le lui ai demandé, l'interrompit Pete. Désolé, Stella, je ne supportais pas d'affronter cette journée seul.

— Tu n'es pas seul. Je suis avec toi.

— Je m'en vais, déclara Beth en se relevant.

Stella serra les mâchoires et fixa le plafond.

— Pas question. Tout le monde voudra savoir pourquoi tu es partie. Je souhaite seulement que cette journée se passe normalement. Tu me l'as promis, Pete ! Beth, pousse-toi, ordonna-t-elle en se rapprochant de son mari. C'est cruel, Pete, j'ignorais que tu pouvais être comme ça.

La voix tonitruante de Howard Keel qui jaillit des haut-parleurs lui évita de répondre. *Oh, quelle belle matinée !* chantait-il.

Pete, Stella et Beth restèrent tétanisés jusqu'à ce que le volume baisse à un niveau plus raisonnable. Eddie sortit alors sa tête de derrière le fauteuil. Les trois invités le regardèrent, horrifiés. Il avait tout entendu ! Eddie se dirigea d'un pas nonchalant vers la salle à manger. J'aurai bientôt besoin d'un génie en mathématiques pour organiser ce plan de table, conclut-il en éloignant Beth de Stella afin qu'elles ne se crachent pas dessus.

La sonnette de la porte d'entrée retentit à nouveau. Eddie eut envie de hurler : « Ne les laisse pas entrer, quels qu'ils soient ! » Mais Maureen recevait déjà les nouveaux arrivants. Il s'agissait d'un couple, cette fois-ci. Ce qui ne voulait rien dire. Un couple et une célibataire se trouvaient dans le salon et ça causait quelques problèmes.

Eddie alla dans l'entrée aider Maureen. Les invités avaient l'air normaux et sympathiques, comme Maureen et lui. Quel soulagement ! Il leur fit un accueil particulièrement chaleureux et discuta avec eux un moment avant de leur imposer les trois bonnets de nuit.

— Eddie, je te présente Bill et Ann ; ce sont les parents de Pete, avait dit Maureen.

— Parfait.

Je ne laisserai pas votre fils près des couteaux à viande, avait-il eu envie d'ajouter.

— Ils ont été adorables avec Lauren. C'est la première fois que j'ai l'occasion de leur montrer ma gratitude.

— Si tu veux vraiment leur montrer ta gratitude, renvoie-les pendant qu'il est encore temps, lui chuchota Eddie en accrochant les manteaux.

— Tsss ! le gronda Maureen.

Le moment arriva où ils durent rejoindre les autres invités. Ils échangèrent tous des regards furtifs. Eddie n'en pouvait plus.

— Tout le monde se connaît, je crois… Super ! poursuivit-il sans attendre de réponse. Il faut que j'aille jeter un coup d'œil sur les légumes. Je reviens.

Maureen arriva dans la cuisine pour trouver Eddie accroupi, l'oreille collée contre le passe-plat.

— Qu'est-ce qui te prend ?

— Chut ! Je n'entends rien.

— Mais qu'est-ce qui t'arrive ?

Eddie se rassit pour étirer son dos.

— Tes invités se détestent. C'est comme dans un roman d'Agatha Christie. Si nous les laissons seuls trop longtemps, ils vont s'entre-tuer.

— Tu exagères ! Va plutôt discuter avec eux. Je m'occupe des légumes… J'espère que Lauren ne va pas tarder, ajouta Maureen en regardant sa montre. Nous ne pouvons pas déjeuner sans l'invitée d'honneur. Allez ! Sauve-toi !

D'un coup de torchon enjoué, elle expédia Eddie dans le salon. Bill était assis à côté de Stella. Ils semblaient bien s'aimer. Miracle ! songea Eddie. Peut-être survivrons-nous à ce déjeuner, après tout. Il effectua un rapide détour par la salle à manger, où il plaça deux cartons côte à côte en toute confiance.

Beth restait dans son coin. Ann se dirigea vers elle. Les choses s'amélioraient. Eddie décida de donner un coup de pouce.

— Ann, connaissez-vous Beth ?

Ann sourit aimablement.

— Nous ne nous sommes jamais rencontrées, mais Stella m'a dit le plus grand bien de vous. Elle vous estime énormément.

— Merci, bégaya Beth.

— Bill ! cria Ann, viens faire la connaissance de Beth ! C'est l'amie de Stella… Tu sais, le docteur dont elle parle tout le temps.

— Je discute avec Stella, répondit Bill d'une voix sèche.

— Ne sois pas stupide, venez nous rejoindre… Il faut toujours expliquer aux hommes comment se comporter en société, confia-t-elle à Eddie en hochant la tête avec indulgence.

— On arrive dans un instant ! répliqua Bill d'un ton brusque.

Ann tressaillit et devint soudain très silencieuse. Manifestement, elle n'était pas habituée à ce que son mari soit aussi abrupt. Eddie décida de ne pas toucher au plan de table jusqu'à ce qu'il comprenne la nouvelle dynamique de groupe établie par Ann et Bill.

Ils écoutèrent trois autres chansons d'*Oklahoma* avant qu'une autre personne ne se présente. Deux personnes, pour être plus précis. Il s'agissait de Chris, l'autre invité d'honneur, et de Dean, qui n'était pas attendu.

Chris attira Maureen dans un coin.

— J'espère que ça ne vous dérange pas. Il s'est mis à pleuvoir des cordes et ce garçon attendait d'être pris en stop pour aller rendre visite à sa famille dans le Nord. Je ne me voyais pas le laisser sous cette pluie battante.

— Bien sûr, seul un monstre sans cœur l'aurait abandonné.

— Il aurait pu attraper une bronchite, lança Eddie à Maureen, qui lui tira la langue en retour.

Eddie se sentait de plus en plus confiant. Chaque nouvelle arrivée augmentait les possibilités de permutation entre les invités. Logiquement, ils ne pouvaient pas tous se détester. Eddie n'allait pas jusqu'à espérer qu'ils s'entendent. Il avait renoncé à cette idée utopique après la deuxième sonnerie. S'il n'y avait pas d'effusion de sang, il s'estimerait heureux.

Chris agit comme un catalyseur dévastateur qui réfuta complètement sa théorie. Pete, Stella et Beth bondirent de leur siège en même temps. Pour Pete, ce ne fut pas aussi rapide, vu son état, mais il parvint finalement à se tenir debout.

— Qu'est-ce que tu fous ici ? éructa-t-il.

Il ne voulait pas voir Chris. Beth se comporterait différemment en présence de Chris. Et si ce dernier tentait de la reconquérir ?

Perplexe, Chris dévisageait tous ces visages familiers.

— Je suis là parce que Lauren m'a invité et sa mère aussi. Et toi ?

Au moment où il posait cette question, il se serait

giflé. Quel idiot de n'avoir pas pensé que les plus vieux amis de Lauren, Stella et Pete, seraient présents ! En revanche, que faisait Beth ici ? Il savait de façon certaine qu'elle n'était pas liée à Lauren. Il tombait toujours sur elle, ces temps-ci, remarqua-t-il. Puis il réfléchit. Il tombait toujours sur elle quand Pete se trouvait dans les parages.

Pas possible ! Beth et Pete ! Il n'y croyait pas, mais il suffisait de les regarder pour qu'ils se trahissent. Furieux, Chris s'approcha de Pete et chuchota d'un ton amer :

— Comment as-tu osé t'en prendre à moi pour une liaison imaginaire avec ta femme alors que tu la trompes avec mon ex-petite amie ?

Ann se rendit compte que Pete avait des mots avec l'autre invité. Ils n'avaient pas l'air très amis. Elle se dirigea vers eux.

Bill adressa un regard furieux à son fils pour l'avertir. Pete comprit le message.

— Ce n'est pas le moment… S'il te plaît, Chris. Je suis désolé pour hier, je n'étais pas bien.

— Tu m'en diras tant ! cracha Chris.

Il se retourna pour s'éloigner car il ne voulait pas bousiller la fête, même si l'atmosphère n'était déjà pas folichonne. Pete le rattrapa.

— Est-ce mon imagination ou c'est ton copain, le petit truand, que je vois là-bas, occupé à inspecter la maison avant de faire un mauvais coup ?

Chris baissa la voix.

— Oui, c'est lui, et j'apprécierais que tu te taises.

Je l'ai mis dans le pétrin à Manchester et j'essaie de l'aider.

Pete regarda Dean. Il paraissait si jeune dans cette assemblée ! D'accord, il se tairait, mais il le surveillerait de près. Il enfonça son portefeuille plus profondément dans sa poche.

— Merci, dit Chris.

Eddie s'évanouit presque de soulagement en voyant Pete et Chris se serrer la main.

— Bonjour, Beth.

Chris se posta à côté d'elle en observant le champ de bataille qui s'offrait à leurs yeux.

— Bonjour, Chris, répondit-elle froidement.

— Tout cela est très inattendu, n'est-ce pas ?

— J'ignorais que je viendrais jusqu'à la dernière minute.

— Ce n'est pas ce que je voulais dire, Beth.

— Ça ne te regarde plus, rétorqua-t-elle en rougissant.

— Peut-être, mais cela ne m'empêche pas de me soucier de toi.

— Parfait. Je m'en fiche.

— Tu ne peux pas construire ton bonheur sur le malheur d'une autre personne, déclara-t-il soudain, se lançant de façon enthousiaste dans son nouveau rôle de redresseur de torts.

Elle le dévisagea.

— Je n'ai jamais voulu ça. C'est toi qui es parti. Je fais de mon mieux, vu la façon dont tu m'as laissée tomber.

Chris s'adoucit.

— Si ça peut te remonter le moral, je regrette notre séparation.

— Je ne pense pas, dit Beth en souriant. Ce qui te manque, c'est une personne rassurante qui sache t'écouter. J'étais heureuse avec toi parce que je croyais ne pas pouvoir espérer plus.

Chris eut un rire sans joie.

— Et grâce à Pete, qui comprend tes désirs, tu te sens une vraie femme, c'est ça ? Ton père et ta mère seront enchantés ! Un homme marié. À moins que tu le caches dans une tour en attendant d'avoir le courage de leur parler.

— J'ai déjà eu ce courage. C'est toi qui me rendais faible. Je ne t'ai pas présenté à mes parents parce que je n'ai jamais vraiment cru que nous resterions ensemble. J'ai toujours senti que tu ne franchirais pas le pas. Et les faits m'ont donné raison, n'est-ce pas ?

Chris ne répondit pas. Il repensait à son affolement quand Beth avait finalement accepté de dévoiler leur relation à ses parents. Elle avait raison, bien sûr. Même Dean avait détecté sa peur viscérale de prendre des risques et l'avait défié.

— Pourquoi, Chris ? n'avait-elle cessé de lui demander, le jour de son départ.

Il lui avait donné une dizaine de réponses usées jusqu'à la corde : « J'ai besoin de temps pour moi… Je crois que nous sommes allés au bout de notre relation… Ce n'est pas toi, c'est moi… » En d'autres mots, pas de réponse du tout.

Beth n'avait pas assez d'expérience pour oser lui

poser la question qui la tourmentait. Celle qui aurait forcé Chris à reconnaître les vraies raisons de son départ et qui les aurait laissés moins traumatisés, mieux armés pour progresser après cette fin lamentable.

Mais depuis, Beth avait acquis plus d'assurance.

— Pourquoi m'as-tu quittée à ce moment-là ?

— Je te l'ai dit, bafouilla Chris, je voulais... Tu sais, cela faisait cinq ans et...

— Cinq ans ! Exactement. Alors, pourquoi à ce moment-là ?

Pas question qu'il s'en tire comme ça. Elle pouvait se montrer audacieuse, car ça n'avait plus d'importance. Du moins pour elle. Chris ne désirait pas poursuivre le sujet, mais il se sentait téméraire. N'avait-il pas relevé le défi de Dean ? Je suis un bagarreur et un complice de criminel. Je suis courageux.

Il prit une inspiration profonde.

— Je m'étais persuadé que nous n'étions pas mariés et que nous ne parlions pas d'enfants parce que tu cachais notre relation à tes parents. C'était la preuve que tu ne voulais pas t'engager.

— Très bien, concéda Beth. Mais quand j'ai recouvré mes esprits...

— ... tu m'as enlevé ma dernière excuse. C'était à moi de jouer, et j'ai réalisé que...

— ... tu ne voulais pas t'engager. Tu m'aurais laissée tomber des années plus tôt si j'avais pris notre histoire au sérieux dès le début. J'étais la petite amie parfaite pour un phobique de l'engagement : j'en avais encore plus peur que toi.

Chris sourit faiblement.

— Comme je l'ai dit, c'était moi, pas toi. Si ça peut te consoler, je suis arrivé à la conclusion que j'ai fait une erreur. Tu m'as pris au dépourvu. Je me suis affolé. Si j'avais eu plus de temps, je n'aurais pas agi aussi précipitamment.

Beth eut pitié de son sens du timing désastreux.

— C'est trop tard, tu le sais, n'est-ce pas ? Et c'est la faute de ta peur stupide.

— Nous avons tous peur, Beth, dit-il avec douceur.

— Pas Pete, répondit-elle gentiment.

C'est à ce moment-là que Chris comprit enfin qu'il l'avait perdue.

Maureen commençait à s'inquiéter : Lauren était en retard. Elle avait essayé de l'appeler sur son mobile, en vain. Eddie lui rappela que Lauren l'avait jeté dans un lac.

— Elle n'a pas hérité de mon bon sens, maugréa Maureen, irritée.

Eddie s'abstint de tout commentaire. Cet homme était un saint.

— Il doit y avoir des embouteillages parce que les deux autres filles, Iseut et Lizzie, sont aussi en retard. Je suis sûr qu'ils ne vont pas tarder.

Izzy arriva une demi-heure plus tard en s'excusant. Elle raconta des histoires de travaux, de bouchons et de voie à contresens.

— Lauren et Richard sont dans une autre voiture, mais ils ont dû rencontrer les mêmes problèmes que moi. S'ils sont partis plus tard, ils sont certainement bloqués au beau milieu.

Soudain, Izzy regarda autour d'elle et se rendit compte qu'ils la dévisageaient tous.

— Qu'est-ce qu'il y a ?

Elle avait oublié la transformation réalisée par Betty.

— Izzy ! s'écrièrent Beth et Chris en même temps.

Chris se précipita sur sa sœur et la fit tourner lentement sur elle-même.

— Tu es superbe ! Je n'en crois pas mes yeux !

Beth hochait la tête, stupéfaite. Elle oublia leur ancienne animosité.

— Tu es sublime. Tes cheveux ! Où es-tu allée ?

— Chez une coiffeuse de la région des lacs, dit-elle avec désinvolture.

Personne n'avait besoin de savoir que Betty l'avait installée dans le salon de Joan et avait accompli cette métamorphose sans quitter la télévision des yeux.

Izzy n'était pas habituée à cette façon de procéder. Betty l'avait d'abord regardée sans exprimer d'émotion particulière, puis elle avait pris une serviette orange délavée et s'était mise au travail. Elle n'avait pas les manières serviles des coiffeurs des quartiers huppés où Izzy payait allégrement deux cents livres. Sans un mot, Betty avait coupé ses cheveux à toute vitesse. Ensuite, elle avait appliqué un rinçage châtain foncé, une nuance très naturelle qui mettait en valeur le teint pâle d'Izzy. Les petites mèches fines qui encadraient son visage anguleux lui avaient donné l'air féminine et fragile.

Ensuite, Betty était passée au visage. Elle avait conseillé à Izzy un maquillage très léger pour dissimuler les rides d'expression du front, héritage d'années de solitude, et un rouge à lèvres vif pour illuminer ses traits. Le résultat était à couper le souffle.

— Donnez-moi votre manteau, lui dit Maureen, et racontez-moi comment vous avez fait pour avoir d'aussi beaux cheveux.

Dean Ryder ne la quittait pas des yeux.

— C'est un mannequin ? chuchota-t-il à Chris.

— C'est ma sœur, répondit ce dernier, encore sonné par son nouveau look. Et pas question de la toucher.

Dean leva les mains innocemment.

— Vous envisagez toujours le pire avec moi.

— Pourquoi, à ton avis ? Tu as gaspillé toutes les occasions de t'en sortir ! Ton attitude est suicidaire, et je suis fatigué d'essayer de te sauver de toi-même.

Dean évita les yeux de Chris.

— Eh bien, vous n'aurez plus à vous fatiguer… Il ne pleut plus, constata-t-il en regardant par la fenêtre. Je vais m'en aller.

Chris posa sa main sur l'épaule de Dean.

— J'aimerais vraiment que tu réfléchisses. Tu vas passer ta vie à fuir. Je peux t'aider en expliquant à Northview qu'on t'a menacé.

Dean sourit. Un vrai sourire.

— C'est gentil, monsieur, seulement ça ne servira à rien. Ne vous inquiétez pas pour moi, je m'en tirerai.

C'était vrai. Dean n'avait fait que des conneries

mais il s'en sortirait, réalisa Chris, très déprimé. Alors que lui, qui s'efforçait de bien se conduire, coulait à pic.

Stella se rapprocha de Pete.

— À quoi penses-tu ? s'enquit-elle.

Pete se retint d'éclater de rire. Stella ne comprendrait pas pourquoi il trouvait ça si drôle. Il avait tellement rêvé qu'elle lui pose cette question !

— Je regarde Chris avec ce garçon.

— Il est dangereux ?

— Je ne crois pas. C'est juste un gamin. Perturbé, peut-être définitivement perdu, mais encore un enfant. Il a eu de la chance d'avoir Chris pour professeur. Je me demande s'il en a conscience.

Encouragée que Pete lui parle normalement, Stella s'anima.

— As-tu pensé toi-même à enseigner ? Tu as cette indemnité de licenciement qui va nous permettre de continuer. On réduira notre budget et tu pourrais suivre une formation. Ils donnent des bourses pour les étudiants adultes car ils recherchent des professeurs à cor et à cri. Tu serais génial, tu as toujours eu un excellent contact avec les enfants.

Pete la regarda affectueusement. Cette sorte de regard qu'un frère adresse à sa sœur adorée. Stella en eut le cœur brisé.

— J'ignorais que tu l'avais remarqué.

— Je remarque tout ce que tu fais, répondit Stella, la gorge serrée. Je préférais ne pas en parler. Pour des raisons évidentes.

Elle se dépêcha de poursuivre avant que Pete ne se réfugie dans le silence :

— Oui, et, curieusement, j'ai aussi réfléchi à ça. Je suis très égoïste, mais beaucoup de personnes égoïstes ont des enfants et je ne ferais pas forcément une mauvaise mère…

Pete prit sa main avec fermeté.

— Stella, tais-toi.

Stella eut envie de vomir ; pourtant, elle ne renonça pas.

— Je sais ce que tu vas dire : tu n'es pas heureux avec moi. Mais je changerai ! J'y arriverai.

Il posa un doigt sur ses lèvres si gentiment que ça la bouleversa.

— Tais-toi, répéta-t-il. C'est trop tard. Beaucoup, beaucoup trop tard. Et même si tu y parvenais, ce ne serait pas une bonne chose. Si tu changes pour me plaire, tu passeras le reste de ton existence à jouer un rôle. Ce n'est pas une vie.

Stella avait conscience de la présence des autres dans la pièce et elle se contrôlait. Même quand sa vie s'effondrait, elle n'oubliait pas ses obligations sociales. Elle ne pouvait pas hurler, le battre ou piquer une crise de nerfs.

— Ce serait une vie avec toi au lieu d'une vie sans toi, répondit-elle doucement. Je ne supporterais pas que tu me quittes.

Pete comprit pourquoi il était resté marié avec Stella autant d'années : il avait toujours redouté cette confrontation atroce qui tuait Stella à petit feu. La seule raison pour laquelle il y parvenait maintenant, c'était Beth.

— C'est à cause de Beth, n'est-ce pas ? souffla Stella, vaincue.

Pete décida d'être franc.

— Je te quitte à cause d'elle, c'est vrai, mais je serais parti de toute façon. Nous ne sommes plus un couple depuis des années.

Stella avait une dernière carte à jouer, celle qui lui avait si souvent rendu service dans le passé.

— Je t'en supplie ! Ne me quitte pas. Je me moque que nous ne soyons plus un couple. Je m'en fiche !

Pete retira sa main.

— Tu ne devrais pas t'en ficher, Stella. Je m'en soucie. Tout le monde devrait s'en soucier.

La voix de Stella devint presque inaudible.

— Alors, c'est ma punition ? Je te perds, je perds ma maison, tout ? Parce que j'étais prête à me contenter de ce que j'avais ?

Pete reprit sa main, de façon plus ferme cette fois-ci.

— Stella, tu m'avais déjà perdu. Mais tu ne perdras rien d'autre. Tu auras le reste de mon indemnité de licenciement et je paierai ma part de l'emprunt jusqu'à ce que la maison soit vendable. Tu n'auras pas envie d'y rester, n'est-ce pas ? Pas après ce qui vient d'arriver.

— Et ensuite, quoi ? marmonna Stella d'une voix terne. Je récupère ma part et j'achète une bicoque dans un lotissement de banlieue ?

Pete la dévisagea.

— Peux-tu penser à autre chose qu'à une maison,

pour une fois ? Tu auras une grosse somme d'argent, donc la possibilité de voyager, de monter ta propre entreprise, de prendre des risques.

— Je ne veux pas prendre de risques. C'est la raison pour laquelle je t'ai épousé.

Sa perspicacité la surprit. Pete tressaillit. Même s'il l'avait toujours soupçonné, il était un peu blessé.

— Maintenant c'est clair ! reprit Stella. Tu m'as épousée sous des prétextes fallacieux. Tu as prétendu m'aimer comme j'étais, vouloir les mêmes choses que moi. J'ai été la seule honnête dans ce mariage, je le réalise à présent. Je n'ai pas changé, c'est mon crime. Tu as changé, c'est le tien.

— Je suis désolé, dit Pete en lui adressant un regard honteux.

Ce regard donna à Stella la dignité nécessaire pour survivre. C'était peu, mais elle s'y raccrocha. Elle se leva sans bruit. Elle ne voulait pas gâcher la fête en faisant une scène. Cette réaction prouvait l'impossibilité de sa promesse désespérée à Pete : elle n'arriverait pas à changer.

Stella se dirigea vers la porte sans se retourner. Elle en avait envie, mais son instinct lui dictait de regarder droit devant elle. Elle prenait le premier risque de sa nouvelle vie.

— Où va Stella ? s'enquit Ann.

Pete regarda Bill, qui comprit immédiatement la situation et chuchota à sa femme :

— Je crois que nous devrions nous en aller, je t'expliquerai tout dans la voiture.

— Mais nous venons à peine d'arriver. Nous n'avons même pas encore vu Lauren et nous n'avons rien mangé. On ne peut pas partir. Pauvre Maureen, elle s'est donné tant de mal !

Bill adressa un regard furieux à Pete, qui eut envie de rentrer sous terre.

— Ne t'inquiète pas, je suis sûr qu'elle comprendra. Pete lui expliquera – n'est-ce pas, Pete ?

Pete acquiesça d'un air malheureux. En quelques secondes, Bill avait pris leurs manteaux, et il poussait vers la porte Ann, qui continuait de protester.

Maureen et Izzy revinrent de la cuisine en bavardant gaiement. Elles regardèrent la pièce à moitié vide et s'arrêtèrent net.

— Qu'est-il arrivé ? Où sont les autres ?

Beth et Chris avaient assisté à la scène, horrifiés. Dean s'était bien amusé. Des années plus tard, il se découvrirait une passion pour le théâtre qu'il attribuerait à ses rencontres avec ces gens bizarres mais respectueux des lois.

Pete se devait de fournir des explications. Impossible d'y couper. Il avait envie de bondir et de s'enfuir, seulement il y avait Beth. À partir de maintenant, il devrait toujours penser à elle. Au lieu de se sentir piégé, il en éprouvait une grande joie.

— Stella n'était pas bien et mes parents ont décidé de la raccompagner.

Comme tous les menteurs débutants, il n'avait pas vraiment réfléchi à son mensonge.

— Pourquoi ne l'avez-vous pas accompagnée vous-même, Pete ? demanda Maureen.

Il réalisa son erreur.

— J'ai pensé que… Lauren voudrait voir l'un d'entre nous, bafouilla-t-il. Nous avons donc décidé que je resterais.

D'après l'atmosphère, Izzy se rendit compte qu'il s'était produit un incident important. Comme personne ne faisait rien pour sauver la situation, elle décida de prendre les choses en main. Sa nouvelle coupe de cheveux lui conférait une nouvelle assurance. Que Dieu te bénisse, Betty ! songea-t-elle.

— Et si nous commencions à déjeuner avant que les légumes d'Eddie soient réduits en bouillie ? Lauren et Richard sont manifestement coincés dans un embouteillage, et ils ne voudraient sûrement pas qu'on les attende.

— Merci ! cria Eddie de la cuisine.

Il avait entendu la scène qui s'était déroulée dans le salon, et pendant que Maureen questionnait Pete il avait retiré promptement trois cartons de la table et bougé les chaises pour combler les vides. Il laissa les cartons de Lauren et de Richard, ainsi que celui de la mystérieuse Lizzie, au cas où ils ne tarderaient pas à arriver.

Dean, le seul à voir faim, prit l'initiative de conduire les invités réticents à la salle à manger.

Maureen était désespérée. Sa fête tournait au fiasco : Lauren n'était même pas là ; les invités repartaient sitôt arrivés, et ceux qui restaient n'avaient pas l'air d'humeur festive. Eddie remarqua sa tristesse. Il la serra dans ses bras et lui donna un baiser rassurant.

— Tout ira bien. Continue à sourire.

Le déjeuner était servi.

— Vous n'avez rien d'autre à manger, Richard ? s'enquit Lauren.

Ils n'avaient pas bougé depuis une heure. Le nombre de voitures de police fonçant sur la bande d'arrêt d'urgence indiquait que l'attente serait longue. Sur les conseils de Richard, Lauren avait fouillé les poches des vêtements de randonnée dans le coffre pour voir quelles friandises elle pouvait dénicher. Elle trouva de nombreux gadgets très utiles pour traverser un torrent, affronter le soleil ou attraper un lapin peu farouche.

Le butin se réduisit à deux barres chocolatées, des bonbons à la menthe et un morceau de l'éternel gâteau Kendal.

— Partageons le tout. Nous ignorons combien de temps nous allons rester coincés ici.

— Bonne idée ! s'écria Lauren avant de dévorer sa part en deux minutes. Et surtout, ne me demandez pas quels sont mes plats préférés, sinon je vous torture en chantant non-stop des tubes ringards.

Richard fit semblant de mourir dans d'atroces souffrances, puis il lui offrit un morceau de son chocolat. Lauren l'accepta avec reconnaissance. Richard bougeait de temps à autre afin de trouver une meilleure position pour son pied, Lauren regardait par la vitre. Partout, il n'y avait que des voitures.

— Je déteste les voitures, déclara-t-elle.

— Non, vous ne les détestez pas, répliqua Richard avec placidité. Vous dites ça parce que vous êtes dans un embouteillage. Une fois de retour à Londres, vous vous demanderez comment vous avez pu affirmer une chose pareille.

Lauren le dévisagea.

— Pourquoi n'arrêtez-vous pas de me contredire ? D'abord, vous assurez que je ne pourrais pas vivre à la montagne. Maintenant, vous affirmez que je ne déteste pas les voitures. Qu'est-ce qui vous rend si perspicace à mon sujet ?

— À votre avis ?

Lauren rougit. Enfin ! songea Richard. Une réaction ! Elle a compris.

Lauren regarda dehors. Elle s'efforçait de voir du vert au-dessus de la fumée des pots d'échappement.

— Vous savez ce que je pense ?

— Non, mais je meurs d'envie de le savoir, répondit Richard.

— Je pense qu'il est étrange d'être là avec vous, au milieu de tout ce gris, de cette fumée et de ce bruit, alors que je vous associe toujours à la nature, aux nuages et au silence. Vous paraissez différent.

— Est-ce une bonne ou une mauvaise chose ?

— Vous me semblez réel pour la première fois depuis que je vous connais. N'est-ce pas étrange ? À Tendale, ces deux dernières semaines, tout était irréel. C'était un refuge pour échapper au gâchis de ma vie à Londres. Et ce refuge me permettait aussi de ne pas réfléchir à New York.

Richard prit sa main. Lauren raidit ses doigts, sans pour autant la retirer. Richard ignorait où elle voulait en venir, mais si elle laissait sa main dans la sienne, elle pouvait discourir toute la journée.

— Je croyais que je vous aimais bien, que j'arrivais à vous parler et à être franche avec vous parce que vous n'aviez pas de place dans ma vie. Rien n'avait d'importance puisque ça ne portait pas à conséquence : je rentrerais à Londres ou je partirais à New York.

Richard serra sa main.

— Vous aviez donc décidé que j'étais sans importance… Y a-t-il une amélioration ou me préparez-vous à la mise à mort ? demanda-t-il sur le ton de la plaisanterie, en espérant qu'il blaguerait toujours quand elle aurait terminé.

Lauren se tourna pour le regarder.

— Ça s'améliore, dit-elle avec ironie.

— C'est un soulagement, surtout après vous avoir donné le dernier morceau de chocolat.

— Il y a quelques jours, j'ai réalisé mon erreur. Peut-être le savais-je inconsciemment depuis le début, mais il me fallait le comprendre par moi-même.

— Quelle erreur ? Ne la jouez pas énigmatique avec moi. Ce n'est pas parce que nous avons eu une discussion sérieuse au sujet de votre père que j'apprécie les conversations sibyllines. C'était exceptionnel.

Lauren éclata de rire. Dieu merci ! elle rit, songea Richard. Tant qu'elle souriait, il y avait toujours un risque.

— Mon erreur a consisté à tout prendre à l'envers,

déclara-t-elle. La soirée à Londres, la rencontre avec Chris, le bar à sushis, ces événements faisaient partie de ma réalité. Du coup, le reste devenait une illusion, un beau rêve inaccessible pour une citadine. Et vous apparteniez à cette illusion. À présent que Londres et New York sont devant moi, Tendale derrière moi et vous à côté de moi, je sais qu'une seule chose compte réellement.

Richard pria pour la première fois de sa vie. Il demanda à Dieu son premier et dernier miracle : Faites que ce soit moi, faites que ce soit moi !

24

— Pourquoi un garçon intelligent comme toi se conduit-il ainsi ? demanda Eddie à Dean. Tu veux passer ta vie en prison ?

— Je ne suis bon qu'à piquer des bagnoles, avoua Dean.

— C'est faux, intervint Chris. Tu es très doué pour les maths. Tu te mettrais facilement à l'informatique.

Ces deux hommes qui essayaient de le modeler à leur image oppressaient Dean.

— Vous me voyez comme un drogué qui désire décrocher sans y arriver. Vous ne comprenez pas : j'adore ce que je fais ! J'adore l'excitation de me retrouver au volant d'une voiture que je n'ai encore jamais conduite. J'adore être poursuivi par la police. Parce que je n'ai rien à perdre.

Inutile de lui dire qu'il pouvait perdre sa vie. C'était un adolescent, il se croyait immortel.

L'entêtement de Dean ne fit pas renoncer Eddie.

— L'entreprise où je travaille a toujours besoin de stagiaires. Tu ferais un excellent vendeur. Tu as du bagout, tu es effronté, tu retiens les chiffres et, apparemment, tu sais conduire.

Dean le regarda avec pitié.

— Vous n'y êtes pas. Pourquoi vous ne m'écoutez pas ? Je ne veux pas être comme vous. Je ne veux pas de travail. Je ne veux pas me ranger. Je ne veux pas changer !

Il se leva soudainement et sa chaise tomba par terre. Tout le monde le dévisagea.

— Merci pour le déjeuner. Je m'en vais. Au revoir… Merci de m'avoir emmené en voiture jusqu'ici, monsieur.

Il prit son sac à dos, et tourna les talons.

— Vous ne le rattrapez pas ? s'étonna Eddie.

Chris alla à la fenêtre et vit Dean descendre la rue en plastronnant, comme un petit caïd.

— Non. Peut-être qu'un jour il reviendra.

— J'espère que non, marmonna Maureen, dont l'hospitalité avait été mise à rude épreuve quand elle avait surpris Dean en train de glisser un cadre de photo en argent dans son sac.

Chris suivit l'adolescent des yeux jusqu'à ce qu'il disparaisse. Une partie de lui s'en allait avec le garçon.

Puis il se tourna pour faire face aux regards piteux autour de la table. Pete et Beth étaient assis à l'opposé l'un de l'autre. Eddie les avait placés ainsi après avoir été témoin de l'humiliation douloureuse de Stella.

Chris et Dean avaient encadré Izzy, et Maureen avait été heureuse de se retrouver à côté d'Eddie. Le repas s'était déroulé comme prévu. Les légumes étaient trop cuits, mais tout le monde les termina car Maureen les y encouragea vigoureusement pendant qu'Eddie faisait la vaisselle dans la cuisine. Le poulet était mangeable, c'est tout ce qu'on pouvait en dire. Les invités le finirent aussi. Ils avaient trop peur de Maureen pour en laisser dans leur assiette.

Comme Lauren l'avait prédit, il y avait une glace Viennetta pour le dessert. Avec une bougie. Maureen avait sagement décidé que le gâteau rose n'était pas approprié.

— Pourquoi avoir mis une bougie ? s'enquit Izzy. Lauren n'est pas là.

Maureen soupira.

— Je sais, mais il n'y a aucune raison d'oublier Chris.

Chris eut l'air déconcerté. Son étonnement augmenta quand tout le monde se mit à chanter « Joyeux anniversaire ». Izzy s'était levée, prétendument pour aller aux toilettes. Au passage, elle se pencha et chuchota à son frère : « Je t'expliquerai. »

C'était là que tout avait commencé ? se dit-il. Quand j'ai fermé les yeux sur un petit mensonge relatif aux anniversaires ? Deux semaines plus tard, voilà où nous en sommes… Enfin, ceux qui restent. Quelles retombées désastreuses !

Beth et Pete. Ils n'avaient pas échangé un seul mot depuis le départ de Stella et de ses beaux-parents. Ils avaient avalé un énorme repas et maintenu la conversation. Un exploit héroïque. Mais même séparés par une grande table, leur complicité était palpable. En quelques jours, ils avaient noué un lien plus fort que celui tissé en cinq ans. Échec dû à sa peur de s'engager ? Changerait-il un jour ? Dans cette histoire, il était le grand perdant.

Chris songea à toute la souffrance qu'avaient causée Pete et Beth. Il doutait qu'une relation positive puisse se construire sur un tel carnage.

Puis il pensa à la métamorphose de sa soeur. Quelle qu'en soit la cause, son travail, dont il ignorait à peu près tout, ou sa coupe de cheveux, c'était une résurrection. Elle avait enfin trouvé sa voie.

Il se réjouissait pour elle et l'enviait. Quel était son secret ? Si un jour il le lui demandait, ce serait le plus beau jour de la vie d'Izzy.

Chris avait été scié de la voir bavarder gaiement avec Beth. Elles s'étaient détestées quand il vivait avec cette dernière, et maintenant elles s'entendaient à merveille. Cette connivence le déprimait terriblement car il avait cru être à l'origine de leurs cinq années d'animosité. Il avait tort.

Izzy avait changé et n'en voulait plus à Beth. Elle lui avait pardonné parce qu'elle-même s'était épanouie à son tour. Et surtout, elle avait compris ce qu'elle soupçonnait déjà : Beth n'était pas sûre d'elle, elle se contentait de bien jouer un rôle et Izzy pouvait le jouer aussi. D'un certain point de vue, Izzy et Beth étaient semblables et l'avaient toujours ignoré.

Allaient-elles devenir amies ? Très, très bizarre, songea Chris. Mais pas moins étrange que sa propre tentative désastreuse de se lier avec Pete. Les meilleures amitiés se nouent naturellement.

Et puis il y avait Dean. Chris avait espéré qu'il était le gamin dont tous les professeurs rêvaient. Le cas désespéré qu'il parviendrait à transformer en réussite éblouissante. L'adolescent qui donne un sens à une carrière. Chris avait commis l'erreur d'interpréter l'incident de Manchester comme un présage : il s'était trouvé là pour le sauver.

Ce n'est pas pour autant qu'il renoncerait à Dean. En revanche, il renoncerait à Lauren. Il n'avait plus besoin de preuves pour réaliser que cette relation avait toujours été vouée à l'échec.

Soudain, Chris entrevit le côté positif de cette journée. Il pensa à ses copains d'école qui s'étaient moqués de lui parce qu'il avait refusé de voler des KitKat. Leur était-il arrivé d'être arrêtés à deux reprises en quinze jours et d'aider un criminel à s'évader ? Il en doutait. Ha, ha ! Quand il traversa la pièce, sa démarche était beaucoup plus assurée.

— Maureen, je suis désolé, je vais devoir vous quitter, déclara-t-il.

Maureen paniqua.

— Mais Lauren n'est pas encore arrivée ! Que va-t-elle penser ?

Chris sourit tristement.

— Elle ne s'en souciera pas, croyez-moi. C'était une journée… bien remplie. Merci de m'avoir invité.

Il lui donna une bise maladroite sur la joue. Maureen l'encouragea mollement à rester, mais Chris ne voulut rien entendre. Elle le regardait regagner sa voiture quand elle entendit des chuchotements et des chaises qu'on poussait dans la salle à manger. En se retournant, elle vit Izzy, Beth et Pete qui baissaient la tête tels des enfants pris en faute.

— Vous ne partez pas, j'espère ?

— Désolée, il me faut rentrer dans la région des lacs, expliqua Izzy. La circulation sera certainement épouvantable... Merci pour tout, Maureen. Je suis sûre que nous nous reverrons. Je vais sans doute continuer à travailler pour Lauren.

Elle frissonna de joie en prononçant ces paroles. La veille, Lauren avait glissé quelques allusions discrètes à ce sujet et il était clair qu'elle allait lui faire une proposition.

Cette perspective d'avenir avait peut-être été le coup de pouce nécessaire pour laisser Betty exercer ses talents. C'était un nouveau départ, et que font les femmes normales qui commencent une nouvelle vie ? Elles vont chez le coiffeur. Comme moi, songea Izzy avec fierté.

Pete s'éclaircit la voix afin de s'excuser d'avoir gâché la fête. Maureen l'arrêta.

— Ne dites rien. Gardez vos excuses pour plus tard, vous en aurez bien besoin... Je vous souhaite bonne chance, à vous et à votre femme aussi. Au revoir, ma petite, dit-elle à Beth en l'embrassant rapidement sur la joue.

Beth garda le silence. Elle avait déjà tiré un trait sur cet épisode. Elle ne regarderait plus jamais en arrière et ne ressasserait pas le présent. Elle avait choisi son avenir, Pete, et ne le quitterait pas d'une semelle.

— Eddie ! souffla Maureen. Fais honneur à la maison.

Eddie n'avait pas envie de bouger. Mais un ordre est un ordre. Il bondit sur ses pieds pour aller chercher les manteaux et reconduisit les derniers invités en les pressant de revenir. Il n'en pensait pas un mot et espérait ne pas les revoir.

En refermant la porte, il remarqua que Chris était toujours assis dans sa voiture.

— Qu'est-ce que ce pauvre diable attend ? demanda-t-il à Maureen.

— Je ne sais pas, répondit-elle agacée. Viens ; prenons une tasse de thé.

Une heure plus tard, la sonnette d'entrée retentit. Maureen et Eddie regardaient les bouchons de l'autoroute M1 à la télé.

— Lauren… Dieu merci, tu vas bien ! On était morts d'inquiétude. Qu'est-ce qui t'a pris de balancer ton mobile ? Nous n'avions aucun moyen de te joindre pour savoir si…

Lauren embrassa sa mère affectueusement au beau milieu de sa diatribe, tout en guidant Richard dans le salon. Maureen réalisa alors que le grand moment était arrivé. Elle rassembla son courage pour faire les présentations, mais Lauren la coiffa au poteau. Elle se dirigea à grandes enjambées vers Eddie, la main tendue.

— Bonjour, je suis Lauren. Et vous êtes ?

Sa performance était sublime.

— Eddie. Eddie Knight, dit-il en lui serrant la main.

Il lui fit un clin d'œil en catimini.

Maureen s'approcha.

— Eddie est mon… compagnon.

Le visage de Lauren s'épanouit en un large sourire.

— C'est super, maman ! Je suis très heureuse pour toi. Je te présente Richard.

Maureen était encore stupéfaite de la facilité avec laquelle Lauren avait appris l'existence d'Eddie. C'était un miracle.

— Désolée, Lauren, j'avais l'esprit ailleurs. C'est Richard, ton client ?

Il ne ressemble pas à un bouseux. Plutôt à Harrison Ford… Et huit canettes de bière brune gaspillées, huit, songea Maureen.

— En vérité, il est beaucoup plus qu'un client, maman, avoua Lauren en prenant la main de Richard timidement.

Maureen joignit les mains, déconcertée.

— Mais, et… ?

Eddie eut une grosse quinte de toux qui empêcha Maureen de commettre une gaffe. Elle prit une inspiration profonde, puis une autre.

— Venez vous asseoir, fit-elle nerveusement.

Eddie aida Richard à s'installer avec une aisance consommée.

— On dirait que vous avez fait ça toute votre vie, remarqua Richard avec reconnaissance.

Eddie ferma les yeux tandis que la journée défilait dans son esprit.

— Je ne m'y suis mis qu'aujourd'hui, mais l'entraînement a été intensif.

— Bon, lança Maureen en croisant les bras sur sa robe aux couleurs criardes, est-ce que tout va bien, Lauren ?

Sa fille sourit.

— Tout est merveilleux. Je viens juste de quitter mon boulot.

— Tu travailles pour toi, répliqua sa mère en fronçant les sourcils. Comment peux-tu quitter ton boulot ?

— Je travaillais pour moi. J'ai un nouveau job maintenant.

— Et ce n'est pas à New York, précisa Richard, soulagé.

— Que serais-tu allée faire à New York ? s'écria Maureen.

— C'est exactement ce que j'ai pensé ! s'exclama sa fille. Pourquoi aller travailler à New York pour diriger la filiale d'une multinationale en gagnant cent cinquante mille dollars par an alors que je peux aider Richard à vendre des anoraks pour pas un rond ?

Richard leva la main pour la corriger.

— Tu exagères. J'ai dit que tu aurais tous les caramels que tu voudrais.

— C'est vrai, reconnut Lauren.

Maureen regarda Richard, puis sa fille.

— Combien de temps êtes-vous restés dans cet embouteillage ? Est-ce que le chauffage marchait ? Vous avez dû prendre froid, ce que vous racontez n'a aucun sens.

Lauren prit la main de sa mère affectueusement.

— Pour la première fois de ma vie, j'agis avec logique. Je cède ma société à Izzy. Je la formerai et l'aiderai à trouver des collaborateurs. Je toucherai une petite part des bénéfices, cela me suffira pour vivre à Tendale.

Maureen rayonnait en découvrant le bonheur qui illuminait le visage de sa fille. Elle rêvait de la voir heureuse depuis trois ans.

— Lauren, je suis tellement contente pour toi ! Regarde-nous ! Qui l'aurait cru ?

Richard tendit la main à Eddie.

— Vous ne m'en voudrez pas, j'espère, si je ne vous appelle pas papa, déclara-t-il d'un ton pince-sans-rire.

Eddie s'esclaffa.

— Je ne pense pas que vous ayez envie de Viennetta fondue et de gâteau d'anniversaire ?

— Si ! Nous mourons de faim ! s'écria Lauren.

— Je vais vous préparer un plateau, dit Eddie en disparaissant dans la cuisine.

Lauren s'assit à côté de sa mère sur le canapé.

— Maman, regarde ce que Richard m'a donné pour mon anniversaire !

Maureen scruta la petite broche en forme de poisson.

— Elle ressemble beaucoup au collier que je t'ai offert. Sauf que c'est de l'or, n'est-ce pas ?

Lauren lança un regard amusé à Richard, qui la couvait des yeux. Il n'en revenait pas qu'elle soit sienne. Quel bonheur !

— La constellation des Poissons est celle que Richard préfère, c'est pourquoi il a choisi cette broche.

Ils échangèrent un regard complice. Et tandis que la maison s'emplissait de bavardages suivis de grands éclats de rire et que Maureen sortait les albums photo, la voiture dehors s'éloigna sans bruit.

Chris était fixé. Il n'était pas arrivé à se rappeler le visage de Lauren, et pourtant elle lui avait fait une forte impression. Il y avait son sourire aussi. Il avait donc décidé de s'accorder une dernière chance avant de classer cette histoire sous la lettre « F », comme « Fin ».

Mais en la voyant sourire à l'homme plus âgé, il comprit son erreur. Trop tard. Ce sourire-là était différent, et il le hanterait.

En effet, à partir de cet instant, Chris passerait le reste de sa vie à chercher une personne qui lui sourirait de cette façon. Comme nous la cherchons tous.

Achevé d'imprimer par GGP Media GmbH, Pößneck
en juillet 2006
pour le compte de France Loisirs,
Paris

N° d'éditeur: 46479
Dépôt légal: mai 2006

Imprimé en Allemagne